GIULIA VASOVINO

567 DIAS

Direção editorial
Copyright © 2022 by Editora Pandorga

Produção editorial
Equipe Editora Pandorga

Revisão
Nadja Regina de Souza

Capa
Bruno Santos

Diagramação
Elis Nunes

Textos de acordo com as normas do Novo Acordo Ortográfico de Língua Portuguesa
(Decreto Legislativo n. 54, de 1995)

Dados Internacionais de Catalogação na Publicação (CIP) de acordo com ISBD

V334t	Vasovino, Giulia	
	367 Dias / Giulia Vasovino. - Cotia : Pandorga, 2022. 456 p. ; 16cm x 23cm.	
	Inclui índice. ISBN: 978-65-5579-143-3	
	1. Literatura brasileira. 2. Ficção. I. Título.	
2022-949		CDD 869.8992 CDU 821.134.3(81)

Elaborado por Vagner Rodolfo da Silva - CRB-8/9410

Índice para catálogo sistemático:
1. Literatura brasileira : Ficção 869.8992
2. Literatura brasileira : Ficção 821.134.3(81)

2022
IMPRESSO NO GRASIL
PRINT IN BRAZIL
DIREITOS CEDIDOS PARA ESTA EDIÇÃO À
EDITORA PANDORGA
RODOVIA RAPOSO TAVARES, KM 22
GRANJA VIANA – COTIA – SP
Tel. (11) 4612-6404
www.editorapandorga.com.br

*A meus pais, que nunca me deixaram desistir;
ao Bruno, por mostrar o valor das minhas palavras;
e ao meu avô, por sempre ter acreditado em mim.*

Sumário

- PARTE 01 9
  - 1. 10
  - 2. 19
  - 3. 35
  - 4. 52
  - 5. 63
- PARTE 02 77
  - 6. 78
  - 7. 94
  - 8. 109
  - 9. 124
  - 10. 144
  - 11. 162
  - 12. 175
  - 13. 190
- PARTE 03 207
  - 14. 208
  - 15. 216
  - 16. 232
  - 17. 248
  - 18. 267
  - 19. 280
  - 20. 293
  - 21. 310
- PARTE 04 315
  - 22. 316
  - 23. 325
  - 24. 340
  - 25. 349
  - 26. 367
  - 27. 379
  - 28. 389
- PARTE 05 415
  - 29. 416
  - 30. 427
  - 31. 440

NOTA DA AUTORA 454

Parte 01

*"Porque do amor nada deveria ser retirado ou julgado.
Na flor dos sentimentos nascem os mais sinceros erros
e na insanidade do sentir se criam as melhores máscaras."*

1.

Inglaterra, novembro de 1913

A madrugada estava fria quando os dois jovens deslizaram pela portinhola de madeira maciça e correram pelo extenso campo rumo a lugar nenhum. A camisola branca movimentava-se com furor no vento gélido, dançando entre as pernas da menina a cada novo passo apressado. Ao seu lado, o rapaz sorria, arriscando olhar para trás vez ou outra. A luz fraca do quarto tremeluzia ao longe, enganando quem passasse pela porta devidamente fechada e trancada, sem sequer imaginar encontrar lençóis revirados embaixo das cobertas, ocupando o lugar da jovem. Os passos rápidos cortaram a madrugada, enquanto as silhuetas projetavam-se como vultos sorridentes em uma imensidão cinzenta.

— Aqui, aqui! — o menino falou por fim, parando em frente a uma cabana poucos metros abaixo do celeiro. O casarão já não podia mais ser visto.

Elena Wood hesitou e tomou fôlego, seguindo tranquilamente pela porta entreaberta. Henry Evans era seu amigo há tempo suficiente para que confiasse plenamente em suas atitudes e ideias, mesmo quando não concordava com elas.

O ambiente estava iluminado por algumas velas já gastas, provavelmente furtadas do quarto de Henry, posicionadas em cima das tralhas empilhadas em todos os cantos do casebre. Da forma como estavam, evidenciavam a confusão de ferramentas e panos encardidos subindo pelas paredes, dando a impressão de um ambiente bem menor do que realmente era. Elena imaginou o que o velho caseiro Harlem pensaria caso soubesse que alguém estivera ali, bisbilhotando suas coisas. O chão forrado de feno estava coberto com duas mantas grandes o suficiente para preencher quase todo o espaço livre, em uma tentativa vã de tornar o lugar mais aceitável. Ao centro do cenário improvisado, repousava uma sugestiva garrafa de vinho tinto e duas taças, que ela sabia pertencerem à coleção de cristais de sua mãe. Elena levantou os grandes olhos castanhos para o rapaz, que observava a decoração com desaprovação.

— Eu poderia ter feito algo melhor — balbuciou envergonhado.

— Está ótimo. — Ela sorriu, abraçando a si mesma. — Obrigada.

Contrariado, ele a conduziu cordialmente até o centro dos cobertores onde os dois se acomodaram lado a lado, entreolhando-se timidamente. O vento soprou forte, balançando as estruturas da cabana. Os jovens sorriram, sem saber ao certo como reagir à presença do outro em um lugar tão reservado e distante dos olhares que sempre os perseguiam.

— Gostaria de ter tido mais tempo para organizar tudo. — Ele iniciou, abrindo a garrafa. — Vinho?

— Por favor.

Elena não havia lhe contado, mas jamais bebera um gole de álcool sequer. Prestes a completar dezesseis anos, a herdeira da família Wood era considerada uma moça exemplar. Havia adquirido todas as habilidades necessárias para uma jovem da sua idade, recebendo várias propostas de casamento assim que fora apresentada à sociedade. Seu pai, um homem austero, mas de coração imenso, havia recusado todas com o pretexto de que ela merecia homens mais abastados e menos arrogantes. Interiormente, ela agradecia por esse pensamento, afinal, mantinha dentro de si a chama do matrimônio por amor e não dinheiro. Considerada extremamente bonita, ainda que longe dos padrões por conta de seus longos cachos castanho-claros e grandes olhos de mesma cor, Elena tomava para si muitos olhares, entretanto, sempre os descartava completamente graças a uma autoestima quase inexistente.

O jovem que a acompanhava, Henry Louis Evans, era o herdeiro de uma grande fortuna, sendo um dos rapazes mais cobiçados da sociedade londrina. Os cabelos loiros e os olhos azuis o tornavam também o alvo favorito das jovens, que não hesitavam em tentar sua atenção em qualquer oportunidade. No entanto, embora sua família lhe reservasse um futuro promissor, o descaso de Henry com a sociedade e o trabalho eram fatores preocupantes, principalmente pelo fato de trivialidades parecerem mais interessantes a ele. E de fato, eram. Como justificativa para tal comportamento, o rapaz alegava que a confusão a respeito do futuro o aterrorizava e, enquanto não soubesse ao certo quais caminhos seguir, preferia omitir-se de quaisquer responsabilidades.

— Agora pode me dizer o motivo de tudo isso? — questionou, bebendo um gole generoso do vinho. A bebida queimou sua garganta, causando uma estranha sensação.

Henry fixou os olhos azuis nela, buscando as melhores palavras para começar. De repente, sentiu-se incapaz de dizer uma única sílaba, mesmo que diante de si estivesse sua melhor amiga, aquela com quem dividira seus dilemas ao longo de tantos anos. Era difícil pensar que ambos estavam crescendo e que logo a vida os levaria a tomar rumos que talvez jamais fossem se cruzar.

— Meu pai quer que eu escolha uma noiva para me casar — falou pausadamente, prolongando o silêncio. — Se possível na primavera.

A urgência em sua voz ecoou pelo casebre, mesclando-se ao ruído inquietante do vento. Elena engoliu em seco, observando-o sem saber ao certo o que dizer.

— Tão rápido? — sussurrou, sem omitir o pranto que ameaçava escorregar por seu rosto. — Ainda estamos... ainda existe tempo até que você tenha que assumir as propriedades da sua família.

— Infelizmente. Meu pai acredita que devo criar responsabilidades antes de assumir os negócios. — Henry se arrastou para perto dela, tomando as mãos delicadas e frias nas dele. — Elena, se eu tivesse que me casar com alguém, eu gostaria que essa pessoa fosse você. — A frase ecoou sem cerimônias, com uma urgência típica da adolescência. — Digo, nós somos melhores amigos, entende?

Elena prendeu a respiração, observando-o confusa e abismada. Conforme digeria as palavras simples, mas efetivas, seu coração acelerava no peito. Após tanto tempo de sentimentos enrustidos, ela estava escutando o que tanto almejou ouvir, mesmo que o contexto estivesse totalmente distante de suas fantasias. Casar-se com Henry era seu maior desejo desde que ambos se encontraram em uma tarde de outono, dando início a uma amizade para toda a vida.

— Por que eu? — questionou imersa em seus próprios sentimentos. Ainda não conseguia compreender o que se passava, mesmo que estivesse óbvio. — Você tem tantas mulheres a seus pés...

— Eu não consigo pensar em ninguém que me entenda tão bem como você. — Ele sorriu, pressionando levemente seu toque. — O que você acha? Eu e você? Não seria estranho, certo?

Elena sentiu suas bochechas enrubescerem. Do lado de fora, o vento se intensificou e, como se sentisse a brisa, uma das velas apagou dentro da cabana. Os jovens se entreolharam e começaram a rir. Sentiam-se estranhos um ao outro, dividindo a intimidade construída através de uma amizade sólida.

— Então, o que me diz, Elena Wood? — O garoto bebeu um longo gole do vinho. As esferas azuis ardiam sob a chama fraca, brilhando intensamente.

— Bem, eu não sei. — Ela baixou os olhos para o cobertor. — Ainda que sejamos próximos, já me viu de outra forma que não como sua amiga?

— Algumas vezes, eu confesso. — Henry bebeu mais um pouco direto da garrafa, que já estava pela metade, e estendeu-a a Elena, que fez o mesmo. — Me dê um beijo. Podemos dar um beijo e ver como é. O que acha?

Ela sentiu como se não pudesse respirar. À sua volta, o frio se intensificava e os minutos avançavam, de forma que em breve ela teria de retornar. Se alguém a descobrisse fora da cama, dentro de um casebre embebedando-se com Henry, ela estaria encrencada. Percebendo a hesitação da amiga, Henry tocou seu rosto delicado, roçando a ponta dos dedos em suas bochechas, seus lábios.

— O que me diz? — sussurrou, inclinando-se para diminuir a distância entre eles.

Elena aquiesceu e permitiu que seus lábios se tocassem após tanto tempo de espera. Senti-lo tão próximo era uma novidade peculiar, entretanto, era como se ambos tivessem esperado isso por toda a vida. As mãos dele escorregaram pelas costas livres do espartilho, encontrando o nó que prendia a fina camisola. Os dedos dela exploravam os fios claros com timidez, desprovidos da agilidade com a qual ele se comportava.

— Henry — balbuciou, recuando levemente. Estava ofegante, com a face ruborizada e os lábios escarlates como nunca antes.

Diante dela, o rapaz a encarava em igual estado, já desprovido de qualquer vaidade para preocupar-se com sua aparência. Sentia os fios bagunçados e a camisa desalinhada sobre a pele quente, vermelha.

— Nós não devemos. — Elena sussurrou, tentando recuperar o fôlego. — É errado.

Ele se permitiu sorrir, diminuindo novamente a distância que os separava.

— Nós vamos nos casar — disse enquanto corria os dedos suavemente pela pele exposta dela. Sob o tecido fino, conseguia vislumbrar também os seios ainda em formação, delineados tão perfeitamente pelo jogo de sombras. Aquela era uma ótica de Elena Wood que ele jamais vira antes, a não ser em sua imaginação. — Confie em mim — completou, beijando-a novamente.

Descobrindo um ao outro, a temperatura amena e o desconforto do ambiente tornaram-se um mero detalhe, acobertando a entrega que há muito tempo era prevista.

O dia seguinte surgiu nublado, escuro, anunciando tempestade. Deitada entre os lençóis de linho, Elena sorria sozinha. Ainda podia sentir o toque delicado e urgente de Henry em sua pele, seus lábios contra os dela, seus corpos em contato completo, sem nada ou ninguém para separá-los. Se fechasse os olhos, quase podia senti-lo ali. A intensidade dos beijos, de um sentimento inexplicável que ardia entre eles, tornou-se uma doce lembrança. Ela nunca havia provado nada semelhante.

Do outro lado do corredor, Henry vestia-se para o desjejum. De frente para o espelho, corria as mãos pelo cabelo desgrenhado imaginando como Elena estaria se sentindo naquele exato momento. Se estava como ele. Agira impulsivamente, brincando com algo que não deveria ter sequer cogitado, entretanto, se seus planos se concretizassem, não haveria motivo para preocupação. Elena seria sua esposa e ninguém desconfiaria da imprudência de ambos. Todos os passos foram executados de forma a garantir que nada saísse de forma errada. Ele tinha se prevenido de qualquer eventualidade.

A sala de jantar estava perfeitamente organizada para receber o que seria a última refeição dos convidados dos Wood. A prataria fina e a porcelana refinada concediam à refeição um ar imponente, refletindo o poder de uma família que por gerações figurava como uma das mais bem-sucedidas da Inglaterra. Henry desceu as escadas confiante, mas, ao mesmo tempo, preocupado. Esperava que ninguém os tivesse visto na noite anterior correndo pelo gramado desesperadamente. Por que precisava ser tão imediatista? Seus pais já estavam reunidos com Thomas e Lilian Wood, que o saudaram com animação, elevando seu sentimento de culpa. Tentando aparentar tranquilidade, ele se acomodou na mesa extensa, servindo-se de algo que imaginava ser chá. Precisava aliviar a tensão que tomava cada terminação nervosa de seu corpo, caso contrário, seria perceptível que algo havia acontecido.

— Henry, assim que terminar, troque de roupa. Iremos caçar — disse seu pai firmemente entre um gole e outro da bebida fumegante. — Thomas nos fez um convite irrecusável.

— Não íamos embora? — questionou o menino acuado, sentindo as mãos suarem frio.

— Vamos nos estender mais alguns dias até embarcarmos para Birmingham. — O patriarca lançou um olhar de censura ao jovem, que entendeu de imediato a mensagem.

Henry concordou em silêncio, desejando no íntimo que a noite anterior jamais tivesse acontecido. Prestes a levantar-se, o rapaz se viu impedido por uma Elena radiante, que adentrou o ambiente com um sorriso que tomava a face inteira e a fazia parecer ainda mais bela. Com um cumprimento gentil, ela se acomodou diante dele, que desviou o olhar no mesmo instante. Encará-la em meio a seus pais, considerando os últimos acontecimentos, era um fardo árduo demais.

— Elena, chegou em boa hora! — Lilian Wood se manifestou. Ela possuía os mesmos olhos grandes e expressivos da filha. — Recebi uma mensagem da Sra. Misty para um chá da tarde. Se quiser, pode se juntar a mim e à Sra. Evans.

— Claro! Sr. Evans, irá nos acompanhar? — A moça se voltou para Henry. Ele não retribuiu, evitando a todo custo o contato visual.

— Receio que devamos deixar para uma próxima oportunidade, senhorita — respondeu hesitante, encarando o pai ao fim da mesa. O silêncio dos adultos não contribuía em nada para a situação embaraçosa. — Acompanharei meu pai e o Sr. Wood em uma caçada.

Elena estreitou os olhos, notando o aparente desespero do jovem. Henry estava diferente e ela sentia que esse comportamento tinha ligação direta com a noite anterior. Deteve-se a servir seu próprio chá, evitando pensar demasiadamente. Não podia deixar transparecer seus sentimentos ou permitir que alguém desconfiasse de seus atos, caso contrário, o clima amistoso cederia espaço para um escândalo de proporções desastrosas.

A refeição correu em relativa paz, exceto pela tensão dos adolescentes, que a todo instante encaravam-se em silêncio e tornavam a comer. O comportamento não era esperado nem mesmo pelos pais, que os conhecendo tão bem, esperavam ao menos algum protesto para que permanecessem juntos. Elena foi a primeira a se retirar, recolhendo-se na segurança de seu quarto para ponderar sobre a mudança do amigo em poucas horas. De repente senti-lo tão próximo não parecia mais tão prazeroso quanto fora antes.

A caçada durou dois longos dias, exigindo um deslocamento razoável. No conforto da biblioteca extensa da família, Elena ouviu as vozes graves e alegres quando o grupo irrompeu pela entrada dos fundos, mas não se deu ao trabalho de recepcionar nenhum deles. Em outros momentos, seu coração se encheria de alegria por tornar a ver Henry, no entanto, o arrependimento começava a pesar sobre seus ombros, condenando-a por ter sido tão estúpida. Felizmente, no dia seguinte, já não haveria mais sinal dos Evans e de seus próprios erros. Os minutos correram e, aos poucos, as vozes tornaram-se um silêncio confortável, propício para a imersão no universo intrigante que o livro a proporcionava. Desde pequena sempre fora amante das literaturas e da escrita, mas nunca havia dito uma palavra sobre. Sabia que seu pai jamais aprovaria.

A chuva anunciada ao longo do dia não demorou a lavar as ruas de Rochester, trazendo consigo o ruído reconfortante da água encontrando o chão. Dias chuvosos sempre foram seus preferidos.

— Posso interromper alguns instantes?

Ela levantou os olhos, encontrando um Henry Evans distante da figura sempre bem-arrumada que estava acostumada a ver, mesmo que o fizesse sem perceber. As roupas surradas, provavelmente destinadas exclusivamente às caçadas, estavam encardidas, coladas em seu corpo por conta de uma camada espessa de lama que envolvia também suas pernas. Elena arqueou a sobrancelha, fazendo um tímido sinal para que ele se acomodasse na poltrona diante dela.

— Como posso te ajudar, Henry? — questionou impaciente, fechando o livro com agressividade.

O rapaz engoliu em seco, sentando-se na ponta do estofado limpo. Certamente precisava de um banho, mas, antes, queria esclarecer a má impressão causada dois dias antes, quando da sua partida. Os grandes olhos castanhos o fitavam com curiosidade e irritação, embora ele não conseguisse se sentir acuado.

— Acredito que lhe devo explicações tardias sobre meu comportamento. — Ele começou. — Não quis parecer rude.

— Não se preocupe quanto a isso, Henry.

— Eu só quero que você saiba que aquela noite teve um significado. — As duas esferas azuis a fitaram intensamente. — Foi diferente de tudo que eu já experimentei na vida.

— Mas você não acredita que tenha sido certo. — Elena sorriu, inclinando-se graciosamente para pousar o livro na mesa de centro. Seus movimentos pareciam leves demais para uma moça tão jovem. Era quase como se aquela elegância lhe pertencesse desde sempre. — Espero que esse julgamento tenha pautado seu comportamento. De qualquer forma, eu também não acho que tenha sido correto o que nós fizemos.

Ele suspirou aliviado, levantando-se para ajoelhar em frente a ela. Tomou as mãos alvas nas suas com cuidado, tocando-a como se fosse extremamente frágil.

— Eu jamais a quis desrespeitar de alguma forma, Elena. Perdoe-me se essa foi a impressão que lhe passei — disse Henry seriamente, escolhendo as palavras antes de dizê-las. — Confesso que entrei em pânico com algumas possibilidades, julguei-me impulsivo e, de certa forma, censurei meus atos, mas não foi intencional.

A moça se limitou a sorrir, pressionando o toque dele. Os olhos castanho-claros haviam retomado o brilho intenso de outrora. Seu coração estava quente e as certezas já a transbordavam mais uma vez.

— Tenha em mente que jamais me forçou a coisa alguma, Henry. Todos os seus atos tiveram como base o meu aval.

Ele se inclinou e desferiu um beijo no alto da mão dela e sorriu.

— Então ainda aceita se casar comigo?

— Sempre.

2.

O vestido azul-escuro caía levemente pelo corpo delineado de Elena. Embora delicado, havia uma agressividade implícita em seu corte, oferecendo a ela um ar mais maduro, como uma mulher prestes a ser desposada. Os cachos castanhos estavam presos em uma trança longa e cuidadosa, ressaltando o olhar curioso e vívido da jovem. Era a quarta vez que ela comparecia a um baile de elite e a primeira que iria com o coração calmo pela ausência de preocupações quanto aos rapazes presentes. Logo ela seria Elena Wood Evans. Havia mais de dois meses que não via Henry. No dia seguinte ao diálogo apaziguador que ainda lhe arrancava suspiros, após a caçada, os Evans deixaram a residência de veraneio dos Wood. Enquanto os meninos foram a Birmingham com o pai para aprender as técnicas que o consolidaram como um dos maiores arquitetos de sua época, a elegante Sra. Evans foi visitar os pais em Bournemouth. Elena sabia que seguir os passos do progenitor não era o sonho de seu amado, mas o respeitava da mesma forma, afinal, era importante para sua família dar continuidade ao legado construído pelo pai. Naquela noite ela precisava estar deslumbrante e causar-lhe boa impressão de forma que a distância não significasse nada. A inquietação perturbava sua mente e as inúmeras possibilidades diante do tímido pedido de casamento que seria formalizado ainda naquela semana faziam de seu coração um emaranhado de sentimentos.

O vento entrava discretamente pela janela quando Elena desviou o olhar de si mesma para pegar o delicado colar em cima da cama, presente de sua mãe quando completara quinze anos. Seria perfeito para aquela noite. Um sorriso lhe iluminou a face ao pensar que estava a poucos minutos de reencontrar e ter Henry em seus braços mais uma vez. Um baile era a chance de firmar compromissos e deixar de se tornar alvo dos comentários maldosos das senhoras que jamais tiveram a mesma sorte. Elena fechou a delicada corrente de ouro atrás da nuca e correu os dedos sobre a pedra azul, observando seu brilho sob a luz fraca.

— Papai está ficando irritado, Ellie. — Anneline, sua irmã mais nova, surgiu na porta trajando um elegante vestido verde-escuro que contrastava perfeitamente com seus olhos de mesma cor. — Podemos ir?

Lançando um último olhar ao reflexo impecável no espelho, Elena assentiu e a seguiu, deixando para trás todas as suas inseguranças.

O carro parou em frente à escadaria de entrada, onde um longo tapete vermelho indicava o caminho aos convidados. Elena desceu seguida de sua irmã e ajeitou o vestido uma última vez, certificando-se de nada estar fora do lugar. A família seguiu juntamente, parando vez ou outra para cumprimentar alguns dos presentes, até atingirem o salão extenso onde o evento acontecia. Os olhos das duas jovens encheram-se de brilho e ansiedade ao se depararem com o cenário.

A mansão estava decorada de maneira nada simples, evidenciando o patrimônio dos anfitriões. De todas as janelas extensas, que ocupavam quase que completamente as paredes, pendiam belíssimos panos perolados semelhantes à seda mais pura. Nas mesas forradas com toalhas brancas longas, as rosas vermelhas faziam contraste ao ambiente inteiramente clássico. Toda a louça, uma porcelana cara e importada do oriente, seria apresentada assim que o jantar fosse servido, deixando os convidados boquiabertos. Por ora, apenas as bebidas eram servidas em taças de cristal aos convidados que já começavam a demonstrar os primeiros sinais de embriaguez. Era um momento único para quem tinha a sorte de estar presente.

Do alto da escada, enquanto os pais trocavam meia dúzia de palavras nada entusiasmadas com alguns conhecidos, Elena deu um passo à frente e observou os rostos aleatórios, alguns familiares, outros totalmente desconhecidos, buscando aquele que lhe acalmaria o coração. Conforme os Wood avançavam salão adentro, a menina parecia cada vez mais impaciente. Estava ávida por Henry, por sua voz, por seu toque. A família acomodou-se, por fim, em uma mesa quase ao centro, próximos aos convidados de honra. Uma banda tocava músicas dançantes e animadas, encorajando os convidados a arriscarem-se nos mais variados passos – uma influência certamente americana.

— Eu consigo sentir sua ansiedade, Elena — exclamou Anneline dando uma leve cotovelada na irmã por baixo da mesa. — Não é como se você nunca o tivesse visto, se contenha.

— Você não deveria estar de olho nos rapazes, Anne?

— Só estou tentando ajudar. — A menina deu de ombros, tornando a observar curiosamente o que se passava à sua volta.

Os minutos corriam e a angústia de Elena somente aumentava. Será que não conseguiria vê-lo de novo? A agonia sufocava seu peito a cada troca de música, a cada aproximação de alguém que se parecesse minimamente com ele. Anneline encontrara uma amiga com quem saiu para explorar a festa e, quem sabe, conhecer rapazes para dançar durante a noite. À primogênita, restou esperar com a paciência que apenas o amor consegue oferecer.

— Ellie? — Sua mãe a chamou gentilmente. — Está tudo bem?

— Está sim. — A menina correu os olhos uma última vez pelo salão. — Estava procurando alguém.

— Henry?

Ela sentiu suas bochechas enrubescerem.

— Talvez — respondeu com a voz baixa, afundando-se na cadeira.

Sua mãe abriu um grande sorriso, indicando a porta por onde haviam passado pouco tempo antes.

— Eu o vi ali perto. Surpreende-me que não tenha vindo aqui até agora.

Sem sequer terminar de ouvir a frase, Elena pôs-se de pé, agradeceu a mãe e partiu na direção apontada por ela. Inicialmente, não viu ninguém que lhe parecesse Henry, porém ao se aproximar, vislumbrou os cabelos louros em meio à multidão e aquele sorriso inconfundível enquanto conversava com outros homens. "Graças a Deus", pensou antes de pousar a mão gentilmente no ombro de um deles.

— Com licença, cavalheiros, será que eu poderia conversar com o Sr. Evans um instante? — Ela sorriu docemente, notando o efeito que causou nos galantes rapazes. Até mesmo Henry pareceu envolto nos encantos da moça.

Sem resistência por parte dos companheiros, Henry se afastou deles e voltou-se para ela com um meio sorriso, parecendo analisar seu rosto, seus cabelos, seu corpo. Cada linha dela aparentava ser a ele de grande importância. Um vislumbre daquela noite a arrebatou, deixando-a ligeiramente constrangida. Passado o momento de hesitação, Henry tomou-a e a envolveu em um longo abraço acolhedor, trazendo-a para mais perto de si.

— Elena Wood, que saudades! — balbuciou, sentindo o perfume doce dela.

Os jovens se separaram e trocaram olhares constrangidos, mas firmes. Agora compartilhavam um segredo que os tornava ainda mais próximos do que qualquer simples amizade.

— Como estão as coisas por aqui? — Ele continuou. — Estou ansioso para ouvir o que aconteceu em minha ausência! — Embora sua voz fosse entusiasmada, seus olhos corriam pelo ambiente, como se não se importasse realmente com o que ela fosse responder.

— Estão bem, eu diria. — Elena olhou em volta, tentando encontrar o objeto da atenção dele. — E sua viagem? Conte-me os detalhes!

— Bem, papai insiste para que... espere. Liz! — gritou repentinamente, abrindo espaço até uma moça de cabelos negros lisos e corpo voluptuoso.

Elena somente o observou, sem entender quem seria aquela jovem ou o que causava em Henry tamanha ansiedade. Ela não a conhecia, sequer a tinha visto alguma vez. Talvez fosse mais velha, uma prima que jamais ouvira falar. A menina pareceu à vontade com a abordagem de

Henry e abriu um longo sorriso, aceitando o braço dele para caminharem em direção a Elena. Ela era bonita, isso não se podia negar. Tinha olhos verde-escuros e os lábios finos, que sumiriam em sua face se não fosse pelo enorme sorriso que sustentava.

— Elena, esta é Elizabeth Smith. — O rapaz apresentou com certa cerimônia, fazendo a recém-chegada rir sem pausa. Cessado o pequeno ataque ocasionado por um humor incompreensível, ela cumprimentou Elena. Sua tentativa de ser simpática era um tanto quanto forçada. — Acredito que se lembra dela. A moça das cartas de Bournemouth. Ela retornou com minha mãe e passará algum tempo conosco em Londres.

Elena hesitou, recapitulando a história na mente. É claro que se lembrava das menções à moça, como não poderia? Henry falava nela sem pausar todas as vezes em que retornava da casa dos avós.

— Espero que goste de nossa cidade — disse seca, tentando sorrir, entretanto, só conseguia pensar no que aquela presença poderia significar.

— Você poderia mostrar a ela alguns pontos turísticos da cidade! Tenho certeza que ela ficará encantada. — Henry direcionou um olhar carinhoso à jovem. — Você mesma me disse que sentia falta de companhia desde a partida de Emma.

— Claro. Tenho certeza que ela irá adorar — respondeu a jovem Srta. Wood, trocando o peso dos pés. Havia algo de muito errado naquilo tudo.

— Somente pelas amáveis histórias que o Sr. Evans me contou, eu já a amo! — Elizabeth se manifestou com um tom de voz estridente.

"Vocabulário forçadamente rebuscado", Elena pensou enquanto fingia estar empolgada com a resposta. Sem hesitar, Henry as convidou para dar uma volta pelo salão lotado, conduzindo Elizabeth com todo o cuidado enquanto a apresentava a outros membros da sociedade. Era inevitável não reparar na forma como a convidada reagia diante dos elogios e de qualquer observação tosca do primogênito Evans, esforçando-se para rir e parecer sempre muito feliz. Por um instante, Elena só desejou desaparecer.

As danças começaram a ficar mais enérgicas pouco tempo depois da recepção, agitando todos os presentes. Enquanto as pessoas moviam-se ao ritmo das músicas, Elena permanecia retraída no canto, observando o casal que a acompanhava. Naquele instante, Elizabeth ensinava a Henry um passo qualquer, rindo de suas tentativas frustradas. Era impossível deixar de reparar em quão forçada, em todos os sentidos, ela era. Ao seu lado, um garçom passou servindo champanhe e ela aceitou prontamente, percebendo que o amigo se aproximava para fazer o mesmo.

— Henry, você tem um instante? — questionou segurando seu braço. Ele, sobressaltado, assentiu e fez um sinal para a moça, indicando que já voltaria.

— O que houve?

— Como assim o que houve? Não acha que me deve algumas explicações?

— Referentes a quê? — Ele bebeu um gole expressivo da bebida, encarando-a ainda sem entender o que a estava incomodando.

— Elizabeth, talvez?

— Ah, sim.

— Quanto tempo ela ficará aqui? — Sua voz se reduziu a um sussurro ao notar que a menina exprimia curiosidade em cada palavra dita. — Ou melhor, por que ela está aqui?

— Eu não sei. — Henry deu de ombros, exibindo um sorriso. — Você não gostou dela?

— Henry, estamos há mais de dois meses sem nos vermos e quando temos a chance de nos reencontrarmos, você traz uma moça?

— Eu pensei que vocês pudessem ser amigas, Ellie.

— Era para sermos eu e você hoje!

Ele a encarou visivelmente confuso, embora a situação estivesse bastante clara para ela. Mas, não se podia esperar nada diferente vindo dele. Elizabeth virou-se ainda mais para eles, claramente interessada no diálogo. Elena teve vontade de expulsá-la aos gritos.

— Ela vai ficar com meus pais por algumas semanas, pensei ser interessante apresentá-la à sociedade. — Henry continuou, sem encontrar o problema tão frisado pela amiga.

— E o que irão pensar ao te ver com ela?

— Deixe que pensem, Elena! O que há de errado?

— Eu devo me preparar diante disso? — O semblante de Elena endureceu. — Ou você já se esqueceu do acordo que tínhamos firmado?

Os olhos dele desviaram para a moça atrás dela, a recém-chegada que já não era bem-vinda.

— Não, eu não esqueci — rebateu ele, aproximando-se ainda mais de Elena. — Eu sei o quanto ele importa para você...

— Espera. — Ela o interrompeu, levantando a mão para silenciá-lo. — O quanto ele importa para mim?

— É... para nós dois, na verdade... — As bochechas rosadas por natureza assumiram um tom ainda mais forte, quase como as rosas que enfeitavam as mesas. — É difícil explicar.

— Então tente, porque acredito que é o mínimo que eu posso esperar.

Ele respirou fundo e pousou a taça em uma mesa ao lado, tomando a mão dela nas suas. Embora o ambiente estivesse arejado, ele suava.

— Eu tinha certeza sobre mim e você, até encontrar Elizabeth de novo. Com ela é... — A frase morreu no ar, perdendo-se junto às batidas da música.

Elena assentiu, mordendo o lábio inferior com força. Um enjoo repentino a atingiu, obrigando-a a respirar fundo para evitar qualquer ato do qual pudesse se arrepender posteriormente.

— Ela é diferente, entende? — Henry completou, ficando a poucos centímetros da jovem. — Nos conhecemos há bastante tempo e existe algo nela que eu não consigo explicar. Eu nunca senti isso por ninguém.

— Então esse foi o motivo da vinda dela?

O rapaz baixou os olhos em silêncio. Elena assentiu, experimentando uma falta de ar atípica enquanto a raiva crescia dentro de si.

— Nenhuma carta, Henry? — questionou alterando o tom de voz. Estava farta de agir sempre de acordo com a norma. — Nenhuma explicação depois do que houve?

Trocando o peso dos pés, ele se endireitou, correndo os olhos pelos rostos que os envolviam de ambos os lados.

— Eu preferia falar com você pessoalmente, Ellie. — Os olhos azuis dele pareciam mais escuros. — Eu entendo que aquela noite tenha sido importante...

— Nem comece, por favor.

— ..., mas você sabia que não existia garantia de ficarmos juntos.

— Porque você nunca me deu uma, não é mesmo? — O rosto sempre tão compenetrado de Elena parecia pegar fogo conforme ela lutava para não gritar. — Nem mesmo as palavras, os gestos, as promessas. Nada.

— Elizabeth é um amor antigo, Elena. Quando eu a reencontrei foi como se todos aqueles sentimentos tivessem retornado, entende?

— Claro.

— É ela e sempre foi ela.

É ela e sempre foi ela. A frase ressoou pelos ouvidos de Elena como uma ameaça à própria vida, tamanho foi o arrepio que a acompanhou. Então era esse o fim daquela maldita história, de todos os sonhos e conjecturas que preencheram sua mente quando o sono não lhe bastava. Dois meses de espera por algo que terminaria sem demais explicações.

— As coisas, Henry, são diferentes para homens e mulheres. Em todos os sentidos — disse, por fim.

Sem querer ouvir qualquer consideração, afastou-o e seguiu multidão adentro com o pranto a correr pelo rosto e uma ânsia crescente que a impedia de respirar. A mansão abrigava no lado externo um imenso jardim com variadas flores e árvores, além de pequenos bancos de mármore que se instauravam como o cenário perfeito para jovens amantes. Em Londres, um espaço arborizado e reservado como aquele era cada vez mais raro. Solitária, ela se acomodou em um dos espaços mais afastados e enterrou o rosto nas mãos, permitindo que toda sua agonia fosse embora através dos soluços ritmados. Era difícil acostumar-se com a ideia de que Henry somente a usara como escudo para seus problemas e escape para cada mulher que interpretava como uma má ideia. Havia cinco anos que enxergava somente ele em seu futuro e considerava que assim fosse da parte dele também. *Você é mulher para casar, Ellie. Eu jamais faria com você o que faço com as outras.* Meras palavras e promessas. No fundo, ela sabia que ele jamais as cumpriria, mas, mesmo assim, insistiu em acreditar cegamente em cada oração proferida, em cada lampejo de futuro. Havia cinco anos que ela era enganada por alguém que não queria dela mais do que atenção, um ouvido amigo e alguém para firmar o próprio ego.

    As pessoas passavam por ela e a observavam com curiosidade, algumas tentando identificá-la enquanto outras cochichavam algo e se afastavam. Em outro momento, estaria preocupada com o desenrolar de seus atos, entretanto, Henry tinha feito com ela exatamente o que dizia nunca ter coragem de fazer. Nada poderia ser pior. A festa continuava do lado de dentro, porém, ela não tinha vontade de ser vista por mais ninguém. Já era ruim o suficiente ter de digerir tudo o que havia ouvido como se, por toda a vida, tais sentimentos da parte dele fossem óbvios o suficiente. Elizabeth sempre havia sido uma sombra que pairava entre eles a cada diálogo quando ele retornava de Bournemouth, mas nada além. E, agora, ela tomava forma e se colocava entre eles de maneira inquisitiva com seu riso falso e suas palavras tão rasas quanto sua própria inteligência.

    Resolvida a deixar de vez aquele lugar, a jovem Srta. Wood colocou-se de pé e caminhou tranquilamente até o portão dourado que delimitava a propriedade, entretanto, quando estava prestes a sair, uma voz deteve-a:

— Eu não quero que esse mal-estar entre nós permaneça.

Ela baixou os olhos para os pés, esboçando um sorriso debochado. Queria rir de tudo aquilo.

— Você tinha razão, era para ser só nós dois hoje. — Henry concluiu, agarrando-se ao último fio de esperança que os ligava.

— Mas não foi.

— Ellie, olhe para mim, por favor.

Contrariada, presumindo um rosto inchado e borrado pela combinação de maquiagem e lágrimas, Elena se voltou para ele, cruzando os braços. Ele engoliu em seco, enfiando as mãos nos bolsos do terno ao encontrá-la tão deplorável. Jamais, em tantos anos, a havia visto tão abatida.

— Elizabeth está sozinha lá dentro? — perguntou com desdém. — Ou está aqui nos ouvindo atrás de alguma pilastra?

— Me deixe... Eu entendo que meus atos não possuem explicação, mas eu preciso de você. — Ele se aproximou com cautela, analisando-a sob a penumbra projetada pela luz fraca dos postes.

— Creio que já ouvi tudo o que é necessário, Henry.

— Somente diga que me perdoa.

A brisa leve causou um arrepio na espinha dela, enquanto a saia de seu vestido dançava no vento. Henry tomou as mãos dela nas suas mais uma vez, um costume antigo entre eles. Elena levantou os olhos vermelhos para ele, lutando para sustentar aquele momento por mais tempo do que podia suportar. As janelas azuis para sua alma, antes tão apreciadas, eram agora motivo de dor inconsolável.

— Não há nada para se entender ou perdoar.

— Eu devia ter medido meus atos antes de qualquer precipitação — respondeu Henry com a voz embargada. — É que nós sempre fomos tão próximos, eu não achei que... — As palavras lhe fugiam conforme o desespero crescia.

— Eu entendo — ela replicou, cansada demais para travar outra discussão. Seu corpo inteiro doía.

— Não, não diga que me entende. — Ele continuou, desvencilhando-se dela e abrindo os braços. — Vamos, grite comigo, me ofenda! Diga qualquer coisa, mas não me entenda.

Em silêncio, ela deu de ombros e se permitiu sorrir tristemente.

— Você me pediu para confiar em você.

— Eu sei, traí sua confiança de forma irremediável.

— Então não há mais nada a reparar senão esquecermos que esse episódio um dia aconteceu.

— E quanto a nós? — Ele deu outro passo à frente, ficando ainda mais perto dela. — Irá me esquecer igualmente?

— É o que preciso fazer. Não acredito que alguém possa um dia me ferir tanto como você me feriu.

— Por favor, não faça isso — suplicou à beira das lágrimas. — Elena, eu sou um idiota, está bem? Mas eu te garanto que meus sentimentos por você sempre foram verdadeiros.

— Agora posso ver como isso é verdade.

A ironia desapareceu com as palavras que ele não pôde dizer, afinal, já não eram mais tão reais como pareciam ser no casebre da propriedade dos Wood. Mais uma vez, ele colocara seus sentimentos egoístas acima do bem-estar de alguém que amava e pagara o preço.

— Diga-me, Henry, você não notou nada diferente em mim desde que chegou? — questionou Elena em um sussurro esperançoso.

Atônito, Henry apressou-se em encará-la com atenção, buscando qualquer traço que pudesse responder à pergunta simples.

— O que isso tem a ver conosco? — rebateu ele, arqueando a sobrancelha. Esperava qualquer coisa que não a aceitação.

— Só me responda, por favor — ela pediu. Alguns fios despontavam da trança antes tão elaborada e dançavam na brisa.

Ele a encarou de cima a baixo mais uma vez até dar-se por vencido.

— Eu não vejo nada.

Elena sorriu para si mesma e deu meia-volta, deixando para trás a mansão, Henry e tudo em que havia acreditado até então.

Sentada no degrau inferior da entrada da mansão Wood, Elena repensava todos os anos em que havia passado esperando alguma atitude relevante de Henry. As histórias, o brilho no olhar, o discurso que sustentava suas fantasias e a fazia ser completamente apaixonada por ele. As outras jamais seriam ela, não importava o que acontecesse. *Eu e você. Não*

seria estranho, certo? Henry Evans entrara em sua vida quando ela ainda era uma criança. Da tarde enevoada em diante tornaram-se inseparáveis, dividindo confidências e descobertas enquanto corriam pelas tumultuadas ruas de Londres ou pelos gramados da propriedade dos Wood em Rochester, lembrando-se de ir embora apenas quando a noite caía. E quando Elena começou a entender a magnitude dos sentimentos, percebeu que os sentia justamente por seu amigo, aquele que sempre estivera com ela. A cada partida para Birmingham, onde os Evans costumavam passar algum tempo, sua mente inquietava-se com memórias e nenhuma alegria podia ser sentida completamente até que Henry retornasse. A forma como ele falava, como ele a olhava, era tão particular que não havia mais nada no mundo que pudesse se igualar. Ela sabia que jamais encontraria isso em outro rapaz, por mais encantador que ele pudesse ser.

As badaladas firmes da Catedral ecoaram pela cidade adormecida, firmando a meia-noite. O baile certamente acabaria em pouco tempo e seus pais não deveriam demorar a voltar. Embora tentasse, não conseguia conter o pranto por mais do que um ou dois minutos, quando novas lembranças lhe perturbavam e aumentavam a angústia sufocante. Ela se sentia perdida, sem saber qual rumo tomar ou qual seria a melhor decisão diante de um cenário nada favorável. Havia cometido um erro e esse erro a perseguiria por muito tempo, senão pela vida inteira. *Confie em mim.* Ela tinha confiado mesmo sabendo que essa não seria uma decisão inteligente, preferindo ouvir o coração à razão. E então, de tanto chorar, adormeceu.

Os passos e os cochichos, embora tão silenciosos quanto a rua deserta àquela hora, a despertaram. Acostumando-se à luz novamente, Elena viu o carro da família estacionado diante dela e, ao levantar os olhos, notou seus pais encarando-a. Anneline tentava gesticular algo, mas, sob a penumbra, não foi possível entender a mensagem.

— Mas o que é isso, Elena? — perguntou seu pai, visivelmente aborrecido. – O que está fazendo aqui?!

— Saí do baile e vim para casa. — Ela deu de ombros, sentindo o corpo inteiro dolorido.

— Eu e sua mãe procuramos você a noite inteira! Se não fosse Henry nos dizer que tinha retornado, teríamos chamado a polícia!

— As pessoas notaram sua ausência, filha. — Lilian entrou no diálogo, encarando-a com pesar. — O que aconteceu para ter deixado o baile de forma tão abrupta?

— Nada em específico — balbuciou a menina, levantando-se. — Só precisava me distanciar do barulho.

— Elena, como espera que eu aceite isso? — Thomas assumiu um tom de voz mais severo, irritadiço. — Toda a sociedade estava lá! E por que está sentada aqui fora, às vistas de todos?

— Nós tivemos que explicar seu comportamento... — A bondosa matriarca retomou, mas, deteve-se ao ver os olhos vermelhos da filha. — Querido, acho melhor entrarmos e depois discutimos isso. Os vizinhos podem nos ouvir.

Sem dizer mais nada, Elena aguardou até que todos entrassem para finalmente correr pelo hall até as escadas que levavam aos aposentos. Contendo o pranto, ouviu o pai resmungar mais algumas palavras, entretanto, não as ouviu e não se deu ao trabalho de parar para tal. Seu quarto estava vazio, escuro, mas ela não se importava com a escuridão naquele momento. Apressou o passo e mergulhou nas almofadas de sua cama, enterrando o rosto para que ninguém ouvisse os soluços mesclados aos gritos desesperados que faziam seu coração arder.

Não era a primeira vez que Henry agia de forma semelhante. Não era a primeira vez que fazia com que o amor parecesse possível e em seguida encontrava alguém que o completasse verdadeiramente. Elena costumava pensar que jamais seria capaz de assumir tal responsabilidade dentro de sua vida, de ser a pessoa com quem ele realmente quisesse ficar, embora o discurso tão repleto de promessas expressasse o oposto. *As outras não são você, Elena*. Mas, desta vez, ele tinha tirado algo dela. Já não eram apenas promessas, eram garantias que mesmo sendo negadas por ele, existiram. As lágrimas banhavam suas roupas de cama e seu rosto quando ela ouviu a porta se abrir vagarosamente. Prendeu a respiração.

— Não finja que está dormindo, Elena. Esqueceu que eu sou sua mãe? Conheço você.

A cama afundou em um ponto próximo a ela. Um toque delicado em seu ombro a fez estremecer.

— Filha, o que aconteceu? — questionou Lilian com a calma que lhe era típica. — Henry estava desesperado atrás de você.

— Smith aconteceu — respondeu a garota com a voz abafada pelas almofadas. — Smith, mãe.

— A moça que estava com Henry no baile?

— Ela mesma.

Elena, mesmo com o rosto imerso nas almofadas, pôde sentir sua mãe sorrir.

— Você está com ciúmes dele, querida? — As mãos suaves dela tocaram seus cabelos. — A Sra. Evans já havia me dito que um casamento entre eles era quase certo.

O silêncio recaiu sobre ambas. Lilian observou a filha deitada, imóvel, e recordou-se de uma observação a respeito da filha mais velha que recebeu com desagrado ainda no baile. Com uma graciosidade natural, levantou-se e fechou a porta do quarto, acomodando-se na cadeira da penteadeira, a poucos metros de distância da cama onde a filha mantinha-se escondida.

— Elena — chamou, entretanto, a menina não se moveu. — Elena, por favor. Diga-me o que está acontecendo.

A menina prendeu a respiração. Devagar, virou-se em direção à mãe e sentou-se na cama, segurando uma almofada contra o corpo. Seu rosto estava inchado e corado.

— Me diga o que aconteceu na festa.

O olhar de Lilian era compreensivo mesmo que ainda não houvesse nenhuma história em discussão. Era uma mulher com uma natureza empática, criada para ser esposa e mãe exemplar, além de boa ouvinte para quando o marido precisasse. Mas ninguém a ouvia. Embora fosse contida em demonstrar seus sentimentos mais profundos, suas filhas sabiam que ela sofria por dentro com a ausência de companhia, de alguém que a compreendesse completamente.

— Henry foi acompanhado de Elizabeth Smith. — Elena iniciou com cautela, medindo suas palavras. Os soluços cortavam suas palavras. — Disse que gosta dela, que ela é diferente. — As lágrimas surgiram em seus olhos novamente. Lilian assentiu e permaneceu em silêncio, permitindo que a filha continuasse. Já desconfiava desses sentimentos há muito tempo. — Mas antes... — Sua voz falhou, sendo interrompida pelo pranto. — Ele havia pedido minha mão, mãe.

— Vocês estavam noivos? — Lilian arqueou a sobrancelha, inclinando-se em direção à filha.

— Não formalmente. Ele fez o pedido, mas formalizaria assim que voltasse de Bournemouth. — Ela respirou profundamente, pressionando ainda mais a almofada contra si. — Mas ele voltou com ela.

— Oh, filha... — A jovem mãe se aproximou, acomodando-se na cama mais uma vez para envolver a filha em um abraço maternal. — Essas coisas infelizmente acontecem! Os homens são...

— O problema não é esse. — Elena a interrompeu bruscamente, levantando as duas esferas castanhas para a mãe, que a olhava sem entender nada. — Nós... Quando ele fez esse pedido, nós...

A afirmativa ficou no ar. Lilian hesitou, observando a filha com um misto de surpresa e apreensão. Endireitou-se com calma, libertando-se do toque quente da menina para tentar entender o que ela dizia.

— O que você está insinuando, Elena? — balbuciou, desejando ouvir com todas as palavras aquilo que ela tanto temia. Agora eram as suas mãos que estavam trêmulas.

A jovem se retraiu, silenciando-se diante do questionamento da mãe.

— Elena, pelo amor de Deus, o que você está querendo dizer? — O tom de voz, antes calmo, assumia um tom urgente.

— Eu e Henry dormimos juntos. — As lágrimas escorregaram pelo rosto de Elena, que evitou olhar para Lilian ao falar. Seu corpo inteiro tremia. — Ele disse que nos tornaríamos marido e mulher, então eu... Ele pediu para que eu confiasse nele e eu confiei, mãe. — A voz cedeu espaço ao choro e os soluços invadiram o ar mais uma vez.

    Lilian não conseguia chorar, nem ao menos falar. Não conseguia reagir diante das palavras desesperadas da filha. Se Thomas descobrisse, certamente mataria ela e Henry. De repente, sua mente se voltou para o baile, para a observação nada simpática da Sra. Blonché sobre a proximidade entre a filha e o primogênito Evans. As pessoas estavam começando a falar.

    — Mãe? — chamou Elena, despertando-a de seu devaneio.

    A jovem senhora voltou os olhos para a adolescente diante de si.

    — Sim?

    — Eu acho que estou esperando um bebê.

3.

Inglaterra, junho de 1912

Elena olhava pela janela em silêncio, contemplando a paisagem que se desenhava para além de onde seus olhos podiam ver. O dia estava ensolarado e atípico dado os últimos dias de chuva intensa que fizeram boa parte da população londrina esquecer-se de como era uma manhã ensolarada. O céu cinza podia ser extremamente enjoativo, ela descobrira. Empunhando uma caneta, que balançava entre os dedos, deixava sua mente se perder, correr para longe do mundo ao qual se limitava. Pensava no navio que havia afundado, nas vítimas, no que teriam visto além do continente. Ela nunca estivera em um navio antes e, depois da terrível tragédia que acometeu o RMS Titanic, não pensaria em uma viagem daquelas tão cedo.

— Ellie? — Lilian apareceu na porta. Naquele dia trajava um vestido amarelo que combinava perfeitamente com os fios negros lisos, herança de parentes distantes. Elena a achava muito bonita. — Henry está te esperando lá embaixo.

— Obrigada, mãe!

Animada, deixou de lado os papéis e devaneios para encontrar o amigo de longa data. Arrumou os fios rebeldes, escolheu um sapato decente, ajeitou o vestido e correu escada abaixo, encontrando-o andando de um lado para o outro no hall de entrada. Ele sorriu ao vê-la.

— Sempre rápida. Venha, preciso lhe contar algo.

Ela tomou a mão dele e assim partiram rua afora, caminhando despreocupadamente pela descida íngreme que levava ao Gilbert's, um simpático café onde passavam grande parte de suas tardes. Ao se afastarem consideravelmente, Henry puxou-a e a colocou contra um poste, olhando profundamente em seus olhos.

— Ouvi algo hoje. Um rumor de que iriam pedir sua mão.

O coração de Elena disparou com a surpresa. Tão cedo?

— Mas quem? — questionou sem conseguir conter o sorriso.

— Brandon Lowell.

O sorriso se ampliou sem omitir a satisfação da jovem com os rumos daquele diálogo, embora achasse estranho que o tivesse com Henry e não com Emma.

— Onde ouviu isso?

— E importa? — Ele se aproximou, os olhos azuis encontrando os dela. — Você está pronta para assumir esse compromisso?

— Bem, eu não sei. — Ela deu de ombros, observando-o com desconfiança. — O Sr. Lowell é um homem bastante respeitado.

— E velho. Ele tem vinte e dois anos!

— Não é velho.

— Como não? — Ele se sobressaltou, elevando levemente o tom de voz.

— Henry, pelo amor de Deus. Se ele pedir minha mão, aceitarei de bom grado.

— Você nem o conhece.

— E você conhece Elizabeth? — Somente a pronúncia do nome dela, a sombra que pairava sobre eles, causou-lhe um arrepio incômodo. — Só conversa com ela por cartas.

— Eu sempre a vejo pessoalmente.

— Duas vezes ao ano, quando vai visitar seus avós em Bournemouth. Não é bem um relacionamento saudável, Henry.

— Não importa, é o suficiente para que eu a ame.

— Para amar uma ideia, certamente.

O silêncio recaiu sobre eles, enquanto encaravam-se seriamente. As pessoas passavam por eles, alheias às suas preocupações adolescentes. A tensão era comum quando entravam em méritos de relacionamentos, principalmente porque um sentia a extrema necessidade de atacar o companheiro escolhido pelo outro.

— Nós éramos grandes amigos de infância — completou Henry, afastando-se de Elena. — Somente nos separamos.

— E hoje você acredita que ela seja a mesma pessoa?

— Ela é. E não tem problema se não for.

— E qual o problema com Brandon Lowell então? — A menina cruzou os braços, batendo o pé direito no chão.

Henry se calou, sentindo o sangue ferver. Elena não entendia, a situação era completamente diferente. Maldita necessidade de fazer comparações! Ele se voltou para ela mais uma vez, assistindo-a correr os olhos pelo cenário à sua volta.

— Você é minha irmãzinha, eu não quero te ver sofrer. — disse, por fim. — E eu soube várias coisas sobre Brandon Lowell.

— Ah, é? Aposto que não soube nada — rebateu Elena, cruzando os braços. A palavra "irmãzinha" lhe dava náuseas. — Só está incomodado com a ideia de ver alguém demonstrando interesse por mim.

— Claro que não. Eu quero que você seja feliz.

— Então, nesse caso, permita-me conhecer o Sr. Lowell antes de dizer tanto a seu respeito.

Ele revirou os olhos, observando o fluxo de pessoas passando por eles aleatoriamente.

— Case-se comigo — Henry disse de repente. — Aposto que será mais feliz comigo do que com Lowell. — O jovem sorriu, embora não estivesse feliz.

Elena riu maliciosamente, desdenhando do pedido improvisado pelas circunstâncias. O amigo hesitou, parando diante dela.

— Não vou me casar com você — respondeu firmemente, encarando os profundos olhos azuis.

— Por que não? Nós nos conhecemos, nos damos bem…

— Você se apaixona por ideias! — Ela o empurrou, continuando a descida. — Além do mais, adoraria a tranquilidade do interior, onde as grandes casas ainda existem e o tempo parece passar mais devagar.

Havia tempos Henry Evans não deixava claro o que sentia. Dizia-lhe sobre outros homens, possíveis pretendentes, mas quando alguém aparecia de fato, era como se tivesse tudo contra o rapaz em questão e odiasse pensar na ideia. E, então, como último recurso, sugeria que ficassem juntos. Elena já mal conseguia descrever seus próprios sentimentos sobre ele. E tinha medo do que poderia esperar disso.

— Elizabeth não é uma ideia. — Henry correu para alcançá-la.

— Elizabeth é tão falsa quanto suas propostas de casamento. Palavras são manipuláveis, Henry.

— Que sejam!

— E o que dizer sobre Emily? Isabelle? — Elena parou, voltando-se para ele abruptamente. — Suas pretendentes entregam que você não pode reclamar dos meus.

— Não é assim que funciona.

— Ah, mas é mesmo!

A moça continuou a descer em direção ao Gilbert's, enquanto ele somente a observava partir, imaginando se um dia a confusão que pairava em seu peito cessaria. Se, em algum tempo, conseguiria conviver com o conflito de sentimentos por Elena Wood.

Inglaterra, março de 1914

Henry desceu as escadas animadamente, cantarolando uma música qualquer. Não podia estar mais feliz. Por tanto tempo fora obrigado a omitir seus pensamentos e sentimentos pela jovem Elizabeth e agora estava prestes a se casar com ela. Sentia muito por Elena e a amizade de ambos, que provavelmente encontraria seu fim logo após aquele baile, entretanto, não se importava tanto assim. Elena era uma grande amiga, mas Elizabeth era seu grande amor. Não restavam dúvidas de que havia feito a escolha certa.

A mansão Evans estava repleta de gente por todos os cantos. A música ecoava ao fundo, embalando uma noite agradável e surpreendente. O ruído de taças, pratos, risos e diálogos preenchia o ambiente, tornando tudo ainda mais satisfatório para Henry. Encontrou diversos conhecidos logo na entrada e não pôde deixar de demonstrar sua alegria em estar vivendo aquele momento. Parou ao pé da escada e aguardou até Elizabeth surgir deslumbrante em um longo vestido vermelho que contrastava com seus cabelos negros e extremamente lisos.

— Você é um homem de sorte, Evans — Cristian, um dos amigos de infância de Henry, exclamou, observando a noiva descer elegantemente as escadas. — Meus parabéns.

Henry não respondeu, absorto na imagem da moça que anunciaria como sua noiva dentro de alguns minutos. Assim que ela atingiu os últimos degraus, pousou sua mão sobre a dele e ambos caminharam lentamente até o centro do salão improvisado, onde foram recebidos por uma salva de palmas. O momento não poderia ser mais encantador tanto para os dois, quanto para seus familiares, que assistiam a tudo com orgulho crescente. O casal parou ao centro, onde Henry viu a oportunidade perfeita para um pequeno discurso.

— Obrigado a todos que compareceram a essa noite tão especial. — A seu lado, Elizabeth dava pequenas risadas, fingindo um embaraço que não sentia. — É uma honra ter todos vocês aqui.

Enquanto o jovem falava, Anneline o observava de longe e em silêncio, bebericando um champanhe que não lhe pertencia. Se sua mãe a visse, estaria morta. Tudo havia acontecido rápido demais e somente sua irmã sofrera as consequências. Como observadora de uma situação que não lhe dizia respeito, mas a atingia profundamente, a caçula Wood sentia-se na obrigação de fazer alguma coisa. Henry agradecia a várias pessoas e contava sua história de amor com entusiasmo, enquanto tudo em que a menina conseguia pensar era na solidão que Elena devia estar sentindo naquele exato momento, trancada em seu quarto enquanto as horas passavam.

Havia muito tempo que assistia a irmã conviver com um sentimento arrebatador pelo rapaz que discursava com entusiasmo. Cedo ou tarde, ela imaginava que algo poderia dar errado, principalmente porque Henry sempre lhe dizia palavras bonitas demais para serem verdadeiras. E na chama das suas mentiras, queimou-a sem pensar duas vezes.

— Vocês são essenciais nessa união! — Henry continuava, alheio aos pensamentos da moça. Talvez nem a tivesse notado entre os presentes. — Obrigado!

Outra salva de palmas invadiu o ambiente, inflando o ego dos noivos, que recebiam congratulações e elogios que desapareceriam assim que a festa findasse. Do outro lado do salão, Anneline vislumbrou seu pai entretido no que o rapaz dizia com o olhar compenetrado. Não se moveu ao fim do discurso, tampouco demonstrou comoção. Preocupava-se com a incerteza sobre sua filha, e o ato impensado de Henry o corroía por dentro. Há poucos dias, Richard Evans retornara de Birmingham e se reunira com o amigo de longa data para discutir a questão urgente, entretanto, os interesses financeiros sobrepuseram-se à amizade antiga e tudo o que Thomas Wood recebeu foi um pedido de desculpas acompanhado da infalível desculpa de que não se pode presumir o comportamento instintivo de um homem, mas é possível que a mulher recuse-se a ceder a isso. Portanto, Elena deveria ter se dado o respeito antes de envolver-se de forma tão imprudente. Entretanto, o mínimo de senso justiça fez com que Richard prometesse uma repreensão ao filho e uma possível negociação de dinheiro para manter a criança, ambas recusadas por Thomas com agressividade. *Esse casamento é bom para os negócios, Thomas. Espero que entenda.* E, como um escândalo não seria favorável a nenhuma das famílias, o silêncio tornou-se a única opção.

Em seu canto, atuando de maneira natural para parecer confortável, Anneline mantinha os olhos cravados em Henry, aguardando um único momento para lhe dizer algumas palavras. Observou-o caminhar com Elizabeth por entre amigos e parentes, trocar meia dúzia de palavras e se afastar. Viu-o somente com ela. Findado o assédio, e concluindo que jamais o teria em companhia se não se impusesse e pedisse a separação por poucos minutos, caminhou tranquilamente, colocando-se diante deles sem o mínimo pudor.

— Com licença — disse com polidez. Os olhares voltados a ela demonstraram desconforto com a intromissão. — Sr. Evans, Senhorita... Smith?

A jovem sorriu, lutando para manter o sorriso e a compostura. Não sabia quem era a jovem que os abordava e isso não lhe era confortável. Ela sequer havia desejado felicidades, diferente dos demais.

— Será que poderíamos trocar algumas palavras rapidamente? — Anneline disparou com firmeza.

— Agora? — questionou Henry, sinalizando com o olhar Elizabeth ao seu lado.

— Se possível, sim — a jovem respondeu impassível.

O casal se entreolhou e a moça assentiu, libertando-o de seu toque. Estava infeliz, mas lutava para não parecer. Mais tarde, quando estivessem sozinhos novamente, questionaria quem era a misteriosa menina que sequer sabia seu nome e, mesmo assim, marcava presença em sua festa de noivado. Anneline conduziu-o para a sala vazia ao lado e fechou as portas de vidro de modo que restassem somente os dois. Ainda sem pressa, puxou as cortinas espessas e as fechou, deixando-os totalmente a sós. O anfitrião arqueou a sobrancelha.

— Anne, é melhor deixar as cortinas abertas. Não será bom ser visto entrando em uma sala sozinho com uma moça justamente na noite do meu noivado. É claro, não será bom para você também.

— Não notou a ausência de alguém hoje? — Ela iniciou sem floreios, recostando-se em uma mesa de madeira escura.

Henry piscou repetidas vezes, tentando assimilar a rapidez com a qual o assunto se iniciara. *Elena*. Cabisbaixo, sentou-se no braço de um dos sofás, sentindo os olhos da menina sobre si.

— Eu imaginei mesmo que ela não viesse. Ela está bem?

— Que bondade sua perguntar.

— Eu falo sério, Anne.

A menina relaxou os ombros, omitindo todas as ofensas que pensara durante o trajeto para optar pelo diálogo. Acusá-lo do que já havia sido feito não adiantaria mais nada.

— Não, ela não está, Henry. E, sinceramente, eu não imagino se ela irá ficar algum dia novamente.

— Eu entendo. — Ele passou os dedos pelo cabelo perfeitamente arrumado em um topete imponente. — Você sabe?

— A história? Claro, minha família inteira sabe. Se não me engano, até seu pai já tem conhecimento, não é?

Henry engoliu em seco, assentindo silenciosamente.

— Eu só não consigo entender o porquê. — A jovem continuou, ciente dos impactos que a menção à sua irmã causavam. — Ela confiava em você mais do que em qualquer outra pessoa no mundo inteiro.

— Não foi minha intenção, Anne. Eu não quis causar tanta mágoa.

— Então por que fez tantas promessas, Henry? Você só precisava ser sincero, não dizer nada, seguir a sua vida. O que, nisso tudo, foi tão difícil?

— Eu tinha certeza que seria ela.

— E nessa certeza preparou uma cena, pediu-a em casamento e dormiu com ela para depois aparecer com outra mulher declarando seu amor incondicional? Você entende que nada disso precisava existir?

— Não posso me retratar diante disso — respondeu Henry com a voz mais firme, recompondo-se. — São fatos dos quais me arrependo profundamente.

— Seu arrependimento não basta.

— E o que quer que eu faça, Anneline? — questionou exaltado. — Elizabeth tem o meu coração desde que éramos crianças.

— E Elena tem o seu filho. O que pesa mais? — A menina cuspiu as palavras, irritada com a ausência de sensibilidade ou inteligência do outro. Certamente sua irmã merecia alguém melhor.

O sangue gelou nas veias de Henry. Seu coração disparou e um nervosismo incomum tomou-lhe conta do corpo. Não podia ser, não dessa forma, não naquele momento. Os flashes daquela noite, do toque suave de Elena, das luzes fracas e do cenário atípico invadiram sua mente enquanto ele tentava manter-se são diante da notícia. Inquieto, levantou e explorou o cômodo em silêncio.

— Meu filho? — balbuciou por fim, virando-se para Anneline. — Elena está grávida?

— Sim, está.

Ele sentiu a garganta seca e se arrastou até o aparador onde repousavam as garrafas. Serviu-se de um copo cheio de uísque e bebeu quase em um único gole antes de se acomodar no sofá, apoiando os cotovelos nos joelhos. Anneline aproximou-se e tomou o espaço ao seu lado, respeitando o silêncio que ela sabia ser essencial.

— Seu pai não te contou? – Anneline perguntou com certa desconfiança. A ausência de cor no rosto do rapaz era resposta suficiente. – Esse tempo todo e você não sabia de nada?

— Eu não... Meu Deus. Como isso foi acontecer? — questionou a si mesmo, arrancando risos irônicos da jovem que o acompanhava.

— Você sabe como.

Ele aquiesceu, sem ouvir nenhuma palavra. De repente a festa, os convidados, até mesmo Elizabeth eram inexistentes. No espaço de tempo onde se encontrava havia apenas ele e Elena no fatídico momento em que decidiram unir-se definitivamente. *Confie em mim*, ele dissera antes de despi-la. Onde estava o seu orgulho? Ele estava prestes a se casar com uma jovem deixando outra completamente desamparada para trás.

— Pois bem, Henry. — A voz de Anneline cortava como faca. Ela sabia, mas estava cansada de se manter sempre em silêncio. — Eu soube, por meio do meu pai, que não é do desejo de sua família que assuma seus erros, mas, te conheço bem o suficiente, eu acredito, para saber que talvez você não tome os mesmos partidos. Ela precisa de você como nunca precisou antes.

Uma lágrima escorreu dos olhos de Henry enquanto ele bagunçava os fios loiros com as mãos. Já não havia mais nenhum requinte, apenas um emaranhado de fios embaraçados e desordenados. Sua face assumia um tom acentuado de vermelho. Ele se levantou, caminhou até a extremidade da sala e voltou-se para Anneline com os olhos marejados.

— Por que ela não me escreveu? Não me disse nada?

— Ela preferia te contar pessoalmente. Ela tentou, na verdade.

— O baile — Henry sussurrou, confirmando suas expectativas no aceno de cabeça da outra.

Você não notou nada diferente em mim desde que chegou?

— E por que revelar justo hoje? — questionou Henry de forma perturbada. Mal conseguia se conter com tamanha ansiedade lhe consumindo. — E por que não ela?

— Porque nós achávamos que você soubesse. E ela não quer te ver. — Anneline mantinha a calma, satisfazendo-se com a miserabilidade do outro. — E hoje era minha melhor chance de chegar perto de você sem a interferência de meus pais.

Uma música animada começou a tocar do lado de fora, embalando os convidados. Logo seria o momento de fazer outro discurso, entretanto, ele já não fazia mais ideia do que dizer, mesmo que o tivesse completado na mente. Não saberia pronunciar uma única palavra com tamanho peso nas costas.

— Como ela está? — perguntou Henry finalmente, ainda correndo as mãos pelo rosto com impaciência.

— Eu não acho que preciso te responder. — Anneline se levantou, caminhando até a porta. — Todos nós sempre esperamos o mínimo de você, mas hoje, minha estima é ainda menor.

— Anneline, espere — implorou, correndo até ela. — Por favor, me diga como ela está.

A jovem o mediu com o olhar e suspirou, dando de ombros. Paciência nunca fora seu forte.

— Elena tem um romantismo que eu nunca compreendi. Não é segredo para nós que ela sempre foi apaixonada por você.

Ele arregalou os olhos, segurando a respiração. A jovem sentiu esvair pelos dedos o pouco de calma que tinha.

— Por cinco anos você nunca soube o que ela sentia? Pelo amor de Deus, era bastante óbvio até mesmo para você!

Henry se calou, aquiescendo. Sua grande noite repentinamente parecia completamente destruída. Ele levou as mãos aos cabelos, aos braços, enfiou-as no bolso.

— Anne, eu não sei o que fazer — confessou em visível desespero. — Eu não sei o que desejam de mim agora. Não posso romper meus compromissos com Elizabeth, mas sua irmã...

— Você não acha que ela merece uma explicação sobre seus atos? — A jovem pousou a mão na maçaneta dourada, tentando encerrar de uma vez por todas o assunto. Henry a cansava.

— Ela não vai querer me ouvir.

— Pois bem, isso já é outra história. Minha parte está feita, agora é inteiramente com você. — Ela abriu as portas, ajeitando os cabelos e se recompondo. — Mostre que existe pelo menos um pouco de bom senso dentro de você.

E saiu, misturando-se aos convidados, deixando para trás um Henry Evans arrasado e completamente perdido.

O relógio marcava quase três horas da manhã quando os passos ecoaram pela rua vazia. A iluminação fraca e os ruídos distantes de um grupo completavam o cenário solitário de uma noite qualquer de março. Com as mãos nos bolsos do casaco espesso e o olhar perdido no horizonte escuro, o rapaz se limitava a andar sem rumo. A cada passo, uma nova imagem tomava sua mente, levantando novos questionamentos. Os momentos, quase tão vívidos quanto o ar que tocava sua pele, lhe causaram um mal-estar repentino, a sensação de que havia falhado consigo mesmo. Ele amava Elena Wood com todas as suas forças, mas não conseguia amá-la como deveria, não conseguia amá-la como amava Elizabeth. Era um tipo diferente de sentir que ele só havia experimentado com ela, embora soubesse que mesmo tais sentimentos não traziam a segurança que acompanhava qualquer cogitação a respeito de Elena. Estava frustrado, machucado por dentro. Se não conseguia tê-la como gostaria, por que havia mentido quanto ao desejo de torná-la sua esposa?

Os passos continuavam a ecoar conforme ele avançava. A mansão, antes inexpressiva, erguia-se diante dele com toda sua magnitude, despertando-lhe ainda mais dores. O vinho fazia com que o clima parecesse quente e os sentimentos mais fortes. A verdade é que Henry encontrava-se perdido em suas ideias e convicções, distante de qualquer coisa que já havia imaginado. Elena era uma parte insubstituível de sua vida, um espaço mantido a sete chaves e guardado profundamente dentro de seu peito; uma faísca que existia, mas nunca se tornara fogo. Elena era um dilema, uma luz quando as coisas pareciam perdidas, entretanto, não era o suficiente para livrá-lo de si mesmo. E nunca seria.

A silhueta imponente já podia ser vista com clareza quando ele hesitou, correndo seus olhos por toda a extensão da casa onde passara grande parte de seus anos. Todas as luzes estavam apagadas, exceto por uma facilmente identificável. A poucos metros, ainda desperta, estava a jovem que fora sua confidente, a mulher que ele queria levar para a vida, mas que nunca conseguiu compreender. E, naquele instante, as consequências para tê-la eram grandes demais. A dimensão de seus erros ia sufocar a ambos e esse não era seu desejo. Não podia abrir mão de seu noivado, não podia se prender a algo que lhe causasse arrependimento posteriormente em nome de uma imprudência adolescente.

O pranto tomava-lhe a face quando ele a viu caminhar de um lado a outro dentro do quarto, segurando algo que ele imaginou ser uma folha solta. Provavelmente estava trabalhando em uma nova história para aplacar a amarga realidade que enfrentava naquele exato momento. Ela nunca o perdoaria, no entanto, ele não conseguiria levar adiante planos que não tinha traçado, mesmo que fossem com ela. E, da mesma forma como não podia jurar em vão mais uma vez, também não podia dizê-las diante dela, caso contrário, sua impulsividade falaria mais alto novamente. O relógio marcou três horas quando Henry sussurrou um pedido de desculpas e deu meia-volta, afastando-se da mansão, das lembranças e de um passado que já não lhe pertencia.

O carro movia-se lentamente pelas ruas de terra, levantando uma poeira espessa. A paisagem, que já fora mais bonita um dia, estava avermelhada, sem graça. Pelo vidro, Elena e Anneline acompanhavam o trajeto em silêncio, observando os detalhes com apreensão e admiração. Era quase impossível não se deixar levar pelas primorosas colinas pintadas no horizonte. Lilian tentava conter as lágrimas ao lado do marido, que mantinha o semblante impassível. Havia chorado a noite inteira, rezando como toda boa devota para que Nossa Senhora ouvisse suas preces e poupasse Elena de outros sofrimentos. É claro que, na cidade, haviam notado que, pela primeira vez, era Thomas quem dirigia o carro e não o motorista da família, certamente originando rumores que deveriam ser desmentidos em uma próxima reunião da sociedade.

A cada novo quilômetro percorrido, Thomas repensava os últimos dias e o quanto eles haviam custado. Richard Evans fora categórico ao dizer que não podia controlar os ímpetos e vontades do filho, afinal, a responsabilidade por manter a castidade deveria ter sido inteiramente da menina. Quem poderia confiar nas palavras de um homem quando ele ansiava por sexo? Thomas deveria saber bem como era isso. De qualquer forma, o casamento de Henry com a belíssima Srta. Smith não podia ser anulado, tampouco por um motivo tão fútil como o deslize de dois adolescentes. Ele precisava daquela garantia para o próprio filho, precisava assegurar que a junção das fortunas de ambas as famílias traria frutos para o futuro de seu nome. E, como se não bastasse, Richard finalizou com um alerta incisivo ao nobre Sr. Wood sobre o que ouvira a respeito de suas filhas. De certo, não era nada agradável. As propostas que se seguiram foram descartadas em palavras que não valeriam sequer a menção.

O carro estacionou no caminho de cascalhos diante de uma casa simples, desprovida de luxo ou elegância. As telhas gastas pelas intempéries e as paredes cujas manchas negras escorregavam pelas paredes de tijolos pesados entregavam a ausência de recursos para mantê-la. Estava ali há quase cem anos e, desde então, não passara a mais nenhuma família, sequer enfrentara alguma reforma mais relevante. Thomas e Anneline entreolharam-se de forma enfática enquanto Elena abraçava a si mesma e tentava não demonstrar o quanto estar ali a incomodava. Uma senhora de olhos castanhos expressivos e um sorriso largo os esperava do lado de fora, recostada em um pilar de madeira. Ela parecia animada em vê-los.

— Tia, quanto tempo! — exclamou Lilian, dando um longo abraço na senhora. — Muito obrigada por atender nosso pedido tão desesperado.

— Não se preocupe, querida — respondeu docemente, observando as duas jovens que se aproximavam. — O tempo foi generoso com suas filhas, Lilian. Sua mãe ficaria orgulhosa.

Sem ouvirem o elogio, as moças se aproximaram, cumprimentando a mulher com toda a educação que lhes fora provida. Analisando todo o cenário que os envolvia, a impressão de retorno aos primeiros anos do governo vitoriano foi inevitável, complementada pelos detalhes arcaicos que não condiziam com o restante do mundo. Elena pousou a pequena mala no chão e arriscou olhar à sua volta, encontrando somente a solidão e o verde dos bosques. O silêncio era quase ensurdecedor.

— Por favor, entrem! — A anfitriã convidou, cedendo espaço para que todos o fizessem. — Gostariam de um chá?

— Por favor — respondeu Lilian, acomodando-se no sofá gasto.

Catherine Pomplewell se retirou da sala, dirigindo-se à cozinha. Aos quarenta e oito anos, carregava consigo a responsabilidade de sustentar a si mesma e à filha, Julianne, desde a morte de seu marido. Desprovida de qualquer herança que pudesse auxiliá-la – a pequena fortuna de August Pomplewell, herdeiro único de uma família que pertencera à aristocracia inglesa, fora enterrada em dívidas de jogo que vieram ao conhecimento da mulher meses após o falecimento dele –, tomou para si a tarefa de manter a casa, recusando as inúmeras propostas da igreja para ajudar ambas. Catherine reconhecia em si a capacidade de levar sua vida adiante sem depender de ninguém e, por este motivo, ao receber a carta de sua sobrinha Lilian pedindo para que acolhesse Elena, não hesitou em aceitar. Sabia muito bem as condições oferecidas a uma mulher sozinha com uma criança para cuidar. Se para ela, que já não possuía nome ou posição na sociedade, havia sido difícil, para uma jovem na flor da idade e com posição considerável seria imensamente pior.

O chá foi servido e a conversa não se estendeu além do necessário, principalmente porque somente Lilian parecia interessada no que a tia tinha a dizer. Durante todo o diálogo Elena permaneceu retraída diante da janela, deixando seus pensamentos percorrerem os quilômetros que a separavam de Londres. Não sentia a necessidade de falar, comer, mover-se sequer. Ansiava apenas transferir-se para uma realidade que não a ferisse tanto quanto aquela. O sol já desaparecia no horizonte quando seus pais partiram, deixando-a para trás com duas desconhecidas e uma criança no ventre. A incerteza de seu caminho parecia sufocá-la.

Julianne Pomplewell conduziu Elena até seu quarto, um modesto cômodo decorado com móveis de madeira e espaço razoável. Não mais do que ela precisaria nos seis meses seguintes.

— Não podemos prover o conforto que você certamente tinha, mas tentamos deixar o espaço aconchegante o suficiente. — Julianne sorriu, preocupada com as reações da jovem quanto ao aposento destinado a ela. — Se precisar de qualquer outra coisa, é só nos dizer.

Elena retribuiu o sorriso, correndo a ponta dos dedos pela superfície macia da cama perfeitamente arrumada. Somente de pensar em estar distante de seus pais, de Henry e da atmosfera materialista de Londres já se sentia mais disposta.

— Está ótimo — respondeu por fim, assistindo ao alívio da moça. — Obrigada.

Naquela noite lhe prepararam um confortável banho de banheira e cederam cobertores que pareciam exceder os limites financeiros da família. No jantar foi servido um cozido delicioso preparado por Catherine, e, quando a noite já avançava, todas se retiraram para finalmente descansar. Conforme a madrugada avançava, a menina escrevia mais depressa, despejando ideias no papel como quem joga palavras ao vento. Criava frases enfáticas, desperdiçava tinta, casava destinos fantasiosos para suprir a solidão que o vazio interior lhe causava. Cansada, recostou-se na cadeira e leu as últimas páginas, demonstrando-se finalmente satisfeita. Por fim, quando as pálpebras já pesavam, ajeitou-se sob as cobertas e chorou pousando as mãos sobre a barriga quase inexistente. Para uma jovem que tinha tudo, ela sentia como se nunca mais fosse capaz de ter nada.

Mal amanheceu e já se ouvia os passos apressados das duas jovens. O vento forte indicava que em breve uma tempestade cairia sobre a amável Richmond. Julianne segurava a barra do vestido e empunhava, na outra mão, uma grande jarra de leite fresco, enquanto a seu lado, Elena trazia no colo uma cesta repleta de ovos. O cheiro forte causava alguns enjoos, mas ela os ignorou, continuando seu percurso. O ruído dos trovões preencheu o ambiente quando as jovens adentraram a casa e depositaram as coisas na cozinha.

— Obrigada pela ajuda, Elena — agradeceu Julianne, retirando os ovos da cesta. — Se quiser se retirar para ler ou descansar, peço a minha mãe que a chame quando o almoço estiver pronto.

— Não preciso descansar agora. Não tem nada que eu possa fazer para te ajudar?

Julianne arqueou a sobrancelha, pousando as mãos na cintura. Elena se retraiu diante de seu olhar duvidoso.

— Perdoe caso soe como grosseria, mas sabe cozinhar?

— Bem, não. — As bochechas da jovem enrubesceram, arrancando risos da outra. — Mas posso aprender.

— Não precisa. Você deve repousar durante a gravidez.

Elena virou a jarra de leite recém-ordenhado em uma panela funda, utilizada para esquentá-lo. Sentia os olhos da prima a acompanharem curiosos, quase como se duvidassem que ela fosse capaz de sujar as mãos.

— Elena, de verdade, não precisa se preocupar conosco. Nós estamos acostumadas a fazer esse tipo de serviço.

— Enquanto eu estiver aqui, gostaria de ajudar.

A anfitriã então sorriu, aproximando-se dela com cuidado para acender o fogo e passar-lhe algumas instruções quanto às tarefas do dia. Logicamente guardaria o mais simples para Elena, prezando o bebê que carregava em seu ventre, entretanto, admirava a curiosidade e iniciativa da jovem rica em ajudar nos serviços domésticos. Não pôde deixar de reparar também na agressividade omitida nas grandes esferas castanhas da jovem, no brilho acentuado que havia tomado seus olhos nas últimas horas. Diferentemente do dia anterior, ela não parecia mais tão frágil.

4.

Inglaterra, agosto de 1914

Querida Ellie,
Escrevo novamente para lhe atualizar. Aconteceram reviravoltas impressionantes desde minha última carta.
A sociedade está em polvorosa com dois casos estarrecedores. Uma jovem, que não deve ter menos do que nossa idade, foi morta de uma maneira horrível. Enquanto lhe escrevo, ainda não tenho as respostas a respeito das consequências ou dos envolvidos, mas logo estará em casa e poderá descobrir por si mesma.
Meredith Scott está grávida e dizem que o bebê é do Sr. Rudolph Lorne, amigo do papai. A Sra. Lorne não falou nada a respeito, mas o caso tornou-se um verdadeiro escândalo, tanto por ele ser casado, quanto pela diferença de idade de quase trinta anos entre eles. Francamente, você teve bastante sorte de ser acolhida distante das más línguas, elas são capazes de acabar com alguém em míseros segundos.
O casamento de Lianna e George aconteceu há uma semana e foi lindo. Queria que você estivesse lá para ver a felicidade nos olhos dela. E sabe quem encontrei na festa? Emma! Ela está noiva de um duque que não irei lembrar o nome e ganhou algum peso, o que a deixou ainda mais bonita. Lembra-se do quão doente ela parecia ser? Papai não me deixou revelar seu destino, porém, ela prometeu-me uma visita e, junto dela, uma carta para você.
A cidade está quieta, até mais do que o habitual, por conta da guerra que se aproxima. Temo por John. Sua ida arruinaria nosso noivado, embora seja por um motivo nobre. Tia Sophie já nos disse para não criar grandes expectativas quanto a

retornos masculinos. E falando nisso, receio lhe dizer que soube que Henry, caso as expectativas se confirmem, também manifestou desejos de se juntar ao exército.

Papai disse que em breve enfrentaremos períodos sombrios e que se preocupa com nosso futuro. Aparentemente, houve um pronunciamento do Rei a respeito, mas não irei me demorar nessas partes. Uma guerra já é suficientemente assustadora e acredito que, de certa forma, você já deve estar bastante informada. Mamãe está em pânico e já não sei mais o que fazer para distraí-la destes pensamentos. Como gostaria que você estivesse conosco!

Como você está? De acordo com meus cálculos, dentro de um mês você finalmente dará à luz. Como se sente sabendo que em breve será mãe?

Por favor, me escreva de volta. Penso em nosso passeio pelo centro charmoso de Richmond quase todos os dias, desejando repeti-lo. Quem sabe assim que seu bebê nascer? Sinto sua falta.

Anne

Elena dobrou o papel e soltou um longo suspiro, olhando através da janela. No horizonte o Sol brilhava distante do clima acinzentado que havia tomado os céus por várias semanas. O que a esperaria lá fora? Era difícil dizer, principalmente àquela altura. Em sua casa não havia mais nada reservado a ela e certamente a sociedade já tomara conhecimento de sua condição, tornando o futuro uma interrogação desconfortável. Ela pressionou o papel entre os dedos e respirou profundamente desejando que sua irmã pudesse estar ali com ela para discutirem todos aqueles assuntos. Era complicado explicar o misto de sentimentos em uma mera carta.

Duas semanas antes decidira que não ficaria com a criança. Após longas noites de conversa com Julianne e um aperto no peito que a sufocara dia a dia, Elena optou por seguir sua vida sozinha para reconstruir tudo aquilo que os últimos meses a haviam tirado. E por não conseguir imaginar como seriam tais caminhos, não podia carregar consigo uma vida, alguém que não tinha culpa dos erros que ela cometera por imprudência. Catherine era contra a decisão, tentando de todas as formas persuadir a menina a desistir da ideia e se sacrificar em prol do bebê, entretanto, concordava que as condições não seriam favoráveis nem mesmo no mais otimista dos cenários. De Henry só obteve silêncio. Nenhuma carta foi recebida, tampouco um recado enviado através de qualquer um dos familiares. De repente, Henry Evans já não existia mais em sua vida, resumindo-se a nada além de um devaneio de outros tempos.

Durante todo o tempo em que esteve em Richmond, Elena esperou uma resposta, uma remissão que nunca chegou. Passou noites em claro imaginando as feições do bebê, enquanto seu coração insistia no arrependimento de Henry e no acerto de contas que deveria ter ocorrido muito tempo antes. Em seu vão romantismo, desejava que ele retornasse e percebesse que as consequências daquela noite eram maiores do que um simples silêncio. Era vida, o fruto das promessas vazias que ele renegara tantas vezes. A ausência de qualquer declaração, ao menos para atestar sua ciência sobre o quão prejudicial havia sido o envolvimento de ambos, a enlouquecia, mas não de amor e, sim, de raiva. Àquela altura não o aceitaria como seu marido ou amigo mesmo se pudesse tê-lo. Henry Evans tornou-se sinônimo de repulsa a ela.

O Sol desaparecia entre as nuvens carregadas quando ele se levantou, deixando a carta de lado. Finalizou o copo de uísque e desfrutou uma última vez seu caminho ardente, sentindo seu corpo inteiro estremecer. Pequenos detalhes que o faziam se sentir vivo. A camisa alinhada estava pendurada no encosto da cadeira, os sapatos lustrados próximos à porta e a mala feita em cima da cama. Era definitivo, sem chance de retorno. Henry suspirou profundamente ao encarar suas roupas dobradas, questionando se em algum momento retornaria àquele quarto, à sua vida antiga. Se algum dia resolveria os assuntos que insistiu em deixar para trás.

O alistamento despertara sentimentos antes omitidos na mente, nas lembranças que ele raramente remexia, mas que, com frequência, o atormentavam. Por vezes, quando não conseguia dormir e assistia ao início de outro dia, ele se arrependia das palavras usadas naquela noite que nunca terminou. A angústia corroía seu peito com a mesma facilidade que seus pensamentos devastavam a falsa felicidade que o envolveu por certo tempo. Ele tentava evitar a culpa, imaginar um desfecho favorável, mas nada o acalentava, nem mesmo os feitos conquistados desde então.

— Querido? — questionou Elizabeth, apoiada no batente da porta.

Henry levantou os olhos para ela sobressaltado, sentindo o coração pular no peito. Por mais surreal que fosse a ideia, tinha medo que a esposa pudesse ler seus pensamentos.

— Onde estava? — Ela sorriu, aproximando-se dele e o envolvendo em um abraço apertado. —Está quase na hora de partir.

— Existe alguém no mundo que deseje ser enviado para a morte certa? — Ele suspirou, beijando a pele delicada do braço dela.

— Você não vai morrer! — exclamou a jovem senhora com a voz sempre estridente, afastando-se dele. — Você precisa voltar para mim.

— Eu vou voltar.

Ela sorriu e caminhou até a mesa onde repousava o uísque, os cigarros e a carta, acomodando-se na poltrona carmim. Correu os dedos pelos objetos e balbuciou sem voltar-se para ele:

— Isso tudo é tão você que se torna complicado dizer adeus.

— Então não diga. — Ele caminhou até ela, afastando os longos cabelos negros para beijar seu pescoço. — O que acha de uma despedida diferente?

Ela sorriu e tomou a carta nas mãos, abrindo-a rapidamente. Seus olhos correram pelo texto e sua face assumiu tons sombrios de imediato.

— É sério isso, Henry? — questionou incrédula.

— Encontrei perdida nas minhas coisas — Henry respondeu com os lábios ainda na pele quente e macia dela. — Esquece isso, Liz.

— Perdida não, guardada. — Com um movimento brusco e eficaz, Elizabeth se levantou, voltando-se para ele com agressividade. — Por que estava lendo isso agora?

Henry conteve-se para não revirar os olhos.

— É só uma carta, Elizabeth.

— Não, é uma carta *dela*. — A moça levantou o papel no alto, aumentando seu tom de voz. — Você está partindo hoje e ao invés de ficar comigo, está lendo uma carta da Elena!

— São só palavras em um pedaço de...

— Você nunca a esqueceu, não é? — A jovem senhora parecia cada vez mais irritada e chateada, prestes a cair em lágrimas. — Eu sempre soube que jamais tomaria o lugar dela não importa o que eu fizesse.

— Pelo amor de Deus. — Ele tentou se aproximar, no entanto, recebeu um empurrão que o fez cambalear para trás. — Elena foi minha melhor amiga e eu sinto saudade dela. Só isso.

— Ah, você sente falta dela! Ia levar a carta consigo?

Henry respirou profundamente, controlando-se diante da dramaticidade de sua esposa. Por mais que a amasse, Elizabeth era bastante infantil, principalmente em relação às amizades e contatos do marido. Se ele saísse, ela o acompanhava para se certificar de que nada aconteceria, para ter certeza sobre as pessoas com as quais ele se encontrava. Era uma relação quase doentia que todos tinham conhecimento, exceto eles.

— A última vez que vi Elena foi antes de nosso casamento. E me arrependo profundamente de termos brigado daquela forma — respondeu com tranquilidade, observando a mulher em prantos diante de si. — As coisas não precisavam ter terminado como terminaram.

— Você se arrepende de ter dado um basta quando ela se declarou para você?

— Ela não se declarou, Elizabeth.

— Então se pudesse você teria ficado com ela? — A mulher segurou a carta com força, amassando-a.

— Eu não aguento mais ter essa mesma discussão com você.

— Sabe de uma coisa, Henry? Eu não me importo com suas lembranças ou com ela. — Elizabeth rasgou a folha e reuniu os pedaços na palma das mãos. — Morra nessa guerra — disse arremessando o que sobrou da carta no rosto do marido e se retirando logo em seguida.

O silêncio pairou no quarto novamente. Ele baixou os olhos para as tiras de papel amassadas no chão e se abaixou para pegá-las mais uma vez. As palavras levemente inclinadas permaneciam ali, mantendo vivas em pequenos fragmentos as memórias de um tempo que jamais voltaria. Onde estaria Elena?

— Senhor? — Albert, o mordomo da família, surgiu na porta, despertando-o de seus pensamentos. — O carro está esperando.

— Desço em cinco minutos, obrigado.

Em um último ato antes de partir, Henry pressionou os pedaços de papel entre os dedos e a palma da mão, tentando tirar de si todas as memórias que perturbaram seus sentimentos desde que sua presença na guerra se tornara real. Mas, o que mais doía nele era o fato de não se arrepender, nem por um instante, de ter optado por seu casamento com Elizabeth, e isso o motivava a destituir-se de tudo aquilo que a machucava. Não poderia arcar com outra mágoa, principalmente de sua mulher. Com as imagens da amiga ainda vívidas na mente, Henry deixou os fragmentos em cima da mesa, ao lado do copo já vazio. Caminhou até a cama, pegou a mala e desceu, deixando para trás o último vestígio de Elena.

A jovem observava seu reflexo nas águas do riacho, percebendo que precisava urgentemente pentear os cabelos. Correu os dedos pelos cachos castanhos e fitou a prima em meio às pedras, caminhando levemente na ponta dos pés.

— Você deveria ser bailarina. — Elena sugeriu, retraindo-se após sentir a criança mexer dentro de si.

— Eu deveria ser muitas coisas, Ellie, mas estou presa aqui para sempre.

— Não seja tão dramática.

Julianne sorriu, equilibrando-se em uma das rochas proeminentes.

— Talvez um dia eu vá embora. — disse, caminhando até a prima, que permanecia deitada sob um feixe de luz. — Para a América ou algo assim. Começaria minha vida de novo.

Elena hesitou, levantando-se cautelosamente. Julianne se acomodou ao seu lado, observando-a se mover com certa dificuldade por conta da barriga volumosa. Ao analisá-la, ficava se perguntando como deveria ser carregar uma vida dentro de si, sentindo-se enjoada apenas de cogitar a ideia.

— América? — perguntou Elena fazendo uma careta e apertando um ponto específico da barriga. — O que gostaria de fazer lá?

— Eu não sei — respondeu Julianne desviando o olhar. — Tentar de novo. Ser quem eu sempre quis. — Ela deu de ombros, abraçando os joelhos. — Ninguém saberia meu nome ou minha história. Seria como renascer, entende?

— Às vezes é tudo que precisamos — respondeu Elena, jogando a cabeça para trás de forma a desfrutar os raros momentos de luz solar.

Ambas retornaram andando sem pressa, dividindo histórias e casos. Pela primeira vez em muito tempo, Elena sentia-se à vontade para ser ela mesma. Na companhia de Catherine e Julianne o mundo parecia mais fácil mesmo com tantas adversidades. Não havia regras para jantar, caminhar, se vestir ou então conversar com alguém; era um mundo completamente diferente do qual ela fora criada. Com sua prima ela podia falar de arte, ciência, compartilhar a predileção pela escrita. Podia ser uma Elena que ninguém jamais teve acesso ou imaginou que existiria ali dentro, envolta naquela aparente ignorância. A verdade é que ela sabia muito mais do que se permitia mostrar.

— Você está melhor? — questionou Julianne enquanto se abaixava para pegar um dente-de-leão.

— Um pouco, sim. Não que eu esperasse vê-lo novamente, mas pensar que ele pode morrer é extremo.

— Você ainda o ama.

— Não diria essas palavras. — Elena respirou fundo. A gravidez havia levado embora todo o seu fôlego e disposição. — É difícil esquecer um sentimento tão forte em pouco tempo. Mas, depois do que ele fez, não o desejaria mesmo se meu pai me obrigasse a casar com ele. Prefiro arcar com as consequências dos meus atos.

— Ao contrário dele, claramente — ironizou a outra, assoprando a planta.

Elena aquiesceu, deixando-se levar por um pensamento específico por um momento.

— Será que em algum momento ele imaginou a existência dessa criança?

— Talvez. — Julianne retomou o caminho para o casebre, enlaçando seu braço com o da prima. — E se o fez, por que não veio atrás de alguma resposta? Digo, ele seria capaz de dar as costas para o próprio filho?

— Quem sabe. Talvez ele não soubesse onde me encontrar.

— Ou não tenha sequer tentado saber. Aposto que se ele perguntasse a seus pais, certamente eles diriam. Henry é o pai do seu filho.

— Meu pai não — respondeu Elena sentindo as costas pedirem mais descanso. — Não depois que o Sr. Evans se recusou a obrigar o filho a assumir um compromisso comigo por conta de dinheiro.

— Não entendo a sociedade e sua necessidade de dinheiro — rebateu a moça irritada. Queria poder dizer muitas coisas ao sujeito que sequer conhecia. — Ele é a causa de todos os grandes problemas e ainda assim, o veneram.

Ambas chegaram ao casebre onde Catherine as aguardava com a mesa posta para o jantar. Embora estivesse de bom humor, Elena não conseguia deixar de pensar no alistamento de Henry. Mesmo que o odiasse com todas as forças, pensar em sua morte era algo que a afligia em níveis inimagináveis. Ele morreria sem saber a verdade, sem ver os próprios filhos ou o legado que poderia construir ao lado de Elizabeth. A guerra era um terreno cruel demais para terminar uma história, seja qual fosse ela.

Após uma refeição agradável, Elena se retirou para descansar. A barriga pesava o suficiente para causar dores intensas nas costas, nas pernas e nos pés. Com dificuldade, ela se deitou e cerrou as pálpebras, permitindo que diversas imagens viessem à sua mente. Imagens de um futuro que ela não teria, de Henry, dos pais, de Anneline, de tudo o que havia planejado. Seu pai sempre lhe dissera que a vida nunca seria fácil, entretanto, com a realidade que a cercava, era difícil crer que algo pudesse dar tão errado. E foi exatamente o que aconteceu. A verdade era que Elena não reconhecia a si mesma havia tempos. Suas feições pareciam ter mudado, os pensamentos já não eram os mesmos e até seu humor, sempre tomado por alegria e otimismo, eram tão neutros quanto o tempo do lado de fora da casa. Sentia somente dor, angústia e um vazio que não conseguia preencher. Era difícil assimilar sua realidade, principalmente por estar em grande parte do tempo sozinha.

Ao longo dos meses, lidar com a gravidez não fora complicado. Julianne e Catherine mostraram-se ótimas ouvintes e conselheiras, passando-lhe os melhores remédios naturais para enjoos, dores e todo tipo de mal que pudesse acometê-la. Também se mostraram grandes amigas, ignorando as circunstâncias que a fizeram carregar uma criança no ventre, sempre dispostas a compartilhar de seus questionamentos. Quando a noite varreu a cidade com uma escuridão de tempestade, Elena acomodou-se por baixo dos cobertores e pôs-se a observar o céu pela janela entreaberta, permitindo que seu pensamento corresse para longe. Onde estaria Henry naquele exato momento?

— Elena, esses são o Sr. e a Sra. Loney. — Catherine apresentou os três com um sorriso amistoso.

A jovem observou o casal diante de si. Ambos não deveriam ter mais do que trinta anos, ela pensou. A mulher era extremamente bonita, dona de longos cabelos ruivos e olhos tão azuis que pareciam feitos de vidro. Sua pele era clara e o rosto tomado por sardas dispostas graciosamente, cedendo a ela um ar quase angelical. O homem possuía cabelos escuros, quase negros, olhos também azuis e uma barba por fazer que lhe atribuía um charmoso ar desleixado. Claro que era tudo pensado para isso, afinal, o Sr. Loney em nada era um homem pouco preocupado com a própria aparência. Era um casal bonito, ela tinha de admitir.

— Bom dia. — Elena cumprimentou com um aperto no peito. A sensação de estar diante dos futuros pais de seu filho era inquietante.

— Ah, meu Deus, você é linda — exclamou a moça. Seus olhos brilhavam de entusiasmo. — De quanto tempo está?

— Nove meses.

— A criança deverá nascer nos próximos dias. — Catherine se manifestou, servindo chá aos convidados.

Ao canto, Julianne observava a cena com pesar por Elena. Ela sabia o quanto aquela situação poderia ser complicada e havia defendido exaustivamente que a menina não conhecesse os futuros pais da criança. Entretanto, com sua mãe, os diálogos mais simples se tornavam grandes desafios. Em desvantagem, restou a ela apenas assistir ao desenrolar da cena, temendo que a qualquer momento Elena pudesse mudar de opinião.

— Por qual motivo não quer ficar com o bebê, senhorita?... — questionou o homem, arqueando a sobrancelha em busca de uma resposta. Sua voz era um tanto quanto rude.

— George! — Sua mulher o repreendeu, lançando um olhar severo a ele. Em seguida, voltou-se para Elena e tentou sorrir. — Perdoe meu marido, ele não possui sensibilidade alguma. Ficamos extremamente contentes com a notícia. Mal podemos agradecê-la por tamanha graça!

— Não tenho condições de criá-la, senhor — respondeu Elena dando de ombros. O homem a analisava com frieza. — Prefiro que alguém dê a ela todo o amor e carinho possível, uma casa confortável e uma vida estável.

— E você continuará aqui após ter o bebê? — Ele se manifestou novamente, recebendo outro olhar gélido da esposa.

— Não, senhor.

— Para onde irá?

— Não consigo entender qual seu interesse nessa informação, com todo o respeito — respondeu a jovem friamente, encarando-o com igual irritação. A mulher a havia agradado, entretanto, seu marido se mostrava cada vez mais arrogante. — Mas o bebê ficará com vocês, posso assegurar.

— Estou me certificando de que não irá tentar tirar a criança de nós. — Ele justificou com um sorriso irônico. — Não quero que bata à minha porta arrependida por ter dado seu filho.

— George, já chega. — A mulher o repreendeu mais uma vez. — Tenho certeza de que ela não o fará.

— Não quero essa criança — respondeu Elena com um tom cortante. — Se quisesse, não estaria dando-a a vocês. É simples.

— Acredito que não devamos nos referir a ela como uma mercadoria, não é senhores? — Catherine interveio com um sorriso amistoso para compensar o clima pesado.

O silêncio tomou o ambiente. Era óbvia a repulsa do homem, principalmente por conta da situação em que a progenitora de seu futuro filho se encontrava. A gravidez sempre fora sinônimo de alegria, exceto quando ocorria com uma mulher solteira.

— Elena, estamos profundamente contentes com a criança. Obrigada por nos conceder essa oportunidade. — A mulher se aproximou, tomando as mãos dela nas suas. — Obrigada mesmo. Iremos criar essa criança com todo o amor e carinho, eu prometo. Seremos os melhores pais para ela.

Elena sorriu, sentindo as lágrimas queimarem seus olhos. Instintivamente, pousou a mão em sua barriga proeminente em uma tentativa falha de proteger o bebê, de certificar-se que, apesar das circunstâncias, ele ainda era seu. Embora a decisão final tenha sido tomada, ainda era difícil assimilar que em breve a criança que sentira tanto tempo dentro de si tomaria um rumo desconhecido.

— Obrigada — balbuciou Elena, recebendo um abraço caloroso da jovem senhora.

5.

O suor escorria pelo corpo de Elena conforme ela se retraía. As contrações, antes leves, agora pareciam sufocá-la de dentro para fora, dando a impressão de que logo seu corpo explodiria. Os gemidos dolorosos preenchiam o ambiente enquanto Catherine caminhava de um lado a outro incansavelmente atrás dos materiais necessários para realizar o parto. Surpreendidas no meio da madrugada, as três mulheres inquietaram-se, imaginando uma maneira de realizar os procedimentos por conta já que era tarde para recorrer a alguém. A senhora havia presenciado alguns partos de conhecidas, até auxiliado em outros, porém, trazer uma criança ao mundo sozinha era uma responsabilidade que não admitiria erros de nenhuma espécie, caso contrário, comprometeria a mãe e o bebê.

Elena respirava profundamente, sentindo as pontadas perfurarem seu corpo. A dor era inimaginável. Deitada na cama que por meses fora seu abrigo ela sufocava os gritos, agarrando-se com força às barras de ferro da cabeceira. Enquanto agonizava, recebendo como acalento as doces e incentivadoras palavras de Catherine, Julianne corria até o vizinho para lhe pedir que avisasse os futuros pais da criança sobre o nascimento, consumida pela curiosidade de ver o rostinho do bebê após tanto tempo de espera. Se a história não fosse tão trágica, ela poderia se permitir estar feliz.

A casa, pela primeira vez, estava distante da paz que lhe era habitual. Os apelos da adolescente preenchiam cada ambiente, fazendo ecoar no silêncio o lembrete insistente de uma história falha. Catherine a encorajava a prosseguir, incentivando-a a fazer força. Elena chorava, respirava e forçava, sentindo seu corpo inteiro trabalhar para expulsar a criança de dentro de si. O sangue manchava o lençol branco, o corpo da jovem e os braços de Catherine, que observava o andamento do processo com atenção. Julianne adentrou o quarto e segurou firme a mão da prima, incentivando-a a continuar independentemente da dor que sentia. Era como ser rasgada de dentro para fora, ser consumida por algo estando ainda viva. Por alguns instantes, Elena pensou que fosse desmaiar tamanho era o esforço, no entanto, tratou de se manter firme pelo bebê. Não queria trazer-lhe nenhum risco na demora.

A noite estava fria, vazia, mas, entre as paredes gastas da casa, o calor de uma nova vida se fazia presente, afastando quaisquer outras preocupações. Os vidros fechados estavam embaçados e as gotas de suor escorregavam pelo rosto e costas das três mulheres, criando uma mistura de odores desagradável. Elena segurou as barras com mais força e respirou fundo antes de empurrar de vez a criança para fora de si. Após alguns instantes de calmaria, ouviu-se o choro típico e Catherine tomou o pequenino ser nos braços pela primeira vez. Em meio às lágrimas, deixou um sorriso escapar ao concluir que a menina era completamente saudável.

O sangue ainda estava úmido na pele quando Elena empurrou a porta de madeira e sentiu o ar frio no rosto. Não havia ninguém por perto, nenhum sinal de vida se manifestava nas sombras das árvores. Pela primeira vez em nove meses, era somente ela. Ainda fraca por conta do parto, a jovem arrastou os pés até a escadaria e recostou-se no pilar, cerrando as pálpebras. Sentia o corpo inteiro debilitado devido ao esforço exagerado, mas não podia mais ficar deitada ouvindo a criança chorar enquanto a anfitriã dava-lhe um banho morno. Precisava sentir o ar fresco, caso contrário, enlouqueceria. Na escuridão de sua mente via Henry e recordava a noite em que sua vida se tornara um caos. Relembrava também o veredicto de seu pai, acompanhado por um olhar de repulsa ao saber da notícia: ela não voltaria para casa por ser uma moça desonrada e por ter desonrado igualmente o nome da família. A cidade já não a acolheria como sempre fizera; Elena Wood não era mais ninguém. As lágrimas queimaram seus olhos e escorregaram pelas bochechas escarlates, deixando um rastro doloroso. A paisagem à sua volta continuava pacífica, solitária em sua beleza tenebrosa.

O céu anunciava que uma tempestade estava prestes a cair. Ao longe, o ruído dos trovões promovia um espetáculo natural em conjunto com os raios que cortavam as nuvens espessas. Elena suspirou, permitindo que o pranto eliminasse todas as emoções exacerbadas para aliviar a pressão em seu peito. A dor do parto ainda era sentida, mas não se comparava ao peso que suas escolhas causavam. Não havia mais perspectiva de nada para ela a não ser a entrada em um convento ou a fuga completa do mundo que ela conhecia. Os soluços romperam o silêncio, preenchendo o vazio estarrecedor.

— Elena? — Sua tia irrompeu, despertando a atenção da jovem. — Você precisa alimentá-la.

O coração da jovem congelou e, por um instante, ela hesitou, temendo o que poderia experienciar ao entrar em contato com a criança. Compadecendo a dor da sobrinha, Catherine caminhou até ela e a envolveu em um abraço maternal, deixando que a menina chorasse em seu peito.

— Eu estraguei tudo, tia — balbuciou entre soluços, sem conseguir parar de chorar. — Eu estraguei tudo.

Aos poucos, Catherine conseguiu conduzir a menina para dentro, tirando-a do vento gelado e de quaisquer outros riscos aos quais ela pudesse se submeter. O rastro do sangue no pilar marcou para sempre o sofrimento de uma promessa que nunca se concretizaria. Elena se sentou na cama onde deu à luz e enterrou o rosto nas mãos, cessando o choro quando ouviu um ruído baixo. Um bebê. Sua filha. Levantou os olhos e encontrou a tia envolvendo a menina em seus braços. Seu coração acelerou.

Sem dizer uma única palavra, Elena esticou os braços e se permitiu carregar o fruto de seu amor por Henry no colo. O pequeno e frágil corpo era quente, inocente demais para entender qualquer situação. Ela não tinha culpa dos erros cometidos pelos pais que jamais viria a conhecer.

A jovem a observou em silêncio, memorizando cada traço que compunha o semblante angelical. Tudo se encaixava de maneira tão perfeita que concedia a ela um ar surreal, parte de um dos seus devaneios de criança. Os cabelos castanho-claros, as mãozinhas extremamente pequenas, o nariz com formato idêntico ao dela transformavam aquele pequeno ser em uma visão divina.

— Ela é linda — sussurrou, exibindo um sorriso fraco.

— Ela se parece com você. – respondeu Catherine com um misto de bondade e tristeza.

Elena assentiu, correndo os dedos trêmulos pelas bochechas da filha. Fora a melhor coisa que ela já fizera na vida.

— Você vai me perdoar um dia? — questionou, fitando a bebê em seus braços.

A criança resmungava em seu colo. Instintivamente, Elena desvencilhou o nó frouxo da parte de cima da camisola e deu de mamar pela primeira e última vez. Seus olhos acompanhavam cada movimento da criança, desde a forma como ela se movia até as sobrancelhas quase inexistentes e o cabelo espesso para um recém-nascido. Ela não conheceu a felicidade depois que os infelizes eventos tiveram início, entretanto, enquanto observava a pequena menina, resultado de seus mais profundos e puros sentimentos, ela se permitiu inebriar com a sensação reconfortante que preencheu seu peito. Estava alegre mesmo com as circunstâncias nada agradáveis que pairavam sobre a tranquilidade momentânea.

As batidas na porta interromperam o transe entre mãe e filha. Era Julianne. Visivelmente abatida, ela hesitou, correndo os olhos por todo o quarto. Anos mais tarde, ela ainda se recordaria com exatidão do momento. Com calma, buscando fazer o mínimo de ruído possível, ela se aproximou de Elena e acomodou-se ao seu lado no leito, olhando extasiada a criança.

— Meu Deus, Ellie. Ela é tão perfeita! — sussurrou sorrindo. Seus olhos rapidamente se encheram de lágrimas simultaneamente alegres e pesarosas.

— Ela é — respondeu Elena, sem levantar os olhos para ela.

— É estranho que ela já pareça tanto com você? — balbuciou a moça com a voz embargada.

— Ela deu sorte.

Julianne aquiesceu, mordendo o lábio. A situação era perturbadora não apenas para Elena, mas para as outras duas que sabiam como aquilo terminaria. Catherine, prostrada em silêncio no canto do quarto, cerrou as pálpebras, tentando omitir seus sentimentos. Elena sorriu e afastou a filha de seu seio, assistindo-a resmungar.

— Será que um dia ela vai me perdoar? — disse sem desviar os olhos da menina. Inclinou-se levemente e desferiu um beijo na pequena testa.

— Eu te garanto que ela vai entender — respondeu a senhora calmamente.

Elena aquiesceu e abraçou sua filha delicadamente, sentindo o corpo tão frágil e quente, a vida que ela havia criado. Dando-lhe um último beijo no alto da cabeça, entregou-a a Julianne. Relutante, a moça se levantou e deu as costas para a outra, caminhando em linha reta sem ousar olhar para trás. O último vestígio da história se esvaiu assim que a porta se fechou e, de repente, o sangue, os lençóis desarrumados e a própria agonia de Elena Wood perderam completamente o sentido.

No outro cômodo era possível ouvir as exclamações alegres, o sentimento de realização envolvendo o casal que faria o que Elena não poderia fazer. Embora soubesse ser um sentimento irracional, era inevitável ignorar a frustração e a sensação de falha que a tomou, principalmente ao pensar que sua filha cresceria e se tornaria alguém a quem ela seria desconhecida. Ainda ouvindo as felicitações, ela se limitou a virar de lado e juntar as mãos no peito onde minutos atrás sua filha repousava tranquilamente, desfrutando a breve lembrança que o toque delicado havia proporcionado. Era tudo que ela tinha naquele momento. Era o que ela guardaria pelo resto da vida. *Lembranças.*

Londres estava apática. A atmosfera densa e corriqueira parecia ter sido brutalmente abalada com a declaração de guerra, instaurando um silêncio inquieto jamais antes visto. Ao menos era isso que Elena sentia após tanto tempo ausente. Uma leve neblina cobria o céu, transformando as ruas em um perfeito cenário para histórias de terror. "Se Jack[1] ainda andasse por essas ruas…" Era possível notar a cada novo passo os vestígios das despedidas. As convocações arrebataram corações, realidades, sonhos que nunca se concretizariam. Em breve, muitas das linhas traçadas antes da guerra assolar a Inglaterra se romperiam definitivamente, como se nunca tivessem existido. As memórias seriam apagadas, as feridas cicatrizariam e o mundo continuaria a girar normalmente. Era estranho pensar que tantas vidas seriam perdidas por disputas que sequer lhes dizia respeito e que, no final, sequer seriam lembradas nos livros de história. Ela suspirou, recordando-se de um nome conhecido, um rosto familiar que fora para a frente de batalha. Será que ela o veria novamente? Era difícil dizer.

Enquanto explorava sua cidade natal, Elena tentava conter a respiração ofegante e o medo que a corroía pouco a pouco. Em alguns minutos estaria diante de sua família novamente, daqueles que tanto havia desapontado. No peito carregava um pingente de quartzo rosa, dado a ela de presente por Julianne. De acordo com a jovem, isso a auxiliaria no momento de enfrentar seu passado, lembrando-a da pessoa que ela era agora, entretanto, quanto mais se aproximava da imponente mansão, mais ela duvidava que isso fosse realmente acontecer. Estava aterrorizada com as possibilidades, criando involuntariamente os mais diversos diálogos em uma tentativa de prevenir-se em qualquer caso. A opção por partir na madrugada e encontrar uma Londres recém-desperta partira do desejo de não ser vista pelas más línguas que transformariam seu retorno em uma história suficiente para semanas de fofocas. A elite podia ser ainda mais cruel quando lhe era conveniente. Elena não duvidava que seu nome integrasse os chás da tarde e as conversas superficiais dos bailes com maior frequência assim que fosse vista.

---

1 Jack, o Estripador, assassino em série que aterrorizou Londres em 1888.

O céu denso envolvia a cidade, anunciando que, em breve, a chuva se faria presente. Ela gostava dessa ideia, em meio às tempestades tudo parecia melhor do que realmente era. Instintivamente, pousou a mão na barriga, encontrando nada além de marcas de um passado vazio. O nó subiu à sua garganta quando ela se recordou do rostinho suave, do toque quente e delicado da criança que teve nos braços por alguns instantes e que jamais voltaria a ver.

A mansão erguia-se adiante, encarando-a em toda sua magnificência. Estar de volta era um misto de conforto e apreensão que ela não conseguia resumir. Suas pernas começaram a tremer quando ela empurrou o pesado portão de ferro e vislumbrou os detalhes da casa. Tudo ali estava exatamente como quando ela partira. Com os sentidos aguçados e a ansiedade quase incontrolável, Elena parou diante da grande porta de madeira, pousando a mão delicadamente sobre a maçaneta dourada. Era o momento de enfrentar seus demônios. Com as mãos tremendo, girou-a e sentiu uma lufada de ar no rosto quando a porta finalmente se abriu, revelando o interior do vestíbulo.

Seus olhos acostumaram-se tanto com a simplicidade do campo que fizeram com que a mansão Wood parecesse maior e mais luxuosa do que ela se lembrava. Uma riqueza desprezível, vazia. Evitando qualquer ruído que pudesse atrair a atenção de Lucca, o mordomo de muitos anos da família, ela tirou o pesado casaco de pele e pousou a mala em cima do tapete fino de sua mãe, provocando um baque surdo. Estava enjoada, confusa, queria a todo o custo esconder-se em Richmond e lá passar o resto dos seus dias. Na sala de jantar, a alguns metros, ela ouviu a voz grave de seu pai e o som de talheres encontrando a porcelana. Sem se permitir pensar demais, aproximou-se em silêncio.

Como sempre fora, Thomas ocupava a cabeceira da mesa e Lilian permanecia ao lado esquerdo. Seu lugar, de frente para a mãe, estava vazio. Anneline não estava presente. Elena engoliu em seco e nada disse até que a mãe levantasse os olhos e a visse.

— Elena! — exclamou a senhora levantando-se de imediato para dar um abraço na filha. — Por que não nos avisou que voltaria? Teríamos mandado Edward te buscar!

Thomas limpou a boca e pôs-se de pé, voltando-se para as duas. Seus olhos estavam neutros, impassíveis.

— Bom dia — disse Elena assim que a mãe se afastou. — Perdoem interromper tão bruscamente. Minha vinda não foi planejada com antecedência.

— Está aqui faz tempo? — questionou seu pai.

— Não, senhor. Acabei de chegar.

— E por qual motivo não fomos avisados? — Lucca, que chegara poucos segundos depois de Elena na sala, recebeu um olhar firme.

— Lucca não tem culpa. Eu entrei sem me anunciar — Elena retrucou, sorrindo timidamente para o homem.

Ninguém disse nada por um curto período de tempo. A troca de olhares entre os três era intensa.

— Não nos avisou que retornaria hoje. — Thomas continuou.

— Não tive tempo. O bebê nasceu há cinco dias e eu estava impaciente por retornar.

Ele concordou com um aceno breve de cabeça, analisando a filha. Sem uma única palavra, estendeu o braço, convidando-a silenciosamente para se juntar a eles. Lilian retomou seu lugar visivelmente apreensiva enquanto o marido se acomodava sem apresentar o mínimo de contentamento com a presença da filha. Ao sentar-se diante da mesa, Elena sentiu o corpo inteiro estremecer.

— Como você está? — O pai iniciou e a menina pôde jurar um vislumbre de preocupação cruzar seus olhos.

— Cansada da viagem, mas bem.

—Veio sozinha?

— Não. Julian, vizinho da Sra. Pomplewell, fez a bondade de me trazer até aqui.

Uma das empregadas aproximou-se e serviu um grande pedaço de pão fresco junto de leite. Lilian agradeceu e se voltou à filha:

— Como foi o parto?

Elena engoliu em seco, servindo-se de leite. Ela percebia o olhar dos funcionários curiosos sobre si.

— Doloroso. — disse cautelosa, escolhendo as palavras — Catherine disse que demorou um pouco mais que o normal, mas correu tudo bem.

A mãe assentiu, fitando a menina com um misto de pena, carinho e arrependimento. Durante todo o tempo em que esteve distante, ela se perguntava se não deveria ter sido mais presente e assistido Elena enquanto enfrentava um dos momentos mais difíceis de sua vida. Jamais se perdoaria por ter permitido que ela passasse por uma experiência tão traumática sozinha.

— E a criança? — perguntou Lilian por fim.

Um embrulho no estômago fez Elena largar o pedaço de pão em cima do prato ainda inutilizado, levantando finalmente os grandes olhos castanhos para seus progenitores. Algumas lágrimas ameaçaram escorrer pelo rosto, mas ela as conteve, respirando fundo antes de continuar.

— Foi adotada por um casal da região.

Mais silêncio se seguiu. Elena bebericou o leite repetindo mentalmente que precisava ser forte.

— Você realmente entregou seu filho a estranhos? — A voz do pai soou pesada, até mesmo triste. Ele apoiou os cotovelos na mesa e cruzou os dedos, sem desviar os olhos da menina.

— Filha. — Elena corrigiu em um sussurro. — É uma menina.

— Como foi a experiência? — perguntou Thomas friamente.

— Não recomendo a ninguém. — O pranto venceu a batalha contra a força e se formou em seus olhos. — Mas eu dei a ela uma alternativa melhor, uma família de verdade.

— Deveria ter pensado nisso antes de dormir com Henry Evans como uma prostituta.

— Thomas! — Lilian interveio, suplicando por uma trégua que ela sabia que não viria tão cedo.

Uma lágrima escorregou pelo rosto delicado da jovem. A dor das lembranças ainda era muito forte e presente. A cada nova palavra de Thomas, ela sentia ainda mais repulsa de si mesma.

— E era o que senhor queria que eu fizesse — disse baixinho, quase que para si mesma. — Me livrasse da criança.

— Deveria ter nos avisado sobre o casal que a adotaria, afinal, não sabíamos qual seria a sua posição, Elena. Quem são essas pessoas?

— Amigos de tia Cathe... Sra. Pomplewell.

— Residentes de Richmond?

Elena se limitou a concordar, afastando os alimentos intocados de si. O pai, da cabeceira, analisava a filha com uma expressão que não denotava nada além de desgosto, no entanto, internamente, sentia-se acuado, vítima de uma situação que fugia ao seu controle. Sabia qual era a decisão a tomar, mas relutava em fazê-la. Preferia que a filha o odiasse e sentisse nada além de uma profunda decepção, assim como ele sentia naquele exato momento. Não por ela, mas por ele.

— Sabe, agora que está aqui, podemos falar sobre isso. — Ele baixou o tom de voz. — Seu nome caiu nas graças da sociedade e o casamento de sua irmã poderá ser arruinado por conta desse comportamento.

— Eu sinto muito — sussurrou, retraindo-se.

— Sua mãe foi alvo de ironias. Nosso nome foi completamente exposto perante a sociedade. As pessoas questionaram a educação que eu e sua mãe lhe demos, Elena. Entende a gravidade disso?

Elena permaneceu calada, afundando na cadeira enquanto enxugava o pranto que lhe lavava a face.

— Sua irmã precisa se casar, constituir uma família, ter filhos... E será impossível que ela o faça enquanto a irmã for vista como uma mulher desvirtuada.

— Thomas, o que você está querendo dizer? — Lilian inclinou-se sobre a mesa, encarando o marido com perplexidade.

— Olhe só o caos que se instaurou em nossas vidas! — Ele balançou a cabeça e abriu os braços como se a resposta fosse bastante óbvia. Elena cerrou as pálpebras, tentando manter o controle. — As pessoas falam, Lilian. Como Anneline ficará com toda essa história?

— Não foi isso que nós conversamos. — A mãe estava atônita, aumentando ligeiramente o tom de voz para se dirigir ao marido. Havia urgência em seus olhos, nos movimentos hesitantes, mas firmes. — Você não pode sugerir isso. Nós daremos um jeito de contornar essa situação da melhor forma possível, mas não, isso não. Ela é sua filha!

— Ela cometeu um erro, Lilian. Pelo amor de Deus, mulher!

— Um erro que não é suficiente para condená-la! Thomas, nós podemos dar um jeito para Anneline, nós...

— Pai — chamou Elena entre as lágrimas, pousando a mão sobre a dele. A sala ficou em silêncio mais uma vez. — Eu não tenho para onde ir.

O homem engoliu em seco, endireitando-se novamente. Lilian continuava em seu canto, tentando conter o desespero diante da tirania do marido. A menina olhava-o com súplica, visivelmente ansiosa. Embora estivesse tentado a ceder, precisava pensar em sua outra filha e nos próprios negócios, que não prosperariam caso permitisse tamanho ultraje debaixo do próprio teto. Os sócios esperariam explicações pela impulsividade da menina e não aceitariam um homem incapaz de cumprir seus próprios deveres. E o que pensariam de Anneline? Se uma filha permitiu-se desonrar de tal forma, certamente a outra também o faria.

— Estávamos pensando em sua tia Nina, na Itália — disse Thomas por fim, bebendo um longo gole d'água para amenizar o nó que se formava dentro da garganta. — Ou em seu primo Martin, no interior. Catherine também pode lhe acolher, sem dúvida.

— Estávamos pensando? — questionou Lilian incrédula.

Elena lançou um olhar para a mãe, que, assim como ela, não queria acreditar nas palavras do patriarca. De repente, as únicas certezas que ela carregava foram levadas embora tão rapidamente quanto ondas dissipando-se no mar.

— Thomas, vamos discutir isso mais tarde, está bem? — Lilian se manifestou firmemente, levantando-se para ir até a filha. — Você passou a noite na estrada, deve estar cansada. Venha, deite-se um pouco. Depois discutiremos essas questões.

Antes de deixar o ambiente, em um último movimento, afobado, mas preciso, Thomas segurou o braço da esposa de leve, apenas para detê-la.

— Eu respeito seus desejos, mas não me contrarie, Lilian. — Ele ameaçou, olhando-a inquisitivamente. — Você sabe quais são minhas motivações.

A esposa se limitou a livrar o braço do toque severo, seguindo em frente sem hesitar. Ninguém a envergonhava mais naquele momento do que o próprio marido.

Anneline assistia a multidão avançar por entre as docas com os braços cruzados e o olhar perdido. Eram pessoas demais, destinos demais se cruzando em um pequeno espaço. Despedidas e abraços calorosos davam o tom do cenário, causando uma sensação claustrofóbica de solidão. O vento frio soprava por entre os corpos, movimentando saias, cabelos, vidas. A seu lado, Elena deixava-se levar pelos pensamentos, agarrando-se à ideia de que o destino final haveria de ser melhor. Nas mãos, o bilhete de embarque dançava, impondo-se entre as inquietações que tomavam os corações das três mulheres Wood. Thomas optou por permanecer na cidade resolvendo suas pendências, enquanto Lilian e Anneline acompanhavam a primogênita rumo ao navio que a levaria embora da Inglaterra, mesmo com os temores acerca de uma viagem em meio à tensão mundial que reverberava por água e terra.

— Então é assim que termina? — questionou Anneline entre lágrimas, envolvendo a irmã em um abraço apertado. — Por favor, dê notícias, Ellie.

— Não se preocupe — respondeu Elena ainda olhando o horizonte. — Estarei aqui no seu casamento.

— Prometa. — A caçula levantou os olhos marejados para a outra, recebendo a tão estimada confirmação. — Nunca irei perdoar papai por isso.

— Não faça isso. — A jovem sorriu, desvencilhando-se da irmã. — Seu ódio ou perdão não refletirão na vida dele, apenas na sua.

Lilian permanecia em silêncio desde que saíra da residência junto das filhas há um dia. Seu coração estava apertado e uma angústia nunca sentida a sufocava. Imaginar-se tão longe da primogênita, sem poder vê-la com frequência, era desesperador. Não era isso que ela esperava para a filha, principalmente porque conhecia o marido e tinha esperanças de uma mudança de ideia até o fatídico dia, entretanto, ele se mostrou irredutível em suas convicções.

— Me perdoe, filha — sussurrou ela, correndo as mãos pelos longos cachos castanhos da menina. — Em breve estaremos juntas de novo, você vai ver.

Ambas se abraçaram uma última vez e então Elena partiu rumo ao aglomerado de pessoas ávidas por embarcar, empurrando umas às outras como se suas vidas dependessem disso. Da fila, Elena olhou para trás, mas não encontrou nenhum rosto conhecido. Estava sozinha mais uma vez.

PARTE 02

"Os ventos sopram os mesmos lugares, mas
não carregam consigo a mesma intensidade.
Aos olhos desatentos pode parecer loucura, mas,
aos observadores, é um verdadeiro espetáculo."

6.

Estados Unidos, 1922

A música alta rompia a noite em uma comemoração longe de terminar. No meio da rua, entre as construções antigas, os corpos moviam-se com destreza, deixando-se levar pelo ritmo alegre que tomava pouco a pouco todo o bairro. As festividades por ali eram bastante comuns, preenchendo o vazio das horas de sono. A cada estabelecimento, completando o cenário, estavam dispostas mesas repletas de beberrões e aspirantes a artistas que dialogavam entre si a respeito de suas obras quase sempre desconhecidas ou desvalorizadas pelos mais apegados às tradições. Ouvi-los era uma verdadeira diversão.

Naquela noite em especial a Lua havia atingido seu ápice, emanando uma luz forte e marcante, embora ninguém a notasse com exceção da garçonete de olhar perdido. Seus cabelos estavam presos em um coque bem elaborado e as roupas simples, cobertas por um avental que um dia fora branco. Ela não se encaixava em um ambiente como aquele, não se sentia parte dele. Com um suspiro, segurou firme a bandeja de metal e atendeu ao chamado de uma mesa composta por quatro homens e duas mulheres. A diversão do grupo era notável, embora ela não entendesse como conseguiam se divertir com tanto álcool lhes tomando o controle. O homem da ponta, que ela identificou como Tim, um cliente frequente do bar, pediu entre risos três garrafas de cerveja, mesmo que já estivesse completamente bêbado. Sua atenção se voltou aos demais membros, mais especificamente a uma mulher em meio a todos eles. Com os cabelos um pouco acima dos ombros, formando ondas elegantes, ela sorria, embora seu olhar fosse cauteloso. A taça diante dela já estava vazia, mas o cigarro, preso entre os dedos da mão direita, permanecia aceso e pronto para uma tragada. A jovem garçonete se perguntou se um dia conseguiria enxergar tanta graça em um objeto tão desagradável e vulgar.

Lianna Stone devolveu o olhar da menina, sustentando-o com a autoridade de quem estava acostumada com os curiosos. Enquanto a funcionária se afastava encabulada por entre os clientes, a mulher tragou mais uma vez e observou o casal de amigos entretidos um com o outro como se não houvesse mais ninguém no ambiente. Ela admirava essa capacidade de ignorar todo o resto para se submeter às atenções de uma única pessoa. Olhou o relógio e respirou fundo, apagando o cigarro no cinzeiro já cheio.

— Se não se importam, senhores, irei embora — disse repentinamente, levantando-se sem cerimônia.

— Mas já? Ainda é cedo! — protestou a outra jovem se desvencilhando do namorado.

— Você não precisa me acompanhar, mas eu preciso ir — insistiu Lianna, vestindo o pesado casaco acinzentado.

— Você já foi melhor, Lianna — exclamou Tim, finalizando sua cerveja.

— Noites de inspiração devem ser preservadas. — Ela sorriu, deixando dez dólares em cima da mesa. — Acho que isso paga meu consumo. Boa noite, senhores.

Os passos decididos da moça foram seguidos atentamente pela garçonete que a admirava à distância. Após anos tentando encontrar seu espaço em um local completamente estranho, ela jamais conseguira mudar o suficiente para inspirar confiança como aquela mulher. Novos chamados irromperam na multidão, obrigando-a a retomar o trabalho enquanto a outra desaparecia por entre os corpos dançantes.

Lianna caminhava sem pressa, permitindo que sua atenção se perdesse nas ruas, nos pequenos detalhes que tornavam Nova Orleans uma cidade fantástica. Mas, de tudo o que a cidade podia proporcionar, as festividades eram sua parte preferida. A capacidade de desligar-se dos problemas quando o Sol se punha para desfrutar de momentos de leveza e interação, expondo dores, anseios e alegrias, era intrigante, oposta ao sistema em que fora criada. Ela apreciava a facilidade com a qual os americanos levavam a vida, despreocupados com rótulos, títulos ou qualquer outra determinante capaz de segmentar as pessoas em importância ou relevância. Havia, é claro, alguns problemas, porém nada comparado ao regime sufocante de uma Londres que parecia ter estagnado no século XVIII. Em meio à música e aos sorrisos estranhos, ela se sentia livre.

Conforme se afastava da via movimentada, o barulho cedia espaço ao silêncio de ruas vazias e janelas fechadas. Ao longe ela avistou o prédio mediano em cores neutras, o lugar onde morava havia dois anos. Sem pressa de chegar, puxou um cigarro da bolsa e o acendeu, observando a fumaça dançar e se dissipar no ar ao deixar sua boca. A porta de madeira maciça que dava acesso ao hall modesto, mas simpático, estava fechada, como de costume, e ela não se deu ao trabalho de abri-la, acomodando-se no último degrau para terminar de fumar observando o céu estrelado.

Em meio ao movimento de Nova Orleans, Lianna Stone era um mistério, alguém sem passado e vínculos, uma sombra que espreitava em silêncio, sempre observadora. Junto dela havia somente palavras e um ímpeto forte para notícias pouco comuns, aquelas que os ajuizados não se arriscavam a cobrir. Ninguém esperava que uma mulher trabalhasse em um dos maiores jornais locais e ainda fosse responsável pelas sanguinárias páginas policiais. Quando o expediente chegava ao fim e as primeiras estrelas despontavam na escuridão, a destemida Srta. Stone se transformava na reservada e atraente romancista que frequentava festas e bares com o extravagante grupo de aspirantes a artistas, pessoas que não se importavam com as imposições da sociedade, e que, assim como ela estavam fadadas a serem sozinhas, vítimas das próprias escolhas.

Finalizado o cigarro, que apagou delicadamente na sola do sapato, ela adentrou o prédio, subindo as escadas com alguma dificuldade. Estava cansada demais para exigir do corpo um ânimo inexistente. Os corredores nada atraentes eram escuros, diferentes dos apartamentos, que tinham janelas suficientemente grandes, capazes de iluminar todo o espaço com facilidade. O barulho dos saltos encontrando a madeira ecoava por toda a estrutura, sendo o único ruído no edifício. Já em seu andar, Lianna viu uma silhueta sentada em frente à sua porta. Os braços apoiados nos joelhos, omitindo um rosto cabisbaixo entre eles, não lhe deixavam dúvidas. Com um suspiro, ela se aproximou, cutucando o sujeito com a ponta do sapato.

— Levante — disse impassível, enxergando apenas uma sombra encará-la de volta.

— Boa noite, Lianna — ironizou o homem, ainda acomodado.

— O que você quer?

— A gente precisa conversar.

A moça revirou os olhos, destrancando a porta do apartamento. O rapaz se pôs de pé prontamente, voltando-se para ela enquanto fechava a porta atrás de si. A janela entreaberta permitia que uma brisa gélida adentrasse o ambiente, causando um leve arrepio na moça.

— Lianna, eu cometi um erro. Todo mundo pode errar, certo? — Ele iniciou visivelmente nervoso. Os cabelos negros estavam desgrenhados, como se ele os tivesse bagunçado mais de uma vez.

— Claro — respondeu ela tirando os sapatos sem voltar a atenção a ele.

— Então me diga o que eu preciso fazer para te ter de volta. — Sua voz de súplica a fez desejar rir.

— Nada. — Lianna caminhou até a cozinha para tomar um copo d'água, deixando-o sozinho por alguns instantes.

— Aquilo não significou nada para mim.

— Eu sei. — Ela retornou, encarando-o com seriedade. — Nunca significa algo até que signifique.

— O quê? Não, eu falo sério. — Ele avançou alguns passos, permanecendo diante dela. Passados alguns segundos, Lianna imaginou que a qualquer momento ele se ajoelharia pedindo perdão. — Foi um momento de fraqueza, não significou nada. Eu sequer a conheço direito.

— E isso te faz uma pessoa melhor? — A jovem arqueou a sobrancelha, sustentando o olhar temeroso dele. – Torna a sua atitude menos errada?

— De forma alguma — rebateu o rapaz atônito por não saber o que fazer. — Por que não podemos só fingir que isso nunca aconteceu? Eu amo você e sei que você também me ama.

— Eu não vou me casar com alguém que mantém segundas opções. — A voz da moça endureceu, assim como seu olhar. — Se todas as vezes em que discutirmos você procurar outra mulher nosso casamento não valerá de nada.

— Então prefere ser infeliz o resto da vida por um deslize infantil? — Ele caminhou até ela com o semblante choroso.

— Eu não serei infeliz, Gabriel. Fique tranquilo.

— Não minta para mim.

Ela sorriu, balançando a cabeça negativamente. A forma como mordia o lábio lhe conferia um charme que ele odiou ter notado. Era incrível como uma simples mulher podia mexer tanto com sua mente, seus sentimentos, principalmente agora que não podia mais tê-la.

— Acredite no que quiser. — Lianna caminhou para o corredor vazio que dava para os quartos. Sua gata, Anastasia, miava na janela. — Se não se importa, estou bastante inspirada hoje e não pretendo desperdiçar meu tempo. Quando sair, feche a porta.

Gabriel ficou sozinho na sala escura, olhando para o nada como se ali ele fosse capaz de encontrar as respostas para tentar recuperar o amor de Lianna. Não demorou até que um barulho de água pudesse ser ouvido de dentro do banheiro. Ela claramente não se importava e não fazia questão de tentar resolver a situação. Ele deveria ter previsto isso antes de se precipitar e arriscar tudo em uma jogada incerta. Sem ter mais o que fazer, ele se encaminhou até a porta e saiu, deixando para trás aquela que ele pensava ser o grande amor de sua vida.

A rotina de um jornal era insana por natureza, e se tratando do principal veículo de comunicação da cidade, essa perspectiva tornava-se ainda pior. Diariamente, eram recebidas centenas de cartas reportando crimes, fofocas, exigindo a continuação ou o início de folhetins. Conciliar as respostas com as notícias era um verdadeiro desafio, principalmente porque muitas vezes era necessário caminhar pela cidade em busca de algo para ser retratado ou confirmar as histórias enviadas anteriormente. Muitos dos leitores inventavam notícias pelo prazer de iniciar um boato e vê-lo tomar proporções inimagináveis sem sequer preocupar-se com os impactos que eles viriam a causar. Por este motivo, as perambulações diárias consumiam um tempo considerável que podia ser aproveitado dentro das redações. A ausência de notícias era um grande desafio aos jornalistas do Orleans News, no entanto, quando elas chegavam, sempre eram em grande parte desafiadoras, exigindo um árduo trabalho dos jornalistas e da equipe. E aquela era uma das tardes de grande agitação.

Um aglomerado de curiosos se reunia em frente à mansão dos Mayworth, família tradicional na cidade e dona de uma imensa fortuna. O alvoroço no final da tarde nunca indicava boa coisa. O jovem que correra desesperado para chamar os jornalistas tornou a se infiltrar entre os curiosos, desaparecendo no mar de corpos que disputava os espaços diante do portão antigo. Do outro lado das grades de ferro, observando o falatório, a Sra. Mayworth e sua filha, Diana, permaneciam em estado de choque, incapacitadas de dizer qualquer coisa, aguardando uma intervenção que afastasse aquelas pessoas. Os criados, que abriram uma exceção nas tarefas para acompanhar o desenrolar do caso, pareciam extasiados com o acontecimento, trocando olhares furtivos e observações que não passavam despercebidas pela população.

Em meio ao tumulto exagerado, Lianna se aproximou a passos lentos, guardando mentalmente todo o cenário ao seu redor. Mais do que o fato em si, a ambientação era extremamente importante para envolver o leitor. Além disso, por meio dela, era possível descobrir muitos detalhes que passariam despercebidos na investigação ou na apuração dos fatos, o que era natural em um processo tão complexo e repleto de intervenções externas. Com o bloco de notas em mãos, ela abriu caminho entre o público (afinal, não eram mais do que expectadores da tragédia, consumidores da agonia alheia), caminhando com cautela e mantendo o olhar aguçado em todos os semblantes que a cercavam. Alguns choravam e lamentavam, outros mantinham a seriedade, perdendo-se em pensamentos profundos demais para serem expressos em um momento tão delicado. Havia dor, compaixão, sofrimento.

O centro das atenções era uma jovem cujos olhos eram somente duas imensas esferas brancas sem vida. O cabelo, que um dia fora louro e brilhante, caindo-lhe pelos ombros com a graciosidade da juventude, estava pintado de vermelho, banhado pelo sangue que manchava também o chão e as vestes da menina. O corpo estava retorcido em uma posição bizarra, com as pernas formando um arco que se encostava às costas arqueadas para trás. Os braços estavam soltos ao lado do corpo, cada um apontando para uma direção diferente. Lianna desviou o olhar para o bloco de notas, onde escreveu o nome da garota em questão. Blair Saddox, não havia dúvida.

A vítima, filha do poderoso empresário Matthew Saddox, era uma menina cuja mão era disputada entre os homens, principalmente aqueles que desejavam estabilidade vitalícia. Como se não bastasse o legado de riqueza, também era belíssima, com exceção de alguns traços mais grosseiros que destoavam da delicadeza de seu corpo. E naquela tarde, ela fora de jovem desejada a cadáver esquecido em uma viela qualquer, cuja intimidade era roubada por olhares entusiasmados que queriam tocá-la ou, ao menos, observar as possíveis causas para tamanha brutalidade. A cena em si era chocante. Lianna se aproximou, expulsando algumas das pessoas que se debruçavam em cima da menina como abutres ávidos por comida, e ajoelhou-se ao lado da moça para observar melhor as lesões arroxeadas em seus pulsos. "Você sequer teve como se defender", pensou, correndo os olhos pelas pernas entreabertas do corpo. Blair provavelmente morrera na agonia.

A polícia irrompeu o cenário conturbado gritando palavras de ordem para afastar o imenso grupo que cercava a cena do crime. Já tinham conhecimento sobre um possível assassinato, mas não sabiam precisar os ocorridos sem antes avaliar a cena minuciosamente. E com tantos estranhos interferindo diretamente no espaço, essa tarefa tornava-se ainda mais complexa.

— Srta. Stone, por que será que eu já esperava te encontrar aqui? — exclamou o detetive, parando ao lado da jornalista para observar a moça estirada no chão frio.

Lianna sorriu.

— Olá, Stevenson — respondeu atentando-se a possíveis detalhes. — Blair Saddox, a princesinha de Nova Orleans — disse levantando-se. Os olhos dele a acompanharam. — O que acha disso?

Billy Norton, o outro agente, analisava o corpo e fazia pequenas anotações em um caderno. Alguns policiais trabalhavam para distanciar o maior número de pessoas possível da cena, evitando contaminações maiores das escassas provas disponíveis. Stevenson tomou distância para checar a posição em que Blair se encontrava, mantendo-se em silêncio durante todo o processo. Algo ali estava estranho demais. O médico legista Alfred Leinstein abriu caminho e aproximou-se deles, fitando o cenário atentamente. Norton agora questionava os presentes, confiando o diagnóstico ao médico e a análise da cena ao companheiro. Enquanto a equipe se dividia para tirar fotos, buscar evidências e marcar o perímetro, Lianna retraía-se no canto, observando os trabalhos.

— Então, Leinstein? — questionou Stevenson por fim, enquanto o doutor corria os dedos pelo cadáver gélido. — O que podemos esperar?

Alfred não respondeu, realizando os procedimentos padrão. Nada poderia ter salvado a jovem e querida Saddox das mãos de quem quer que tenha cometido o crime brutal. O médico se levantou e pousou as mãos na cintura, mordendo o lábio inferior.

— Preciso de exames mais detalhados, mas acredito que foi estrangulamento. Observe as marcas no pescoço dela. — O senhor apontou para os grandes hematomas arroxeados abaixo da linha do queixo. — Eles estão disformes. O homem não tinha intenção de matar, foi uma consequência.

O detetive trocou o peso dos pés, aquiescendo a contragosto.

— Mas, se você reparar bem, vai ver que pela perna dela tem um rastro... — O médico murmurou, traçando no ar uma rota pelo corpo da garota. O fim da frase era óbvio.

— Ela foi estuprada. — O outro constatou irritado. — Estuprada e depois morta.

— Claro que essa é a primeira impressão, mas é provável que sim.

— Que merda — praguejou Stevenson voltando os olhos para o cadáver após encarar Lianna por um breve instante. — Me dê vinte minutos para tomar as notas e em seguida pode pedir a retirada do corpo.

— Certo — respondeu Leinstein sem encará-lo, tocando as vestes ainda úmidas de sangue da menina.

Lianna observou a troca rápida de palavras e voltou a atenção à moça, que jazia no chão gélido sem poder ao menos reagir a tantas suposições a respeito de seu trágico fim. Repentinamente, a atenção da jornalista se voltou ao jovem que estava sentado a alguns metros da cena. Com agilidade, levantou-se e guardou um caderno de capa preta dentro de uma bolsa de couro bastante gasta. Havia algo nele. Despreocupadamente, ele arriscou uma última olhada na cena e enfiou as mãos nos bolsos da blusa antes de sair andando. Ninguém o havia chamado, ninguém se atentou sequer à forma como se comportava diante do caso estarrecedor. A serenidade em seu rosto não combinava com a inquietação que se alastrava por todos os infelizes espectadores.

— Stevenson, eu passo mais tarde na delegacia para pegar as informações do caso — exclamou Lianna passando por ele e seguindo o mesmo caminho do jovem.

— Se eu disser que não vou te receber vai adiantar? — respondeu o policial enquanto fazia marcações em um pedaço de papel avulso.

— Você pode tentar — rebateu ela já distante.

Atravessando a barreira formada por curiosos, que agora estavam a metros de distância da pobre Saddox, Lianna acelerou o passo em direção ao desconhecido, que seguia seu caminho com a paz de quem nada tinha a esconder. Seus olhos aguçados acompanhavam cada passo do estranho.

— Ei, você! — gritou, sem receber uma resposta. Continuou andando. — Pare!

O homem lançou um olhar na direção dela e retomou seu caminho, ignorando completamente a presença da mulher. Não acelerou o passo, tampouco tentou omitir sua face. Percebendo que estava completamente sozinha e distante dos demais, Lianna parou, assistindo o rapaz desaparecer nas vielas esburacadas. Ainda desconfiada do comportamento nada convencional, a jornalista retornou à cena onde os policiais seguiam com os trabalhos. Os curiosos já haviam se dissipado e o corpo de Blair Saddox não estava mais na calçada. Ainda com o caderno em mãos, Lianna olhou para a rua vazia de onde tinha vindo imaginando se teria ficado diante do assassino da jovem ou de alguém que soubesse algo sobre o ocorrido. Stevenson levantou os olhos para ela e tornou a observar o ambiente, buscando na ausência de evidências qualquer coisa que pudesse nortear as investigações. Certamente uma morte como aquela traria consequências para qualquer um dos lados envolvidos.

— Sabe, não é inteligente seguir estranhos pela rua logo depois de um crime como este — balbuciou Stevenson, abaixando-se para analisar algo no chão. Ele não a olhava, mas estava atento aos seus sinais.

— Ele não me parecia abatido o suficiente para quem estava diante de um cadáver — respondeu ela, virando-se novamente em direção ao local por onde o homem havia deixado a cena. — Encontrou alguma coisa?

— Não, nada. — O detetive se pôs de pé, limpando a poeira do casaco negro. Seus olhos se perderam no cenário urbano. — As perguntas continuam em torno de quem mataria Blair Saddox e por quê.

— Vingança?

— Stevenson! — gritou Norton, correndo exasperado em direção ao detetive. Um sorriso estampava seu rosto sempre tão apático. — O casaco da garota — disse tentando recuperar o fôlego e apontando freneticamente para um beco a alguns metros. — Está lá. O casaco e os sapatos de Blair Saddox.

A noite já caía quando Lianna Stone finalmente chegou em casa. No silêncio, sem acender as luzes, tirou os sapatos, abriu uma garrafa de vinho tinto e acendeu um cigarro, acomodando-se no sofá. O dia fora cansativo o suficiente para que ela se sentisse completamente esgotada. A bebida caía-lhe como uma espécie de calmante, acalentando os pensamentos acelerados causados pela morte brutal de Blair Saddox. Ela sabia que devia se manter distante de investigações policiais, mas não podia evitar o ímpeto curioso que a movia todas as vezes em que pensava nos crimes recentes, nas motivações de cada criminoso para cometer as mais diversas atrocidades. Ela desfrutava do perigo, do caminhar entre a insanidade e a frieza. O perigo soava a ela como sentir novamente muito do que o tempo a havia tirado.

Aos poucos, quando a taça já estava próxima do fim, a jovem solitária levantou-se e se despiu, deixando uma trilha de roupas no chão. A banheira enchia-se d'água enquanto ela fitava a si mesma no espelho, segurando em uma das mãos uma tesoura. A maquiagem marcante já era inexistente, revelando uma profundidade que ninguém conhecia ao certo. Ao se certificar do que queria, a jovem puxou algumas mechas do cabelo escuro e cortou os excessos sem se preocupar com simetrias. Diferente das demais, Lianna não se importava com padrões, medidas ou convenções que fossem encaixa-la em um padrão infeliz que agradaria a todos menos a si mesma. Ao finalizar, retirou os cabelos que caíram por sobre os ombros e adentrou a banheira, submergindo na água quente. Seu momento de calma. Com o corpo quase inteiro imerso, tudo parecia mais simples e menos doloroso. Distante das preocupações diárias e da máscara que continha as profundidades de uma mente atormentada, a jovem Stone sentia-se incapaz como sempre se julgara ser.

Os flashes invadiam sua mente conforme o ar escapava pelos lábios, tornando sua inércia um martírio necessário. Tons vermelhos, azuis, caminhos que ela nunca havia tomado se mostravam parte de outra vida escrita por alguém que não ela. Ao fechar os olhos, os risos invadiram seus ouvidos, os toques puderam ser sentidos, as promessas foram feitas e jogadas ao vento na mesma velocidade em que a chuva se formava no céu aberto. "Respire." Seu corpo começava a reclamar a entrada e saída penosa de ar. Os cabelos loiros, os lábios formando um sorriso malicioso, o olhar de manhã ensolarada. Os longos cachos castanhos, a esperança crescente, o vazio da inocência. Era incrível como tudo parecia fazer parte de uma realidade tão distante, uma visão de uma história sentida, mas nunca vivida, como um sonho. Lianna já não podia mais ressentir-se com os efeitos daquilo que nunca se permitiu desfrutar, no entanto, sua presença era inegável quando o silêncio e a solidão se manifestavam dentro de si. "Amores adolescentes deixam vestígios." Ela se sentou ofegante, tentando trazer ar para dentro dos pulmões.

A Lua iluminava timidamente o banheiro, criando um jogo de sombras misterioso e reconfortante. Lianna inspirava e expirava com voracidade em uma tentativa de apagar aquelas lembranças de sua mente. Havia anos que convivia com uma luta interna que nunca vencera, uma batalha contra seus erros e as consequências deles. Ela era uma mentira, um fantasma não liberto, condenado a vagar pelo mundo sem encontrar sentido em fazê-lo. A noite pareceu ficar mais escura quando a brisa suave adentrou, causando-lhe um arrepio incômodo que a fez levantar e puxar a toalha para o corpo. Era hora de ocupar a cabeça, como sempre.

Na tranquilidade das ruas mais afastadas, onde o movimento àquela hora era quase inexistente, William Stevenson pensava. Estava sentado diante dos degraus da delegacia admirando o vazio havia um bom tempo, munido de nada além do paletó que repousava em seu colo e das perguntas para as quais não havia resposta certa. Vestindo somente a camisa branca abarrotada após um dia de trabalho intenso, com as mangas dobradas na altura dos cotovelos, e uma calça manchada da sujeira de uma cena de crime, ele remexia os cabelos com a inquietação excruciante de alguém que se entregava ao máximo ao seu trabalho, encarando-o com uma seriedade que muitas vezes ultrapassava o que era considerado aceitável aos demais. Estava acostumado com sua rotina e as cenas surreais com as quais aprendera a conviver ao longo dos anos. Lembrou-se de um episódio em que se deparou com uma família inteira assassinada brutalmente a facadas pelo filho mais velho. Houve também o caso do assassinato do trem, onde um corpo foi encontrado em pedaços dentro de uma bolsa sem dono. A morte de Harry Chield, uma criança de apenas oito anos cujos membros haviam sido arrancados sem piedade, era ainda uma das piores para ele. Entretanto, mais do que a loucura que movia as pessoas a cometerem as maiores atrocidades, incomodava-o profundamente a ausência de caráter de um assassino em potencial. A forma como era indiferente em relação aos demais, como se sua vida fosse inquestionavelmente mais valiosa, degradando suas vítimas até vê-las totalmente descaracterizadas era algo além de sua compreensão. E com o relatório da autópsia de Blair Saddox, lido repetidas vezes, ele sentia esse sentimento pulsar dentro de si com mais autoridade. O documento redigido com uma rapidez impressionante alegava que os minutos finais da garota foram os piores, enquanto todo o resto fazia parte de um espetáculo narcisista para inflar o ego frágil do sujeito.

 Com papéis em mãos e olhos atentos, estavam todos prontos para ir atrás do homem misterioso, concedendo entrevistas a jornais, traçando o possível perfil tanto físico quanto mental do criminoso, mas ninguém se importava com as vítimas ou se interessava em contar suas histórias, afinal, elas nada mais eram do que um amontoado de ossos e carne deixado à deriva para vender jornais e alimentar fofocas. O interesse estava nos métodos, no estudo aprofundado das mentes insanas, na busca pelo responsável e suas motivações, mas nunca no sofrimento das famílias e no que as envolvia. Isso o consumia profundamente, movendo grande parte dos seus atos durante uma investigação.

Na direção contrária, de encontro à delegacia, Lianna caminhava com os saltos altos anunciando sua presença e o casaco escarlate destacando-se nas pouco iluminadas ruas. O passear noturno sempre fora um dos seus passatempos preferidos por revelar uma visão desgraciosa, mas agradável, dos mesmos ambientes. Ao se aproximar do prédio policial, avistou William imerso em seus dilemas e se dirigiu até ele, acomodando-se em silêncio ao seu lado nos degraus gélidos. Ele aguardou qualquer frase emblemática ou provocativa, mas a moça não o fez, permanecendo ali somente pelo prazer de não estar sozinha.

— Você está quieta essa noite, Stone — disse cortando o silêncio.

Ela deu de ombros, apoiando os braços nos joelhos, mantendo a atenção nos prédios vazios diante de si.

— Não tenho nada a dizer.

Stevenson assentiu compenetrado em desfrutar o cenário apático de Nova Orleans.

— Estupro e sufocamento. — O policial se manifestou, ainda sem encará-la.

— O quê? — Lianna finalmente voltou-se para ele, observando seu semblante cansado.

— Blair Saddox foi estuprada e morta. Leinstein disse que não havia intenção de matar, mas ainda assim, ele a matou. — Como se o ato lhe exigisse demasiado esforço, puxou a pasta de couro ao lado do seu corpo e estendeu a ela, que pegou no mesmo instante e começou a folhear.

— Talvez ela tenha tentado reagir.

— É uma possibilidade.

Ambos se calaram mais uma vez, recolhendo-se em suas agonias e temores. A noite ficava cada vez mais fria. A jornalista recolheu-se na leitura rápida do relatório, estremecendo diante de algumas das fraturas identificadas no corpo da jovem.

— Ela estava grávida — sussurrou Lianna mais para si mesma do que para ele. O conhecido frio na barriga a fez cruzar os braços. — Por que alguém faria isso? Matar uma mulher grávida?

— Prefiro acreditar que é para não assumir a criança, se livrar dos problemas. — As grandes esferas castanho-esverdeadas fitaram a Lua. — Também não consigo entender.

— Então você desconfia que o autor do crime seja o pai da criança. — Ela concluiu, esticando as pernas sobre os degraus.

— Não podemos descartar nenhuma alternativa. — William respirou fundo, visivelmente perturbado.

— Ela era noiva, não era?

— Wilfred Lamis, um dos grandes herdeiros de Nova Orleans — O detetive ironizou, arrancando um sorriso distante dela. — Pretendo conversar com ele assim que retornar de viagem.

— Que momento propício para viajar.

— Não acha?

Os dois se permitiram rir, entretidos com a simplicidade de uma noite vazia.

— Mais algum suspeito em mente? — questionou a jornalista.

— Não, mas algo me diz que não vou gostar de saber. — Ele sorriu, levantando o rosto pela primeira vez. Seus olhos estavam vermelhos e olheiras espessas os decoravam. Lianna se perguntou há quantas noites ele não descansava.

— Você precisa dormir, William.

— Agora?

— Alguma noite. Você sequer tem tantos casos em mãos agora.

— Ah, é? Como você sabe?

— Seu trabalho motiva o meu. — Ela revirou os olhos, sentindo-o mais relaxado desde sua chegada. — Se você estiver sem casos, eu estou sem notícias.

— Está certo então. Posso tentar me desligar por algumas horas.

A ausência de sentenças se fez presente mais uma vez, estabelecendo uma falsa trégua entre os conhecidos.

— Você fuma — disse ele de repente, despertando a atenção dela. — Aposto que um dia alguém dirá que isso mata. Mais rápido do que ficar sem dormir, pelo menos.

— Não tenha tanta certeza. E são casos diferentes, se quer saber. — Lianna o empurrou levemente com o ombro.

— Bom saber — ironizou William, levantando-se. — Neste caso, é melhor ir para casa. Amanhã será um dia cheio por aqui. Você vem?

— Acho que vou ficar mais um tempo. — Ela lhe estendeu os papéis, voltando os olhos para o horizonte.

— Sozinha? Com tudo o que aconteceu hoje?

— Eu sei me cuidar, William.

— Não confie tanto na sorte, Stone.

Ela sorriu e aceitou a mão que ele lhe oferecia de bom grado. Estava quente. O ruído do salto na escadaria ecoava pela rua conforme ela descia acompanhada pelo detetive.

— Quer que eu te acompanhe até sua casa? — William tentava em vão não demonstrar preocupação. Sabia melhor que ninguém que a noite não era propícia para passeios solitários.

— Não pretendo ir para casa agora — respondeu a jovem, acertando o chapéu que escondia os cabelos desorganizados.

Stevenson aquiesceu, fitando-a em silêncio por alguns instantes.

— Se cuide, moça. Os speakeasies[2*] não são boas coisas.

— Não se preocupe.

Diante do imponente prédio da delegacia, William Stevenson observou Lianna Stone caminhar solitariamente pelas ruas desertas esperando que ninguém a notasse enquanto estivesse desacompanhada. Até que ponto ela sabia se cuidar era uma questão que ele era incapaz de responder com propriedade.

---

2 *Speakeasy foi um movimento surgido nos Estados Unidos na época da Lei Seca (1920-1933). O nome vem da necessidade de pronunciar uma palavra específica para entrar nos bares, baladas ou até restaurantes escondidos que vendiam bebida alcóolica de forma ilegal.

7.

As ruas estavam lotadas como haveria de ser, mesclando rostos conhecidos com aqueles jamais vistos, todos animados demais para estarem em casa tarde da noite. Como de costume, o grupo se encontrou no mesmo bar, na mesma mesa, para trocar experiências e beber despreocupadamente. Tim falava alto e gesticulava, Alice e John trocavam carinhos e meia dúzia de palavras com o resto do grupo, enquanto Ernest mantinha um diálogo isolado com um amigo que trouxera para a reunião.

— Eu soube que Gabriel te procurou mais uma vez — disse Tim fortemente, acendendo um cigarro. Seu sorriso se sustentava pelo embaraço de Lianna, que não conseguiu evitar o olhar de repreensão para a amiga.

— Sim, ele procurou — respondeu friamente.

— E então? O que ele queria?

— Chorar, sexo, uma segunda chance... Vindo de Gabriel, nunca sei o que esperar.

— Mas ele não te disse nada? — O homem inclinou-se sobre a mesa, observando-a com um sorriso malicioso.

— Disse algumas coisas.

Embora estivesse ali, sua mente vagava para longe, para um lugar bem diferente de onde ela se encontrava. William. Blair Saddox. Uma gestação interrompida por uma brutalidade inimaginável. As lembranças que já não lhe pertenciam mais. Queria somente estar com Stevenson na rua deserta, deixando-se levar por temas pertinentes a ela e ao que buscava para si mesma. Temas que a preenchessem de alguma forma. Por um motivo desconhecido, aquela noite parecia extremamente vazia.

— Gabriel não presta. — Alice concluiu, emergindo de suas carícias com John. O batom vermelho estava inteiro borrado. — Você merece alguém melhor, Lia.

A última rodada de bebida chegou e em pouco tempo todos começaram a ir embora. Lianna se manteve na mesa, tragando seu cigarro e bebendo alguns goles de uísque, a combinação que seu pai adorava rotular como masculina. Agir desta forma soava a ela como um protesto silencioso, algo que lhe despertava total satisfação. Ernest, o único que havia restado, aproximou-se dela, acomodando-se na cadeira onde antes Tim estava.

— Você não me parece muito bem hoje — disse tentando puxar assunto. Estava bêbado, era visível, mas melhor do que os outros estiveram toda a noite.

— Impressão sua. — Lianna sorriu, pousando o que sobrara do cigarro no cinzeiro. Soltou a fumaça por seus lábios sempre vermelhos. — Como você está?

— Esperando a vida me recompensar de alguma forma.

Ela riu da resposta pessimista, ajeitando-se na cadeira desconfortável de madeira barata. Os ruídos de uma noite de diversão preenchiam o ambiente, tornando o bar um cenário interessante. Ernest finalizou sua bebida e a encarou por alguns instantes.

— E seus livros? Não leio nada de sua autoria há um bom tempo.

— Estão em andamento. Não pretendo divulgar nada tão cedo — respondeu dando de ombros, sustentando o olhar atento dele. — Depois do último romance, acredito que seja o momento de dar uma pausa.

— Por quê?

— Não é o melhor momento para escrever.

Ele sorriu, aventurando-se ao tocar os dedos dela por cima da mesa. Lianna baixou os olhos para as mãos entrelaçadas e tornou a encará-lo, permitindo que o toque se intensificasse. Enquanto brincavam discretamente um com o outro, Ernest se inclinou e lhe desferiu um beijo intenso.

— Eu sempre quis fazer isso — balbuciou com os lábios roçando os dela. Estava ofegante.

— Por que não fez antes? — questionou ela antes de beijá-lo novamente.

Lianna abriu os olhos e encarou o feixe de luz que entrava pela janela entreaberta. Uma brisa fria envolvia o quarto silencioso, deixando o clima razoavelmente agradável. A pele nua sob o edredom espesso arrepiou quando o vento soprou mais forte. Ela respirou fundo, sentindo os pulmões encherem-se de ar, e esticou os braços, espreguiçando todo o corpo. Dormiu além do que deveria. Ao seu lado Ernest estava imerso em um sono profundo e tranquilo. Silenciosamente, afastou as cobertas e se levantou, buscando as roupas que usara na noite anterior. Com cuidado, vestiu-as e, na ponta dos pés, atravessou o pequeno apartamento e abriu a porta da frente, abaixando-se para pegar os sapatos jogados na entrada antes de sair.

Do lado de fora a temperatura baixa estava perfeita para a caminhada que a jovem teria pela frente. Admirando o que estava à sua volta, muito embora as visse diariamente, Lianna caminhava em seu ritmo, deixando as ideias correrem livremente. Uma música suave emanava pela avenida, entoada por um senhor de meia-idade que parecia feliz com o gesto. Ela reparou que ele tocava em frente a uma casa, provavelmente esperando que alguém aparecesse. Um sorriso tomou-lhe. Era revigorante pensar que o romantismo ainda existia nos lugares menos prováveis e nos momentos mais inoportunos.

A noite anterior havia sido um erro, ela sabia. Sabia também que em outros tempos julgaria a si mesma, temendo qualquer possível risco de gravidez ou má fama. "Desonra." Mas, por que se importaria com isso agora? Sabia o que precisava fazer e quais caminhos tomar. Não queria e não precisava de ninguém, portanto, não era necessário agir de forma a agradar um possível pretendente ou algumas pessoas que sequer queriam seu bem. Isso também tinha ficado para trás. Seus passos eram firmes, despreocupados, não havia pressa de chegar porque ninguém a estaria esperando além de Anastasia, a gata. Lianna Stone era um caso perdido. Não reconhecia sua imagem, não permitia que influenciassem suas opiniões, fazia o que bem entendesse. Para a sociedade, era uma moça sem valor, que provavelmente nunca se casaria ou constituiria uma família por não ser digna. Era marginalizada, uma das mulheres cuja imaginação a fizera pensar além do necessário para os padrões. Lianna estava condenada a um calvário que sua mente construíra.

Em casa, fez uma omelete simples, bebericou uma xícara de chá e tomou um banho rápido para eliminar o perfume de Ernest do corpo. Enquanto penteava os cabelos, pensou em Blair Saddox e no quanto a mórbida e triste história a perturbava de maneira imensurável. Conferindo o relógio de cabeceira uma última vez, ela ouviu a porta de seu apartamento se abrir com um estrondo e os passos apressados romperem o silêncio.

— Eu não acredito que você dormiu com o Ernest! — gritou Alice, emergindo do corredor com um sorriso gigante.

Lianna cerrou as pálpebras e respirou fundo, largando a escova em cima da penteadeira.

— Eu não tinha nada melhor para fazer.

— Seja mais convincente, Lianna.

— Eu estou sendo — respondeu a moça, escolhendo qual brinco usaria aquele dia. Talvez não usasse nenhum, afinal. — Foi só uma noite.

— Nós sabemos que ele sente algo por você.

— E daí? Não acredito que seja muito diferente do que eu sinto.

A anfitriã se dirigiu à cozinha para colocar mais água para ferver. Certamente Alice demoraria bons minutos, ou horas, na pior das hipóteses, desfrutando de chá com bolachas, como costumava fazer todas as vezes em que aparecia na casa da amiga.

— Não seja tão fria. — Alice a seguiu, debruçando-se no balcão de granito. — Ele é um ótimo rapaz e vem de uma família que toda mulher adoraria integrar.

— Não me leve a mal, Ernest é um ótimo amigo, mas só.

A amiga a encarou por alguns instantes, imaginando o que teria acontecido para Lianna ter se tornado alguém tão indiferente ao sentir. Nenhum dos homens com quem ela saíra nos últimos anos se tornara algo mais do que um relacionamento sem futuro, mesmo que eles se demonstrassem dignos de seus sentimentos. Gabriel, o único com quem chegou a firmar um noivado, a traiu com uma mulher qualquer e jamais foi mencionado após o término a não ser quando os amigos a questionavam a respeito. E ela sequer parecia ter se abalado com um fim tão repentino.

— Você conseguiria dormir com alguém somente por estar entediada? — Alice arriscou, observando a outra dar de ombros enquanto abria um pacote de biscoitos e o dispunha na frente da amiga.

— Por que não?

— Meu Deus, Lianna. São pessoas, não objetos.

— O quê? — A jovem sorriu. Achava engraçada a forma como Alice, tão defensora das liberdades individuais, ainda era ligada aos costumes arcaicos que a privavam daquilo que ela própria defendia. — Os homens fazem isso a todo o momento e não são julgados desta forma. Por que nós haveríamos de estar erradas quando repetimos o mesmo comportamento?

— Ernest é um bom moço. — Alice balbuciou enquanto mastigava um dos biscoitos amanteigados que tanto gostava. — E gosta de você.

— Também gosto dele.

— Lianna, você sabe bem o que estou querendo dizer.

— Sei — respondeu Lianna, conferindo a chaleira.

— Poderia dar uma chance a ele.

— Não sei. Não pretendo me envolver com ninguém no momento.

— Dizia isso quando conheceu Gabriel e olhe só no que deu.

— Pois é.

— Eu acho que está na hora de você ser amada devidamente, Lianna.

— Anastasia me ama. Você me ama.

— Não fuja do assunto.

A chaleira apitou e Lianna a desligou prontamente, despejando a água fumegante em um filtro disposto em cima de outra garrafa.

— Eu não busco casamento ou amor, Alice.

Alice assentiu, encarando a amiga com desconfiança. Havia algo no jeito de Lianna que sempre a deixou em dúvida quanto a seu passado. Um traço discreto de melancolia, as poucas palavras que utilizava para falar de si mesma e de sua trajetória. Era uma moça de muitos predicados, mas com um coração repleto de sombras, uma barreira impenetrável dentro de uma mente que não permitia a manifestação completa dos sentimentos e isso ela nunca conseguira compreender. Havia dois anos que se conheciam e durante todo esse período, jamais soube o que ela fizera antes de se mudar para Nova Orleans, se tinha família ou outros amigos a esperando em algum lugar. Jamais dissera nada a respeito de sua vida pessoal e limitava-se ao envolvimento mínimo com aqueles que a cercavam, fosse no amor ou na amizade. No fundo, ninguém a conhecia realmente.

— Por quê? — questionou Alice por fim, tentando conseguir qualquer explicação maior do que um dar de ombros ou uma única palavra.

Lianna espremeu os olhos e voltou-se para a amiga com cautela. Ela sabia que Alice estava ávida por respostas, principalmente por nunca a ter visto com alguém tão próximo. Mas o que poderia dizer? Não a atraíam as manifestações românticas e as promessas de amor eterno.

—Não é para mim — disse pousando as xícaras com chá de hortelã diante da bancada, sentindo o olhar atento sobre ela. — Nem todos estão dispostos a aceitá-lo ou o desejam, Ali.

— Nem mesmo com alguém como Ernest?

— Tenho certeza do quão maravilhoso ele seria, mas não para mim.

— Se você diz... — A outra finalizou, levantando-se. — Bem, eu vou até a casa dos meus pais. Você me acompanha?

— Não, vou até a delegacia para ver se Stevenson conseguiu alguma notícia sobre Blair Saddox.

— Tudo bem. — Alice sorriu, encaminhando-se para a porta. Antes de sair, girou nos calcanhares e encarou a amiga uma última vez. — Ernest é um bom homem. Pense nisso, Lia.

Robert Saddox estava sentado há duas horas na poltrona desbotada da delegacia. Estava impaciente. Quando entrou no local, foi informado que em breve receberia informações e até agora nada. Já tinha dado seu depoimento junto da esposa e agora só desejava saber quem era o responsável pela morte tão precoce da sua menina. O detetive só podia estar de brincadeira. Do outro lado da porta simples de madeira, William caminhava de um lado a outro, tentando inutilmente montar um discurso decente para explicar o que acontecera com a filha do poderoso banqueiro. Não havia explicação e muito menos provas concretas para incriminar alguém. Desde que chegara na delegacia, discutia com Norton o que fazer, mas nada fazia sentido total. Faltava a peça crucial para chegar à resposta. E até que ela fosse encontrada, nada seria suficiente para acalmar o coração de um pai que perdera a filha de forma tão brutal.

O relógio marcava pouco mais de onze horas quando William Stevenson finalmente abriu a porta e se dirigiu ao imponente senhor, reunindo dentro de si toda a paciência de que podia desfrutar. Cumprimentou-o educadamente, percebendo o descontentamento de um dos homens mais importantes da cidade — o que era de se esperar após tanto tempo de espera inútil. Ambos se dirigiram à sala de interrogatórios, onde o detetive sabia que seria mais fácil controlar qualquer impulso do banqueiro.

— E então? — O homem começou, cruzando os braços. — Encontraram o responsável?

William respirou profundamente, reunindo coragem suficiente para dizer algo que prestasse.

— Sr. Saddox, não há muito que eu possa dizer que vá confortá-lo. Ainda não temos o assassino de Blair. Trabalhamos com alguns suspeitos, mas nada concreto — disse o policial, puxando do canto da mesa uma pasta preta e a posicionando em frente ao senhor. — Este é o resultado da necropsia realizada no corpo da sua filha, caso queira ver.

Robert encarou o couro negro com receio, visivelmente em dúvida sobre conferir ou não o conteúdo das páginas que o compunham. Engoliu em seco e pousou a mão em cima dela, levantando os olhos para William novamente.

— O que fizeram com ela?

Stevenson hesitou.

— Ela foi abusada sexualmente. — Do outro lado da mesa, o homem fraquejou, mas tentou não demonstrar. — No laudo ficou claro que o assassino não tinha intenção de matar a Srta. Saddox inicialmente. Nós acreditamos que ela tentou reagir.

Saddox era o estereótipo do homem que não se deixava abalar por fatores externos. Erguera seu império do nada, utilizando como base somente uma herança fajuta que restara de um pai falido. Seu nome era o único trunfo e o principal pilar para atingir seus objetivos, e assim o fizera, consolidando-se como um dos homens mais ricos de Nova Orleans por esforço próprio. Ninguém nunca poderia imaginá-lo chorando ou demonstrando sinais de fraqueza, entretanto, diante do detetive, na sala vazia, ele sentia-se livre para finalmente expressar o luto pela filha, a dor que o consumia desde que o corpo sem vida dela fora descoberto.

— Isso nos dá um norte quanto ao responsável. — William concluiu, observando-o afundar-se na cadeira.

Do outro lado do vidro, Lianna observava a cena tomando nota vez ou outra. Não iria e nem teria coragem de fazer qualquer menção ao interrogatório em seu texto, entretanto, a ponte lhe seria muito útil para entender certos pontos da história de Blair. Dali via Robert Saddox à beira das lágrimas, Stevenson sustentando seu semblante impassível e uma tensão nítida e natural sobre eles, mesmo que não conseguisse entender o que era dito por conta do isolamento. Ao seu lado, Norton também assistia ao interrogatório, tentando imaginar o que poderia levá-los até o assassino com base apenas em suposições falhas.

— Sr. Saddox, Blair estava noiva há quanto tempo? — William continuou cauteloso, ignorando a reação do homem. Precisava fazê-lo.

— Dois ou três meses. Ia se casar em uma semana — disse Robert com a voz embargada.

— Com Wilfred Lamis, certo?

— Sim.

— Como era a relação entre eles?

Robert hesitou, ponderando sobre a pergunta. Não podia dizer que os dois eram extremamente próximos, até mesmo em um nível preocupante. Mesmo que sua filha estivesse morta, jamais poderia se deixar comprometer por um detalhe tão trivial quanto aquele. O que pensariam a seu respeito?

— Formal — respondeu por fim. — Estavam juntos apenas quando promovíamos o encontro entre eles.

William assentiu, notando a mudança de entonação quando ele falou. Os movimentos, a voz, a inquietação. Todos os indicativos de uma grande mentira que, por sorte, com base em outros depoimentos, William já sabia o que escondia. Decidido a dar um fim àquela encenação barata, o detetive se inclinou e, olhando nos olhos do homem, disse calmamente:

— Senhor, sua filha estava grávida.

O silêncio ecoou pela sala. Robert Saddox arregalou os olhos, encarando-o com total descrença. Se não fosse a desgraça da situação, o policial poderia jurar que o senhor riria até não poder mais. Os braços, antes cruzados, soltaram-se, enquanto os punhos se fechavam, os dedos pressionando a palma das mãos com força. William já previa que a revelação o perturbaria completamente caso ele não soubesse nada a respeito. Essa fora sua afirmativa perfeita, maior do que qualquer palavra.

— Sr. Saddox, eu preciso que se acalme — prosseguiu com calma, mantendo a voz em um tom amistoso. Robert levantou-se, andando pela sala.

— Acalmar?! Detetive, o senhor acabou de me dizer que minha filha, que até então eu imaginava ser virgem, estava grávida!

— Sim, eu sei o quanto isso pode ser perturbador, mas...

— Sabe? — O banqueiro apoiou-se na mesa, aproximando-se ameaçadoramente de William. Ao encontrar a mesa, suas mãos provocaram um baque forte. — O que você sabe sobre tudo isso, Sr. Stevenson? Diga! Qual seu conhecimento sobre ter filhos ou uma família? Eu gostaria muito de ouvir suas considerações!

— Sr. Saddox acalme-se, por favor. — William limitou-se a responder, ainda sentado.

— Vá para o inferno com sua calma. — A voz do homem, antes tão contida, assumia tons ameaçadores e estridentes.

Do lado de fora, Norton endureceu a postura, voltando a atenção inteiramente para a sala. Caso a situação fugisse do controle de William, ele estava pronto para intervir. Mas o detetive sabia lidar com episódios como aqueles e sequer se preocupava com as reações exageradas, era de se esperar que elas viessem.

— Wilfred poderia ser o pai do filho de Blair? — Ele arriscou.

— Como eu vou saber?!

— Nossa suspeita é que o assassino tenha cometido o crime justamente por conta da criança. — William mantinha a voz baixa, pontuando as reações do homem no caderno diante de si. — Precisamos considerar todas as possibilidades. E por isso, eu preciso que o senhor seja verdadeiro quanto à proximidade de Blair e Wilfred.

— Sim, eles eram próximos, Sr. Stevenson. Era isso que queria ouvir?

Os gritos do banqueiro podiam agora ser ouvidos por toda a delegacia, chamando a atenção de outros agentes e curiosos que aguardavam quaisquer serviços. Aos poucos, outras pessoas foram juntando-se a Lianna e Norton, formando um pequeno grupo atento diante do vidro.

— Minha filha era uma vagabunda, detetive. — Saddox concluiu, levando as mãos à cabeça. Parecia prestes a desmoronar diante do policial.

— Blair desonrou a mim e à minha família. Eu nunca pensei que ela fosse capaz de fazer isso.

— Mas ainda assim, era sua filha — rebateu William, endireitando-se na cadeira.

— E morreu carregando uma criança que nunca saberemos de quem era — disse friamente, abrindo a porta. Lianna e Norton viraram-se um para o outro, encenando uma entrevista, enquanto os demais sequer se preocuparam em fingir alguma coisa. — Suspenda a investigação. A morte sempre vem para quem não teme o Senhor.

— Sr. Saddox, eu irei descobrir quem matou sua filha, o senhor querendo ou não. — William se levantou, encerrando as anotações.

— Não faça questão de me contar — respondeu o homem vestindo o chapéu e o casaco espesso que trouxera. — Eu não quero mais saber nada relacionado a Blair.

O grupo observou o homem dirigir-se até a porta, assumindo o semblante austero e inabalável que lhe era de costume. Quem o visse deixando a delegacia jamais imaginaria o descontrole que o havia acometido minutos antes. William permanecia dentro da sala, incrédulo com as últimas afirmações. Não conseguia acreditar que um motivo tão fútil fosse capaz de encobrir um crime tão violento cujas respostas agora sequer importavam ao próprio pai da vítima.

— Uma última pergunta, senhor. — O detetive não se conteve e disparou porta afora, encontrando Robert Saddox ainda em frente à calçada. Todos os olhares se voltaram para ele e para o senhor. — Teria coragem de renegar seu próprio neto se ele tivesse sobrevivido?

O banqueiro lhe lançou um olhar fulminante e entrou no carro, deixando para trás o policial frustrado. Ainda observando a porta vazia, William bufou, levando a mão à testa, como que para aliviar o incômodo que o tomava. Atrás dele, as pessoas permaneciam em silêncio, aguardando qualquer reação. Notando que isso não aconteceria tão cedo, Lianna se aproximou e pousou a mão em seu ombro direito. Podia sentir a tensão emanar da pele do tão equilibrado detetive Stevenson.

— Onde ela está? — questionou em um sussurro.

— No hospital — respondeu Stevenson seco, sem se virar para encará-la. — Precisamos liberar o corpo para o velório.

— Eu posso ir até lá? — pediu hesitante, chamando a atenção dele. — Quero ver o corpo dela.

William sorriu ironicamente e deu meia-volta, desvencilhando-se do toque dela para recolher-se em sua sala. A essa altura, não havia mais ninguém nos corredores. A jornalista o seguiu, empenhada em atingir seu objetivo principal. Ambos entraram na sala do detetive, um cubículo abafado repleto de papéis empilhados e soltos por todos os cantos. O policial se sentou, jogando o revólver em cima da mesa. Lianna parou diante dele, inclinando-se sobre a mesa.

— Eu quero ver como ela está.

— Você não pode.

— Por quê? Eu estava na cena do crime.

William cerrou os olhos com força, bufando. Sua irritação era quase tão nítida quanto a curiosidade da moça.

— Vai publicar uma descrição detalhada sobre o corpo de Blair Saddox? — perguntou sarcasticamente. Estava sem paciência para a ausência de tato dos jornalistas.

— Não. Eu só quero ver. — Ela insistiu, olhando-o com seriedade. — Eu quero tentar entender quem pode ter feito...

— Lianna, vá embora pelo amor de Deus. — Stevenson a interrompeu, apontando a porta aberta. — Diga que a polícia ainda não encontrou um culpado para o crime e continua com as investigações.

— Mas Robert disse...

— Não me importa o que ele disse — respondeu o detetive ríspido. Lianna se endireitou e assentiu, deixando-o no espaço vazio de sentimentos e repleto de perguntas sem resposta.

O jornal estava encerrando seu expediente quando Lianna entregou a última lauda e trocou sua mesa pelas ruas pouco movimentadas de Nova Orleans. Na frente do antigo prédio, Ernest a esperava com um buquê de rosas em mãos e um sorriso radiante no rosto. Lianna hesitou, encarando-o com desconfiança, certificando-se de que não encontraria Alice para lhe dizer que tudo não passava de uma brincadeira. Com visível contentamento, ele se aproximou, estendendo a mão para auxiliá-la a descer os últimos degraus.

— Ernest, o que é isso? — questionou atônita, com um sorriso nervoso. Por sorte, não havia muita gente passando por eles.

— Encontrei uma vendedora de flores e achei que rosas combinam com você — disse beijando-lhe o alto da mão. — Você gosta? Rosas vermelhas?

— Eu não sei o que dizer. — Ela riu, recebendo o buquê nos braços.

O olhar apaixonado dele encontrou os olhos surpresos dela, que tentavam inutilmente esconder o quanto aquilo a embaraçava. Sem hesitar, Lianna começou a andar junto dele, tentando ao máximo ignorar as atenções lançadas ao casal por moças invejosas e rapazes que os ridicularizavam, mas, no fundo, desejavam tê-lo feito por alguém.

— Aceita um sorvete? — questionou Ernest, roçando sua mão na dela.

— Agradeço o convite, mas não — respondeu Lianna sem jeito. Algo naquela história a incomodava profundamente. — O dia foi cansativo e eu só quero ir para casa.

— Tudo bem, eu te acompanho. — O jovem sorriu, sem parecer se incomodar com a negativa.

O silêncio caminhou junto deles por grande parte do trajeto, sendo rompido por pequenas observações a respeito do clima, da cidade e das luzes que se acendiam pouco a pouco. Ernest, vez ou outra, aproximava-se de Lianna, tocando seu braço propositalmente enquanto ela permanecia perdida em seus devaneios, totalmente retraída. Em pouco tempo chegaram ao prédio onde ela morava.

— Obrigada pela companhia, Ernest. — Lianna sorriu, percebendo então as rosas em sua mão. — E pelas flores, claro.

Ele assentiu, enterrando as mãos nos bolsos da calça.

— Nós não vamos dormir juntos de novo, não é? — perguntou com um traço de melancolia na voz.

A jovem engoliu em seco, trocando o peso dos pés. Odiava aqueles momentos, principalmente quando a esperança era visível nos olhos da outra pessoa. Suspirou, correndo os dedos pelas bochechas dele.

— Não, não vamos.

— Por quê? Você não gostou?

— Ernest, eu não quero me envolver com ninguém agora e sinto que se continuar a dormir com você, as coisas não terminarão bem.

Ele se aproximou, tomando o rosto dela entre suas mãos. Aquele rosto que ele tanto gostava de observar, que admirava à distância havia algum tempo e que, por uma noite inteira, pareceu nutrir os mesmos sentimentos e desejos.

— Nós seríamos ótimos juntos.

— Quem sabe. — Lianna se desvencilhou dele, dando-lhe um beijo leve nos lábios. — Boa noite. — E entrou, deixando o jovem com inúmeras questões na cabeça e um coração totalmente partido.

Anneline releu sua última frase e deixou a caneta de lado para selar a carta. Edwin, seu esposo, pousou as mãos em seus ombros e observou o cuidado da mulher ao anotar o endereço na parte de trás do envelope antes de estendê-lo a ele.

— Em quanto tempo chegará até ela? — questionou a jovem senhora sem se voltar para o homem.

— Trinta ou quarenta dias, eu acredito.

Ela assentiu, levantando-se. Vagarosamente, caminhou até a janela e se acomodou no parapeito de madeira. A leve brisa carregava um cheiro agradável de chuva.

— Acha que ela responderá? — questionou Edwin, colocando a carta no bolso do terno.

— Eu não sei. Elena não deseja ser encontrada, tampouco convidada para retornar a Londres.

— Acredito que ela entenderá a situação.

— Antigamente, sim, ela entenderia. — Anneline voltou-se para ele, um sorriso distante tomava-lhe. — A vida mudou minha irmã, Edwin. A gravidez, o abandono de Henry, a rejeição do meu pai. Tudo isso fez ela se tornar outra pessoa.

— Talvez algumas coisas nunca mudem. – Ele arriscou, tentando pintar um cenário mais otimista.

— É, talvez.

Anneline fitou o horizonte distante, o mar de casas e prédios, ruas e pessoas que preenchiam sua visão. O cenário havia mudado desde que Elena deixara para trás sua vida antiga, e sua irmã já não sabia se ela se encaixaria a esses novos olhares e perspectivas. Anneline não sabia nem quem era mais Elena Wood, ou Lianna Stone, como ela atendia agora. Talvez ela fosse realmente aquela que acreditava fielmente ser desde sua partida para a América.

— Vou levar a carta até o correio — disse Edwin repentinamente, percebendo a vontade da esposa de ficar sozinha. — Precisa de mais alguma coisa?

— Não, obrigada.

Ele assentiu e saiu, deixando-a novamente. A jovem senhora respirou fundo e observou sua volumosa barriga, perguntando-se o que teria acontecido se Elena e Henry tivessem se casado e levado adiante aquela história. Se, quem sabe, as decepções e os erros não tivessem destruído sua família completamente.

8.

William lia o jornal com cara de poucos amigos enquanto tomava o café recém-preparado. A matéria sobre a morte de Blair Saddox, assinada por Lianna, finalmente havia saído e não da forma como esperava. Com certeza enfrentaria alguns problemas por conta das colocações escolhidas pela jornalista, mas, como sempre, não era de se esperar nenhuma cautela vinda dela em casos agressivos como aquele. O imaginário popular seria o maior problema, já que Robert Saddox não o cobraria mais nada. Irritado, levantou-se e foi até a mesa de Norton, jogando o jornal diante dele.

— Você leu isso?

— Não. — O agente continuou seu trabalho de análise, ignorando William. O padrão de reclamações e irritação era o mesmo todas as vezes.

— É a matéria da Lianna?

— É. — O detetive remexeu os cabelos, incomodado. — Eu vou até o jornal.

— William, deixe a garota em paz... — disse Norton tardiamente, assistindo o policial sair rapidamente da delegacia.

O caminho era breve, embora as ruas estivessem lotadas. Sem ser interrompido ou questionado, Stevenson parou na pequena recepção e chamou por Lianna, que não demorou a aparecer. Pelo semblante carrancudo do detetive, ela já imaginou do que se tratava. Sorriu.

— O que foi isso? — questionou ele, apontando o exemplar em cima da mesa de mogno diante da secretária, que os encarava com receio.

— O que foi essa matéria, Stone?

Ela deu de ombros, cruzando os braços.

— Foi o que você me deu até agora.

— Eu disse que nós não tínhamos as respostas ainda.

— E foi exatamente o que eu escrevi. Era preciso dizer algo sobre o assassinato de Blair.

William a encarou sem dizer nada. Sentia as palavras subirem pela garganta, prestes a saírem e darem início a uma discussão acalorada, mas preferiu tentar manter o pouco de calma que lhe restava.

— Custava ter esperado mais alguns dias? — Ele baixou o tom de voz.

— Eu trabalho em um jornal, William — respondeu Lianna, pedindo um cigarro para a secretária, que os assistia de trás de sua mesa.

— E isso te dá o direito de espalhar besteiras?

— Eu te disse que não podia mais esperar ou meu chefe me mataria. Os outros jornais já disseram coisas a respeito. — Ela acendeu o cigarro, tragando profundamente.

— Está certo. — Stevenson retomou a postura inabalável. Com calma, aproximou-se dela e falou baixo em seu ouvido: — Não espere mais nada, nesse caso.

— O quê?! — questionou ela arregalando os olhos.

William deu meia-volta, saindo para a rua mais uma vez. Os passos apressados da moça o seguiram.

— Você não pode fazer isso! — esbravejou ela, colocando-se diante dele.

— Claro que posso. — Ele sorriu ironicamente. Seus olhos esverdeados brilhavam sob o Sol.

— William, a gente tinha um trato! Você sabe como os casos policiais são importantes para mim!

— Nós tínhamos, não temos mais.

Lianna espremeu os olhos e impediu que ele passasse, demonstrando todo seu descontentamento. Ela não havia pegado leve com a notícia, tinha de admitir, mas nada que fosse interferir em grande escala no trabalho de William. Se dependesse apenas de si mesma, teria ido atrás de outras fontes e esperado mais resultados, entretanto, precisava daquele trabalho e não conseguiria mantê-lo sem apresentar resultados ao chefe — e isso significava não deixar nenhum outro jornal passar à sua frente.

— Stevenson, como eu vou escrever sobre os crimes? — balbuciou, mantendo seus olhos nos dele.

— Da mesma forma que os outros jornais. Descreva a cena, invente meia dúzia de detalhes e...

— William, eu falo sério. Você sabe que não depende apenas de mim.

—O meu trabalho também não depende apenas de mim, mas você parece não ter compreendido isso ainda.

— Eu compreendo, só não posso esperar.

— Pois bem, eu também compreendo a sua necessidade, só não posso dar um privilégio a você e mesmo assim ver minhas palavras serem ignoradas e notícias incompletas publicadas.

— Você não pode fazer isso.

— Tente a sorte.

O policial passou por ela e seguiu caminho, carregando consigo a sensação de dever cumprido e um sorriso que se sustentou por diversas horas.

Ernest observava Lianna vestir as meias, guardando para si aquela cena. Sob a luz fraca cada traço de seu corpo se destacava, enaltecendo traços que, no dia a dia, passavam despercebidos. Os cabelos castanhos na altura dos ombros formavam ondas leves, despenteados como estavam, delineando o rosto delicado, mas de semblante decidido. Lianna Stone era certamente uma das mulheres mais bonitas e misteriosas que ele conhecera em toda a sua vida.

O olhar fixo do rapaz, ainda deitado nu sob as cobertas, despertou a atenção da moça, que o sentia mesmo sem precisar voltar-se para ele de alguma forma.

— O que tanto olha? — questionou ela, endireitando-se enfim.

— Você é tão bonita, Lianna — respondeu ele mordendo o lábio. — Eu sou muito sortudo por ter você.

Ela arqueou a sobrancelha, fechando os botões do vestido enquanto as palavras de Ernest ecoavam em sua mente.

— Me ter? — perguntou com a voz enfática, ajeitando os últimos fios de cabelo.

— Ah, você entendeu. O fato de estarmos juntos, de você ser minha por algumas noites.

Lianna assentiu, checando o quarto para ver se não havia esquecido nada. O homem ainda a observava, perdido nela.

— Eu não sou sua, Ernest — disse repentinamente, aproximando-se dele. Ela sorria gentilmente. — Eu não sou de ninguém.

Foi a vez de ele sorrir, arrastando-se para a beira da cama de forma a conseguir envolver a cintura dela com seus braços. Sua cabeça acomodou-se confortavelmente nas coxas dela, cobertas pelo tecido espesso do vestido.

— Quem sabe um dia você não aceite ser minha esposa? — Ele beijou a barriga dela, causando-lhe uma sensação incômoda.

— Não conte com isso.

— E se eu te pedisse em casamento? — Ernest se sentou ao lado dela. — Você recusaria?

— Eu não diria sim — respondeu ela quase no mesmo instante, vislumbrando a surpresa nos olhos dele.

— Por quê?

— Ernest, nós já conversamos sobre isso.

Lianna se desvencilhou do toque dele e levantou mais uma vez. Era hora de partir, desfrutar a noite com um bom copo de uísque, alguns cigarros e quem sabe um pouco de inspiração. Há tempos ela não conseguia escrever nada decente, que a orgulhasse e motivasse a continuar as linhas tortas e os personagens singulares. A verdade é que ela buscava uma paz que não podia ter, uma neutralidade que não lhe dizia respeito. Após o lançamento de seu último livro, assinado com um nome que pouco lhe fazia jus, Lianna viu toda sua criatividade ir embora, sendo assolada pelos mesmos cenários e narrativas. A vida tornou-se monótona, sem reviravoltas que fossem dignas de serem registradas. Interiormente, apesar do hiato literário, ela sentia que isso era bastante positivo.

— Eu sou apaixonado por você, Lianna — disse Ernest de repente. — Desde o primeiro dia que te vi, eu sou apaixonado por você. Mesmo que você não sinta o mesmo, não é algo que eu simplesmente consiga mudar.

Ela hesitou no caminho para pegar a bolsa pendurada atrás da porta. Isso era tudo que ela não queria ouvir, não de outra pessoa, não outra vez. Já não bastava Gabriel e sua insistência quase absurda?

— Não faça isso com você —balbuciou ainda virada para a porta. Não queria encará-lo.

— Por quê? Eu sei que pelo menos alguma coisa você sente por mim.

— Não vamos entrar nesses méritos. — Lianna concluiu, checando se todos os seus pertences estavam dentro da pequena bolsa de couro. — Não me ame.

— Tarde demais. — Ela ouviu o zíper da calça se fechar e, ao virar-se em direção a Ernest, encontrou-o em pé, diante dela, com um olhar de súplica e esperança. — Você poderia me amar. Eu jamais te magoaria.

Com cuidado, ainda sustentando um sorriso amistoso, ele estendeu a mão para tocar seu rosto, entretanto, ela o conteve, tomando-a entre as suas.

— Não faça isso com você — repetiu Lianna séria.

— Eu posso te fazer feliz. — Ernest continuava, acreditando em cada sentença que proferia enquanto ignorava as palavras dela. *Mulheres fazem charme, dizem não quando querem dizer sim*, seu pai dizia. Agora ele via que aquilo não podia ser mais verdade. Seu sorriso se ampliou. — Muito mais do que qualquer outra pessoa já fez.

— Não, não pode. — Ela soltou o ar e relaxou os ombros, segurando a mão dele com firmeza. Seus olhos encontraram os dele. — Você não me conhece, Ernest. Mesmo que tentasse, jamais me conheceria de verdade.

— Então me diga quem é você!

— Eu sou o que você vê.

— Então me deixe ver o que ninguém mais vê! Eu prometo que...

— Eu *não* quero promessas. — A voz dela se alterou levemente, fazendo-o a recuar. — Obrigada, mas não.

Diante da indiferença demonstrada aos sentimentos dele, Ernest aquiesceu, libertando seu toque.

— A gente se vê mais tarde? — perguntou ele desconcertado. — Digo, com o pessoal.

— Talvez seja melhor não.

Sentada diante de uma folha em branco, Lianna se pegou pensando no diálogo com William mais cedo e a recusa em mantê-la acompanhando os casos por conta de uma simples notícia que nada dizia além da verdade: não havia previsão para prender o responsável pela morte de Blair Saddox. Pensou em como havia entrado naquele universo e que talvez fosse a rotina o motivo da sua ausência de inspiração, os cenários sempre apáticos, vermelhos, a morte apresentando-se de forma drástica nos lugares e momentos mais incomuns. Era isso que as pessoas gostariam de ler? Não, ela sabia que não, entretanto, era a única coisa em que conseguia pensar. Tragédia. Não havia personagens, não havia personalidades, sua mente era uma mistura tão densa de pensamentos que se tornara um emaranhado de perguntas sem resposta. Após o primeiro livro, ela não sabia mais o que dizer, se é que tinha algo a dizer.

A dinâmica da escrita era algo engraçado. Muitos anos antes, durante uma viagem de navio, ela tivera uma ideia baseada na história de vida de uma jovem que a acompanhava. Lauren era seu nome, uma moça de classe baixa que havia fugido de casa cedo demais. Lauren era dona de cabelos longos e cacheados de um preto intenso e olhos extremamente negros, como as noites de céu aberto. Ela carregava no ventre o fruto de um amor juvenil e a incerteza do futuro. Jeremy, o rapaz que seguia viagem junto dela e era o pai de seu filho, vinha de uma família nobre de

Londres, entretanto, cometera o erro de se deixar levar pelo coração e se apaixonou pela filha dos criados de sua casa. Romances inaceitáveis raramente têm finais felizes. Tão logo Lauren engravidou, os pais de Jeremy a expulsaram e, como consequência, perderam também o filho, que partiu com a amada para outro lugar, visando construir a vida que não teriam na temida e complexa sociedade londrina. Lianna se surpreendera com a coragem de ambos que, mesmo sendo poucos anos mais velhos que ela, já apresentavam uma visão de mundo totalmente madura.

Ao desembarcarem na América, Lauren e Jeremy optaram pela agitada Chicago, lugar que se destacava com frequência no mundo todo pela excentricidade e desenvolvimento acelerado. Lianna foi convidada a seguir com eles tanto pela amizade construída ao longo da viagem quanto por estar sozinha em um ambiente completamente desconhecido. Na agitada cidade, Lauren deu à luz a Matthew — um lindo menino que puxara a pele escura da mãe e os olhos claros do pai — e Jeremy encontrou-se como advogado recém-formado. A cidade de início parecia ser uma ótima ideia, porém, passados dois anos, se mostrou completamente distante dos planos iniciais, obrigando os jovens a rumarem para Nova Orleans, onde a vida finalmente prosperou, trazendo perspectivas saudáveis e otimistas quanto ao futuro. Alguns anos mais tarde, Jeremy recebera uma carta do pai ordenando seu retorno, mesmo que com Lauren. Precisava de alguém para assumir seus negócios e não podia confiá-los a qualquer um. Suas filhas haviam se casado e Peter, o primogênito, havia herdado uma grande fazenda do sogro, optando por levá-la para frente no lugar do estressante trabalho de seu pai. Com uma realidade distante do planejado, ainda que suficiente, Jeremy aceitou a oferta e retornou com a mulher e o filho para a charmosa cidade, destinado a oferecer dias melhores para sua família agora que o pai aceitara suas condições. Lianna ficou para trás, trabalhando como costureira para se manter na pequena casa que antes os jovens dividiam. Não retornaria a Londres a menos que fosse estritamente necessário.

Os poucos anos com Lauren a transformaram em outra mulher. Com ela Lianna aprendeu diversos ofícios que lhe foram poupados em casa, como lavar e cozinhar, passar roupas, costurar, varrer o chão, tarefas simples que ela desconhecia completamente. Lauren também a ensinou a ser independente, revidar as injustiças do mundo com a cabeça erguida e defender sua capacidade de fazer o que bem entendesse — inclusive escrever. Até então, esse era um conceito bastante abstrato em sua mente. O amadurecimento de ideias e amor próprio foi surgindo conforme os meses passavam, ensinando-a a cultivar dentro de si o esquecimento do passado e o recomeço de uma vida onde ela seria quem quisesse. Com Lauren, ela viu quão cruel o mundo poderia ser e se fechou para ele, mantendo seu coração e seus sentimentos em uma redoma que nem o tempo ou o mais afável sorriso conseguiria destruir. Dentro dele uma cicatriz ainda aberta e pulsante repousava, relembrando-a constantemente de um erro que a perseguia todas as noites. Mas, no geral, ela se sentia feliz como nunca antes.

Dois meses após a partida da amiga, Lianna começou o que seria seu primeiro livro publicado. Passava noites em claro compondo a trajetória de uma mulher forte inspirada naquela que tivera o prazer de conhecer. Finalizou o projeto após quase um ano de trabalho intenso, entregando-o nas mãos de Steinfeld, o dono do jornal onde ela começou a trabalhar assim que ele finalizou a leitura do romance. Como um bom amante da arte, exigia um time composto por pessoas com um olhar delicado e atento, responsáveis por tornar seu jornal algo único.

As batidas na porta despertaram Lianna, que se repreendeu por estar com a mente tão longe. Recuperando-se do devaneio, ela se levantou e atendeu a porta, encontrando Alice toda arrumada.

— Vamos sair? — questionou a moça, acendendo um cigarro despreocupadamente.

— Para onde deseja ir?

Alice passou por ela e adentrou o apartamento, atirando-se no sofá. A anfitriã fechou a porta e se voltou para ela, cruzando os braços.

— John irá oferecer um jantar em sua casa. Marie irá se casar.

— Marie? Ela não é muito nova? — Lianna arqueou a sobrancelha, caminhando até a cozinha para pegar um copo de água e algum cigarro.

— Um pouco, mas os pais dele realmente não se importam. E também, temos um anúncio para fazer.

Ainda servindo a água, Lianna hesitou, girando nos calcanhares. Alice sorriu, inclinando a cabeça para trás como sempre fazia quando achava graça de algo.

— Fique em paz, Lia.
— Alice?
— Se for ao jantar, saberá o que está acontecendo.
— Não irá me contar?
— Não. — A moça mordeu os lábios, apagando o cigarro ainda inteiro no cinzeiro à sua frente. Seus olhos se arregalaram levemente quando ela o fez, libertando a fumaça restante pelos lábios. — Vá se arrumar! John chega em dez minutos.

Lianna se aproximou dela, acomodando-se a seu lado. Não estava disposta a ir para uma festa, entretanto, a curiosidade a matava aos poucos.

— Ali, você não vai fazer isso comigo.
— Diga que irá, é simples! Eu adoraria te contar, mas só o farei quando você estiver pronta para irmos.
— Eu estou inspirada hoje. Queria realmente aproveitar esse momento.
— Você diz isso todas as noites. Vamos, Lianna. Se não tiver um vestido, podemos pegar um em meu apartamento.

A mansão dos Northwell estava repleta de pessoas das mais diversas partes de Nova Orleans, carregando consigo egos maiores do que as joias nos pescoços das mulheres. Uma música alta emanava de dentro do casarão e, através das janelas, era possível ver os convidados divertirem-se em suas extravagâncias. No momento em que o carro parou diante da entrada, Lianna entendeu a necessidade da amiga em levá-la.

— Você não queria vir sozinha — disse observando a construção imponente. Embora conhecesse John há muito tempo, jamais havia visitado sua casa e sequer fazia ideia do dinheiro que cercava seu nome.

— É claro que não — respondeu Alice sorrindo, permitindo-se conduzir por John.

O interior da residência era ainda mais exuberante. Mármore branco estava presente nas escadas, nos pilares, nos balcões, no detalhamento das lareiras e no acabamento das paredes. Os móveis eram escassos, distribuídos de maneira a preencher os ambientes e, ainda assim, deixá-los espaçosos o suficiente para não cansar a vista ou interromper a passagem. Cada detalhe fora pensado de forma a tornar o ambiente mais agradável e elegante, escancarando a imponência dos moradores sem deixá-la constranger os visitantes. Era uma casa estonteante, diferente de qualquer coisa que Lianna tinha visto em Londres ou em qualquer outro lugar. As salas onde o evento era realizado estavam decoradas com taças empilhadas, comidas dos mais diversos tipos e música, muita música. Ainda no primeiro ambiente, a escritora se percebeu sozinha, buscando inutilmente o casal que a acompanhava, e sem conhecer ninguém, tampouco encaixar-se naquela suntuosidade desnecessária, dirigiu-se a um dos balcões improvisados para servir bebidas dos mais variados tipos.

Enquanto aguardava o drinque — que, assim como todos os outros aspectos da festa, pecava no excesso da apresentação — as imagens lhe voltaram à mente, os mesmos salões lotados, as mesmas pessoas sorrindo umas às outras na esperança de encontrar alguma brecha para alimentar as fofocas dos próximos encontros. Havia sete anos que não frequentava um evento repleto de formalidades cujo objetivo era esbanjar dinheiro sob o pretexto de apresentar algo à sociedade. Entre os presentes ela reconheceu dois ou três semblantes familiares de colegas de trabalho, provavelmente convidados para escrever a respeito posteriormente. Lianna já podia até imaginar as manchetes e o rosto desdenhoso de Tim ao lê-las na mesa entre uma cerveja e outra, ironizando os comportamentos da elite sem fazer qualquer menção à sua própria família, detentora de grandes propriedades por toda a região. Onde estariam seus amigos? Ao seu lado, uma moça visivelmente bêbada debruçou-se sobre o balcão, pedindo mais de uma vez uma dose dupla de uísque mesmo sem condições de beber nada além de água. O moço que as atendia lançou um olhar complacente a Lianna, que se limitou a sorrir e analisar a personalidade intrigante que sequer parecia saber onde estava. Assim que foi servida, a jovem desapareceu por entre as pessoas sem perceber que seu vestido levantado deixava à mostra uma parte considerável do seu glúteo direito. A jornalista riu, bebendo um longo gole do seu copo antes de acender um cigarro.

— Não deveria estar se divertindo, Stone? — Uma voz conhecida soou por trás de seu ouvido, provocando um arrepio discreto.

— Uma festa, Sr. Stevenson? — questionou ela virando levemente a cabeça. Podia enxergá-lo de canto de olho parado atrás dela.

— John insistiu. Sinceramente, vim pela bebida — respondeu ele dando de ombros.

Lianna sorriu, virando-se para ele finalmente. William Stevenson estava diferente do habitual, vestindo um traje de gala pela primeira vez desde que ela conseguia se lembrar.

— Não me parece mesmo algo que lhe agradaria a ponto de vir de bom grado. — Concluiu, levantando os olhos para encontrar os dele. — Devo dizer que está bastante elegante hoje.

Ele arqueou a sobrancelha e finalizou a taça de champanhe, pousando-a em cima do balcão onde Lianna recostava o corpo.

— Às vezes preciso causar boa impressão — ironizou, baixando a voz. — Nunca se sabe o que podemos encontrar em festas assim.

Ela assentiu, tomando um longo gole da bebida gelada.

— Está aqui a trabalho? — disse William de repente.

— Vim acompanhar Alice.

Ele olhou de um lado a outro e sorriu, enfiando uma das mãos no bolso. Lianna observou-o atentamente. As ondas castanhas estavam mais baixas, bagunçadas naturalmente e, de certa forma, até mesmo atraentes. Ele sequer se deu ao trabalho de tentar arrumá-las.

— E onde está Alice? — perguntou ele enfim, sentindo as esferas castanhas pesarem sobre si.

— Em algum lugar. — Lianna suspirou, olhando em volta para tentar encontrar qualquer sinal da amiga. — Quando irá me deixar retornar aos casos? — questionou sem cerimônia, atraindo total atenção dele, que tornou a encará-la.

— Stone, deixe isso para quem sabe o que faz.

— Não estou interessada em resolver o crime.

— Então se concentre em seu trabalho.

— E como farei isso sem as respostas que preciso? — indagou irritada tanto com as circunstâncias quanto com o sorriso dele.

Lianna gostava do humor ácido de William e da forma como ele conseguia conciliar tantos sentimentos dentro de si sem perder a compostura. Era como se estivesse sempre preparado para o que viesse a acontecer, sem que nenhuma surpresa fosse capaz de desestabilizá-lo.

— Eu só preciso de mais alguns dias — respondeu ele, olhando-a com cautela. —Wilfred Lamis ainda sequer retornou de viagem e com a recusa dos Saddox em dar mais depoimentos, só me resta esperar.

Ela mordeu o lábio, tentando omitir a frustração. As pessoas passavam por eles como se não os vissem, pois estavam mais preocupados com seus próprios afazeres do que qualquer outra coisa que os cercavam — a não ser que houvesse uma história maior do que tudo que a festa pudesse oferecer.

— Seu namorado está aqui? — arriscou William antes de pedir outra taça.

— Acredito que não. — Lembrando-se de que era bem provável que ele surgisse a qualquer instante, Lianna virou-se para o balcão mais uma vez, tentando omitir sua presença o máximo possível. — E ele não é meu namorado — completou.

— No lugar dele, sua indiferença me deixaria bem frustrado. — O detetive pontuou sem emoção alguma na voz.

— Nós somos amigos, ele deveria saber.

— Essa desculpa pode até funcionar com ele, mas não comigo — rebateu William, sorrindo. — Estive com Ernest e John há alguns dias. Acho que ele está realmente apaixonado por você.

— Pare com isso.

— É verdade. Ele está levando isso bem a sério.

Lianna respirou fundo, finalizando a bebida em seguida. A música estava mais baixa e lenta, reunindo casais no centro do salão.

— Ele não consegue me entender, não é? — perguntou por fim, desistindo de tentar negar algo que claramente não podia mais ser escondido.

— Nem um pouco. — O policial trocou o peso dos pés, olhando para ela. — Ernest é uma pessoa bastante sentimental e apegada às pessoas.

— Eu sempre deixei bem claras as minhas intenções.

— Acho que ele não entendeu essa parte. — William riu diante do desconforto dela. – Ou não quis entender.

— Em algum momento ele vai precisar fazer isso.

— Talvez você só precise ser mais direta.

— Obrigada pelo conselho.

Ele fez um breve aceno de cabeça, mais irônico do que cordial, e se manteve em silêncio observando a pista encher-se de gente.

— Gosta de dançar? — perguntou de repente, deixando a taça em cima da mesa.

— Prefiro assistir — respondeu Lianna, analisando a mão estendida em sua direção. — O quê? William, eu não vou sair daqui.

— Estou entediado e preciso de um bom motivo para não ir embora.

— Dançando?

— Claro. Não é para isso que os bailes servem? — Ele arqueou a sobrancelha, balançando a mão que oferecia a ela. — Vamos, Stone, você precisa se divertir um pouco.

Ela olhou de um lado a outro e deu de ombros, dando-se por vencida. Ainda hesitante, segurou a mão dele, deixando-se conduzir até o meio da pista, onde a concentração de pessoas movimentando-se em conjunto era maior. William deslizou a mão pelas costas dela e a puxou para mais perto, sentindo sua respiração no queixo, antes de arriscar pequenos passos que ela acompanhou sem dificuldade.

— Eu detesto bailes — confessou ele baixinho, arrancando um riso dela. — Preferia estar bebendo em qualquer outro lugar. Essas convenções todas... acho que não nasci para ser rico, definitivamente.

— Devo concordar com você — respondeu Lianna, encarando os convidados que os cercavam. Alguns pareciam interessados nos dois, uma novidade agradável para se comentar. — É difícil pensar que alguém está feliz aqui.

— Ninguém está. É uma farsa.

Ela aquiesceu ainda rindo, admirando os semblantes visivelmente animados à sua volta. Havia algo errado em toda aquela agitação sempre tão exposta e gritada.

— Deixe-me voltar, William — sussurrou ela, levantando o rosto para encará-lo. — Por favor.

— Por quanto tempo ainda vai insistir nessa história, Stone?

— Até você me deixar voltar.

Ele baixou os olhos para ela, encontrando-a perto demais. Lianna era uma jovem intrigante que fazia parte de sua vida a um tempo considerável, antes mesmo de assumir o posto como detetive em Nova Orleans. A jornalista era a ele uma companhia agradável, ainda que trouxesse inúmeros desafios dentro do ambiente de trabalho com sua implacável necessidade de adentrar cada investigação e fazê-la parecer parte de si, do seu trabalho. Os oficiais, por sorte, simpatizavam com ela, prevendo o momento em que receberiam uma visita e se tornariam parte de um longo texto, e já não davam grande importância às suas intromissões.

— Se estiver disposta a fazer isso, terá de esperar as respostas antes de presumir qualquer coisa, Lianna. — William continuou.

— Não é tão simples. Eu já lhe expliquei toda a situação.

— Sabe que no fundo eu não me importo, não é? — Ele sorriu, ignorando o olhar gélido dela. Ambos se comunicavam em sussurros.

— Meu trabalho, sim, é importante para mim. E ele precisa ser bem-feito.

— Sabe uma coisa, William? — Lianna aproximou-se ainda mais, pressionando seu corpo contra ele. — Você se firma demais em princípios egoístas. Experimente ampliar seu olhar e será bastante feliz.

— Digo-lhe o mesmo — rebateu ele, girando-a.

— Eu tenho meus motivos.

— E o que a leva a acreditar que não tenho os meus?

Ela parou, encarando-o com dúvida no olhar. William era a ela um mistério, assim como ela se apresentava um enigma a ele. Embora fossem conhecidos de longa data, pouco sabiam um do outro ao ponto de considerarem-se íntimos.

— Certamente você se lembra de onde nos conhecemos. — Ele guiou-a mais uma vez, mesmo sentindo seu corpo resistir de início.

— Como poderia esquecer?

— Devia saber, então, que junto da ausência de perguntas, vem uma série de fatos que nunca compartilhamos um com o outro.

— Somos perguntas sem respostas. — Lianna acrescentou maliciosamente.

— Exatamente.

A voz forte no microfone soou por todo o salão e interrompeu a música e a dança. Lianna e William separaram-se, sustentando os olhares desafiadores por alguns segundos antes de se voltarem ao centro, onde o pai de John aguardava para fazer um pronunciamento repleto de pompa. Sem trocar uma palavra, os dois firmaram a atenção no senhor esboçando o mínimo de interesse nas palavras escolhidas para provocar reações variadas nos convidados — em geral positivas e surpresas, como a menção ao novo hectare adquirido no interior que seria dado de presente à filha. Sempre havia muito o que dizer, mas nada a ser dito realmente. Para ajudar na digestão de tantas informações fúteis, William retornou ao balcão e serviu-se de mais uísque, bebendo um longo gole enquanto os convidados aplaudiam entusiasmados o anúncio conjunto de noivado.

9.

Inglaterra, agosto de 1914

Os passos vazios ecoavam na avenida deserta despertando a atenção das poucas pessoas que aproveitavam o fim de uma tarde de verão. O casaco quente mantinha o sangue correndo nas veias, embora não retardasse a sensação de que em breve seu corpo inteiro congelaria. Atrás dele, um fino rastro de sangue marcava o chão, traçando o caminho irregular do jovem a cada novo passo dado em direção ao que ele não queria enfrentar. Sua respiração era ofegante, pausada, como se se esforçasse para manter o fôlego por mais alguns minutos. Um sorriso tomou seus lábios quando uma pontada intensa o atingiu, fazendo com que parasse a caminhada bruscamente. O corpo projetou-se para frente e as mãos envolveram a área lateral do abdômen, onde o líquido viscoso escorria com maior facilidade, tentando aplacar a dor lancinante. A portinhola verde estava a alguns metros, mas ele já não sabia se conseguiria percorrer aquela distância mínima. Em sua fraqueza, arrastou-se metro por metro, achando graça de seu fim tão trágico, mas honroso.

Diante da porta, bateu com a pouca força que lhe restava, apoiando-se no batente de madeira já gasta. Quanto teve de andar para chegar ali? Quanto tempo tinha até o encontrarem? Enquanto reunia as energias para se manter em pé, a jovem ruiva de expressivos olhos azuis atendeu ao chamado, reprimindo um grito ao vê-lo.

— William! — exclamou, tomando-lhe por baixo dos braços. — O que aconteceu?

Ele sorriu, deixando-se ser guiado e acomodado no sofá composto por uma infinidade de remendos das mais diversas cores e tamanhos. A moça correu para fechar a porta e virou-se para ele, visivelmente perturbada.

— Quem fez isso com você? — questionou afastando as mãos dele para observar a ferida. Por sorte, não fora profunda o suficiente para causar complicações que colocassem a vida do rapaz em risco.

— Acho que a pergunta é o que eu fiz não o que fizeram comigo — balbuciou ele jogando a cabeça para trás. Estava zonzo, enjoado e sentia o corpo inteiro se resumir a uma dor incômoda.

— Você precisa lavar isso, meu Deus.

A menina deixou a sala por alguns instantes e voltou minutos depois com uma caixa em mãos, onde William deduziu ter alguns remédios e outras coisas que pudessem tratar minimamente sua ferida. Se não fossem os demais golpes desferidos com o objetivo de tirar sua vida, a dor seria bem mais suportável.

— Como você conseguiu isso? — perguntou ela novamente, jogando álcool sobre a ferida dele. Com um algodão, desinfetou o corte deixado por algo que ela presumia ser uma faca.

— Em uma briga — respondeu William entredentes, esforçando-se para não demonstrar o quanto aquilo ardia.

— Com quem?

— Johnny Dechor.

A menina hesitou, afastando-se para encará-lo. Havia em seus olhos uma sombra de medo e apreensão.

— Você só pode estar louco — sussurrou, correndo até a janela para olhar se alguém se aproximava. — Como pôde mexer com algum dos Dechor? Não teme pela própria vida?

Aos poucos, a jovem tornou-se um ponto desfocado, um emaranhado de sons que ele já não conseguia compreender. A força foi deixando seu corpo e os olhos começaram a pesar à medida que o álcool penetrava o sulco. Em segundos, ele já não via ou ouvia mais nada.

O quarto era modesto, decorado com móveis simples de madeira. As janelas estavam abertas, mas, ainda assim, não arejavam ou iluminavam o ambiente escuro e úmido por si só. Com esforço, William tentou se levantar, mas foi impedido pela fisgada na lateral do corpo. Ele vociferou qualquer coisa e levou a mão até o curativo elaborado, sentindo-o molhado por baixo de seus dedos. Do outro lado do cômodo, sentada na poltrona gasta pelo tempo e uso, a moça o observava com cautela, medindo todos os seus movimentos sem fazer qualquer consideração.

— Pensei que tivesse morrido — disse ela levantando-se para ir até ele. Colocou a mão pequena e delicada sobre sua testa e fez uma careta, retirando-a logo em seguida. — Como está se sentindo?

— Eu não sei — retrucou William, prestando atenção à dor ainda bastante presente. — Com dor.

A garota assentiu, preparando um pano úmido que pousou sobre o local onde o curativo estava. Ele se segurou para não soltar nenhuma exclamação. A ferida ardia mais do que no dia anterior.

— Desculpe. — Ela afastou a mão rapidamente, mordendo o lábio inferior. — William, você chegou aqui muito fraco.

— Eu sei.

— Pode me contar o que houve?

Ele respirou fundo, sentindo que não deveria prosseguir, entretanto, não podia evitar. Mentir para Charlotte era pior do que qualquer corte ou ferimento.

— Eu matei Johnny e Richard Dechor — disse entredentes. Todo seu corpo doía sob os hematomas arroxeados e vermelhos.

No mesmo momento, ela recuou, encolhendo-se no próprio temor. Estava sozinha em casa com uma pessoa que jamais julgou ser capaz de discutir, tampouco tirar a vida de alguém.

— Você o quê? — balbuciou quase sem voz.

— Eles estupraram a Angie, Charlotte — disse ele, chamando a atenção da moça. — Eles estupraram minha irmã e a largaram para morrer.

Ela engoliu em seco, sentando-se na poltrona em estado de choque. Charlotte Middle era uma moça simples, educada para ser a esposa perfeita e uma dona de casa exemplar. Nutria dentro de si valores cristãos herdados de uma mãe extremamente religiosa e de um irmão que a fazia rezar o terço todas as terças-feiras, embora ela sentisse vontade de estar com os amigos em programas normais. E fora justamente essa aflição para romper o véu que cobria sua realidade que fez William Stevenson apaixonar-se profundamente, investindo até mesmo em um noivado futuro.

— Só você sabe. — William esforçou-se para se sentar, ignorando a dor. — Por favor, mantenha segredo.

Charlotte balançou a cabeça negativamente, levando as mãos à boca. Lágrimas molhavam seu rosto, deixando sua pele ainda mais rosada que o normal.

— Charlotte, por favor. — Ele pôs-se de pé para ir até ela, entretanto, a moça recuou rapidamente, sem desviar os olhos dele. — Você precisa manter segredo. Logo irão descobrir e eu...

— Vá embora — sussurrou com a voz embargada. — Saia da minha casa agora, William.

— Eu estava tentando proteger minha irmã.

— Eu não posso te manter aqui, vá embora.

— Charlotte, eu jamais...

— William, vá embora agora. Se a polícia aparecer, eu não sei o que meu pai pode fazer.

William assentiu e se voltou para a cama, onde repousavam seus pertences. De todas as pessoas no mundo, jamais esperaria que Charlotte demonstrasse tamanha ausência de compreensão. Sem dizer mais nada, sob os olhares intimidantes dela, vestiu o casaco, calçou os sapatos e saiu sem saber ao certo para onde ir.

Estados Unidos, 1922

Lianna concentrava-se unicamente nas linhas irregulares escritas às pressas no pequeno bloco de anotações. Diante dela, um corpo jazia no asfalto gélido, perdendo a cor e o sangue conforme o tempo avançava. Do outro lado da calçada, segurado por dois policiais, um terceiro gritava compulsivamente, alegando que o morto só tivera o que merecia, enquanto tentava se libertar a todo custo. O revólver utilizado para findar a vida do sujeito encontrava-se enrolado em um pano nas mãos do delegado Jacobson. Ao lado dele, Stevenson tomava notas, tanto mentais quanto em uma folha emprestada pela jornalista. Os olhos castanhos mantinham-se em constante movimento, observando o corpo, o cenário, as testemunhas e o assassino, tudo ao mesmo tempo. Uma rápida olhadela ao semblante preocupado era o suficiente para imaginar o que se passava em sua mente, a frustração e a expectativa de conseguir uma resposta que ele não tinha no momento. Os crimes haviam aumentado consideravelmente em Nova Orleans. Blair Saddox não havia sido a primeira. Timothy Ludwin figurava a décima vítima morta nas últimas duas semanas. E essa estatística preocupava profundamente o detetive. Com a cabeça em polvorosa, pediu para o delegado autorizar a prisão do homem que ainda gritava histericamente e se encaminhou para a delegacia antes de olhar uma última vez o corpo.

Sob a luz amarelada, ele observava o homem diante de si com uma expressão firme, retribuindo a nada convidativa e pouco paciente do outro. Estava à espera de uma resposta tinha bons minutos, entretanto, o homem nada dizia, mesmo com a pressão imposta pelo detetive.

— Pois bem. — William respirou fundo, dando-se por vencido. — Por que Timothy Ludwin?

O homem arqueou a sobrancelha, soltando um riso irônico. Por um momento parecia que ia se debulhar em lágrimas.

— E eu deveria saber? — O sujeito, Robert Lafoe, rebateu com visível descaso.

A personalidade do curioso sujeito já era conhecida entre a população, porém, poucos imaginariam que ele fosse capaz de ceifar uma vida sendo alguém de dinheiro e renome.

— Bem, você certamente teve um motivo para matar alguém. Ou estou enganado?

Dessa vez a risada foi mais estridente, beirando a insanidade. Enquanto contorcia o corpo em espasmos de estresse, os grandes olhos acinzentados giravam nas órbitas, como se sequer pudessem focar algo ou alguma coisa. Irritado, William se levantou e caminhou até o sujeito, puxando a cadeira de ferro com violência até que seus rostos estivessem alinhados e não houvesse alternativa senão a atenção mútua.

— O que é engraçado para você aqui? — vociferou.

— Você, detetive — respondeu Robert sem nenhum minuto de hesitação, recuperando-se do ataque.

Stevenson assentiu e se afastou, lembrando-se de respirar duas vezes seguidas na tentativa de manter a calma, entretanto, quando o homem balbuciou uma ironia que ele sequer entendeu completamente, seu corpo se projetou sobre o sujeito e as mãos fecharam-se em torno do pescoço com força, interrompendo de vez qualquer deboche.

— Repita — ordenou. Lafoe batia as mãos algemadas na madeira. — Você assassinou alguém e eu quero respostas. Se eu ouvir outro riso ou piada infame, você não só vai apodrecer em uma cela, como eu vou me certificar de que vai sofrer todos os dias enquanto estiver aqui. Consegue me entender? — A aspereza em sua voz cortava a atmosfera tensa entre eles.

Robert Lafoe aquiesceu timidamente, de acordo com o que lhe era permitido. Ao fazê-lo, viu-se livre do policial, que retornou ao seu lugar como se nada tivesse acontecido. O ar invadiu seus pulmões com agressividade ao mesmo tempo em que a tosse lhe tirava o fôlego em um misto de salvação e condenação terrível. Sem pressa, William cruzou as mãos sobre a mesa aguardando até que o outro se recompusesse.

— Pois bem, vou repetir minha pergunta Sr. Lafoe — disse suavemente. — Por que Timothy Ludwin?

— Eu não sei. — A resposta saiu rouca, entre acessos de tosse. — Eu não o matei.

— Como? — William se inclinou sobre a mesa. — Escute, eu não tenho o dia inteiro...

— Não é necessário ameaçar mais uma vez, Sr. Stevenson. — O homem se recuperou, ajeitando-se na cadeira. — Eu *pretendia* matar Ludwin, mas não o fiz, infelizmente.

— Então o que fazia na cena do crime se não foi o responsável?

— Bem, nós éramos vizinhos. — Lafoe continuou. A vermelhidão no espaço onde antes estavam as mãos de William era visível. — Eu estava saindo de casa quando o encontrei.

— E o revólver?

— Era meu, sim.

Stevenson sorriu, massageando as têmporas. As dores de cabeça, que outrora lhe tiraram o sono e a paciência, podiam ser sentidas novamente, pulsando como se o fossem enlouquecer.

— Então me explique por que seu revólver estava ao lado do corpo enquanto você gritava no meio da rua.

— Eu fui conferir se não havia mais ninguém por perto. — As respostas eram seguras e surpreendentes dados os fatos que as antecediam. — Saquei a arma e percorri o espaço por alguns minutos. Quando percebi que estávamos sozinhos, larguei o revólver, conferi se o maldito ainda estava vivo e comemorei a coragem que alguém havia tido no meu lugar.

—E pretendia matar Ludwin hoje?

— Não. Estava indo trabalhar, minha esposa pode confirmar isso.

William se ajeitou, tentando ao máximo ignorar as pontadas firmes acima dos olhos. Do outro lado da mesa gélida, Robert Lafoe se endireitou, assumindo um semblante sombrio de repente.

— Ele... Minha esposa, Janine, fica sozinha em casa. Ela já havia reclamado sobre os olhares dele pela janela. Ele a observava, detetive. — Os olhos do homem escureceram consideravelmente, tomados por algo muito maior do que o ódio. Algo que William compreendia.

— Ele a parava no portão, puxava assuntos, dizia que precisava de açúcar e batia na porta da nossa casa quando já era tarde da noite.

— Ele era casado?

— Até onde sei, não.

O policial aquiesceu, tomando notas enquanto a dor se acentuava. Já imaginava os rumos daquele diálogo e, de repente, Robert pareceu-se menos com um louco e mais com alguém que agira sob forte emoção ao se deparar com uma cena que sonhara em ver, mas jamais tivera coragem de tornar realidade. Alguém em estado de choque.

— Pois bem — Ele levantou os olhos para Lafoe mais uma vez. — E então?

— Na noite passada ele estava em casa, sentado no sofá, conversando com a minha esposa enquanto eu trabalhava. — Os risos histéricos tomaram a pequena sala mais uma vez e William logo entendeu tudo o que havia acontecido naquele pequeno intervalo de tempo. Precisaria de mais tempo, é claro, entretanto, já tinha convicções suficientes para crer que Robert nada tinha de culpado na morte de Ludwin. O homem continuou: — Ele queria Janine, detetive! E ele *quase* conseguiu.

— Certo.

— Ludwin, aquele maldito, teve o que merecia, entende? Ele era um bastado que não merecia continuar vivendo — resmungou Robert mais para si mesmo do que para William. — Um moleque! Era isso, exatamente isso que ele era. Um moleque.

— Claro. — William se levantou e caminhou até a porta, abrindo-a sem cerimônias. — Essa noite, você ainda ficará aqui. Conversamos mais tarde.

Com passos precisos, o detetive atravessou o corredor e foi até sua mesa para anotar os afazeres do próximo dia. O silêncio do seu espaço era reconfortante. Sentado na cadeira acolchoada, ele jogou a cabeça para trás e se permitiu desfrutar de instantes de paz, o que, dentro da delegacia, era quase impossível conseguir. Talvez a ausência de Lianna fosse mesmo agradável. Sem tantas perguntas, ele tinha tempo suficiente para pensar e conectar as ideias conforme lia e relia documentos de casos passados e dos mais recentes. Em seu íntimo, tinha plena certeza de que as mortes de Blair Saddox e Timothy Ludwin estavam conectadas por um fator que ele ainda não sabia explicar. Eram muito semelhantes de formas diferentes e com vítimas que em nada se pareciam. As horas correram enquanto ele montava um mapa fúnebre dos crimes mais recentes de Nova Orleans, ressaltando quaisquer detalhes que pudessem de alguma forma fazê-lo chegar a uma resposta, entretanto, quando o relógio marcou oito horas da noite, William não conseguira nada além de pontos vermelhos e azuis na parede repleta de recortes de jornal, documentos e fotos de pessoas que não passavam de lembranças. Frustrado, lançou um último olhar ao esquema que tomara parte de seu dia e decidiu que precisava de um pouco de ar fresco.

As ruas se estendiam conforme ele caminhava, parecendo longas até demais, confusas em suas diversas terminações por onde pessoas iam e vinham sem olhar umas às outras. A cabeça ardia de forma insuportável e o terno, jogado por cima do ombro, atestava uma exaustão mental que havia tempos William pensava estar livre. Cansado, adentrou em um bar movimentado no coração da avenida que ditava a animação costumeira de todas as noites, e pediu um uísque puro. Ele sabia que a figura de um membro da polícia desfrutando de álcool ilegal no meio da cidade, rompendo com a lei e com seus próprios princípios, não era das mais corretas, entretanto, estava exaurido demais para se preocupar. No momento em que a bebida chegou, ele avistou Lianna sentada entre um grupo de pessoas, algumas conhecidas e outras não. Um dia sem a jornalista parecia mais calmo, porém, quase nada produtivo. Com suas questões e ligações sempre tão rápidas, ela parecia enxergar aquilo que ninguém via e o levava a desenvolver muito mais as suas habilidades. E, no fundo, ele gostava da companhia dela, de saber que tinha alguém com quem dividir o fardo de sua profissão. Dois goles generosos foram suficientes para finalizar a bebida e trazer a coragem que ele precisava para romper o momento de descontração.

— Boa noite — saudou ele correndo os olhos por todos os presentes, especialmente Lianna.

— Grande Stevenson! — John bradou levantando a cerveja pela metade para o alto. — Venha, sente-se com a gente!

— Obrigado John, mas não estou no meu melhor clima hoje.

— Como não? Vamos, pare com isso!

Quase de frente para a figura deplorável do rapaz estava Lianna, que o observava em silêncio, desfrutando de um vinho branco gelado. Havia, sob o olhar atento e firme do detetive, espessas olheiras que, de certa forma, o faziam parecer uma figura misteriosa saída de um romance sórdido do século anterior. Ela sorriu com a percepção, contendo-a nos lábios vermelhos fortes. Seus olhares se encontraram mais uma vez, sustentando-se por alguns instantes antes de focarem outros semblantes e cenários.

— Precisamos de alguém sóbrio para calar a boca desse homem — completou Ernest rindo, embora não parecesse confortável com a interação. A atenção de William se voltou para ele imediatamente.

— Podemos tomar uma cerveja amanhã, mas hoje eu não serei a melhor companhia para vocês. — Sem cerimônias, encarou a jornalista com ares de súplica, arqueando as sobrancelhas. Um pedido firme e direto que ansiava não ser ignorado. — Será que você não teria um minuto para conversar?

Os modos nada convencionais do detetive calaram os presentes, mas Lianna já estava acostumada. Um sorriso breve transpassou seu rosto quando ela concordou sem resistência, deslizando da cadeira com ares de provocação, como lhe era de natureza. Todo seu corpo parecia contribuir para transformá-la em uma figura desejável, mas impossível. Um amor platônico aos mais românticos. Sem tirar os olhos dele, apagou o cigarro no cinzeiro quase completo e o seguiu até uma mesa do lado de fora. Ambos se acomodaram em silêncio, desaparecendo entre o paraíso boêmio que pintava o cenário de Nova Orleans.

— E então, Stevenson? — questionou bebericando o vinho servido em uma taça rebuscada demais para o ambiente. — O que aconteceu? Para você ter vindo até aqui, boa coisa não deve ser.

— Timothy Ludwin. — O nome saiu em meio a um suspiro exausto.

— O que tem ele?

O detetive fez um movimento e chamou a atenção da jovem garçonete, que se aproximou sorridente da mesa. Após pedir um uísque duplo, ele continuou.

— Tantas mortes em tão pouco tempo. — Ele baixou a cabeça, esfregando as mãos nos cabelos. — Eu sei que existe uma ligação entre eles, mas não consigo entender qual. Sinto que sou incapaz de pensar.

— Então não pense — respondeu ela, escorregando as mãos sobre a mesa para encontrar os braços dele. — Há quanto tempo não dorme uma noite inteira?

— Desde Saddox.

— Você precisa desligar, Will.

O olhar doce dela encontrou a frieza das esferas esverdeadas imersas em vermelhidão.

— Eu não posso parar, Stone. Eu preciso encontrar respostas para esses crimes, as pessoas esperam que eu faça isso.

Ela se endireitou e finalizou a bebida.

— Creio que não posso te ajudar então.

— Você sempre sabe o que dizer.

— Sei? Ou digo o que você quer ouvir?

William sorriu. O segundo copo de uísque foi servido com prontidão pela jovem e ele agradeceu, causando certo embaraço nela, que saiu com as faces ruborizadas. Enquanto conversavam, Ernest lhes lançava um olhar gélido, tentando conter a ira que irradiava aos poucos, consumindo seu interior e a noite que deveria ser agradável. A noite em que tentaria se acertar com a mulher que amava.

— Escute, nem sempre as respostas estão nos lugares mais óbvios e você sabe disso. — Lianna encarou William com seriedade. — Muitas vezes ela não está sequer próxima da realidade.

— Mas como encontrar isso? — Seu olhar era inquieto e refletia um desespero que poucas vezes ela tinha visto. — Eu sinto que não consigo mais ligar os pontos porque esses pontos não existem.

— Existem, sim. Você só está cansado demais para ver.

Ele se calou, retraindo-se na cadeira nada confortável. O vento começava a ficar mais intenso e frio.

— Você precisa se cuidar — disse ela de repente, rompendo o silêncio que ameaçava se instaurar entre eles. — Antes de qualquer crime e de qualquer resposta urgente.

— Eu estou me cuidando.

— Por Deus, você se olhou no espelho hoje? — Ela abaixou o tom de voz, olhando-o até onde a mesa permitia. — Me surpreende que ainda esteja tomando banho.

— Não é para tanto.

— Não?

De repente, ela se virou em direção à mesa onde estava sentada anteriormente e pediu que William esperasse alguns minutos enquanto se dirigia até lá. De onde estava, o detetive percebeu meia dúzia de palavras trocadas, alguns olhares destinados a ele, vindos em sua maioria de um ciumento Ernest, e logo Lianna estava de volta, nutrindo uma calma atípica.

— Venha — ordenou com a mão estendida para ele.

— Para onde?

— Eu vou te ajudar.

— Não quero sua ajuda — rebateu William indiferente, bebendo o resto do uísque.

— Então por que me procurou? Não banque o imbecil.

Ele respirou fundo, levantando a cabeça para encarar a figura impaciente de Lianna. Devia saber que ela insistiria em fazer alguma coisa.

— Me deixe beber, só isso.

— William, venha agora. — Ela tomou o copo vazio de suas mãos e as segurou com afinco, puxando-o.

— Sua teimosia ainda vai te matar, Lianna.

— Pare de reclamar uma vez na vida e aceite.

Em silêncio, ele se deixou levar pela moça. Em meio aos corpos dançantes e à animação que envolvia os amantes da noite, William e Lianna caminhavam lado a lado sem dizer uma única palavra, as mãos unidas entre os corpos, as mentes distantes demais para se concentrarem em algo específico. Logo estavam na rua iluminada e vazia de uma Nova Orleans distante das festividades, deixando que o ruído dos saltos encontrando o asfalto fosse o único barulho rompendo a tranquilidade noturna.

Na mesa, onde antes Lianna estava reunida com seus amigos, Ernest exibia um semblante insatisfeito, notado por todos que o acompanhavam.

— Não se deixe abalar por tão pouco, Ern — balbuciou Tim, empurrando o copo de cerveja em direção ao amigo. — Você sabe como ela é.

— Toda essa liberdade. — Ele rosnou. — William Stevenson? Ela está falando sério?

— Os interesses dela por Stevenson terminam na porta da delegacia, posso assegurar. — John se manifestou, libertando-se do toque da namorada para acender um cigarro. — Eles são amigos há muito tempo, você sabe. Vieram juntos da Inglaterra, é natural que tenham um elo.

— Stevenson é inglês? — questionou o outro, finalizando o copo de cerveja já quente.

— Sim, veio no mesmo navio que Lianna. Vai me dizer que nunca percebeu o sotaque dele?

— Ingleses... ainda se acham donos das nossas terras.

— Não é assim que funciona, Ernest. — Alice interrompeu censurando-o. — A guerra não foi fácil para ninguém.

O silêncio se instaurou sobre o grupo e somente a música vinda do lado de fora os embalava. Ernest fitava o copo vazio imaginando onde

Lianna estaria naquele exato momento e o que ela estaria fazendo com William Stevenson. Se pudesse, teria arrancado aquele sentimento do peito há muito tempo para evitar as decepções que ele sabia que viriam.

— Eu já a vi dormir com outros homens — disse repentinamente. — Mas imaginei que agora fosse a minha vez e que ela não fosse acabar assim.

Os amigos o encararam com pesar, embora soubessem que nada de bom sairia daquele improvável envolvimento. As expectativas de Ernest e a ausência delas por parte de Lianna eram o suficiente para prever quem acabaria machucado quando o dia seguinte chegasse e a realidade os envolvesse mais uma vez.

— Ern, você sabia desde o início com quem estava se envolvendo. — Alice pegou a mão dele, pressionando-a. — Lianna é uma pessoa de sentimentos confusos e nunca tentou esconder isso de nós.

— Ela nunca sequer disse quem é. Digo, o que sabemos dela?

Outra vez o silêncio pairou entre os amigos sempre tão falantes. Um cigarro aceso passava de mão em mão na mesa, deixando para trás uma fumaça acinzentada e o aroma forte do tabaco.

— É, eu amo uma completa estranha a todos nós. Estranha e insensível. — Ernest afirmou tristemente, afundando na cadeira.

Alice tragou e bebeu um longo gole de vinho branco, sentindo o misto de álcool e tabaco queimar sua garganta. Respirou profundamente e encarou o homem ao centro da mesa com um desdém nítido.

— Ern, eu sinto muito, de verdade. Mas, não culpe Lianna por não corresponder seus sentimentos.

— Não a culpo, só questiono. William Stevenson é um babaca.

— Você parecia bem contente conversando com ele outro dia — ironizou John. — Praticamente abriu seu coração para ele.

— Pensei que depois disso ele fosse ficar longe dela.

— Mais fácil ela te manter longe, Ernest.

— Eu não sei. Depois que ele a afastou de todos os casos, eu pensei que houvesse uma chance, sabe?

— Sua insegurança é um indicativo de que não está pronto para ficar com ela — disse Alice calmamente, ajeitando os fios loiros. — Ela é livre e merece alguém que respeite isso.

— Eu respeitaria.

— Ernest, pare de ser ridículo. — Tim se pronunciou, chamando a garçonete com os braços levantados. — Por Deus, homem.

O vento soprava fortemente quando ambos pararam diante da porta de madeira da modesta casa em um bairro abastado. William abriu a porta com cuidado e adentrou, acendendo as luzes, enquanto Lianna pendurava os casacos nos ganchos da entrada. Era a primeira vez que estava ali em muito tempo.

O ambiente estava ligeiramente diferente, como era de se esperar. Os móveis modernos preenchiam quase toda a sala, embora preservassem o aspecto antigo concedido pelos antigos moradores. Stevenson tinha um ótimo gosto para decoração, ela pensou. Livros e mais livros encontravam-se amontoados em uma prateleira no fundo da sala, onde um sofá preto e uma poltrona cinza ofereciam um ambiente confortável para leitura. As cortinas brancas e longas contrastavam com o piso de madeira e davam ao ambiente um ar aconchegante. Do outro lado, uma mesa simples de madeira, rodeada por quatro cadeiras brancas acolchoadas e um lustre empoeirado, mas elegante, compunham a sala de jantar modesta, enquanto a cozinha escondia-se nas sombras. Era uma casa com as características de William, belíssima, mas desconfiada de si mesma a ponto de parecer quase comum.

— Quer beber alguma coisa? — questionou o detetive enquanto acendia os abajures.

— Chá, se tiver.

Ele aquiesceu, dirigindo-se até a cozinha, do lado oposto ao corredor que levava para os quartos. Ela se acomodou no sofá espaçoso e tirou os sapatos de salto, sentindo os pés latejarem após uma caminhada extensa e não planejada. Estar ali, distante da agitação, lhe trazia uma sensação de paz única.

— E então, o que achou? — indagou William do outro ambiente.

— As coisas mudaram por aqui.

— Está quase a sua cara.

— Quase?

— Estaria mais se não fosse esse tapete duvidoso.

Ela pôde ouvir o riso dele antes de emergir da cozinha com uma xícara em uma mão e um copo de uísque em outra. Sem cerimônia, entregou a bebida fumegante a ela e acomodou-se ao seu lado, dando um gole generoso na bebida forte. Sem dizer nada, ele fez um sinal com o queixo, apontando o tapete ao qual ela se havia se referido.

— É uma relíquia — respondeu ainda sorrindo. — Um dia vai valer muito dinheiro.

— Eu não contaria tanto com isso — rebateu ela sentindo o doce aroma de hortelã que emanava da xícara. — O que está acontecendo com você, Will?

Ele a encarou seriamente, ponderando sobre mais uma de tantas questões que sobrecarregavam sua mente. Pelo tom de voz obstinado, mas suave, ele sabia que a jornalista não descansaria enquanto conseguisse o que almejava. Já a tinha visto várias vezes conversando com fontes a ponto de saber quando se tornava uma delas.

— Eu me sinto fora de controle. — William começou aos poucos, estudando a feição dela conforme falava.

— Por quê?

— Tenho assuntos a resolver comigo, Lianna.

Ela assentiu, bebericando o chá quente. William desviou os olhos para a casa vazia, vasculhando os móveis e as paredes em busca de algo que não sabia o que era.

— E ultimamente isso tem piorado, principalmente com esse monte de mortes que não consigo resolver. — Continuou ainda sem encará-la.

— Nada disso é sua culpa.

— Mas eu preciso saber o que está acontecendo, é o meu trabalho saber quem são os responsáveis por tudo isso.

— Ou o responsável — sugeriu ela com calma, recostando-se no sofá. — Pode ser uma única pessoa, como você mesmo disse.

— Você acha possível?

— Nunca se sabe.

William deu de ombros, finalizando sua bebida em um único gole. Lianna o observava atentamente, guardando consigo aqueles pequenos detalhes. Ele parecia tão diferente de quando o conhecera ainda menino. Diante dele, relembrou as impressões que tivera no início e em como aquilo parecia ter se perdido conforme os anos avançaram e a vida os obrigou a tomar rumos e escolhas inimagináveis. William Stevenson era um jovem repleto de sonhos e jamais os realizou.

— Eu sei o que você está pensando. — Ele retomou, voltando a atenção para ela. Sob a luz fraca, o castanho esverdeado dos olhos dele parecia brilhar ainda mais. — Eu também sinto falta de quem era antes disso tudo acontecer.

— Você nunca me disse porque veio para cá.

— E nem você.

Lianna engoliu em seco, baixando os olhos.

— Eu tenho meus motivos — rebateu recolhendo os pés para junto do corpo.

— Assim como eu — respondeu sorrindo ironicamente. — E não importa também.

— Não sente vontade de retornar?

— Por que deveria? Londres não me trouxe nada. — William deu de ombros, deixando o copo vazio no chão. — E você?

— Algumas vezes.

— Por que nunca voltou?

— Não é tão simples.

O detetive arqueou a sobrancelha, apoiando o braço nas almofadas do sofá. Seus olhos corriam pelo rosto de Lianna, analisando cada detalhe da expressão retraída e vulnerável que a tomava cada vez que o assunto vinha à tona. Sempre se perguntou o que poderia ter causado a saída dela tão jovem e sozinha, mas nunca se atreveu a questionar diretamente por saber que seria inútil. Assim como ele, ela deveria ter motivos sérios demais, caso contrário, não os teria escondido por tantos anos.

— Nós viemos aqui para falar de você — rebateu ela, notando o interesse dele.

— Eu não te pedi para vir aqui.

Ela assentiu, sorrindo com a resposta ácida.

— Só me pediu para trocar meus amigos por você.

— Então vá embora.

— O que está acontecendo, William? — perguntou Lianna irritada.

O jovem policial desviou o olhar, levantando-se para encher o copo de uísque mais uma vez. Dessa forma, ele apagaria e sequer veria o tempo passar até o dia seguinte. Lianna se concentrou em manter a calma diante das respostas cada vez mais estúpidas, mesmo sabendo que elas não passavam de um mecanismo de defesa contra uma vulnerabilidade aparente e muitas noites em claro. William era uma contradição que flutuava entre demonstrar seus sentimentos e escondê-los como se não existissem, desenhando uma indiferença inexistente. Segundos depois ele estava de volta, acomodando-se no mesmo espaço que ocupava anteriormente, os olhos castanho-esverdeados fixos nela.

— Eu não consigo desligar. Só isso — retomou dando de ombros.

— Não é só isso. Você está ficando doente.

— Ausência de sono não é doença — contestou ele, ajeitando-se.

— Ainda — enfatizou ela, aproximando-se dele. — Olhe para mim, William.

Com relutância, ele a encarou, castanho-claro no castanho-intenso.

— Afaste-se um pouco daquela delegacia, dos casos, da violência.

— Como? Eu dependo do meu trabalho para sobreviver.

— Peça férias.

— Com essa crescente de crimes? Não seja idiota.

Ela bufou em desistência, recostando a cabeça no sofá. O chá já havia esfriado em cima da mesa de centro.

— Se não precisasse se matar para descobrir as coisas, seria mais simples.

William a fitou em silêncio, bebendo o uísque sem sequer apreciar o gosto forte do álcool.

— Acredito que é o que todo detetive faz.

Ela se permitiu sorrir antes de se levantar. As sombras à sua volta pareciam mais intensas.

— Aonde você vai? — questionou Stevenson sem se mover. Seus olhos a seguiram enquanto pegava os sapatos e os colocava novamente.

— Embora — respondeu ela endireitando-se. — Já está tarde.

— Quer que eu te acompanhe?

— Eu vou ficar bem.

William se pôs de pé e caminhou até ela para abrir a porta. O frio lá fora havia se intensificado, fazendo com que um arrepio percorresse a espinha no instante em que o vento cortante encontrou a pele. Lianna fitou o céu escuro, dando sinais de chuva, e voltou-se para William que a examinava com seriedade.

— Obrigado por ter vindo hoje, Lianna.

— Eu não fiz nada. — Ela sorriu, ajeitando o vestido.

— Eu precisava de companhia e você estava aqui. Isso já é mais do que qualquer outra coisa.

A moça nada disse, mantendo os olhos nele, no mistério que era William Stevenson. O vento soprava, bagunçando os cabelos dela e provocando arrepios nele. Os pés descalços em contato com o chão frio, faziam a pele reagir à ausência de calor.

— Boa noite, Will. — Lianna rompeu o silêncio. Sua voz era um sussurro baixo. — Se precisar de mim, sabe onde me encontrar.

— Boa noite, Stone — respondeu ele, observando-a relutar em ir.

Por um momento, nenhum deles se moveu ou disse coisa alguma. Os olhares sustentavam-se na imensidão do que não fora dito, no misto entre a curiosidade e a cumplicidade que ditavam uma ligação antiga.

Devagar, William se aproximou sem se permitir desviar a atenção. Não conseguia fazê-lo. Lianna não se moveu, prendendo a respiração com a expectativa, embora soubesse ser errado deixar-se levar. Firmemente, ele aproximou seus lábios dos dela, rodeando-os antes de finalmente beijá-la, tomando-a para si. Suas mãos deslizaram pelo casaco grosso, contornando cada detalhe de seu corpo, pressionando-o contra o seu. Sem se afastar, Lianna enterrou suas mãos nos cachos castanhos e sentiu as mãos firmes sob suas coxas, levantando-a do chão. Suspensa, ela envolveu-o com as pernas e deixou-se carregar para dentro da casa novamente.

William os conduziu pelos corredores, esbarrando vez ou outra nas paredes. No quarto, colocou-a no chão e recuou, observando a jornalista atentamente. Lianna lutava para recuperar a respiração, entretanto, não ousou dar um passo sequer. Sabia o que aquela pausa significava. Diante do acordo silencioso, ele se aproximou dela e virou-a de costas para tirar o casaco pesado que a cobria. Cuidadosamente, deslizou os dedos pelas costas nuas e macias, abrindo os únicos dois botões do vestido preto. O tecido escorregou com facilidade pela pele alva, encontrando o chão rapidamente, enquanto ele deslizava as mãos até encontrar os seios descobertos. Sentiu-os em suas mãos, beijando o pescoço dela, antes de jogá-la finalmente na cama. Antes de prosseguir, encarou-a por poucos segundos, assegurando-se de guardar aquela imagem, e tirou a camisa, deixando-se envolver por cada segundo daquele momento.

10.

Lianna despertou com o cheiro de ovos e alguma outra coisa que não conseguiu distinguir de imediato. Ainda sonolenta, olhou em volta tentando assimilar onde estava até fragmentos da noite anterior invadirem sua mente. *William.* Ela sentiu as bochechas enrubescerem, queimarem sob as memórias tão vívidas de um momento ainda contraditório a ela. Vagarosamente, sentou-se na cama, vislumbrando o corpo nu sob a luz fraca do Sol, contrastando com os lençóis e cobertores amontoados na cama. Suas joias estavam espalhadas pelo leito, perdidas na superfície desalinhada, e as roupas resumiram-se a um emaranhado de tecidos no canto próximo a porta. Da cozinha, ouviu os ruídos de panelas, talheres e pratos e decidiu se levantar finalmente. Diante do espelho, suas mãos correram pelo corpo, pelos espaços onde antes William estivera e ela se permitiu sorrir antes de se vestir outra vez. Ao se certificar de estar parcialmente apresentável, deixou o cômodo.

Debruçado no balcão, William tinha o olhar perdido no nada, ocupando-se entre refletir e matar o tempo entre uma panqueca e outra. Estava distante, mas não como na noite anterior, perturbado por demônios que sequer lhe pertenciam; desta vez, permitia-se a leveza do questionar sem a afobação inquietante que se fazia tão presente. Do corredor, Lianna hesitou, permitindo que ele concluísse o que quer que estivesse pensando, entretanto, ao notar que o momento não chegaria tão cedo, decidiu intervir com delicadeza.

— Bom dia, Stevenson — saudou adentrando o ambiente.

William, sobressaltado, levantou os olhos para ela e sorriu.

— Não percebi que estava aí. Bom dia, Stone.

Ela sentiu o rosto ruborizar mais uma vez, desviando o olhar quase no mesmo instante em que suas atenções se voltaram ao outro. William se endireitou e foi até o fogão para pegar um prato de ovos mexidos e panquecas, pousando-o na mesa em frente a Lianna.

— Também fiz chá — disse vagamente. — Imaginei que gostasse pela manhã.

A jornalista observou-o intrigada, acomodando-se na cadeira acolchoada. O aroma tentador da comida despertou uma fome que até então ela não tinha reparado estar ali.

— Faz tempo que está acordado? — questionou dando a primeira garfada.

— Não muito.

Ela aquiesceu, sentindo o gosto das panquecas levemente adocicadas. Tinha de admitir, sem menos surpresa, que William era um ótimo cozinheiro. Alheio às expressões dela, o policial pegou outro prato e se acomodou na pequena mesa, servindo duas xícaras de chá com leite.

— Nada mais britânico que isso, não é? — brincou, arrancando um riso da jovem. — Tem um vestido em cima da cama do quarto de hóspedes, se você quiser.

— Um vestido? — indagou Lianna, hesitando ao notar o traço de malícia em seus lábios. — Entendi.

— Talvez sirva em você.

— Você tem muita sorte de sermos amigos, Will.

Ele riu, inclinando o corpo para trás enquanto o fazia. Ela o assistiu em silêncio, satisfeita por ver que todos os dilemas perturbadores pareciam ter dado uma trégua, pelo menos por hora.

— Eu preciso ir para casa — disse Lianna repentinamente. — Preciso de um banho e uma roupa decente para trabalhar.

— Entendo — respondeu William, analisando-a por cima da xícara de chá que bebericava. — Acredito que nos vemos mais tarde na delegacia.

— Talvez. — Ela sorriu, levantando-se. — Obrigada pelo chá e pelas panquecas. Estavam ótimas.

— Disponha, Stone.

Lianna caminhava a passos rápidos, ávida por chegar em casa e refletir sobre a noite anterior. Embora se sentisse confortável com sua sexualidade, parte de si condenava os exageros, a doação do corpo aos prazeres que ultrapassavam a barreira do aceitável. Há quanto tempo não via valor em si mesma? Foram vários homens, noites casuais e descasos apenas pela satisfação de atender aos seus caprichos, entretanto, em nenhuma daquelas representações via-se por completo, imersa nos sentimentos ou nos desejos que fossem além do carnal. Às vezes sentia falta de amar, de sentir os frios na barriga e não ter medo de mergulhar nas surpresas de se relacionar com outra pessoa. Gabriel, sua última experiência, não passara de uma necessidade para preencher o tempo e isso a corroía, projetando todos os tipos de ideias dentro da mente. E se ela jamais fosse capaz de amar alguém verdadeiramente por medo de repetir as mesmas histórias? A vida era outra, ela bem sabia, no entanto, não queria provar da sensação de não ter mais nada outra vez. Já lhe bastavam os pensamentos furtivos que tinha a respeito da menina que deixara para trás.

Diante do apartamento, Lianna retirou as chaves da bolsa, praguejando por não o ter feito antes, e abriu a porta, encontrando o saguão do prédio vazio como de costume. Antes de subir, conferiu a caixa de correspondências, encontrando uma pequena carta cujo remetente causou-lhe tamanha surpresa que fez o sangue gelar nas veias. *Anneline*.

A última carta da irmã viera há cerca de dois anos, relatando pouco e questionando muito. Anneline se tornara uma mulher respeitada, casada com um herdeiro de uma grande fortuna e mãe de um menino que aparentava ser, nas descrições da mãe, adorável. Uma família cuja elite respeitava e tinha como exemplo a ser seguido. De todas as pessoas que conheceram Elena Wood, somente Anneline sabia onde ela estava e como atendia. Por anos as irmãs mantiveram a comunicação, rompendo-a somente quando Lianna percebeu que os laços com a irmã a impediam de superar completamente o passado que tanto a condenava. Após tanto tempo, era um mistério o conteúdo daquelas linhas, sendo o único empecilho para a jovem livrar-se de vez da carta. Temerosa, ela fechou a caixa e começou a subir os degraus rapidamente, ansiando mais do que nunca estar em seu apartamento. Entretanto, no último lance de escadas, deparou-se com algo que não imaginava encontrar.

— Olhe só quem chegou — ironizou Ernest, levantando a cabeça para ela com desdém. — Dormiu fora, Srta. Stone?

— Ernest, o que você está fazendo aqui? — questionou irritada. — Pelo amor de Deus, parem de esperar em frente à minha porta, o que as pessoas vão pensar? Não me diga que passou a noite aqui.

— Passei, mas no apartamento de Alice. Nós estendemos a noite

— Que ótimo. Fico feliz que aproveitaram. — Lianna tentou passar pelo sujeito irritadiço para adentrar o corredor que a levaria até seu refúgio, mas não conseguiu. A carta permanecia presa em sua mão, aguardando para ser lida. — Será que podemos conversar em outro momento, Ernest?

Ela tornou a subir os degraus, mas ele não fez questão nenhuma de se mover. Encarava-a com desdém, como se diante dele estivesse uma figura repugnante e não alguém com quem nutria uma amizade de tanto tempo.

— Eu te vi chegando agora cedo pela janela de Alice — balbuciou Ernest. Sua feição assumia tons sombrios jamais antes vistos na serenidade costumeira. A jovem hesitou, pressionando o papel entre os dedos.

— Você dormiu com ele? — A pergunta era incisiva, cortante. — Não foi?

Lianna engoliu em seco, temendo a reação exagerada de Ernest. Enquanto ela se continha no meio da escadaria, ele começou a descer, chegando cada vez mais perto.

— Eu não te devo explicações, Ernest. Nunca devi.

— Tem certeza? — Ele se aproximou ainda mais, empurrando-a contra a parede. Seus braços a prenderam entre ele e o corrimão de ferro.

— Você estava dormindo comigo até ontem, sua vagabunda. Você me fez de idiota enquanto se esfregava naquele cretino do Stevenson.

— William é meu amigo há mais tempo que você — rebateu ela igualmente fria, encarando-o com repulsa. — E eu durmo com quem eu quiser.

Ernest riu desesperadamente, afastando-se poucos centímetros. Lianna se perguntou quanto ele bebera na noite anterior para se apresentar de tal forma. De repente, o riso morreu e deu lugar ao silêncio ameaçador quando ele levantou o rosto e a fitou novamente. Seu corpo pressionava o dela, que sentia o corrimão machucar a parte inferior das costas.

— Dorme? — sussurrou no ouvido dela. — Eu não vou deixar você me humilhar dessa forma, Lianna.

— Ernest, me deixe sair daqui agora — ordenou temerosa, contendo o grito no fundo da garganta. — Se você encostar um dedo em mim, eu juro vai se arrepender.

Ele a analisou por alguns segundos e se afastou, virando-se para o lado oposto. Lianna respirou aliviada, sem desviar os olhos dele.

— Você não entende. — Ernest se apoiou na parede. Ela não conseguia ver seu rosto, mas imaginava a expressão irada que o pintava. — Você está me fazendo de idiota, Lianna! Idiota! — gritou batendo com força na estrutura.

— Ernest, por favor.

— Eu amei você! Eu te entreguei tudo que eu tinha e você… Por quê? — Seus olhos adquiriam tons vermelhos, ameaçadores, quando ele tornou a encará-la. — William Stevenson, Lianna? Por quê?

— Ele é meu amigo, por Deus! — Ela elevou o tom de voz, quase suplicando para que ele fosse embora. — Ernest, por favor, pare com isso.

— Eu amo você, Lianna. — A voz chorosa era apenas um sussurro. As lágrimas começaram a escorregar pelas bochechas proeminentes. — Por quê?

— Eu sempre deixei meus sentimentos e intenções bem claros. As pessoas escolhem no que acreditar e você escolheu criar uma mentira.

— Uma mentira! — ironizou Ernest, levando as mãos à cabeça teatralmente. — Vá para o inferno, Lianna.

Com uma expressão carregada de dor e decepção, Ernest desapareceu pelas escadas com passos pesados, desferindo socos nas paredes, que produziam um baque surdo, reverberando por todo o prédio. Com a respiração ofegante e a adrenalina ainda correndo pelas veias, Lianna retomou seu caminho, apertando o papel na palma da mão. Sem se libertar da carta, abriu a porta do apartamento, largou a bolsa no chão e rasgou o envelope, recostando-se entre os ganchos e casacos empilhados para finalmente ler as palavras da irmã.

Querida Elena,

Ponderei por muito tempo se deveria lhe escrever. Sei que não estou no direito de lhe reservar nenhum tempo extra ou causar-lhe incômodos, principalmente porque integro uma parte da sua vida que já não existe. Entretanto, sinto-me responsável pelos eventos que se seguiram desde sua partida e creio que seja de seu direito reconhecê-los e escolher o que lhe for conveniente.

Mamãe nunca se perdoou por ter permitido sua ida caindo em um desânimo que sequer a faz levantar da cama. Obviamente que existem dias positivos, mas esses são tão raros... em alguns momentos, ela parece delirar ao passo que, em poucos minutos, retorna à sobriedade.

Eu entendo que não seja do seu interesse regressar, mas peço que considere vir a Londres para ver a mamãe. Você nunca abandonou os pensamentos dela. Imploro de coração e alma que reconsidere sua decisão de permanecer no anonimato pelo menos neste momento. Não peço que fique, mas que apenas mostre-se à sua família mais uma vez. Ela jamais conseguiu se perdoar e isso a corrói.

Assim como você não é mais a mesma Elena que nos deixou, mamãe também não é a mesma Lilian. Por favor, pense com carinho.

Nós sentimos muito a sua falta.

De sua irmã e confidente, Anneline.

O papel planou poucos segundos na brisa suave que envolvia o ambiente antes de aterrissar graciosamente no piso carregando as súplicas singelas. Lianna o encarou durante o trajeto, digerindo seu conteúdo com pesar. Algumas lágrimas queimaram os olhos e escorreram pelo rosto, reacendendo um sentimento que ela imaginava ter superado há muito: a saudade. As chamas dos capítulos passados ainda ardiam em seu interior, alguns dias com maior intensidade, outros apenas em forma de lembrança dolorosa de outros tempos. O conflito entre o passado e presente, o choque das personalidades tão distintas, era uma marca atemporal que surgia quando a noite atingia seu auge e ninguém mais podia vê-la ou ouvi-la. E então ela se entregava às recordações, aos errôneos passos que a conduziram até uma realidade livre das convenções e carregada de angústia — algo que ela evitava demonstrar em demasia. Distante do seu alcance, a carta repousava entre as tábuas de madeira, dançando nas arestas quando o vento soprava com maior força. Diante das genuínas palavras de Anneline, Lianna relutou em permitir-se pensar, por uma fração de segundo, como Elena Wood novamente.

Alice delineava os traços finos do rosto da bailarina em que trabalhava havia meses. Aos vinte e oito anos, o sonho de ser finalmente reconhecida como artista estava perto de ser concretizado. Ela sabia que, por mais difícil que fosse, um dia honraria a memória da mãe e venceria todos os comentários ácidos a respeito de si mesma e do que tinha a oferecer. Já fora chamada de inúmeros nomes e apelidos, entretanto, gostava de pensar que tudo um dia seria recompensado. Não se importava com a vida boêmia ou com o casamento em um primeiro momento — sua vida sempre fora cercada das mais diversas desventuras —, ela não era como as outras mulheres. Ansiava-os, não podia negar, todavia, não os via como prioridades quando visava o crescimento no meio artístico.

Compenetrada em terminar os poucos detalhes que lhe renderiam um dinheiro extra, e quem sabe alguns elogios dos críticos, demorou a ouvir as batidas exasperadas na porta. Fitou a si mesma cheia de dúvidas, contando mentalmente o número de manchas coloridas que pintavam suas roupas, deixando de lado as preocupações quando a insistência de quem quer que estivesse a esperando do lado de fora a convenceu a não se importar com meros detalhes. Mergulhando o pincel no copo com uma água já turva de restos de tinta, ela correu para atender um Ernest desesperado.

— Ela dormiu com ele, Alice — exclamou adentrando a casa antes que ela pudesse dizer qualquer coisa. Seus olhos estavam vermelhos. — Ela dormiu com ele!

— O quê? — questionou Alice confusa, fechando a porta atrás de si após checar se o corredor estava vazio.

— Lianna dormiu com William Stevenson. — O tom exaltado, carregado de raiva, reverberava pelas estruturas do apartamento. — Eu sabia que isso ia acontecer, eu sabia!

— Ernest, eles são amigos há...

— Não, é diferente. — Ele a interrompeu. — Ela voltou para casa de manhã vestindo as mesmas roupas da noite anterior. — Os movimentos exagerados, combinados com o semblante perturbado, fizeram com que Alice temesse pela amiga.

— E como você sabe disso?

— Eu a vi chegar por essa janela. — Ernest apontou a janela da sala, ornamentada com cortinas cor-de-rosa.

— O quê? — Alice retirou o avental, pousando as mãos na cintura. Diante dela, Ernest caminhava de um lado a outro, sem levantar os olhos. — Você ficou esperando a Lianna voltar? Foi por isso que você veio ontem?!

— Esperei porque sabia que ela ia me trair — gritou. Seu corpo exalava um aroma peculiar de cigarros, bebida e algo que a outra não conseguiu identificar.

Entre os quase cinquenta minutos em que saíra do apartamento da amiga, Ernest se afundara completamente. E sequer eram nove horas da manhã.

— Ali, eu a amava. — As lágrimas surgiram quando ele soltou o corpo no sofá, que rangeu no mesmo instante. — Eu planejava pedir ela em casamento, entende?

Com um misto de pena e apreensão, Alice se aproximou do amigo, acomodando-se ao seu lado. Um choro sentido interrompeu o silêncio quando ele escondeu o rosto nas mãos, ignorando o toque gentil da moça.

— Ela não podia ter feito isso comigo — balbuciou entre soluços, sem se mover.

— Ernest, eu sempre te alertei com relação a Lianna... — Alice começou hesitante, observando o efeito de suas palavras para prevenir-se de qualquer reação. — Ela nunca foi aberta a se relacionar com alguém.

— E Gabriel?

— Nós sabemos que ela nunca gostou dele de verdade. Ela foi traída, colocou um fim no relacionamento e sequer se importou com isso. Digo, quem não ficaria minimamente abalado com uma situação desse tipo?

Ernest assentiu e se endireitou, enxugando as lágrimas com as costas das mãos. Por um instante, Alice se permitiu ter dó do pobre homem. O amor corrompia até mesmo as pessoas mais equilibradas emocionalmente — ao menos era o que ela pensava a respeito do amigo até assisti-lo se apaixonar por alguém verdadeiramente.

— Você acha que ela gosta dele? — questionou o rapaz de repente, encarando-a mais uma vez.

— Não. William, até onde sei, também não é aberto às relações afetivas.

— Quero acreditar nisso.

Alice sorriu e correu a mão pelas costas dele, afagando-o gentilmente. Ela também queria acreditar no que acabara de dizer.

O detetive Stevenson reunia todos os papéis espalhados pela mesa em uma única coluna, tentando manter a organização ao menos uma vez na vida. Eram anotações demais para um espaço muito limitado. Sua mente viajava nas tantas linhas de crimes sem solução ou ligações inimagináveis enquanto o fazia quase que de forma mecânica. Das anotações, emergiu o nome de Blair Saddox rodeado por inúmeras questões, entre elas, se havia ligação entre sua morte e a de Timothy Ludwin. Ele suspirou, soltando o peso na cadeira, as mãos segurando o esquema feito às pressas durante um acesso de inspiração. Por alguma razão, desconfiava de Lafoe e os discursos ensaiados, os acessos de insanidade seguidos por breves momentos de lucidez e meia dúzia de palavras coerentes para embelezar o interrogatório. As especulações o levariam à beira da loucura mais cedo ou mais tarde e nada poderia ser feito quanto a isso. Ele devia conclusões e as ia conseguir. Decidido, pôs-se de pé ainda com a folha em mãos e caminhou até as celas.

— Me diga a verdade — ordenou ao atingir o patamar inferior, sabendo que seu alvo estava logo no primeiro cubículo.

O homem cabisbaixo limitou-se a sorrir e dar de ombros, no entanto, não encarou seu algoz, como tinha definido William Stevenson, em nenhum momento.

— Eu já disse.

— Por quanto tempo você pensa que ficará aqui? Minha paciência está acabando.

— Só estou aqui porque o senhor quer.

— Você foi pego em uma cena de assassinato debochando da vítima diante de seu corpo, Lafoe. Não existem meios de te livrar de uma pena severa caso não seja completamente claro.

— Ah, existe. — Richard Lafoe nutria no semblante uma expressão desafiadora que desestabilizava Stevenson. — Acredite em mim, detetive.

— Então me diga quem pode ter feito isso.

— O policial é você, não eu. Só me tire daqui e prenda a pessoa certa.

William assentiu e se afastou, dando-se finalmente por vencido. O homem jamais lhe diria coisa alguma e ele precisava de respostas, estava farto de tanto se perturbar sem ter nada efetivo em mãos. Sem cogitar retornar à sala gélida onde passava grande parte do tempo, caminhou em direção às pesadas portas e saiu para um depoimento que poderia ser decisivo. E perturbador.

As poucas quadras que o separavam de seu próximo destino estavam abarrotadas de gente, adiando em poucos minutos a chegada, nada que o impedisse de estar diante da casa em tons de um marrom sóbrio. Quando pequeno, ele sempre ouvira da mãe que uma de suas mais fortes características era a teimosia, que podia ser tanto uma virtude quanto um defeito. William queria saber sempre mais, ter soluções para assuntos inexplicáveis, defender seu ponto de vista com argumentos sólidos. E justamente da necessidade do conhecimento é que surgiram as inclinações ao estudo do universo que nos envolvia. Ele ansiava viver das estrelas, dos pontos distantes que revelavam muito mais do que nossos olhos podiam ver, até a morte de Angelina revirar sua vida por completo, trazendo consigo uma sombra definitiva na alma. Às vezes, quando se encontrava sozinho, perguntava-se como teria sido se ele jamais tivesse passado por eventos tão perturbadores.

Sem floreios, bateu firmemente na porta e aguardou, assistindo pelo vidro grosso a movimentação ao lado de dentro. Em menos de dois minutos, uma mulher franzina de cabelos ralos e grandes olhos azuis abriu a porta. Não parecia surpresa em vê-lo.

— Detetive — disse com tranquilidade, secando as mãos no avental gasto amarrado em torno da cintura fina. — Veio trazer notícias de meu marido?

Pego de surpresa pela facilidade com a qual a abordagem ocorreu, William trocou o peso dos pés e olhou o papel ainda nas mãos, as flechas ligando nomes a acontecimentos, provas.

— Na verdade, Sra. Lafoe, gostaria de saber se podemos conversar um minuto.

— Claro. Entre, por favor.

Ela cedeu espaço para que o detetive passasse e fechou a porta com rapidez. Em seu interior, a casa era ainda mais soturna do que o exterior, dispondo de móveis em madeira maciça, tapetes encardidos pelo uso e cortinas tão pesadas que era impossível enxergar além delas. Com polidez, a mulher ofereceu um lugar ao sofá e se retirou para preparar um café quente. O policial aguardou verificando as fotos dispostas em cima do aparador, retratos e mais retratos sem cor de rostos aleatórios revestidos de joias estonteantes. Mesmo sob a matiz amarela e acinzentada, era possível notar que se tratava de uma família abastada. A dona de casa retornou com uma bandeja, servindo em duas xícaras a bebida fumegante.

— Obrigado. — William arriscou tomar um gole da bebida fraca e com um suave exagero de açúcar. — Sra. Lafoe, é de seu conhecimento a razão para a prisão de seu marido?

— Ah, sim, ouvi algumas pessoas comentarem quando fui à feira — respondeu ela imersa na mesma calmaria do início. William se remexeu incomodado.

— Se me permite, não desejou vê-lo nem por um minuto? Buscar ajuda, impedir a prisão? — questionou com a sobrancelha arqueada e a descrença aparente.

— Não. — Ela sorriu, inclinando-se em direção à mesa para pousar a xícara e o pires de porcelana fina. — Sei o que está pensando, mas lhe asseguro que ele não matou aquelas pessoas.

— Então por que optar por não defender sua inocência?

— Veja bem, senhor...? Desculpe, como posso chamá-lo?

— Detetive Stevenson.

— Certo, detetive Stevenson. Meu marido pode ser inocente agora, mas já me causou muitas dores de cabeça em outros momentos.

— Pode ser mais clara? — William tirou o pequeno bloco de notas e uma caneta do bolso do casaco. A bondosa mulher o observava sem parecer sequer temerosa dos desenrolares do diálogo. Havia se preparado para aquilo.

Com a tranquilidade de quem não sentia a urgência de esconder coisa alguma, Janine Lafoe se endireitou, recostando-se no sofá, e abraçou os joelhos com as pontas dos dedos. Parecia extremamente à vontade. William pigarreou, tentando incitar qualquer reação, que não veio.

— Bem, Richard sempre teve um gênio muito difícil. Puxou ao pai, eu acredito. Sabe, detetive, ele acha que eu sou sua propriedade, parte de algo que possa ser controlado. Ameaçou pessoas, se envolveu em brigas, saiu de casa várias vezes... Meu marido gosta de certa dramaticidade.

— Existe algo que motive esses acessos?

— Sempre existe. Ou um homem que me encarou por mais tempo do que ele acredita ser certo, ou alguém que esbarrou em seu ombro enquanto atravessava a rua. Nunca é algo específico, geralmente são coisas tão bobas!

— E qual era a relação dele com o Sr. Ludwin?

— Ele o odiava. — Ela riu, mas não estava feliz. Seus olhos escureceram com a menção ao nome do outro. William anotou a observação.
— O Sr. Ludwin era um rapaz muito bondoso e atencioso, o que incomodava Richard.

— Por qual motivo?

— Bem, nós conversávamos bastante. Ele costumava vir em casa para pedir conselhos amorosos e compartilhar suas desventuras. Acreditava que eu era capaz de ajudá-lo a resolver seus impasses.

William sentiu um ligeiro arrepio subir pelo corpo e pôs-se em alerta, se certificando de não deixar nenhuma informação lhe escapar.

— E seu marido tinha conhecimento disso? — Continuou.

— Não, não. O Sr. Ludwin estava envolto em um caso bastante... — Ela hesitou, escolhendo as palavras. — Delicado. — Terminou levantando os grandes olhos azuis para ele. — Richard faria um escândalo, principalmente por considerar o pobre menino uma ameaça. Veja bem, detetive, eu era quase vinte anos mais velha do que ele! Não é absurdo?

— Senhora, qual era o caso em que Ludwin estava envolvido?

Ela silenciou, encarando-o conforme o sorriso morria nos lábios e desaparecia por completo. Desde a chegada do detetive, era a primeira vez que se sentia acuada e distante do conforto que antes pautava seus discursos. Ótimo, William pensou, inclinando-se na direção dela.

— Sra. Lafoe, eu preciso que seja bastante clara comigo, tudo bem? — disse ele amistosamente. — Timothy Ludwin foi assassinado e qualquer informação pode me ajudar a encontrar o culpado, o que pode significar até salvar outras vidas.

— Senhor, se isso vier à tona...

— Eu te prometo que não saíra daqui, está bem? Eu só preciso tentar entender.

Ela aquiesceu e pegou novamente a xícara, bebendo um longo gole do café morno. Estava nervosa, era possível sentir apenas pelos movimentos urgentes e a expressão aterrorizada. Janine Lafoe engoliu em seco e perdeu o olhar no espaço entre ela e William, ponderando sobre seus próximos atos. Por fim, afastou alguns fios de cabelo que caíam sobre seu rosto e inspirou fundo.

— O Sr. Ludwin se envolveu com uma moça noiva — falou pausadamente, sem encarar o outro. — Eles dormiram juntos e ela acabou grávida. Seria um escândalo se alguém descobrisse, mas seria impossível esconder por tempo demais. Eu o conheci no dia em que ele recebeu a notícia do bebê e por isso nos tornamos confidentes.

William se endireitou e arriscou perguntar, mesmo já sabendo a resposta:

— E quem era a moça?

A jovem senhora novamente hesitou, entretanto, já convencida da confidencialidade prometida pelo detetive, baixou o tom de voz, puxando o avental ainda sobre o vestido.

— Era a Srta. Saddox, detetive.

Lianna estava deitada com as pernas para cima, apoiando o livro nas coxas descobertas. Era noite de sair, mas ela não se sentia disposta a encontrar Ernest depois do incidente ocorrido alguns dias antes, principalmente em um ambiente que o condicionaria a fazer um escândalo. E ela não tinha paciência para cenas desta natureza. Portanto, naquela noite, decidiu ficar em casa lendo alguns dos clássicos que tanto gostava e bebericando um bom chá quente. Estava farta de tanto barulho, de tanto falatório em cima de temas pouco importantes quando havia tanto a ser dito em outras esferas sociais. No silêncio de seus próprios pensamentos e conclusões, perdia-se nas aventuras românticas quando uma batida na porta interrompeu a tranquilidade. Relutante, pousou o livro ao lado do corpo e se levantou com um impulso. Antes de abrir a porta, porém, sentiu uma leve desconfiança de que poderia encontrar Ernest, Gabriel ou qualquer um dos seus ex-companheiros ou amantes que estivessem dispostos a criar mais confusão. Outra batida se seguiu e ela prendeu a respiração, girando a maçaneta de uma vez. Para sua surpresa, Alice aguardava pacientemente, livre das roupas exageradas e da maquiagem carregada que costumava usar para as noites de bebedeira. Lianna sorriu, libertou o ar dos pulmões e deu passagem para a moça, que se acomodou em uma das poltronas sem qualquer cerimônia.

— Você não apareceu hoje. — Alice iniciou, olhando atentamente para Lianna.

— E nem você.

— Não. — Ela sorriu, colocando uma mecha loura atrás da orelha. — Não fui porque precisava conversar com você antes.

Lianna permaneceu em silêncio, analisando a expressão séria da outra.

— Ernest me procurou — balbuciou, despertando a atenção da jornalista. — Para falar de você e William.

— Imaginei que ele correria para você.

— Lia, por que fez isso com ele? Ernest talvez não...

— Alice, eu nunca senti nada por Ernest. Tanto você quanto ele sabiam disso. — Lianna a interrompeu, acendendo um cigarro. — Aceita?

Alice recusou o convite fazendo um breve gesto com as mãos. Ela se tornava outra pessoa quando estava distante das noites de Nova Orleans.

— Quanto a mim e William, foi apenas sexo. — A jovem deu de ombros. — Somos amigos, aconteceu.

— Como consegue se envolver com alguém sem sentimentos? Seja sincera comigo.

— Eu estou sendo.

— Não sente nada por ele? — Alice insistiu, encarando a amiga com expectativa.

— Ali, quem se importa com o carnal? Você não precisa amar alguém para se entregar.

— Sabe que concordo com você, em partes. Mas, Ernest? Ele é nosso amigo, alguém próximo a nós. — A loura pousou a mão na barriga. — Como ficarão nossas noites agora?

— Eu receio que você não vá mais participar delas, Ali. — Lianna sorriu, sinalizando com os olhos o gesto involuntário da amiga. — Quando descobriu?

Alice respirou fundo e abriu um meio sorriso, parecendo ainda não ter se acostumado com a notícia.

— Há quase um mês.

A anfitriã assentiu, tragando a fumaça forte para dentro da garganta, sentindo-a queimar conforme escorregava em direção aos pulmões.

— Você vai ser uma ótima mãe — disse de repente, libertando anéis disformes de fumaça no ar.

— Não sei.

Lianna inclinou-se em direção à amiga, apagando o cigarro no cinzeiro. Seus olhos mantinham-se fixos em Alice, que parecia estar prestes a chorar. Diante do nítido desespero, a jornalista aproximou-se, pousando a mão no ombro dela.

— Ali, o que houve?

Ela fez um sinal negativo com a cabeça e pôs-se a chorar.

— John. — Sua voz era um sussurro de difícil identificação. — E se ele não quiser essa criança?

Poucos acontecimentos impactaram Lianna Stone desde sua chegada a Nova Orleans. Com o tempo e os fatos que moldaram sua vida drasticamente, ela havia aprendido a controlar as dores, as lembranças que por algumas noites a fizeram acordar chorando copiosamente. Entretanto, ao ouvir as palavras de Alice com relação ao bebê que esperava, um pedaço do seu antigo eu retornou ainda mais forte, pulsando junto do coração em uma sinfonia há muito tempo silenciosa. Já não bastava a carta de Anneline e as crises desencadeadas por ela. Tentando omitir a dor da empatia, de saber como era estar daquele lado da história, Lianna respirou profundamente, pressionando as unhas afiadas contra a palma da mão, hábito que adquirira em solo norte-americano.

— Ele sabe? — indagou a amiga, que mantinha a cabeça baixa e as lágrimas rolando.

— Ainda não, mas... — Alice soluçava interrompendo as sentenças. — Eu não sei o que fazer, Lia. Veja só o que aconteceu com a pobre Srta. Saddox!

— Não faça isso consigo mesma — disse Lianna com calma. — Ele vai adorar a notícia, tenho certeza.

— A culpa foi minha. Eu que cedi, deixei-me levar...

— Não. — A jornalista escorregou para o chão, ajoelhando-se em frente a amiga. Os olhos vermelhos encontraram os dela. — A culpa não é sua por ter se entregado a alguém. Não faça isso com você, pare de se culpar.

— O que minha mãe pensaria de mim agora? — Alice finalmente levantou o rosto, enxugando as lágrimas. — Eu a decepcionei de todas as formas imagináveis, Lianna.

— Não importa o que ela iria pensar. Você não pode voltar no tempo para reverter isso, pode?

Alice negou com a cabeça, respirando profundamente.

— Então não pense nisso. — Lianna ignorou o nó que se formava em sua garganta. — Você vai se casar em breve, dar à luz uma criança linda e se tornar a maior artista da nossa geração.

— Eu não sei se vou me casar. E se John desistir?

— No máximo ele vai precisar de um tempo para pensar. — A jornalista sorriu, pousando as mãos sobre as da amiga.

— Você acha mesmo que eu deveria falar com ele? Agora?

— O quanto antes. Ele é o pai, precisa saber.

Alice assentiu, enxugando as lágrimas. O pranto já havia cessado.

— Eu não aguento mais me sentir culpada, sabe? Acho que é por isso que te admiro tanto por conseguir se desprender dessas regras idiotas. Quem dera eu fosse como você!

Lianna se aproximou e a envolveu em um abraço apertado, o abraço que ela gostaria de ter recebido há muitos anos.

— Não existe culpa aqui. Fique tranquila — sussurrou, permitindo que uma lágrima escorregasse por sua bochecha.

William fitou a carta em suas mãos descrente das palavras ali contidas. Sem aviso prévio, sem explicações, ela somente se foi. Juntou seus pertences e partiu na manhã nublada rumo a um passado que ele também deveria enfrentar em algum momento. A notícia foi entregue na delegacia, mas, quando ele chegou ao porto, já era tarde demais. Lianna Stone havia resumido em poucas linhas a necessidade de partir o mais rápido possível, no entanto, não disse nada além de *ser o momento para confrontar demônios e alcançar uma possível salvação*.

Alice, John e Tim receberam cartas semelhantes, sem entender o que havia acontecido para que ela precisasse partir sem dizer nada a ninguém. Porém, mesmo com todo o imediatismo, a conduta pouco gerou de surpresa. Quem a conhecia sabia que seus ímpetos eram impossíveis de ser contidos, principalmente quando envolviam o passado desconhecido a todos eles.

11.

Algum lugar do mar, outubro de 1914

    Elena observava o horizonte em silêncio, assistindo o Sol ir embora aos poucos até finalmente desaparecer na linha tênue que escondia o que os olhos não eram capazes de ver. E era justamente aquele o seu destino, um espaço desconhecido e de esperanças vagas. O vento cortante atingia seu rosto, incitando os cabelos castanhos longos a dançarem nas lufadas, e causava leves tremores que nem mesmo os espessos casacos conseguiam afastar. Ela não falava, sequer se movia. As expectativas de um futuro mais ameno eram o único escape para a dor que dilacerava seu peito. Lembrava-se do último toque da filha, do rostinho delicado sob a luz fraca, da primeira e última vez que a havia amamentado. Lembrava-se da pele quente, dos poucos fios escuros no alto da cabeça e de sentir uma paz nunca antes experimentada. O pequeno ser, ao mínimo contato, já fora capaz de transformar sua vida de maneira imensurável. Uma lágrima escorreu pelos olhos ao recordar a mão pequenina envolvendo seu dedo inconscientemente enquanto adaptava-se a um lugar desconhecido, um mundo turbulento que ela sequer sabia fazer parte. O vazio se expandia à medida que Elena fantasiava histórias que nunca viveu ou teria a chance de viver, consequências caso as promessas embebidas pelo azul profundo de olhos repletos de insinceridade tivessem sido cumpridas. Onde estaria Henry? Em silêncio, chorou, permitindo-se eliminar o suplício das cicatrizes recentes, entregando-se aos ímpetos dos caminhos traçados por sua vã inocência. Em cerca de um ano, toda a sua vida se dissipara no vento como uma memória distante, um roteiro impensado e mal construído que se desenrolou tão rapidamente quanto desapareceu.

Sentindo o coração desacelerar, a moça respirou fundo, enxugando as lágrimas para tentar evitar a atenção desnecessária recebida por semblantes estranhos perambulando pelo convés. A noite já havia caído quando o jovem de cabelos castanhos se aproximou, apoiando-se no parapeito ao seu lado com olhos fixos nas ondas letárgicas das águas negras.

— É bonito, não é? A dança do mar — questionou ele repentinamente, despertando a atenção dela. — Eu a vi com Lauren e Jeremy, a propósito.

Elena assentiu, abaixando a cabeça para esconder os olhos vermelhos e inchados, embora soubesse que ele já os tinha notado. Esforçou-se para sorrir, mas foi impedida pela vasta e paralisante angústia.

— Sou William. — O rapaz continuou, sem se importar com o silêncio dela. — E acredito que estou nesse navio pelos mesmos motivos que você.

— Então veio a passeio — rebateu Elena em tom de deboche, arrancando-lhe um riso.

— Seria interessante a perspectiva.

Elena sorriu, observando o rapaz que acabara de conhecer. Ele não parecia feliz, mesmo que manipulasse as palavras para causar essa impressão. Seus olhos perdiam-se facilmente no horizonte para a mente estar livre de quaisquer fardos.

— Já foi à América antes? — perguntou William, impedindo ao silêncio tornar-se constante.

— Não — respondeu ela dando-se conta, pela primeira vez, que estava navegando rumo a um lugar completamente desconhecido. — E o senhor...?

— Senhor? — Ele arqueou a sobrancelha, deleitando-se com a expressão mais serena que começava a tomar a face da moça pela primeira vez desde o início de sua abordagem. — Acredito que tenhamos quase a mesma idade, senhorita. Além disso, não temos ninguém para nos vigiar aqui.

— Perdão. Estou tão acostumada às convenções que me esqueço que as pessoas são mais do que formalidades.

— Se quer saber, eu também. Mas, respondendo à sua pergunta, nunca estive na América antes, é um mistério.

Ambos trocaram um olhar cúmplice e sorriram desajeitados, tornando a encarar as ondas turvas e indistintas na escuridão.

— Somos dois aventureiros.

— Sem dúvida. — O jovem rapaz sorriu, inclinando-se para observar a água chocando-se com a lateral do navio. — O que você costumava fazer em Londres? Digo, o que você era?

Ela achou graça da observação certeira vindo de alguém que sequer a conhecia, mas demonstrava maior poder de contemplação do que qualquer outro.

— Como sabe que eu vim de Londres? — questionou, incitando-o a fixar os olhos nela mais uma vez.

Ele deu de ombros, analisando o semblante desafiador da jovem.

— Nós pegamos o mesmo trem.

Os olhos dela pousaram sobre os dele, tentando decifrá-los, mas nada havia senão um enorme vazio.

— E como sabe que abandonei Londres definitivamente?

— Você se parece com alguém que está fugindo — afirmou William seguro de si, endireitando-se finalmente. — Como eu, Lauren e Jeremy.

Elena aquiesceu.

— Meu sonho era estudar física, mas não tive tempo. — Continuou sem esperar uma resposta da parte dela. — Acho que nunca terei, na verdade. Não é curioso, considerando a pouca idade, que a vida já tenha renegado tantas coisas a nós?

Ele mordeu o lábio e pensou alguns instantes, perdendo-se na paisagem monótona. Se ela o tivesse respondido, ele sequer teria escutado.

— Perdão, como disse que era o seu nome? — perguntou de repente, girando o corpo em direção a ela.

— Lianna — respondeu Elena rapidamente. — Lianna... Stone.

— Lianna. É um belo nome — disse William, perdendo-se em devaneios mais uma vez.

Ela inclinou a cabeça, avaliando sua breve trajetória até ali. Os pés latejavam dentro do sapato de salto — enquanto estivera em Richmond, era comum andar descalça para sentir a grama, o contato frio do piso — e o vestido cheio de sobreposições começava a lhe incomodar. Mas, ela já não era mais Elena, então por que precisaria de tudo aquilo? Ela os queimaria assim que chegasse ao seu novo destino.

— Eu escrevia — disse, despertando a atenção dele. — Era minha única ocupação que não se encaixava nas exigências de uma boa mulher.

— Boa mulher — repetiu William. Uma sombra cruzou o semblante antes tão animado, fazendo-o estremecer com uma brisa inexistente.

Os dois se limitaram a assistir o movimento suave do mar até que Jeremy e Lauren aparecessem para conversar sobre qualquer coisa. Talvez, aquele navio fosse justamente um resgate de sofrimentos que de nada valeram rumo a uma incerteza inquietante repleta de fé e esperança.

Estados Unidos, 1922

William caminhava pelas ruas de Nova Orleans com a cabeça repleta de pensamentos. Outro crime lavara as ruas e, embora o responsável já estivesse sob custódia, o detetive ainda se sentia aéreo, agitado por motivo algum. Precisava pensar com clareza, entretanto, por mais que tentasse, sua mente insistia em levá-lo de volta à Europa, à antiga Londres que moldou o que ele sonhava ser e terminou determinando rumos jamais imaginados. Sua mente voltava para Charlotte e o sorriso reconfortante dela nas manhãs de outono, nas tardes de caminhada, depois das noites mal dormidas. A ida de Lianna o havia abalado em todos os sentidos, trazendo à tona realidades que o perturbavam. Por qual motivo retornar sem ao menos avisar? Por que a súbita vontade de reencontrar seu passado ganhara tanta força se poucos dias antes ela parecia tão indiferente? Irritado, ele chutava pedras pelo caminho como um adolescente cujos hormônios se rebuliçam a cada dilema. Érica, a jovem com quem saiu vez ou outra, propôs um encontro em uma sorveteria próxima, mas ele não queria conversar. Não queria pensar em outros assuntos, ter de se atentar a sinais e risos e jogadas de cabelo propositais quando a soma de todos os seus pensamentos era uma única pessoa. *Lianna*. A casa estava próxima e ele apertou o passo, ignorando o mundo à sua volta. Agora estava completamente sozinho. No fundo, acreditava que sempre tivesse sido, mas considerar a hipótese de não ter alguém que o conhecesse bem, alguém com quem dividisse preocupações e rotinas, era desconcertante. Por um momento, ele desejava apenas que ela o tivesse avisado; que o tivesse convidado para embarcar na viagem nada agradável. Talvez ele também precisasse apenas se encontrar.

Em frente à entrada, Alice aguardava em silêncio, analisando a casa com atenção. No meio de seu devaneio, William se aproximou, despertando sua atenção. Ajeitando o vestido cor-de-rosa, ela se voltou a ele com um sorriso morno.

— Sr. Stevenson — disse fazendo uma reverência breve. — Poderíamos conversar um minuto?

Ele a observou e ponderou o pedido alguns instantes antes de finalmente aceitar.

— Prefere que conversemos aqui ou não se importa em entrar?

— Não me importo, inclusive, acredito que seja mais adequado.

William assentiu e apontou a porta. Após um silêncio desagradável, ambos adentraram. A moça se acomodou no sofá e foi servida com chá enquanto ele preparava um copo de uísque com gelo.

— Pois bem, Srta. Lorn, em que posso lhe ser útil? — questionou William enquanto finalizava a preparação da bebida. Podia ouvi-la se mexer atrás de si.

— Há uma semana Lianna deixou esse bilhete em casa. — Ela levantou o bilhete e ele se virou, encarando o pequeno pedaço de papel dobrado. — Ela disse algo a você antes de partir?

William negou com a cabeça, tomando a carta breve das mãos dela para lê-la rapidamente. Não havia nada diferente do que ela já havia lhe dito, como era de se esperar.

— Não, nada. — Ele devolveu o papel para Alice, que o guardou na pequena bolsa.

— Eu não entendo o que possa ter acontecido.

— Lianna é uma pessoa imprevisível, Srta. Lorn. Em algum momento eu esperava que ela fosse agir dessa forma.

— Meu casamento se aproxima, como bem sabe, Sr. Stevenson. — Ela continuou bebericando o chá. — Não posso fazer isso sem ela.

— Eu imagino. — A resposta foi um misto de ironia e compreensão.

A moça levantou os olhos para ele, observando-o se sentar diante dela na pequena mesa de centro. A aura sempre tão misteriosa de William mostrava-se uma qualidade interessante, era inegável.

— O senhor veio com ela da Inglaterra. — Retomou, recordando-se do noivo, um grande amigo daquele que a recebia no momento. — Não conhece ninguém que possa nos colocar em contato?

William pensou por alguns momentos, exibindo um semblante confuso o suficiente para convencer a jovem da negativa.

— Talvez exista alguém — falou por fim, finalizando seu uísque. — Mas o endereço é antigo, não sei se permanece o mesmo.

— Tente, por favor.

O detetive esboçou um sorriso e analisou o copo ainda cheio, contornando com o dedo a superfície frágil do vidro.

— Sabe, senhorita, quando conheci Lianna, ela exibia uma tristeza que nunca vi igual. Não era a mulher que é hoje, mas somente uma garota que deixou para trás uma vida inteira por conta de algo que nem mesmo eu sei — balbuciou William sem encarar a mulher. Sabia que seus olhos o observavam atentamente, mas não queria que ela notasse quão nostálgicas eram aquelas lembranças. — O tempo tornou Lianna Stone uma mulher forte e decidida e meu ponto é: se ela partiu, lhe garanto que não foi por ausência de motivos. Até onde sei, ela não suportava a ideia de um dia pisar em Londres mais uma vez.

Alice absorveu tudo que ele tinha a dizer ponderando se a amiga fizera uma má escolha ao dormir com William Stevenson. Ele, diferente do grupo com quem Lianna se reunia todas as noites, a conhecia melhor que ninguém.

— Família? — questionou a jovem por fim, interrompendo o silêncio. Não queria entregar os pensamentos indecorosos através de bochechas enrubescidas.

— Pode ser. Não que ela tenha me falado muito sobre sua família, mas é sempre uma possibilidade.

—Você acha que foi uma mudança definitiva?

— Difícil dizer. Lianna é uma incógnita.

Alice sorriu e agradeceu pelo chá e pela conversa antes de se levantar alegando que precisava ir. Antes de sair, porém, voltou-se a ele mais uma vez:

— Você poderia confirmar o contato para que eu possa falar com ela?

— Posso tentar.

Alice aquiesceu e retomou as passadas ligeiras, desaparecendo nas ruas de Nova Orleans. William, sozinho de novo, desfrutou da bebida que lhe aquecia a alma, mas não o coração.

Inglaterra, 1922

Lianna desceu do trem sentindo o coração disparar a cada passo que avançava. Pessoas iam e vinham passando por ela quase como se não a vissem em meio à multidão de corpos. Era isso que tanto a fascinava nas estações, a quantidade de vidas que se cruzavam sem ao menos ter a intenção de fazê-lo, um misto de encontros e reencontros que eram capazes de modificar completamente caminhos e destinos. Nervosa, ela somente andava, sem parar, sem olhar para os lados, sem buscar rostos conhecidos ou pontos de referência. Estar ali já era mais do que ela conseguia suportar. Na mente, reviveu momentos de apreensão, agonia, alegria, memórias de um passado que parecia mais distante do que realmente era. Ali Lianna era Elena e a vida não era nada semelhante àquela de Nova Orleans, à rotina repleta de confusões e contratempos responsáveis por traçarem dias incertos. Os passos ecoaram pelo saguão quando ela passou, notando alguns poucos olhares se voltarem em sua direção. Os bilhetes escritos cuidadosamente para os que deixou tinha de ser suficiente, embora a culpa por não poder dizer nada a respeito da repentina viagem a tomasse. Queria poder explicar a situação, não precisar ser tão reticente quanto ao seu passado, principalmente com William.

 A entrada da estação era tomada por carros e carroças que aguardavam para levar pessoas a seus destinos. Um motorista solitário aceitou levá-la até o endereço desejado, encarando-a com certa dúvida. A moça era demasiado diferente do povo dali. O trajeto mostrou-se um desafio interessante ao apontá-la alguns cenários conhecidos, embora Londres tivesse mudado drasticamente desde a última vez que estivera na cidade. Lianna engoliu em seco, sentindo seu corpo afundar no banco do carro à medida em que se aproximavam dos portões dourados e imponentes. Quando o automóvel adentrou o bairro abastado e finalmente parou, ela teve a certeza de que não teria mais volta. Respirou profundamente, pagou pela corrida e desceu vacilante. A brisa era suave, quase capaz de causar-lhe arrepios pelo corpo. Reunindo toda a força que conseguia, iniciou a breve subida em direção à mansão que se erguia diante dela.

 A imensa porta de madeira pintada de branco estava fechada, como deveria ser, no entanto, pelas janelas altas, ela conseguia vislumbrar um pouco do que havia dentro dos aposentos aparentemente largos, escondidos atrás de cortinas de matiz clara e tecidos esvoaçantes. Levantou o braço e apoiou-se na porta, recostando a testa no braço trêmulo. Uma hora ou outra tinha de encarar aquele momento. De uma vez, sem considerar outras opções, segurou firmemente a aldrava, desferiu duas batidas e aguardou, sentindo o coração pular no peito. Queria acender um cigarro, ir embora, deixar para trás todas aquelas questões mal resolvidas. A porta se abriu e Lianna se endireitou, sem saber o que esperar. Uma senhora de meia-idade com os cabelos presos em um coque elaborado e um olhar incisivo a encarou de cima a baixo.

— Pois não?

— A Sra. Loriell está?

— A senhora avisou que viria? — rebateu a mulher impassível, encarando-a com tédio.

— Não.

— Então acredito que ela não deseje ser perturbada.

Lianna sorriu, aproximando-se da mulher. Londres e seus exageros comportamentais regidos por exigências desprezíveis.

— Não se preocupe. Minha presença é aguardada — disse com falsa simpatia. — E posso lhe assegurar que ela não gostaria de saber que vetou minha entrada.

A governanta a encarou como se nunca tivesse sido tratada com tamanha ousadia. Era quase possível ouvir os xingamentos disparados mentalmente pela mulher. A jovem manteve o sorriso irônico no rosto, aguardando até que ela desempenhasse sua função.

— Seu nome?

— Lianna Stone.

A outra assentiu e abriu passagem para ela, pedindo que esperasse no hall até ser anunciada. Minutos depois retornou e conduziu Lianna por um corredor, cujo tapete ornamentado a lembrou dos velhos tempos, até por fim parar diante de uma sala aparentemente espaçosa. Pela porta entreaberta, ela viu a jovem senhora com os olhos fixos no nada, sentada em um espaçoso sofá. Depois de tantos anos, reencontrar a irmã soava a ela como um estranho desafio. Quem seria Anneline? A governanta abriu passagem e adentrou, anunciando sua presença. Lianna engoliu em seco.

Ao ouvir o aval desdenhoso da irmã, avançou temerosa, mantendo os olhos fixos no rosto que costumava conhecer tão bem. Anneline sustentava um semblante sério, maduro, porém, seus olhos ainda sustentavam a leveza da inocência, de uma vivência que ela não possuía. Lianna agradeceu por isso. O sofisticado vestido de cetim azul concedia à jovem senhora um tom de autoridade, contrastando com os cabelos presos atrás da nuca e os brincos de diamantes que reluziam quando o Sol os encontrava pelas frestas das janelas. Os olhos verdes e expressivos, embora cansados, levantaram-se para ela e ali permaneceram, observando-a com afinco.

Era difícil decifrar os pensamentos da anfitriã. Lianna havia mudado consideravelmente nos últimos anos. Os cabelos, antes longos, estavam na linha do queixo, um pouco ainda mais curtos na parte de trás pelo que ela podia notar. Os olhos ganhavam traços negros e os lábios, antes tão suaves, se destacavam pelo vívido tom de vermelho. Era de uma beleza única, distante daquela que um dia lhe pintara a aparência. Quem não a conhecesse a fundo, podia passar desapercebido, sem notar se tratar da mesma pessoa de anos atrás.

— Elena — disse por fim, ainda correndo os olhos pela figura intrigante que permanecia em silêncio diante dela.

— Anne — respondeu Lianna sem jeito.

— Você veio, afinal. — Anneline pôs-se de pé graciosamente e caminhou até uma bancada lateral contendo uma mesa tomada por bebidas. — Por favor, sente-se.

A jornalista correu os olhos pela sala imponente, com sofás e cortinas de mesmo tom, paredes azuis semelhantes ao céu em dias ensolarados e um lustre deslumbrante de cristais. Se o objetivo fosse transmitir tranquilidade, ela havia escolhido o lugar certo. Era um ambiente bastante agradável.

— Aceita chá? Ou prefere algo mais forte? — questionou Anneline, servindo-se de chá de limão, seu preferido.

— Água, por favor.

Com um pires em uma mão e um copo d'água no outro, esse último entregue para a convidada, Anneline se sentou de frente para ela, na poltrona de couro bege. Parecia extremamente concentrada.

— Como ela está? — perguntou Lianna repentinamente, rompendo o estranho clima que pairava sobre elas.

— Do mesmo jeito. Não reage há um bom tempo agora, mas teve dois ou três dias bons desde que te escrevi.

A primogênita aquiesceu, baixando os olhos para o copo que tinha em mãos.

— Deixou muitas coisas para trás, Elena. Sabe como foi difícil mentir todos esses anos?

— É o que eu tenho feito. — Lianna pousou o copo na mesa de centro e abriu a bolsa, retirando um cigarro. — Se importa?

Anneline negou, observando enquanto a irmã acendia o cigarro.

— Você fuma agora? — questionou descrente.

— Há algum tempo.

— Lembro de você dizer, há muitos anos, como achava esse ato vulgar.

— E realmente é.

A anfitriã bebericou seu chá, tentando ignorar a estranha que se parecia fisicamente com sua irmã, mas não carregava mais nenhum traço aparente dela.

— Ela nunca suportou ter perdido o contato com você. — Anneline continuou. — Sabe como ela ficou quando nossa tia respondeu que você jamais esteve lá?

— Ann, eu entendo que seja nossa mãe, mas não é como se ela não tivesse me expulsado de casa.

— Você sabe que não era a vontade dela.

— E o que ela fez para impedir?

O silêncio pairou novamente, deixando no ar uma pergunta impossível de ser respondida naquele momento.

— O casamento deles nunca mais foi o mesmo. Mamãe nunca mais foi a mesma. — A caçula retomou, correndo as mãos pelo cabelo perfeitamente arrumado.

— Não tente me culpar por isso, Anneline.

— Você matou a filha deles. Lianna Stone?! Quem é Lianna?!

— Eu. E sou muito mais feliz sendo Lianna, posso te garantir.

— E até quando pretende viver uma mentira? Não pode fugir da sua vida para sempre.

Lianna sorriu, tragando a fumaça que queimava lentamente sua garganta. Queimar, sufocar, amenizar. Era uma sensação única.

— Escute, você tem uma vida estabilizada agora. Um filho...

—Dois filhos. — Anneline interrompeu com firmeza. — Phillipe nasceu há pouco mais de um mês.

Lianna mordeu o lábio, prendendo a respiração. Era o segundo filho de Anneline e ela sequer soubera da gravidez. Uma repentina emoção tomou-lhe por alguns instantes, no entanto, foi rapidamente controlada pela necessidade de manter o controle que a ocasião exigia. Não era o momento para lamentos.

— Dois filhos, uma casa, um bom marido e dinheiro. Papai e mamãe jamais perderam o respeito na sociedade. — Ela prosseguiu, libertando a fumaça por entre os lábios. O nó na garganta relutava em se dissipar. — Se eu continuasse em Londres, o que seria de vocês? De início as pessoas não sabiam, mas de certo descobriram ou pelo menos suspeitaram. Você pode dizer melhor que eu. Considere que fiz isso por você.

— Agora é você que vai começar a me culpar?

— Eu não vim para ficar, Ann. *Isso* não é mais a minha vida.

Anneline respirou fundo, contendo a súbita raiva que tomava seu corpo. Como a irmã podia ser tão egoísta? Sua ausência havia causado tantos danos quanto ela podia imaginar e, como resposta, estava ali somente para ir embora mais uma vez.

— Reconsidere essa decisão, Elena. É uma oportunidade para você ter sua vida de volta.

— Uma vida que eu não faço questão de retomar. Gosto de Nova Orleans. Tenho amigos, um trabalho e um apartamento confortável. O que Londres poderia me oferecer?

Ambas ficaram quietas, desfrutando de suas bebidas e das inúmeras perguntas que ainda não haviam sido respondidas. Lianna se ajeitou e mordeu o lábio antes de questionar algo que a consumia desde que chegara ali.

— Você teve notícias *dele*?

Anneline levantou os olhos, sentindo uma súbita compaixão pela irmã. A simples indagação continha as explicações que a anfitriã esperava receber, fazendo-a compreender de súbito, ainda que com desaprovação, a figura contraditória e quase irreconhecível diante de si. Elena fora injustiçada por conta de uma paixão adolescente não correspondida e acabara por se tornar um reflexo daquilo que seu passado fizera.

— Tive — respondeu Anneline com o tom de voz mais ameno. — Está bem, sobreviveu à guerra.

— Jurava que ele morreria.

— Acho que todos acreditamos nisso.

As duas sorriram, revelando que a cumplicidade entre elas nem o tempo podia mudar. A demonstração foi agradável às irmãs, tornando o clima mais aprazível.

— Eu senti tanto sua falta, Ellie. — Anneline se inclinou, apoiando as mãos nos joelhos. — Você perdeu meu casamento, o nascimento dos meus filhos... aconteceram tantas coisas e eu preciso te contar todas elas! É bom te ver novamente, mesmo que seja por pouco tempo. Há quanto tempo está aqui?

— Alguns minutos. Cheguei e vim direto para cá.

— Então não visitou o papai ainda?

A primogênita engoliu em seco, buscando o que dizer, mas não havia nada a não ser o silêncio. A outra entendeu e aquiesceu, finalizando seu chá.

— Em algum momento, terá que enfrentá-lo — disse a jovem senhora com tranquilidade. — Mas não precisa ser hoje.

— Contou a ele que me convidou?

— Não. Ele sequer sabe que conversamos todos esses anos.

— Ótimo — respondeu Lianna decididamente, cruzando as pernas depois de apagar o cigarro no cinzeiro intocado. — Nesse caso, escolherei o melhor momento para fazer uma visita.

12.

Havia cerca de uma semana que Elena Wood voltara a ser ela mesma. Ou ao menos atender pelo nome que lhe fora dado, já que, embora fosse tratada por aquela mesma garota, não estivesse nem perto de sê-la mais uma vez. Durante esse tempo, desfrutou de passeios na cidade com Anneline, foi a lugares que a marcaram e reviveu odiosamente muito do que desejava esquecer. O burburinho não demorou a percorrer a sociedade ávida por respostas a respeito da enigmática Lianna Stone, a americana que visitava os Loriell. Amparada pela irmã, que evitava passeios prolongados e áreas onde poderia encontrar conhecidos, a identidade de Elena foi preservada até que ela desejasse o oposto. E foi nessas rodas de conversa, alimentadas por boatos de terceiros, que Elizabeth Evans soube da presença da moça.

Naquele fim de tarde, Henry escrevia uma longa e extensa carta a um de seus sócios quando foi interrompido pela esposa, recém-chegada de uma tarde de compras, afoita para contar-lhe as boas novas. Às vezes, ele sentia fazer parte do círculo social de fofocas da mulher por ser sempre compelido a ouvir intrigas desinteressantes.

— Comprei um vestido novo. — Ela cantou da porta, aproximando-se para sentar em seu colo. — Você vai adorar.

Os olhos verde-escuros dela refletiam as segundas intenções escondidas sob a fala inocente. Ele sorriu, envolvendo-a com os braços.

— Me mostre. — Ele desafiou, mordendo o lábio inferior.

— Não posso.

— É para o baile?

— Sim! — Ela riu de forma exagerada. Henry encontrava nisso um charme da esposa. — As expectativas para a festa estão altas visto que Anneline Loriell irá supostamente levar uma convidada misteriosa.

Henry assentiu, entretanto, ao refletir um pouco sobre o que a mulher dissera, sobressaltou-se, engolindo em seco.

— Convidada misteriosa? — indagou, desferindo breves beijos nos braços da esposa na tentativa de omitir o espanto.

— Sim! Uma americana é o que dizem.

Ele hesitou, pressionando seu toque. Elizabeth baixou os olhos e o encontrou perdido em devaneios, o que fez uma súbita raiva atingir-lhe em cheio.

— Não, Henry. Não é ela — disse friamente, revirando os olhos.

— O quê? — questionou. Uma centelha de esperança tocou seu peito.

— Não é Elena. — Elizabeth enfatizou, levantando-se. — Achei que você tivesse superado essa fase.

— Eu não disse nada sobre ela — rebateu, ajeitando-se na cadeira. — Só perguntei.

— Não, não foi só isso. Você tem esperança que seja ela, não é?

Ele cerrou as pálpebras e respirou fundo, retomando a carta que escrevia antes de ser interrompido pela esposa.

— Não me ignore, Henry.

— Estou só esperando você se acalmar. — A impaciência refletiu-se na afirmação nada sutil. — Está com ciúme de uma mulher morta. Por Deus, Elizabeth.

— Nem mesmo você acredita que ela esteja morta. — A voz dela estava carregada de um ressentimento quase infantil. — Eu já suportei coisas demais por você.

— Pare com isso, é ridículo. Eu não vejo Elena há anos.

— Já ouviu dizer que sentimentos não morrem? Não me interessa se não a viu mais, ela está viva dentro de você.

Henry se levantou e caminhou até o aparador ao canto do escritório, de frente para as grandes janelas. Observando as ruas já pouco movimentadas, puxou um charuto e o acendeu, ouvindo os pés da mulher encontrarem o chão com força na outra extremidade do cômodo.

— Não me ignore.

— Elizabeth, você precisa parar um pouco. Eu sequer comentei sobre expectativas ou sobre Elena.

— E a carta que eu encontrei nas suas coisas? — Ela aumentou o tom de voz, a exaltação transpassando os limites do aceitável. Se não fosse pelos empregados, Henry tinha certeza que ela iniciaria um novo escândalo. — Você se lembra?

— Foi há sete anos! — exclamou mais alto, fazendo-a recuar.

Em alguns momentos, falhava na tentativa de manter a paciência durante as crises de ciúme inexplicáveis de Elizabeth. Elena havia morrido dentro dele há muito tempo, levando-o a questionar se ainda se lembrava dela, do rosto, da voz. Ela parecia tão distante que se assemelhava a um personagem de outras histórias, uma doce personagem que jamais existiu realmente.

— Eu sei que você a ama, Henry — disse Elizabeth enfática. Em seus olhos, notavam-se pequenas poças de lágrimas que em breve escorreriam pelo rosto. — Você sempre amou.

— Eu o quê? — Ele pousou o charuto em cima do cinzeiro, aproximando-se da esposa para tentar segurar-lhe os ombros, mas, diante da clara recusa em ser tocada pelo marido, Henry contentou-se em retomar os velhos argumentos. — Elizabeth, escute, eu poderia ter me casado com ela caso quisesse, mas nunca senti essa vontade. Por Deus, eu e ela éramos somente amigos. Sempre foi você.

Ela aquiesceu, encarando-o com desdém. O pranto havia se tornado mais visível e abundante. Os movimentos e palavras da jovem Sra. Evans eram ritmados, teatrais, cedendo a ela não mais do que um tom cômico a cada reinvindicação exasperada, o que levava a sociedade e o próprio marido a desconfiarem de sua veracidade para com as situações.

— Tão amigos que tiveram uma filha juntos — ironizou Elizabeth, enxugando o rosto com um lencinho que carregava na bolsa de passeio.

O silêncio tomou o ambiente, instaurando uma tensão entre o casal, que se encarava sem saber o que dizer. Ela sentia que havia exagerado, enquanto ele digeria a dura verdade. Uma que, infelizmente, não podia negar.

— Enquanto adolescentes cometemos erros — disse Henry por fim, adotando um tom de voz frio. Estava farto daquelas discussões sempre com o mesmo pano de fundo. — Mas Elena não está mais aqui, então chega disso. Estou cansado de ter a mesma conversa com você. Se eu fosse me relacionar com cada mulher que você aponta, nunca teria me casado.

— As pessoas se casam por conveniência.

Ele bufou, soltando o nó da gravata.

— Verdade, mas não foi o nosso caso, como bem sabe. Você não poderia ser uma conveniência enquanto Elena carregava uma criança minha.

Ela se limitou a aquiescer e engoliu o choro enquanto saía apressadamente do cômodo. Henry acomodou-se na poltrona ao lado da janela e pôs-se a pensar nas possibilidades. "Depois de tanto tempo, é possível que Elena esteja de volta? E se estiver, por que veio?" Ele engoliu em seco, evitando pensar demais, embora não conseguisse afastar as lembranças. Por muitos anos se confortara com a ausência daquela que fora sua melhor amiga, entretanto, jamais pensara em encontrá-la mais uma vez. A expectativa fez seu coração disparar.

◆──❖──◆

Elena encarava sua imagem no espelho sem dizer uma única palavra. O vestido preto, que era usado com frequência nas ruas de Nova Orleans, moldava seu corpo perfeitamente, exaltando o colo, os ombros, a cintura demarcada com leveza, mas, na sociedade londrina, tudo era diferente. Não que ela se importasse com os juízos a serem formados, pelo contrário, mas, estar de volta ao ambiente detestável a incomodava. Rever pessoas com quem não tinha o mínimo contato e nenhuma vontade de conversar, ouvir as mesmas músicas, desfrutar da comida rebuscada e da ausência de diversão para obedecer a convenções ultrapassadas. A ausência de humanidade a assustava. Até desfrutar dos prazeres da América, não tinha se dado conta do quanto Londres era uma cidade apática, estacionada em tempos onde a palavra de ordem era a obediência. Ninguém era realmente livre. Ela respirou fundo e tragou o cigarro que pendia entre seus dedos, liberando a fumaça pelos lábios enquanto observava a si mesma.

 O carro estacionou diante da imponente mansão pouco depois das oito horas da noite. Os ruídos que ecoavam de dentro do imenso salão entregaram o atraso de pouco mais de uma hora da família Loriell. Edwin e Anneline desceram juntos, cumprimentando alguns conhecidos, enquanto Elena detinha-se um pouco atrás do jovem casal, fumando um cigarro antes de entrar e encarar muitos rostos conhecidos novamente. Do lado de fora, alguns olhares já a acompanhavam, buscando nela as definições fantasiosas criadas ou um semblante familiar. Era de se esperar que as deduções sobre a visitante ser, na verdade, Elena Wood tivessem corrido com bastante frequência pelos almoços, chás e jantares. E elas não poderiam estar mais certas. Dentro do salão o clima estava abafado, mesmo que o frio tomasse as ruas, causado pela união de corpos e respirações em um único lugar. Os trajes pomposos estabeleciam uma competição acirrada, mas silenciosa, impondo uma tentativa de demonstração de poder e riqueza da classe ascendente, contrastando com o ambiente relativamente simples e elegante. Anneline, à frente da irmã, tentava evitar os ruídos que regiam seus passos, desejando por um momento que se esquecessem de sua presença. Não conseguia imaginar como o pai se sentiria e se já havia percebido a chegada deles. Respirou fundo e sentiu Edwin pressionar sua pele, um gesto para mostrar-lhe que não estava sozinha. O marido, por sua vez, percebendo o desconforto das duas irmãs, hesitou e ofereceu o braço a Elena, que lhe lançou um olhar repleto de questionamentos.

 — Não se preocupe — sussurrou, lançando um sorriso à moça. — Nós não vamos te deixar, Elena.

 Ela sorriu aliviada e aceitou o gesto, avançando o salão ao lado deles. Era difícil identificar todas as reações que a envolviam. Felicidade, descrença, surpresa, indiferença, pena, descaso. Um misto quase tão grande quanto aquele que imperava nas ruas de Nova Orleans. Mas ela havia se acostumado ao longo dos anos a receber esse tipo de olhar.

Do outro lado do salão, Elizabeth conversava animadamente com as jovens senhoras que compunham seu círculo social costumeiro. Dado o silêncio repentino e os burburinhos de alguns dos presentes, as quatro senhoras se voltaram à figura central, tentando identificar o responsável pelo rebuliço.

— Não consigo ver. — Lara Stuart, uma das integrantes do pequeno grupo, sussurrou, ficando na ponta dos pés. Era a mais jovem dentre as demais. — Quem é?

— Acredito que seja alguém já conhecido, mas também não consigo enxergar — respondeu Louise com seu sotaque francês, bebericando o vinho tinto. — De qualquer forma, se não conhecemos não deve ser importante.

Elizabeth ponderou sobre os comentários sem dizer uma única palavra. Não havia dúvida para elaque a protagonista de tamanha balbúrdia fosse a misteriosa convidada dos Loriell. E ela tinha medo de confirmar suas suspeitas a respeito de quem se tratava. Ainda em silêncio, abriu espaço entre as pessoas diante de si e se aproximou o suficiente para ver Elena Wood avançar junto da irmã e do marido. "Eu sabia. Sabia que você voltaria um dia", pensou consigo mesma, sem desviar a atenção da rival. Seu coração disparou no peito e, involuntariamente, ele buscou por Henry, entretanto, não o encontrou.

— Beth? Quem é?

A mulher não respondeu, concentrando-se na figura emblemática que tanto tirava seu sono. A presença invisível que pairava sobre seu casamento. Desde adolescente a via como um perigo para seus planos com Henry, um obstáculo difícil de eliminar. A influência de Elena sobre o marido sempre fora grande demais para ser ignorada. O choro subiu à sua garganta, no entanto, não podia levantar nenhuma suspeita em um lugar repleto de pessoas que não perderiam tempo em criar alguma história fantasiosa. Para todos os efeitos, tudo estava muito bem. A verdade é que ela odiava sentir tanto ciúme, confiar tão pouco em si mesma e no homem que escolhera para viver o resto de seus dias, contudo, era inevitável entregar-se cegamente aos sentimentos quando notava o quão próximo ele podia ser de outras mulheres.

 Ao alcançarem os anfitriões, Anneline apresentou a irmã, que foi reconhecida de imediato e deu limitadas explicações quanto à sua partida, e a festa seguiu o ritmo alegre que antes a embalava. Desvencilhando-se do casal, Elena pegou uma taça de vinho e se perdeu pelos convidados para apreciar um pouco do ambiente hostil. Aquele era o cenário de sua adolescência, o resumo de tantas angústias que anos depois pareciam a ela nada além de festas sem fundamento e pessoas nada abertas a diálogos realmente importantes. Por alguns momentos ninguém se atreveu a conversar com ela. As mulheres retraíam-se diante da má fama de Elena, enquanto os homens eram impedidos pelas esposas de fazê-lo. Sem se importar em não ser importunada, a jovem acendeu um cigarro e o tragou calmamente, observando as danças e os diálogos tão falsos que pareciam ensaiados. Era incrível como as décadas corriam e os costumes continuavam os mesmos, sem se alterar nenhum ponto da estrutura tão bem firmada. Frases prontas, risos falsos, lágrimas fingidas, sentimentos nulos.

 — Devo questionar sua audácia? — A voz grave a interrompeu de seus devaneios, despertando sua atenção.

 Ao seu lado, Thomas Wood segurava um copo de uísque e mantinha os olhos firmes na movimentação constante da festa. Parecia ter envelhecido bem mais do que a idade lhe conferia, com rugas bem marcadas, olhar cansado e uma barba espessa já quase inteira branca. Se o visse em outras ocasiões, jamais o reconheceria como seu pai, o homem enérgico e jovem de anos antes.

 — Bem, Anneline me convidou gentilmente, não pude recusar — respondeu indiferente. — Estou surpresa por te encontrar aqui.

 — Há quanto tempo está em Londres?

 — Alguns dias.

— Eu ouvi os burburinhos — exclamou ele. — As notícias correm rápido nessa cidade.

— Em todos os lugares.

Thomas se voltou para ela, analisando a filha. O tempo havia retirado toda a aura de inocência que ela possuía quando partiu. Os cabelos curtos, os lábios pintados de vermelho vivo. Tinha de admitir que Elena se tornara uma bela mulher de olhos frios e inexpressivos, omitindo uma tristeza notável após observação profunda. E ele reconhecia sua parcela de culpa no processo de mudança ao longo dos anos. Vê-la tão de perto, tão vívida, era uma surpresa intrigante, agradável e, ao mesmo tempo, amarga.

— Onde esteve todo esse tempo? — perguntou afastando os pensamentos.

Ela sorriu, voltando-se para ele.

— Na América.

O pai franziu a sobrancelha, demonstrando-se surpreso pela primeira vez desde o início do diálogo.

— E não pensou em nos escrever durante todos esses anos?

— Pai, se o senhor não se lembra, eu fui expulsa de minha própria casa.

Ele silenciou, finalizando o que restava da bebida. O gosto amargo da afirmação preenchia sua boca, transformando o álcool em algo desagradável.

— Sua mãe sentiu sua falta, Elena. Ela precisava de você.

— Enfrentei esses momentos, igualmente. Precisei de vocês mais do que podem imaginar.

De longe, Anneline observava a cena apreensiva, sem saber o que esperar do reencontro entre pai e filha. Depois de tantos anos, o que sobrara? Buscando acalentar o coração, bebeu uma taça de vinho em tempo recorde, acomodando-se em um espaço suficientemente isolado.

— Você precisa vê-la. — O olhar de Thomas era sério, compenetrado. Ela podia jurar enxergar também vestígios do que seria arrependimento. — Há muito tempo ela espera seu retorno.

— Eu não irei ficar.

Ele assentiu, servindo-se de outro copo de uísque.

— Anne te convenceu a vir?

— Sim. — As respostas de Elena não cediam espaço para diálogo. Ela sequer queria estar ali, ainda mais conversando com seu pai, o principal responsável por todas as desventuras às quais fora apresentada.

— Entendo — respondeu o senhor, ajeitando as vestes com cuidado. — Deve ser complicado para você estar de volta.

— Com certeza.

Thomas sorriu, sentindo o impacto das palavras dela na alma.

— Não me culpe por isso — respondeu. — Você cometeu erros que iam afetar toda a família.

— E não afetaram de qualquer forma? Ainda sou uma Wood, infelizmente.

Alguém se aproximava, acenando para o imponente Sr. Wood com uma visível empolgação. Provavelmente se tratava de um desconhecido, alguém de fora da elite quando os fatos ocorreram e que ousara interromper um momento que todos sabiam não dever interferir. Thomas voltou-se à filha.

— Vá visitar sua mãe.

— Não se preocupe.

— Ficaremos... Ela ficará feliz de te ter de volta.

Sem jeito diante da jovem, limitou-se a um meio sorriso e cumprimentou o recém-chegado, desfazendo-se do semblante tenso que dançava em seu rosto anteriormente.

Estados Unidos, 1922

William encarava o teto sem dizer uma única palavra. O tempo nublado o fazia ficar pensativo, irônico consigo mesmo. Era uma sensação que ele não conseguia explicar, quase como se existisse outra personalidade que viesse à tona nos dias frios de chuva. Talvez fosse o sangue Sachs, os nórdicos sempre foram mais esquentados de qualquer forma. A luz fraca adentrava a janela, iluminando parcialmente o corpo nu a seu lado. Era uma visão bonita. Os cabelos loiros da moça escorriam pelas costas, misturando-se aos lençóis brancos, a pele pálida perdia-se nas camadas generosas de cobertores. Ele a encarou. Ainda que fosse uma visão inebriante, não conseguia mais envolver-se como costumava, sendo constantemente perturbado por questões desprovidas de controle ou entendimento. O avançar solitário dos dias o incomodava cada dia mais. Como se notando o interesse dele, a jovem se moveu preguiçosamente, abrindo os olhos castanho-escuros. Ela sorriu.

— No que está pensando?

Ele balançou a cabeça, exibindo um sorriso fraco, sem abrir a boca. As mãos dela começaram a correr insinuantes pelo corpo dele.

— Você pensa demais. — Ela abriu os braços, convidando-o a se juntar a ela. — Temos muito tempo para aproveitar ainda, Sr. Stevenson.

— Agora não, Anna.

Visivelmente perturbada com a negativa, ela se sentou, deixando o corpo inteiro a mostra. William não se moveu, voltando os olhos para a parede gélida. O sorriso desapareceu de seu rosto.

— O que aconteceu? — Ela piscava repetidamente, movendo-se de forma a parecer mais provocante aos olhos dele.

— Nada com que deva se preocupar — respondeu o detetive, sentindo a dor de cabeça se intensificar.

— Por quê? — A voz, que mais parecia um grito extremamente fino, ecoou pelo quarto. Ele respirou fundo.

— Eu não devia ter dormido com você, Anna.

— Você fala como se isso fosse novidade, William. — Ela sorriu, jogando-se para cima dele, que a detêve. — Nós já fizemos isso várias vezes!

— Sim, assim como eu te pedi em casamento várias vezes e recebi uma recusa estrondosa.

O semblante de Anna Thompson mudou, fechando-se de imediato. Ela engoliu em seco, dando de ombros.

— Nunca estive pronta para casar.

— Somente para dormir com outros homens — rebateu William, levantando-se. — E quando estava sozinha, vinha até mim.

— Pensei que não se importasse.

— Você sempre soube o que eu sentia por você, Anna.

O quarto escuro omitia o ego ferido da jovem, que observava-o caminhar até a porta recolhida em sua própria indignação.

— Vou ler um pouco. — Concluiu, deixando-a sozinha.

Fechando a porta atrás de si, William soltou o ar e caminhou até a sala lentamente, guiando-se pelas sombras que a chuva projetava. A tempestade havia recomeçado, desta vez com mais força. Sua cabeça girava, testando sua capacidade de reconectar fatos, resistir às dores, sentir alguma coisa que não fosse um excesso de aflições quanto a si mesmo, ao trabalho, ao futuro. Enquanto andava, notou o papel amassado em cima da mesa de entrada, ao lado do candelabro que trouxera consigo da Inglaterra havia muitos anos. Aproximou-se e o tomou, desdobrando-o pela centésima vez para ler o conteúdo escrito às pressas. Mesmo já sabendo o que iria encontrar, acendeu o abajur e jogou-se no sofá.

Stevenson,

Eu sei que não irá me entender e, sinceramente, não espero que entenda. Mas, antes que desista de ler por algum motivo, gostaria que soubesse as motivações de minha partida.

Quando lhe disse que meus contatos em Londres haviam findado, era mentira. Nutri, todos esses anos, um contato vívido com minha irmã, retomado durante o período em que vim para Nova Orleans e você permaneceu em Chicago. Nossos desencontros guardam demasiados segredos, William Stevenson. O menino do navio se perdeu durante esse período e confesso estar intrigada para um dia descobrir qual teria sido seu fim. Ou poderia dizer recomeço? Creio que também não imagina o que houve com a moça chorosa perdida em olhares. Bem, é uma história complexa que eu nunca irei te contar.

Entretanto, apesar de minhas tantas descrenças e ausências, você é o único que permaneceu de uma época que há muito estava esquecida e, agora que preciso retornar, é o único a quem confio meus mais íntimos temores. Minha irmã escreveu-me relatando um acontecimento e não posso faltar-lhe nesse momento, porém, estou assustada. Pela primeira vez em tanto tempo, temo ser quem sou, temo a figura que se instaurou na ausência daquela que antes tomava por mim mesma.

Quando estiver lendo, já terei partido. Se lhe dissesse algo antes de embarcar, não duvido que não me deixaria vir. Ou ir. É complexo escrever no futuro quando ainda estou em Nova Orleans. E não pense que lhe confiei coisas por termos dormido juntos. Definitivamente não é isso. De alguma forma, você sabe quem eu sou e sinto que posso lhe reconhecer a alma também.

Não espero que venha até Londres. Seria loucura lhe pedir qualquer coisa desta natureza, entretanto, é bom saber que, em algum canto do mundo, haverá alguém que saberá a verdade a respeito do meu coração e entenderá meus temores, pois, sei que temeria igualmente se tivesse de enfrentar seu passado. Nenhum de nós partiu sem motivação plausível e imagino que ambas sejam igualmente perturbadoras. Só queria lhe segredar o medo de não conseguir ser a pessoa que eu costumava ser anteriormente. Por Deus, isso é ridículo. Eles devem saber quem sou eu, não é? De qualquer forma, não lhes darei o gosto de minha vulnerabilidade, sequer você deveria conhecê-la. Mas, apesar de tanto me doer, sinto que é o momento de confrontar demônios e alcançar uma possível salvação que a história não me concedeu antes. Talvez assim eu consiga seguir meu caminho em paz. Quem sabe até escrever um novo livro?

Não tenho previsão de retornar para Nova Orleans, afinal, mal sei o que me espera em solo londrino. Espero que logo consiga ver as ruas que tanto me acolhem e ouvir os sons que embalam doces bebidas e cigarros. Apesar de ter pensado em parar de fumar ultimamente.

Enfim, agradeço imensamente se teve paciência de ler meus lamentos até o fim. O melhor a fazer é queimar essa carta e assistir suas chamas subirem pelo ar, *como se ela jamais tivesse sido escrita. Eu sinto muito por tomar seu tempo desta forma. Parto amanhã e sequer consegui dormir, tamanha minha inquietação. O que você faria em meu lugar? Provavelmente deveria ter-lhe perguntado antes.*

Meus mais sinceros e secretos agradecimentos,

Stone

William sorriu, revirando o papel entre seus dedos. Lianna Stone era definitivamente uma caixinha de surpresas. A jornalista impetuosa, destemida e extremamente fria o havia segredado inseguranças únicas, hábitos que ele jamais ligaria a ela. Não podia negar sentir-se dono de uma conquista inédita, uma confiança reconhecida que ele sequer sabia se fazia jus. No escuro, imerso nas palavras de Lianna, ele admitiu para si mesmo que, assim como ela, ele também precisava retornar para acertar as contas com seu antigo eu. Não naquele momento, tampouco nos próximos meses. No entanto, a coragem dela o despertou para uma necessidade até então adormecida. Talvez William precisasse de redenção depois de um passado desprovido de glória ou orgulho. E isso era, no mínimo, curioso.

◆———◈———◆

Inglaterra, 1922

Elena mantinha-se em silêncio após conversar com inúmeros conhecidos. Algumas amigas de infância vinham lhe abraçar e contar sobre suas vidas e casamentos bem-sucedidos, evitando perguntar o que acontecera com ela para ter simplesmente desaparecido. Embora soubesse o que se passava em suas mentes, Elena agradecia mentalmente a falsa discrição. Já farta dos olhares fulminantes do pai e das constantes perguntas da irmã a respeito de seu estado mental, ela tragou uma última vez e apagou o resto do cigarro no cinzeiro em cima de uma das mesas, abrindo espaço entre os presentes. Ao chegar ao fim do salão, ela se endireitou pronta para deixar o casarão e caminhar pelas ruas quando se deteve repentinamente. Do outro lado, parado diante da porta, Henry Evans a encarava fixamente, sustentando um semblante aturdido.

Ninguém se atentou à tensão estabelecida entre os dois velhos conhecidos. Após tantos anos, eles finalmente estavam frente a frente. De todas as pessoas que poderia encontrar, a única que Elena desejava não precisar confrontar era justamente Henry, o responsável por todo o seu sofrimento e consequente aprendizado, o homem que fora capaz de destruir seu coração, seu corpo e sua mente. Elena percebeu que prendia a respiração e libertou a fumaça tóxica do cigarro pelos lábios escarlates, sem desviar os olhos castanhos dos dele. Seu coração pulava no peito, fazendo-a ficar ofegante. No lado oposto, Henry estava inerte, sem conseguir esboçar nenhuma reação que não fosse assombro. Era Elena Wood, a amiga de infância, aquela com quem ele fizera planos e gerara uma vida. A mesma Elena que ele tanto amou e jamais conseguiu esquecer, mesmo reconhecendo quão covarde havia sido. A amiga que o amava e que ele nunca soube amar enquanto pôde. Engoliu em seco, sem saber o que fazer ou dizer, se é que algo deveria ser dito. Era um momento completamente inesperado.

Era impossível para ambos não notar as mudanças do tempo. Elena não tinha mais a aparência doce e o olhar divertido que tanto o encantava. O rosto, antes tomado somente pela leveza de ser, era marcado por tons de preto e vermelho, concedendo a ela ares de mistério e frieza. Se não fosse pelas sardas e o espanto com o qual ela o havia encarado, Henry jamais teria reconhecido a moça diante de si. Já ele, dono de um sorriso malicioso e matreiro, parecia-se muito com um homem de negócios, alguém bastante semelhante aos senhores de quem ele costumava rir no passado. Os olhos azuis ainda eram os mesmos, entretanto, já não sustentavam mais a alegria da juventude que o caracterizavam anteriormente. Era uma figura importante na sociedade, um homem respeitado e crucial para o bom andamento do mercado imobiliário. Havia crescido alguns centímetros e os cabelos projetavam-se em um topete trabalhado, assim como todos os outros ali.

As pessoas ao redor aproveitavam o banquete e as músicas dançantes, mas nenhum dos dois avançou ou recuou nenhum passo. O tempo podia causar feridas profundas, cujas cicatrizes jamais desapareceriam completamente. Elena engoliu em seco e correu os olhos uma última vez pela figura de Henry Evans antes de girar nos calcanhares e seguir pelo mesmo caminho que acabara de vir, retornando ao centro da festa onde sabia que estaria segura de qualquer possível abordagem. Ele a assistiu desaparecer atônito, sentindo que deveria fazer algo para remediar a situação, mas, o que poderia ser feito? Reconhecia as dimensões de seus atos na vida dela e sequer tomara uma atitude para alterar os rumos da infeliz história. Durante todo o tempo em que foram amigos, Henry sabia o que ela sentia, entretanto, preferiu divertir-se em saber que alguém o amava ao invés de repensar o que os impulsos poderiam promover. Havia a amado e confundido seus sentimentos mais vezes do que poderia contar, até chegar o momento de tomar decisões e ele perceber ser incapaz de fazer aquilo que acreditava ser possível. Ele, um senhor respeitado, arruinou uma vida para alimentar seu ego.

13.

Estados Unidos, 1922

— Quantas pessoas? — William inclinou-se na mesa gélida, mantendo os olhos fixos no sujeito despreocupado diante de si.

— Bem que você gostaria de saber, não é? — O homem sorriu, mostrando os dentes quebrados.

William assentiu, sentindo o maxilar ranger de tensão. Conversar com assassinos exigia um sangue frio que muitas vezes ele não tinha. A contragosto anotou o número no papel e levantou os olhos para o homem mais uma vez. Ele sorria, desafiando o jovem detetive.

— Você foi ótimo, detetive.

— Teve sorte de não ter te matado — rebateu William. Ao lado de fora da sala, os policiais observavam em silêncio, compenetrados em tentar compreender o que se passava. — O que tem a dizer em sua defesa, Sr. Gilbert?

— Nada. — Ele deu de ombros, debochado. — Eu matei pessoas e estou satisfeito com isso.

William reclinou-se na cadeira, recusando-se a transcrever o que acabara de ouvir. Incisivamente, apoiou as duas mãos na mesa e se levantou, encarando Gilbert com repulsa. Sua voz era um sussurro acusatório:

— Você matou Blair Saddox, não foi?

Homero abriu um sorriso largo, cruzando os braços como se tratasse de um assunto rotineiro.

— Eu imaginava que ela seria mais forte. Foi muito... *fácil*.

William mordeu o lábio e lutou contra a vontade de cerrar o punho e agredi-lo até calar as orações debochadas. Ao invés disso, aproximou-se dele com passos pesados e inclinou-se incisivamente.

— Timothy Ludwin. Foi você? — A questão tornou-se uma ameaça ao deixar os lábios do detetive.

— Ele mentia — sussurrou Gilbert com uma voz quase tão louca quanto ele próprio. — Ele foi o responsável por deixar ela daquele jeito.

— Que jeito? — questionou William, sem demonstrar tempo para diálogos banais.

Os policiais, prostrados do outro lado, discutiam se deviam ou não intervir diante da postura quase agressiva do colega, no entanto, nada fizeram a não ser observar e comentar. Uma intervenção poderia fazê-lo perder ainda mais o controle.

— Ela era minha. — O sopro de voz irado foi o suficiente para atestar a responsabilidade do sujeito maltrapilho. — Como pôde engravidar de outro homem?

— Você se encantou por ela. — O detetive cuspiu as palavras, empurrando-o com violência, o que resultou em uma queda brusca. O outro riu entre tosses e respiradas profundas, ainda no chão. — Se a Srta. Saddox era o seu objetivo, por que tirou a vida de outras pessoas?

— O que eu posso dizer? — O homem ironizava, dando mais ênfase a uma loucura oscilante. Ele sabia perfeitamente o que fazia. — Eu perco o controle quando fico irritado.

— E o que te fez pensar que a Srta. Saddox, uma moça de família rica, ia olhar para você? Aliás, ela sabia da sua existência?

—Mas é claro! Eu a acompanhava ao trabalho e a cada passeio que ela fazia. — Gilbert sorriu, levantando-se para ajeitar a cadeira e a si mesmo.

—Acompanhar? — William arqueou a sobrancelha, voltando-se para a figura infeliz prostrada diante de si. — Ou perseguir?

— Bem, você pode usar o que achar mais adequado, senhor. O fato é que eu descobri o caso dela. E por que aquele sujeito merecia encostar nela, enquanto eu era escorraçado e tratado como se fosse um animal desprezível?

— E então você resolveu agir.

— Ela estava impura. Que diferença faria? Se ela só tivesse aceitado, nada daquilo teria acontecido.

Sentindo a raiva consumir o pouco de paciência que ainda lhe restava, William abriu a porta e se retirou, gritando para que alguém prendesse Homero Gilbert em uma sala qualquer. Precisava lavar as mãos, o rosto, engolir aquela história mal contada. Do corredor ainda era possível ouvir os risos estridentes e ensandecidos do assassino.

Por sorte chegara mais cedo no dia anterior, sendo o primeiro a atender ao pedido de socorro da pobre mulher. Poderia ter sido ela a próxima vítima. A casa, antes pertencente a uma família notória, estava infestada de ratos e lixo, cheirava a todos os tipos possíveis de excrementos, comida podre e roupas sujas. Em meio ao ambiente inóspito, Homero Gilbert escondia o corpo dos familiares e empregados dos Gilbert, todos mortos durante crises após a guerra, e os pertences daqueles que escolhia como vítimas, em sua maioria, mulheres. Gostava de assisti-los nas noites de tédio, divertindo-se com os cadáveres em diferentes estágios de decomposição. William perguntou-se, diante do cenário aterrorizante, como ninguém jamais desconfiou do desaparecimento repentino de mais de dez pessoas, todas frequentadoras da mesma casa, compartilhando o mesmo sobrenome. A noite fora inteira dedicada ao exame minucioso da mansão, sendo finalizada com o depoimento de Homero. William estava ainda mais exausto, podia sentir seu corpo implorar por descanso, entretanto, ao tentar adormecer, as madrugadas de Chicago o assombravam, trazendo à tona o ruído dos passos apressados, a tensão constante, a ausência de certezas.

— Detetive Stevenson? — O delegado Mark Nomorra estava parado no batente da porta aguardando seu retorno de onde quer que a mente o tenha levado. — O que está acontecendo?

William levantou os olhos, engolindo em seco. O policial adentrou a sala, fechou a porta atrás de si e puxou a cadeira vaga diante da mesa com seriedade.

— Gilbert está preso. Cela 17 — disse, observando enquanto William se recompunha com dificuldade. — Acabou.

— Por ora, sim.

Nomorra assentiu, correndo os dedos pela ponta da mesa. Parecia ponderar alguma decisão.

— William, agora que o caso está oficialmente encerrado, acredito que seja melhor você se afastar por alguns dias.

Stevenson pareceu não se abalar. Em seu íntimo, aguardava uma decisão semelhante desde o início conturbado das investigações.

— Eu sou o único detetive em Nova Orleans, senhor — rebateu sem se exaltar, recostando-se na cadeira de couro.

— Justamente, você está sobrecarregado.

— Eu consigo lidar com isso. Os casos...

— Stevenson, você percebeu sua reação com Gilbert na sala de interrogatório? — Nomorra o interrompeu, inclinando-se para se fazer entender. Os olhos cinzas faiscavam sob a luz opaca. — Quase partiu para cima dele.

— Homero é um homem sem consciência. — A sombra cruzou novamente o rosto de William, sendo percebida pelo outro. — As coisas que ele disse, delegado, a forma como ele se referiu às mortes... não existe possibilidade de um homem desse ser solto. A sanidade dele ficou em alguma trincheira durante a guerra.

— Não será, eu lhe asseguro. Ele já confessou, de qualquer forma.

William sorriu, voltando o olhar para a janela aberta. Do lado de fora, o tempo anunciava a chegada de chuva.

— Mark, eu preciso desse trabalho — balbuciou despido das respostas defensivas.

— Não estou pedindo seu afastamento definitivo, detetive. — Nomorra falava com calma, sem demonstrar nenhum indício de hesitação ou descontrole. Era alguém que conhecia a si mesmo e aos seus limites.

— Mas, para exercer o seu trabalho, é preciso que descanse a mente. Sinto que essa investigação acabou com você.

O detetive aquiesceu, encarando o delegado sem aparentar nenhuma reação.

— Quanto tempo? — questionou por fim, dando-se por vencido.

— Um ou dois meses, você decide.

— É muito tempo.

— Nós precisamos de você bem, William. Caso seja necessário, iremos te procurar sem sombra de dúvidas. Até lá, nos viramos com os homens que temos.

Stevenson concordou e se pôs a passar a limpo durante toda a tarde as anotações que fizera, evitando pensar na figura desprezível de Homero Gilbert. A noite já caíra quando ele terminou e a delegacia encontrava-se vazia a não ser pelo grupo de plantão. Em silêncio, organizou os papéis das investigações em curso, colocou-os na mesa de Nomorra e saiu. Era o momento de aproveitar seu tempo livre para se redescobrir, assim como Lianna fizera.

Anneline colocou Phillipe no berço com todo cuidado, evitando que ele acordasse. Fechou as cortinas do quarto, ajeitou algumas roupas que estavam em cima da cadeira e saiu, agradecendo aos céus por ter, finalmente, uma chance de conversar com a irmã sem as interrupções que uma criança exigia. Desde que dera à luz Benjamin, seu primogênito, não se lembrava dos momentos disponíveis para desfrutar dos seus passatempos favoritos ou de um simples esticar de pernas pelas tardes. A jovem senhora caminhava tranquilamente, pensando em seus filhos, quando se deparou com a irmã sentada no parapeito da janela da biblioteca, encarando a cidade ao lado de fora. Parecia perdida em fantasias, as quais ela já podia presumir.

— Esse movimento irá cessar em pouco tempo — disse, interrompendo os pensamentos da irmã, que a encarou e sorriu.

— Vai chover hoje.

— E quando não chove?

Ambas sorriram e Anneline se sentou na poltrona ao lado de onde a irmã estava, alisando o vestido amarelo-claro, presente de Edwin havia alguns anos. Elena parecia distante, mais do que costumava estar desde que chegou.

— Como é a vida em Nova Orleans? Acredito que não te perguntei desde sua chegada.

A primogênita deu de ombros, parecendo desinteressada em relatar sua rotina nada aprazível.

— Eu basicamente trabalho e bebo com amigos que a sociedade de Londres jamais aceitaria.

— Artistas?

— E boêmios.

Anneline sorriu, mexendo na longa trança que fizera ao acordar. Alguns fios já estavam desalinhados, mas ela não se importava.

— Eu já tinha me esquecido como a elite londrina pode ser fútil. — Elena continuou repentinamente, voltando os olhos à cidade. — Tantos vestidos e joias que não dizem nada sobre as pessoas.

— E quando não foi assim? — respondeu Anneline, analisando o semblante vago da irmã. — Você o viu, não é?

Elena mordeu o lábio inferior, assentindo. A atmosfera do ambiente, de silenciosa e amistosa, assumiu tons mais densos.

— Vocês chegaram a conversar? — A anfitriã insistiu.

— Não me sujeitei a isso.

Anneline a encarou com pesar, sentindo nas palavras frias o impacto de um reencontro infeliz. Após quase dez anos, ainda era possível notar na irreconhecível Elena os reflexos de um amor não correspondido que a levou à ruína.

— E como você está se sentindo?

— Eu não sei, Anne — respondeu, ainda observando a cidade. — Henry sempre foi um enigma. Ainda é. — Elena falava pausadamente, como se estivesse filtrando o que devia ou não ser dito. — Eu nunca sei o que pensar em relação a ele.

— Ele tentou falar com você?

— Não.

Elena encarou a irmã de relance, tornando a se perder dentro da mente. Anneline permaneceu em silêncio, esperando até que ela dissesse algo.

— Minha filha está aqui, em algum lugar — completou a jornalista abraçando os joelhos. — Isso é um tanto desesperador.

— Você tem vontade de conhecê-la? — indagou Anneline, encontrando uma brecha na primeira demonstração de interesse da outra, cujos olhos amenos refletiram um breve brilho.

— Não. Prefiro não ter nenhuma imagem dela — respondeu ríspida, puxando um cigarro da pequena caixa de bronze que carregava sempre consigo.

— E quanto a Henry?

— O que tem?

— Não irá tentar falar com ele?

— Ele não faz parte da minha vida, Anne. — Levantou-se decidida. O cigarro queimava em seus lábios enquanto ela vestia um casaco vermelho-vivo. Anneline perguntou-se se tal extravagância era moda na América. — Vou tentar ver a mamãe. Você me acompanha?

— Acredito que você e papai terão muito a conversar — rebateu a jovem senhora, mordiscando a ponta da unha.

— Pois bem, nos vemos mais tarde então.

E saiu a passos rápidos. Anneline sabia que, no fundo, a necessidade da partida estava ligada ao desespero que o diálogo trouxera, entretanto, Elena era orgulhosa demais para admitir o quanto as coisas podiam lhe afetar. Sem mais nada a fazer, levantou-se e escolheu um livro qualquer para distrair a mente.

Henry Evans analisava uma planta quando Natan Stevenson adentrou carregando outras três para análise. Engenheiros sabiam ser extremamente rápidos quando era necessário. Com um sinal tímido, sem tirar sequer o cachimbo da boca, Henry apontou para um canto da sala, onde outros projetos repousavam aguardando sua vez. O jovem sorriu e deu um tapinha de leve nas costas do parceiro antes de sair, deixando-o livre novamente. Henry olhou o relógio, sobressaltando-se com o horário. Elizabeth o esperava para o almoço e, desta vez, ele não podia se atrasar. Fez as últimas anotações, conferiu alguns números e então deixou o prédio apressadamente.

O centro estava lotado por conta da inauguração do State Business Building, um hotel voltado exclusivamente a assuntos governamentais. Henry tinha idealizado grande parte do prédio, mas não entendia tamanho furor, Londres já contava com lugares ótimos, sem a necessidade de abrigar mais um. A verdade é que aquele era o projeto de sua vida, o que lhe traria projeção internacional, entretanto, havia duas semanas que não se sentia empolgado com nada, nem mesmo com a expectativa de se tornar um dos grandes nomes de sua geração. A imagem de Elena Wood no último baile, a surpresa igualmente expressa em seus olhos, a mudança de semblante, personalidade. Ele a deveria ter chamado? Se aproximado de alguma forma? Talvez fosse melhor não a abordar em um lugar onde pudesse comprometer a si mesmo justamente por sequer imaginar quais reações poderiam surgir do reencontro. E havia Elizabeth, que nunca aceitou a história e tampouco gostaria de vê-los juntos durante a noite.

Quando se deu conta, já estava diante da casa que dividia com a esposa. A luz da sala de estar que ela tanto gostava estava acesa e o eco do piano se fazia ouvir da rua. Henry estacionou o carro, ajeitou o paletó e adentrou a mansão, que não parecia ser realmente sua. Elizabeth, que o esperava, pôs-se de pé ao ouvir o ruído da porta, interrompendo a música ainda no início, e os dois se sentaram à mesa após um cumprimento frouxo.

— Como foi sua manhã? — questionou ela enquanto revirava o prato sem aparente apetite.

— Razoável, com projetos até demais.

— Já lhe disse que não precisa trabalhar, Henry. — Elizabeth pousou os talheres na mesa e encostou a mão sobre a do marido. — A herança de meu pai é suficiente para vivermos.

— Beth, eu preciso trabalhar, me faz bem.

— Você está tenso há dias. Como quer que eu acredite que o trabalho lhe beneficia?

Ele deu de ombros.

— Não se preocupe.

— Eu sou sua esposa, é óbvio que vou me preocupar!

— Elizabeth, deixe-me com minhas preocupações, por favor.

Ela aquiesceu. O prato principal foi servido e o silêncio pairou entre o jovem casal por alguns instantes, até que ela se manifestou novamente, ainda sem tocar na comida.

— Vi Elena Wood hoje. Ouvi dizer que ela partiria pouco depois do baile, mas, pelo visto, resolveu estender a visita.

— Qual a necessidade de falar tanto de Elena? — Henry irritou-se, levantando os olhos azuis para a mulher.

— Pensei que te interessasse. — Elizabeth deu de ombros, alisando os cabelos pretos.

— Não interessa.

A senhora se ajeitou, inclinando-se de um lado a outro. Um sorriso irônico tomou-lhe os lábios ao se inclinar.

— Não mesmo? Desde o baile você está perdido em pensamentos.

— E o que isso tem a ver com ela?

— Diga-me você.

— Meu Deus, será que você pode me dar um momento de paz?

— Ele levantou o tom de voz, largando os talheres com violência em cima da mesa.

— Esqueça ela então, Henry. Apague ela da memória, é simples.

— Quando irá entender que isso não é possível? Ela fez parte da minha vida. — Henry subiu o tom de voz, sentindo-se invadido pela esposa. Desde seu reencontro com Elena, ela já a havia mencionado mais vezes do que ele conseguia contar.

— E o que isso quer dizer? — Elizabeth se levantou, aproximando-se dele.

— Que eu e ela tivemos um filho juntos! — Ele empurrou a cadeira e se pôs de pé, encarando-a de perto. — É tão difícil assim para você entender?

Ela levou as mãos à boca, silenciando no mesmo instante. As palavras dele ecoavam pela casa, reverberando pelo ar denso que os envolvia.

— Merda! Não foi isso que eu quis dizer. — Henry tentou se aproximar, entretanto, ela recuou, olhando-o ameaçadoramente.

— Então por que não ficou com ela, Henry? — A voz dela era um sussurro doloroso.

— Porque eu amo você! — Ele levou as mãos à cabeça, visivelmente perturbado. — Por quanto tempo iremos brigar por conta disso?

— Até ela desaparecer da sua vida.

— Beth, eu amo você e só você. Eu não quero saber da Elena ou qualquer coisa que se relacione ao meu passado. Você é meu presente, por Deus, aceite isso.

Ela assentiu em prantos e se permitiu ser puxada para os braços dele, aninhando-se em seu peito. Sentindo a adrenalina abaixar, Henry cerrou as pálpebras e bufou, acariciando a cabeça da mulher. Enfim a paz reinava novamente, mesmo que para isso ele precisasse omitir seus sentimentos mais profundos. Elizabeth era o amor da sua vida, mas Elena sempre foi a mulher certa.

A máquina de escrever produzia um barulho incômodo e inquietante. Revirando-se na cama desfeita, Elizabeth finalmente abriu os olhos, avistando-o compenetrado em alguma coisa. Era sempre assim, ele não desligava mesmo após os momentos mais intensos. Ela sorriu, levantando-se para caminhar em direção a ele, deixando seus braços correrem pela pele nua dele. O mal-estar que antes a acometera sequer parecia ter acontecido realmente.

— O que está escrevendo? — questionou com a voz sedutora, preguiçosa.

— Nada de interessante. — Ele sorriu, inclinando a cabeça para dar-lhe um beijo. — Já vai embora?

— Preciso voltar cedo para casa — respondeu Elizabeth, procurando com os olhos suas roupas. — Henry não irá demorar hoje.

George assentiu, levantando-se para envolver a mulher em um abraço protetor. Seus lábios começaram a percorrer um caminho do rosto até o pescoço dela, que desfrutava do momento com um sorriso satisfeito, pressionando o corpo nu contra o dele.

— Quando nos veremos novamente? — indagou ele sem se afastar.

— Amanhã?

Os olhos dele se iluminaram com a possibilidade, jogando-a na cama mais uma vez. Ela riu enquanto George se projetou sobre ela.

— É muito tempo — disse antes de começar a beijá-la novamente, aproveitando todos os minutos antes que Elizabeth retornasse para o marido.

Elena fumava um cigarro sentada nos degraus da casa de sua irmã. Quem sabia onde havia um bom bar? Nesses momentos sentia falta de Alice, John, Tim e até mesmo Ernest. Ainda que Londres fosse movimentada, estava longe de ter o mesmo charme e mistério de Nova Orleans. Sentia falta de William também, das conversas noite adentro e até da forma como ele gostava de provocá-la. Ali ela era somente Elena Wood, a jovem de boa família condenada pela sociedade, enquanto na América ela era Lianna Stone, a escritora e jornalista cujas palavras inspiravam outras pessoas e a elevavam a um patamar respeitado, mesmo com olhares não menos inquisidores. Pôs-se então a pensar na carta que enviara a Stevenson e se ele a havia lido. Distante da aura ansiosa que a tomara antes de sua partida, arrependia-se profundamente de ter agido sob tão forte emoção ao ponto de demonstrar a profundidade dos sentimentos acerca de si mesma e de seu passado. William, mais do que qualquer outra pessoa, conhecia um lado de Lianna Stone que ninguém jamais vislumbrou e, depois das palavras escritas com certa ausência de decoro, ele podia-se dizer um grande conhecedor de suas inseguranças e temores. Durante a viagem que os apresentou, ambos dividiram tempos ociosos cultivando uma amizade que os manteria unidos até se separarem, ainda em Chicago, quando o jovem se separou do grupo por motivos que ninguém compreendeu. Três anos foram necessários até que se encontrassem novamente, embora já não fossem sequer a sombra dos jovens esperançosos de outrora.

 Enquanto perdia-se em pensamentos, mal notou o homem parado diante do portão, encarando-a compenetrado. Ele estava ali há um bom tempo, entretanto, nada dissera, não tinha coragem para fazê-lo. Elena levantou os olhos e o encontrou omitido entre sombras, hesitando ao notar o semblante familiar. Por alguns instantes, pela segunda vez em poucos dias, a estranha sensação invadiu o peito de ambos. Era como se estivessem voltando para uma casa que já não lhes pertencia.

 — Vai dizer alguma coisa ou ficar apenas me encarando? — inquiriu ela alto o suficiente para sobressaltá-lo. O nervosismo corria-lhe o corpo, acelerando o coração.

 Henry engoliu em seco, olhando a rua deserta à sua volta. As mãos estavam suadas e as pernas, inquietas. Sem alternativas, percebendo a espera dela por alguma ação maior do que a observação silenciosa, empurrou o portão e adentrou, conferindo as janelas superiores para se certificar de que ninguém o vira. Sabia que Anneline não gostaria de saber que estivera ali. Passando pelo caminho de pinheiros, atingiu o primeiro degrau da escadaria, observando Elena apagar o cigarro e abraçar a si mesma.

— Não pensei que quisesse conversar comigo — disse por fim, desculpando-se involuntariamente.

— Não faço questão — respondeu a moça de imediato, sem alterar o tom de voz indiferente.

Henry sorriu, baixando os olhos para os pés. Se ela não o conhecesse tão bem, diria que estava prestes a chorar.

— Eu sei que não fui a melhor pessoa do mundo com você — murmurou cruzando os braços diante do peito.

— Não chegou nem perto de ser.

— Você tem todo o direito de me odiar. — As grandes esferas azuis voltaram a encará-la. — Eu mereço.

Elena olhou-o com desprezo, ironizando mentalmente suas palavras.

— Corte esse drama, Henry.

Ele fez menção para se sentar ao lado dela, que somente deu de ombros. Embora por fora demonstrasse total controle, por dentro, Elena temia que toda sua força caísse por terra. Ao se aproximar, o perfume tão conhecido atingiu-a de imediato, trazendo à tona uma nostalgia que a transportava de volta para a noite no celeiro.

— Você fuma agora — disse ele, apontando com a cabeça a caixinha de bronze ao lado dela. — Pensei que achasse isso vulgar.

— E acho.

Henry voltou-se para ela, observando de perto o quanto o tempo fora capaz de mudar sua amiga de longa data.

— Acredito que nunca te pedi desculpas por tudo que causei — balbuciou diretamente, despertando a atenção de Elena. Sob a luz fraca, os lábios dela pareciam ainda mais vermelhos e escuros. — Nunca nem tentei te dar alguma explicação.

— Você? Dever algum tipo de desculpa? — ironizou, sentindo o gosto amargo das lembranças em sua boca.

— Esses jogos nunca combinaram com você.

O silêncio recaiu sobre eles junto das inúmeras palavras que não conseguiam dizer. Elena se ajeitou na pedra fria e encostou as costas no pilar atrás de si, observando Henry sob a penumbra. Era incrível como o tempo e as desilusões destruíram por completo tudo em que um dia ela acreditara.

— Eu agi como um adolescente inconsequente, Elena. Você não merecia isso. — Ele continuou.

— Você tinha idade suficiente para reconhecer a seriedade de um pedido de casamento e para assumir seus erros, Henry. — Sentindo os primeiros sinais de abalo, ela tateou o chão gélido em busca da caixinha de bronze e a abriu, puxando mais um cigarro. A chama tremulante do fósforo ressaltou o brilho dos olhos dele, voltados inteiramente a ela. — De todo, não foi surpreendente quando preferiu se esconder atrás de um saiote qualquer e sustentar a imagem de bom moço.

— Elizabeth não foi um saiote qualquer.

— Talvez você tenha sido o único a não notar que, além de você, ela possuía vários outros na mão. — Elena cuspiu as palavras, tragando a fumaça cinzenta para dentro de si.

— Isso está em discussão no momento? — questionou Henry com a voz fraca, tentando não entregar o nó formando-se na garganta.

— Pensei que estivéssemos falando sobre nossos atos.

— Escute, eu não posso mudar o passado, Elena. Mas eu posso tentar te explicar o que aconteceu na época.

— Então me diga, o que aconteceu?

Não houve resposta. Com um sorriso decepcionado, mas conformado, a jovem virou o rosto para o outro lado, fitando as ruas vazias além do muro que delimitava a propriedade da irmã.

— Você era meu melhor amigo, Henry — disse de repente, cerrando as pálpebras para evitar as lágrimas. — De todas as pessoas que poderiam me machucar, você era a única que eu acreditava que jamais faria isso.

Henry permaneceu em silêncio, encarando o vazio de uma cidade já adormecida.

— Eu não sei onde minha filha está ou como ela é — sussurrou, enxugando as poucas lágrimas que escorregavam pelas bochechas rosadas. — Nossa filha, Henry. Você consegue entender o que tirou de mim? Não foi só o nome ou a honra, foi uma vida que eu gerei sozinha, em uma casa no meio do nada, enquanto você promovia bailes para anunciar seu noivado. Uma vida que crescia dentro de mim e que foi fruto de um amor que só existiu na minha cabeça. — Os olhos vermelhos dela se voltaram para ele acusadoramente. — Você, Henry, foi a pessoa que eu mais amei e que mais me decepcionou em toda a minha vida. E sabe o que é pior? É que mesmo com tudo isso, eu nunca consegui odiar você completamente.

Ele engoliu em seco, permitindo-se afogar nas ondas de dor e arrependimento que lhe tiravam noites de sono e roubavam momentos de reflexão. Elena respirou fundo, tragando o cigarro que queimava entre seus dedos. Seu rosto úmido brilhava sob a luz vinda da rua.

— Se eu soubesse... — Henry começou vacilante, tentando encontrar as palavras certas.

— Quando você soube?

— No meu noivado.

Elena prendeu a respiração, arregalando os grandes olhos castanhos. Seu coração bateu mais forte no peito, fazendo-a perder a norte por alguns instantes. O sangue corria forte em suas veias como se fosse rompê-las. Ameaçou dizer qualquer coisa, mas parou, ainda contemplando a face ruborizada do conhecido que tanto amara. Não sabia o que dizer diante de uma confirmação tão inesperada.

— Elena, escute — disse por fim, assistindo as lágrimas descerem copiosamente pelo rosto incrédulo dela. — Eu não podia deixar Elizabeth, romper minha palavra com ela. Até então eu pensava que era apenas ciúme da sua parte, mas depois Anneline...

A frase morreu pela metade, perdendo-se no vento que soprava fortemente. Elena não conseguia mais encará-lo, não aguentava um minuto sequer do confronto odioso que imaginara por tantos anos. De todos os cenários criados na mente, aquele era o único desfecho inacreditável.

— Você sempre soube? — sussurrou lutando contra a vontade de desferir um tapa em seu rosto. — Você sempre soube que eu esperava um filho seu e nunca...

— Não — confessou Henry, sentindo a face queimar. — Eu tentei, eu fui algumas vezes até sua casa, mas eu não podia... Eu amava Elizabeth. Eu amo Elizabeth.

Elena aquiesceu, limpando as lágrimas com raiva. A situação inteira fora pior do que havia imaginado em tanto tempo.

— Espero que esteja vivendo um casamento extremamente feliz, Henry — murmurou com frieza, ameaçando se levantar.

— Ellie, por favor. Eu não tenho como reparar meus erros, mas preciso saber que irá me perdoar.

— Você ignorou sua própria filha, Henry! Sua filha! Mentiu para transar comigo e mentiu para não aceitar o fruto da sua inconsequência!

De repente a porta se abriu e Edwin saiu acompanhado da esposa, observando-os com olhar de censura. Anneline arregalou os olhos ao notar a presença de Henry em sua casa.

— O que está fazendo aqui? — indagou ríspida, sendo impedida de se aproximar pelo esposo.

Henry se levantou de imediato, fazendo uma breve reverência respeitosa. Elena se manteve no mesmo lugar, sem sequer encará-lo.

— Tinha assuntos a tratar com sua irmã.

— Não acredito que tenha mais alguma coisa a dizer — rebateu Anneline, cuspindo as palavras. — Saia daqui.

Henry lançou um olhar a Elena, que fumava sem dizer uma palavra sequer. Sua atenção estava inteira voltada à rua deserta, ao vento que soprava em seus cabelos.

— Elena? — chamou, recebendo como resposta um olhar rápido. — Será que podemos terminar nossa conversa?

Ela riu ironicamente, libertando a fumaça antes de dizer com todo o rancor que conseguia reunir:

— Não tenho mais nada a tratar com você.

Anneline envolveu a irmã em um abraço e ambas adentraram, enquanto Edwin se certificou da partida de Henry antes de se unir a elas.

Parte 03

"Embora pareça uma eternidade, a chuva sempre
tende a parar para ceder espaço ao Sol. Mas, antes,
é necessário não temer os raios para conseguir abraçar o calor."

14.

A chuva caía sem cessar, encharcando o vidro do lado de fora. Depois de quase dois meses de sua chegada, Elena admitia, conforme o tempo em solo londrino passava, que os anos não a fizeram evoluir, mas distanciar-se de si mesma. Já não entendia suas palavras, seus sentimentos, seus ímpetos. Somente vivia, sem pensar. Estava farta. E era como se Londres estivesse trazendo todas essas necessidades à tona, obrigando-a a descobrir o quanto o passado havia afetado seu presente. Entretanto, todas as vezes em que fitava sua mãe assolada por uma angústia permanente, com o olhar perdido no nada e poucas palavras, desejava não retornar. Da mulher que ela fora um dia, nada havia restado. Era triste, principalmente por saber, em seu íntimo, que grande parcela de culpa naquela ausência de ânimos vinha de sua partida conturbada. Naquele instante, remoendo todas as dores de sua chegada a Londres, Elena assistia ao sono sereno da mãe, perguntando-se o que se passava na mente dela. Era tão estranho imaginar que uma mulher tão ativa havia se resumido a alguém que sequer tinha vontade de estar viva.

Lilian lutava contra demônios que ninguém conseguia compreender. O padre Giorgetti, um italiano simpático, já rezara por ela incansáveis missas e ia uma vez por semana na residência dos Wood rezar o terço. Thomas buscara médicos, dera-lhe roupas, passeios, amor e atenção imensuráveis, no entanto, nada conseguira além de dias muito bons, em que ela parecia retornar ao que era, e dias em que levantar da cama se mostrava uma tarefa árdua. Mas, apesar das oscilações de humor notáveis, a ainda jovem senhora parecia distante dos riscos urgentes que a irmã lhe descrevera.

Parecendo ler os pensamentos da jornalista, Lilian se moveu, ameaçando despertar. Elena sorriu, ajoelhando-se ao seu lado. Devagar, tomou a mão fria nas dela e a viu abrir os olhos, tão parecidos com os seus, e exibir um sorriso singelo. Sem dizer uma palavra, Elena se inclinou e desferiu um beijo em sua mão, pressionando o toque.

— É tão bom te ter de volta, filha — sussurrou a mulher com a voz rouca. — Como você está se sentindo hoje?

— Feliz por estar aqui. — Elena mentiu, observando-a se contentar com a resposta. — E você, mãe?

— Também estou feliz.

A jovem engoliu em seco, sem conter a alegria ao ouvir as palavras de sua tão amada progenitora.

— Quer dar uma volta? — questionou, correndo os dedos pelos fios castanhos dela. — Hoje aparentemente não vai chover. Podemos encontrar algo legal para fazer.

— Depois do almoço. Chame Janine para preparar minha roupa, por favor.

Elena assentiu e deixou o quarto, descendo as escadas correndo para chamar a empregada de longa data. Prestes a chegar à ala onde os funcionários se reuniam, Elena encontrou Thomas Wood, que a observou contrariado. Ela hesitou, desacelerando sob o olhar inquisidor dele.

— O que faz aqui, Elena? — indagou com a voz firme, enquanto um dos empregados tirava-lhe o casaco. Os anos o haviam envelhecido consideravelmente.

Desde que chegara a Londres, Elena vira sua mãe furtivamente, aproveitando-se dos períodos em que sabia que o pai não estava. Preferia evitar qualquer diálogo que pudesse machucá-la ou reacender uma chama que já não ardia. Por este motivo, e recomendação de sua irmã, desfrutava das ausências de Thomas Wood, esgueirando-se pelas sombras da mansão onde crescera.

— Vim visitar minha mãe — respondeu Elena ajeitando os cachos. Sua respiração era ofegante por conta da velocidade com que descera as escadas.

— Claro. — Ele sorriu desconfortável. O semblante cansado não deixava dúvidas quanto à razão para o retorno precoce naquele dia. O expediente ainda estava longe de findar. Um acesso de tosse o tomou repentinamente, levando o fôlego embora por breves instantes.

Com a elegância natural com que agia, Thomas retirou um lenço do paletó e o usou discretamente para limpar os lábios, voltando-se à filha.

— Tem um tempo para conversarmos? — perguntou com a voz rouca, quase inexistente.

A moça concordou, seguindo para o cômodo indicado. *O escritório.* Quando pequena, Elena temia o que se omitia por trás da porta sempre trancada. Embora seu pai fosse extremamente amoroso, aquele era um lugar proibido a crianças e até mesmo a algumas pessoas como seus tios e primos. Ela adentrou, observando a decoração antiga, porém, muito elegante. A parede diante da porta era tomada por prateleiras repletas de livros, que iam do chão ao teto. O acesso aos mais altos se dava através de um mezanino, que ela acreditava ser novo, feito após o pai começar a perder o equilíbrio por conta da idade, mesmo que não fosse avançada o suficiente. A mesa era de mogno, escura, combinando com a paleta sóbria do ambiente. Próximo à janela, ficavam as poltronas e uma pequena mesa de centro, onde repousava um cinzeiro e um copo vazio. Elena caminhou até a poltrona negra, em frente à cortina vermelha, e se sentou elegantemente, enquanto ouvia os passos firmes do pai logo atrás dela. Ele também se acomodou, cruzando as mãos em cima dos joelhos.

— É ótimo que tenha vindo — iniciou sem floreios. Seu tom de voz havia amenizado. — Sua mãe me contou sobre as visitas. Sua presença a deixou bem contente.

— Fico feliz em saber.

— Isso vem acontecendo a um bom tempo, não?

— Quase dois meses.

O senhor aquiesceu, trocando de posição sem tirar os olhos dela.

— Por que voltou a Londres, Elena? — Perguntou seriamente.

Ela engoliu em seco, dando de ombros.

— Anneline escreveu-me contando a situação de mamãe e pediu que eu fizesse uma visita.

— Anneline... — repetiu, assimilando a informação. — Ela tinha conhecimento de seu paradeiro?

— Sim.

— Todo esse tempo?

— Sim.

— E para nós, seus pais, sequer pensou em escrever para dizer que estava viva?

— E adiantaria? O senhor me expulsou daqui, se bem se lembra.

— Isso não muda o fato de ser minha filha.

Elena sorriu ironicamente, mordendo o lábio inferior. "Por que deveria?"

— Você está matando sua mãe, Elena. Compreende isso? — questionou Thomas, inclinando-se para puxar um cigarro da caixa prateada ao lado do cinzeiro. Elena não a tinha notado. Antes que conseguisse completar a ação, foi tomado por tosses repetidas, que conteve em um lenço. — Ela pensou que você estivesse morta todo esse tempo.

Ela baixou os olhos para o cigarro que ele acendia.

— Posso? — perguntou, indicando com o olhar do que se tratava.

O senhor aquiesceu, observando-a com atenção. Não reconhecia a mulher sentada diante de si, sequer podia apontar quem era ela. Era difícil imaginar que ela havia sido a menina dócil e serena que outrora suspirava pela casa imersa em sonhos. Elena acendeu o cigarro e tragou, libertando a fumaça logo em seguida.

— É fácil culpar-me quando eu sequer estava aqui — respondeu por fim, parecendo mais tranquila. — Não me responsabilize pelos seus erros com mamãe.

— Sua ausência de notícias a destruiu, Elena.

— Ou foi o seu autoritarismo que a deixou doente? Será que se eu estivesse na Itália, as coisas seriam diferentes?

Thomas bateu o cigarro no cinzeiro de mármore e a encarou com seriedade.

— Eu errei, admito. Mas não exclua sua culpa nessa história toda.

— Não estou — rebateu, analisando a paciência dele se esvair. — Só não admito que me responsabilize sem olhar a si mesmo.

— O que os anos lhe fizeram, Elena? — Ele riu, embora não fosse de felicidade. Um severo ataque de tosse interrompeu a descontração até que o senhor conseguisse se recompor. — Sequer te reconheço.

Ela baixou os olhos para o cigarro queimando em meio a seus dedos, remoendo as palavras que acabara de ouvir. Desde que pisou em Londres, essa era uma das afirmações mais frequentes vindas daqueles que costumavam conhecê-la. Thomas tragou e voltou o olhar para ela, lutando contra o choque que o tempo e as mudanças de Elena lhe causaram.

— Ao contrário do que pensa não a odeio — afirmou, baixando os olhos para os pés. — Eu só fiz o que precisava ser feito na época.

— Claro.

— Você é livre para acreditar ou não, mas falo a verdade.

— Eu era pouco mais que uma criança. Não existia uma alternativa? — rebateu Elena irritando-se.

— Alternativa? Você abriu suas pernas a um menino que tampouco sabia o que era a vida por um pedido bastante esperto. Como queria que eu reagisse diante disso? Sua irmã tinha um futuro a prezar, meu nome estava em jogo e sem isso...

— E eu era sua filha, a primogênita e herdeira de toda a merda que você estava construindo. Não que eu quisesse seu dinheiro, mas queria o seu apoio, assim como você apoiou tantos homens que estavam ao seu lado.

— Elena, eu não quero discutir. — Thomas subiu a voz, apagando o cigarro.

— Tampouco eu. — Ela deu de ombros, tragando uma última vez.

— Todos nós perdemos alguma coisa.

Elena não respondeu, lançando o olhar para além da janela.

— Anneline nunca nos disse nada. — Ele continuou. — Nem uma palavra.

— Eu pedi para ela não dizer.

Thomas exalava uma exaustão inimaginável para os conhecedores da figura jovial e ativa que o imponente senhor fora em tempos anteriores. Enormes olheiras envolviam seus olhos e a tez, antes rosada, tinha tons amarelados, opacos. Os anos o haviam desgastado completamente, tornando-o um homem bem mais velho do que os números apontavam ser. Ele sorriu tristemente e acendeu outro cigarro.

— E o que fez enquanto esteve ausente? Casou, estudou, está trabalhando?

— Sem casamentos — resmungou Elena friamente, recordando a conversa que tivera com Henry. — Escrevo para um jornal, tenho alguns livros publicados... nada com o que possa se orgulhar.

— Deve ter sido difícil começar do zero — balbuciou o senhor, demonstrando interesse nas palavras dela. — Digo, sem apoio de ninguém, em um lugar completamente novo.

— Não foi de todo ruim, aprendi coisas que não teria aprendido se ainda estivesse aqui. Ser independente foi uma delas.

— Não deseja se casar?

Ela ponderou por alguns momentos, repassando as cenas da noite anterior, as palavras que não a deixaram dormir um minuto sequer.

— Não mais — respondeu com a voz hesitante, ainda presa nas memórias de Henry.

— Eu imagino a razão. — Thomas inclinou-se, fixando seus olhos nos da filha. — Você sabe que eu tentei conversar com o Evans, não sabe?

A porta se abriu, interrompendo o diálogo entre pai e filha e um dos empregados anunciou a chegada de um cavalheiro que se reuniria com Thomas Wood. Sem delongas, disfarçando o visível desconforto com o tema prestes a se desenrolar, Elena se levantou e fez um breve aceno com a cabeça, retirando-se da sala para ceder espaço ao homem que a encarou com desconfiança. Deixou a casa apressadamente e, ao atingir a rua, respirou fundo repetidas vezes, desfrutando do ar que escorregava para dentro do corpo com certa afobação. Não estava preparada para tudo que Londres ainda tinha a lhe oferecer.

William desceu na velha estação sem saber ao certo o que fazer. Sua cabeça era um emaranhado de pensamentos desconexos, memórias que se encontravam em algum ponto e, ao mesmo tempo, não se cruzavam. Não havia espaço para ele ali, tampouco avisara alguém sobre sua viagem de última hora. Suas costas ardiam pelas noites mal dormidas, divididas entre caminhar no convés e comunicar-se brevemente com as pessoas que se encontravam com ele. Quem dera tivesse dinheiro suficiente para bancar as cabines individuais, mas não era assim que funcionava. Ainda hesitante diante de uma das entradas, ele assistia ao movimento de pessoas perguntando-se se aquela fora uma boa ideia. Aos poucos, a multidão começou a se aglomerar, obrigando-o a tomar a mala em mãos mais uma vez e ir para algum lugar. Qualquer lugar.

Enquanto caminhava pelas ruas sobrecarregadas, um filme corria diante de seus olhos, transportando-o ao longo de toda a trajetória que o levara àquelas circunstâncias. Deixara Londres para não voltar, mas, ali estava, seguindo por fachadas conhecidas, lojas novas, comportamentos habituais e um céu sempre cinza. Mesmo que nada permanecesse igual, a sensação de pertencimento o inebriava a cada novo passo, aproximando-o mais do que ele fora um dia. Seus passos começaram a ficar mais acelerados conforme avançava pela vizinhança que o acolhera desde pequeno. As caminhadas em plena chuva, os risos perdidos, os bailes e trajetos. Tudo remetia a uma vida que ele não conseguia mais chamar de sua, a um passado que não parecia mais lhe pertencer, mas que continuava vívido na memória. Lentamente, a mansão foi-se erguendo com maior altivez diante de seus olhos, marcando presença mesmo quando não solicitada. Com um suspiro longo, William parou diante da porta, dando dois toques fortes até ser atendido e identificado pelo mordomo, que o convidou a esperar no hall. Enquanto aguardava, observou a disposição dos móveis, a tapeçaria elegante e as cortinas brancas dançando com a brisa que entrava pelas janelas. O ambiente estava bem diferente do que ele se lembrava.

No mesmo patamar, os passos romperam o silêncio, anunciando-se conforme avançavam até a escadaria ao fim do corredor. A voz firme, desprovida das oscilações que a adolescência conferia reverberou pelas estruturas da casa ao agradecerem a alguém por um serviço ainda não feito. Do espaço onde William reconheceu como o antigo escritório do pai, um homem alto trajando quepe e uniforme emergiu, segurando dois rolos extensos de papel embaixo do braço. Com um cumprimento singelo, esgueirou-se pela porta e desapareceu rua afora.

— Ora, ora. — A voz de Natan Stevenson despertou a atenção do detetive, que encarava o caminho traçado pelo estranho. — E não é que você está vivo mesmo?

15.

Inglaterra, maio de 1914

As músicas soavam alegremente pelo salão, interrompendo os diálogos para permitir que todas as atenções se voltassem ao casal rodopiante ao centro. A moça trajava um belo vestido branco, que se movia com graça conforme ela balançava o corpo, acompanhando com um ondular envolvente cada novo girar. O homem mantinha o decoro, abrindo-se menos que a esposa aos sorrisos e diversões, mas sem omitir o contentamento por finalmente ter se casado com a mulher que desejara por tanto tempo. Ao canto, William e Natan observavam ambos com os olhos atentos, ironizando os desenrolares, em grande parte, infelizes de um casamento.

— Joanne Campbell? — questionou Natan, bebendo seu vinho.

— O pai dela me assusta. — William riu, cruzando os braços. Sua visão estava levemente turva. — Imagine ter de conversar com ele para pedir a mão da filha? É quase suicídio!

— Mary Steinfeld?

— Jamais. Mas é uma boa pessoa.

— Anneline Wood?

William ponderou por alguns instantes, tentando lembrar-se de quem se tratava. Abordou o garçom e pegou uma taça de vinho, a sexta somente naquela noite. Tomou um gole generoso e sorriu ainda pensativo.

— Para você, talvez — balbuciou enrolando-se nas palavras. — Dizem que a irmã é de uma beleza notável.

— Elena?

— Acho que esse é o nome dela.

— Nunca a vi — afirmou Natan, seguindo com os olhos uma jovem que passou por seu caminho. — Charlotte não o acompanharia hoje?

William deu de ombros, parecendo não se importar muito com a presença da moça.

— O pai dela não autorizou. Mas, para ser franco, foi melhor assim. Não queria vê-la hoje.

— Por quê? Pensei que estivesse apaixonado. — Natan deu-lhe um empurrão de leve.

Emergindo de uma roda de mulheres, Angelina Stevenson sustentava um brilho no olhar e um sorriso que lhe tomava o rosto por completo. Era uma mulher muito bonita, notável em meio à multidão tão semelhante. No auge dos quinze anos, encarava as novidades com otimismo, despertando o interesse dos homens e a inveja das mulheres menos cobiçadas. Com a naturalidade da juventude, aproximou-se dos irmãos, alinhando as passadas com a música.

— Vão ficar a noite inteira apenas observando? — questionou pousando as mãos na cintura.

Os rapazes trocaram um olhar cúmplice e deram de ombros, brindando com o vinho. Ela riu.

— Ora, venham! Há tanto para ver! — Suas mãos seguraram o braço de cada um deles, insistindo docemente na diversão mesmo que mínima. Para ela, os breves encontros sociais eram eventos grandiosos.

— Angie, os bailes já não possuem o mesmo encanto para nós — respondeu Natan, tentando encontrar algo que chamasse sua atenção.

— É claro que depois de ser rejeitado por tantas moças ele ia pensar assim — ironizou William rindo divertidamente.

— Só pode ser! — Ela os libertou para ajustar o colar de pérolas que trazia sobre o peito. — Assim irá ficar solteiro para sempre, Nate. Will já tem a mão da Srta. Amstaign, se quiser.

William sentiu a face ruborizar diante da declaração da irmã e finalizou sua taça, correndo os olhos pelos convidados da deslumbrante festa. Naquela noite, Angelina trajava um vestido branco reluzente que combinava perfeitamente com os sapatos prateados e o longo colar de pérolas. O contraste com os cabelos louro-escuros era inevitável, concedendo a ela um ar angelical logo na primeira aparição pública após sua apresentação à sociedade. Enquanto observavam a animação da jovem, Natan e William notaram simultaneamente o olhar descarado de John Dechor, um dos herdeiros mais cobiçados pelas mulheres da sociedade.

— Angie, parece que o Sr. Jonh Dechor está interessado em você — disse Natan ainda entre risos, tentando disfarçar enquanto repassava a informação.

A menina fingiu mexer no colar e se virou graciosamente, voltando-se para os irmãos com as bochechas coradas. Em meio a sorrisos satisfeitos, balbuciou algo ao irmão mais velho, enquanto William concentrava-se na forma como John analisava Angelina. Nada em seu olhar sugeria uma simples atração, era algo mais forte, mais intenso, como se ele *a quisesse*. Seus olhos corriam por todo o corpo da moça, deixando transparecer um interesse desprovido de respeito ou inocência, olhares que o caçula dos irmãos Stevenson só vira em prostíbulos. Incomodado, William trocou o peso dos pés e continuou encarando até despertar a atenção de John Dechor, que logo desapareceu entre as pessoas. Retornando ao clima amistoso da festa, o rapaz encontrou os irmãos debulhando-se em risos, no entanto, não conseguia se divertir, tampouco se desvencilhar da sensação causada por aquilo que vira.

— Angelina — chamou bastante sério, cessando os divertimentos da jovem. — Não se aproxime de John Dechor hoje, tudo bem?

Ela piscou os olhos repetidas vezes sem entender o pedido aleatório em momento tão inoportuno. Natan, ao seu lado, também aparentava estar perdido com a situação.

— O que houve, Will? — questionou, olhando à sua volta.

— Não gostei da forma como ele olhou para Angelina.

— William, francamente... — Ela o empurrou de leve, sorrindo mais uma vez. — Deixe de ciúme bobo! Um dia irei conhecer um homem e...

— Não é ciúme, Angie. — Ele a interrompeu, mantendo o semblante sério. O álcool já não fazia mais efeito algum. — Sabe que incentivo seus interesses amorosos, mas, desta vez foi diferente.

Um arrepio percorreu a espinha da moça, que abraçou a si mesma. Não havia mais sinal do rapaz ou da suavidade que antes os envolvia. Natan avançou um passo e buscou John entre os semblantes entretidos, entretanto, foi em vão. Voltou-se ao mais novo prestes a fazer alguma observação, porém, diante da face sombria e distante, entendeu de imediato o que aquilo significava.

— Acredito que seja melhor ouvir o Will, Angie — disse por fim.

───◆◆◆───

Inglaterra, 1922

A sala de estar era espaçosa, bem como ele se recordava, entretanto, a decoração já não era a mesma. Os móveis ainda eram pesados e de madeira escura, mas não comprometiam a leveza do ambiente quase inteiramente composto por uma beleza requintada. Nas paredes, pinturas retratando os mais diversos cenários cediam uma vivacidade confortável, contrastando com a tapeçaria fina de mesma tonalidade. Sentado no sofá antigo, ainda da época dos pais, William aguardava até que o criado terminasse de servir o chá para o irmão, que mantinha a atenção nas mãos entrelaçadas entre as pernas. Diante de si reluzia o copo de uísque, um convite suave no enfretamento dos próximos minutos. O silêncio de expectativa era sufocante, contendo em suas entrelinhas palavras que o tempo apagara junto de momentos que acabaram por nunca serem vividos. Assim que o homem saiu, Natan inclinou-se, remexendo a xícara com a bebida fumegante.

— É uma surpresa te ver novamente, irmão — disse distraído com o movimento da colher na água. — Se tivesse me avisado antes, teria preparado o quarto para você.

— Decidi de última hora e, de qualquer forma, não quero incomodar.

— Preciso mesmo te responder isso? — Natan sorriu de leve. — Você está velho, Will.

— Assim como você, Nate.

Ambos riram um tanto desconfortáveis e se calaram. William bebeu um gole generoso do uísque, sentindo-o queimar toda a sua garganta. Precisava do álcool para manter-se firme.

— O que eu perdi? — perguntou, observando o irmão beber o chá contrariado.

— Não muita coisa. Meu casamento, a morte do papai, o nascimento dos meus filhos... — ironizou o jovem senhor. Alguns fios brancos despontavam na lateral de sua cabeça, brilhando conforme a luz do Sol os encontrava.

William sorriu, recordando quando a juventude ainda os pertencia. Aos vinte e oito, ele não se surpreendia com a passagem do tempo, visto que havia envelhecido mais do que a idade contabilizava. Seu irmão, poucos anos mais velho que ele, tomara para si as mesmas dores, mostrando-se à frente dos números.

— Esteve em silêncio por muito tempo, Will. — O primogênito recostou-se na poltrona. — Não recebo notícias suas há meses.

— Andei ocupado.

— Como sempre. Acho que nunca me disse o que fez durante todos esses anos.

— Algumas coisas você não gostaria de saber. — William deu de ombros, sentindo o olhar firme do irmão sobre si. — Mas, no momento, trabalho para a polícia como detetive.

— Que irônico. — Natan sorriu maliciosamente. — Justo você.

— Para você ver como as coisas mudam.

Se havia alguma mágoa, William acreditava que o irmão tentava superar a todo custo.

— Como foi o retorno para casa? — questionou o caçula de repente, notando o estremecimento do outro. — Eu imagino que não tenha sido fácil.

— Você sabe, nossa família estava destruída. — O semblante do anfitrião tornou-se pesaroso, distante. — O pai nunca aceitou a morte de Angie e ainda tinha você... Ele morreu em uma agonia terrível, Will.

— Eu não podia manter contato na época.

— Por quê? Sabe que sempre fiquei do seu lado assim como o papai. Ele te *defendeu* dos Dechor.

William fez um sinal negativo com a cabeça, sem conseguir evitar o sorriso irônico. Ajeitou-se e bebeu outro gole do uísque.

— Eu não podia me arriscar, Natan.

— Tinha medo que alguém descobrisse que você era um desertor? Por que eles não só descobriram como ameaçaram o papai até perceberem que ele não tinha nenhuma notícia sua.

— Não só isso — respondeu William cauteloso. — Às vezes nós fazemos o que é preciso para sobreviver.

Natan Stevenson arqueou a sobrancelha, analisando o irmão que há tanto tempo não via. Uma cicatriz cortava a barba aparada e o cabelo, antes arrumado de forma impecável, era um emaranhado de ondulações castanhas e disformes. Ele também havia ganhado alguns músculos, entretanto, estava longe de ser forte. Em sua nova versão, preferia roupas simples, completamente diferentes das que um dia acompanharam sua rotina. William Stevenson tornara-se alguém comum, um homem cuja aparência ou maneiras nada diziam. Era impossível dizer quanto dinheiro lhe esperava e quanto prestígio tinha seu nome olhando apenas a enigmática figura que ele havia se tornado.

— Eu deveria insistir em saber? — questionou Natan, levantando-se para se servir de uísque. — Julianne diz que eu não deveria beber em pleno dia, mas não suporto esses chás — resmungou ao desfrutar de um longo gole da bebida.

— Você devia ouvir sua esposa.

— E eu ouço! — exclamou o jovem senhor, retornando ao local onde estava anteriormente. — Mas tomar água quente com mato é mais do que eu consigo suportar. Você se lembra daqueles chás que a mamãe costumava organizar? Que inferno eram eles! Não, definitivamente não é para mim.

William riu, sentindo o corpo relaxar pela primeira vez desde chegara a Londres.

— Mas enfim, não irá me dizer o que motivou o seu sumiço?

— Não.

O engenheiro aquiesceu dando de ombros.

— Muito bom, William. — Ironizou. — Pelo menos você está vivo.

— Exatamente.

Os dois foram interrompidos pela entrada de um dos empregados, que questionou o que deveria ser feito com as malas no hall de entrada. Natan instruiu-lhe a deixá-las no segundo quarto de hóspedes e, com um sorriso, conferiu se William recordava-se do quarto onde havia dormido por tantos anos. O homem assentiu e saiu, deixando-lhes a sós novamente.

— Por que ainda vive aqui? Nesta casa? — perguntou William de repente, rompendo o silêncio.

Natan ponderou por alguns instantes e respirou fundo, endireitando-se.

— Depois da morte de Angie e sua partida, as coisas nunca mais foram as mesmas, Will. Nós fomos para a guerra e, quando retornei, sozinho, papai estava completamente infeliz. — Os olhos perderam-se no nada enquanto falava. — E você não apareceu. A morte de dois dos três filhos, porque ele realmente acreditava na sua morte, foi um golpe e tanto para ele.

— Nate, se eu pudesse desfazer isso, eu o faria — confessou William constrangido. O copo quase vazio de uísque pendia em sua mão. — Ajudar Jeremy e a Srta. Graham me pareceu uma ótima ideia na época, mas não me trouxe nada de satisfatório. Não me orgulho da decisão de ter afastado você e o papai. — A voz do detetive era firme, embora carregada de constrangimento. — Mas em Chicago as coisas mudaram e eu não podia arriscar.

Natan nada disse, limitando-se a beber e ouvir as confissões do irmão caçula.

— Não há um dia sequer que eu não pense no que causei a vocês.

— Bom, imagino que queira descansar — balbuciou Natan em uma tentativa de dissipar o mal-estar. — Amanhã gostaria de te levar ao escritório onde trabalho. Você se dará bem com Henry, tenho certeza.

Elena acordou mais cedo naquela manhã. Lavou o rosto, vestiu-se e saiu em busca de notícias sobre Jeremy e Lauren, estava ansiosa por vê-los novamente assim como ao pequeno Matthew. Seus passos eram lentos, desfrutando do trajeto sem a pressa de chegar a lugar algum. Seus compromissos naquele dia resumiam-se a ir ao teatro com a mãe e a irmã quando a noite caísse, o que lhe dava algumas boas horas para fazer o que quisesse. Estava aprendendo a gostar de Londres mais uma vez, a admirar suas estruturas centenárias e os comportamentos sempre tão comedidos. À frente, as portas do correio já estavam abertas ao público, recebendo pessoas e mais pessoas ávidas por buscar conhecidos ou receber notícias há muito esperadas, porém, prestes a entrar, o aroma de chocolate quente atravessou a rua e encheu seu pulmão, fazendo-a salivar. "Talvez Jeremy e Lauren possam esperar mais alguns minutos", pensou enquanto se dirigia ao café do outro lado.

Dentro do local abafado, William esperava pacientemente sua vez traçando retratos mentais das pessoas que cruzavam seu caminho. Imaginava quem seriam e o que buscavam através das expressões faciais exibidas a cada palavra trocada. A brincadeira de início parecia divertida, mas, a verdade é que ele já havia perdido as contas de quanto tempo aguardava o atendimento breve. Quando finalmente se debruçou sobre a bancada de madeira, o simpático atendente lhe questionou mecanicamente sobre suas necessidades.

— Eu procuro por Lianna Stone — disse, observando o senhor sorrir e fazer um sinal, indicando que procuraria no imenso livro.

— Algum endereço de referência? — perguntou, revirando as páginas com tranquilidade.

— Não, nenhum.

O senhor retomou a busca, dando de ombros. Era sempre assim. Os jovens chegavam com os nomes e eles precisavam dar um jeito de encontrar. Entretanto, desta vez, não havia nenhuma Lianna Stone nos registros. Leu e releu diversas vezes as páginas, mas a moça parecia simplesmente ter desaparecido dos contatos.

— Senhor, não há nenhuma Lianna Stone em nossos registros. O nome está correto?

William arqueou a sobrancelha.

— Como? — questionou quase se pendurando no balcão.

— O senhor sabe dizer se a senhorita possuía outro sobrenome?

— Não... tem certeza de que não há ninguém? De repente alguma variação ou...

— Posso conferir. Um momento, senhor.

O detetive assentiu, mordendo o lábio inferior. Deu-se conta tardiamente de que aquele nome era tudo o que tinha ou sabia sobre Lianna Stone. O senhor continuava a buscar quando, de repente, virou o livro em direção a William e apontou uma lista de nomes no imenso livro.

— Senhor, veja bem, essas são todas as pessoas com sobrenome Stone.

O detetive correu os olhos pelos dois Stones registrados, ela não estava entre eles. Tomando a liberdade que não lhe fora inicialmente concedida, William revirou as páginas em busca do nome, mas sabia que aquilo seria completamente inútil.

— Senhor, se importaria se eu usasse seu telefone? — O detetive questionou.

Como resposta, foi encaminhado a uma saleta aos fundos com nada além de uma mesa redonda de madeira velha, uma cadeira do mesmo material e um telefone. Nas mãos, tinha os números das duas famílias, para as quais ligou perguntando a respeito da conhecida. Em nenhuma delas havia uma moça com aquele nome. A raiva o tomou, mesclada a uma frustração por não ter percebido antes, ao longo de todos os anos, que aquela ausência de informações deveria significar algo. Lianna Stone não era quem dizia ser; e ele não fazia ideia de quem seria ela distante da história tão bem-criada. Resignado, agradeceu ao senhor com uma falsa simpatia, deu meia-volta e deixou o espaço, odiando a estranha que acreditava conhecer.

A caminhada até o escritório de Natan levou menos de quinze minutos, embora ele se declarasse completamente desinteressado nos afazeres arquitetônicos. Odiava contas e todas aquelas estruturas densas e complexas competindo umas com as outras por uma magnificência vazia, cujo intuito era nada além de uma competição pobre em busca de renome. Preferia usar a mente em busca de algo efetivo para a sociedade. Logo na entrada, William fez uma breve previsão do que encontraria no centro das salas, perambulando pelos corredores largos repletos de portas em vidro e madeira. Mármore, ouro, cores quentes o suficiente para indicar toda a riqueza condensada em ternos, pastas e projetos predominavam no prédio imponente, convidando os visitantes a imergirem nas profundezas dos projetos estonteantes apresentados nos últimos tempos. Nem mesmo Paris, a cidade que abrigava um dos maiores feitos arquitetônicos do período aproximava-se de tamanha autoridade. "Esses homens devem mandar em Londres atualmente", William pensou enquanto avançava pelo chão encerado. Parou diante do balcão, encarando o olhar desaprovador da recepcionista, perguntou por Natan e foi prontamente encaminhado até os andares superiores, ainda mais refinados do que o primeiro. Certamente ele fora o desgosto de seu pai. Rindo sozinho com a suposição, continuou caminhando até a penúltima sala à direita.

O piso era de carpete claro, contrastando positivamente com os móveis em metal, madeira e vidro. Os ornamentos na parede, feitos em sua maioria com peças inutilizadas de construções anteriores, formavam um conjunto interessante, concedendo uma elegância com um misto industrial e futurista, algo bastante apreciado pelos artistas. A estante, no lado oposto à mesa tomada de papéis, continha diversos exemplares de livros, alguns deles mais antigos do que conseguia imaginar, e alguns vasos que pagariam um ano inteiro do aluguel de William em Nova Orleans. Ele assobiou, avançando a passos lentos para dentro da sala.

— Nate, você realmente venceu na vida — balbuciou, acomodando-se ao receber o sinal do irmão.

— A vitória é relativa, Will. E contei com o auxílio do papai desde o início, se quer mesmo saber.

— Motivo de orgulho.

— Ou discórdia. A fortuna de nosso pai está estagnada. — A voz de Natan assumiu tons sugestivos, assim como o sorriso que dançou em seus lábios. — É sua.

— Irá aproveitá-la bem mais do que eu, garanto.

— Já tomei minha parte, não preciso do restante. Pelo amor de Deus, é direito seu.

— Posso pensar na possibilidade — respondeu William indiferente.

Natan respirou fundo, satisfeito por finalmente conseguir alguma resposta minimamente positiva. William sabia ser extremamente teimoso quando queria.

— O que achou do escritório? — questionou Natan de repente, levantando-se para servir dois copos de uísque.

— Combina com a sociedade londrina.

— Não é? — respondeu o primogênito empolgado, admirando a sala com um brilho no olhar. — Acredito que afasta as pessoas mais simples, mas é de incontestável beleza.

— Sem dúvida.

A porta se abriu com uma leve brutalidade e Henry Evans adentrou, parecendo perdido em pensamentos. Cumprimentou Natan e pousou os olhos no estranho sentado diante da mesa do colega, um homem que não lembrava ter visto alguma vez. E a julgar pela vestimenta, não se tratava de um cliente promissor em busca de projetos. William se levantou de imediato, analisando-o da mesma forma, e estendeu a mão.

— William Stevenson — disse sem demonstrar prazer na apresentação.

O sujeito era dono de uma arrogância percebida à distância, envolvendo desde seu caminhar até as observações àqueles que o rodeavam. Algo nele, no par de olhos azuis intensos, o perturbava, causando aversão instantânea. A parte mais perversa de William formulou uma personalidade contraditória a respeito daquele que sequer se dera ao trabalho de se identificar ao interromper um diálogo cujo contexto, apesar de genérico, não lhe dizia respeito.

— Henry Evans — murmurou o outro, apertando a mão firme do policial como se lesse seus pensamentos. — Stevenson? São parentes?

— Irmãos — afirmou Natan, sorrindo. A ingenuidade era sua maior qualidade, William considerou em silêncio, analisando as reações do irmão diante de Evans.

— Receio nunca termos sido apresentados, Sr. Stevenson. — Henry olhou-o incisivamente. — Mora em Londres?

— Nova Orleans.

— América... devo manifestar minha surpresa. — Ele ensaiou sorrir, sem emitir qualquer emoção que suportasse a frase. — Há quanto tempo deixou a Inglaterra?

— Alguns anos.

Henry ponderou alguns instantes, abrindo um sorriso irônico logo em seguida. Não estava habituado a pessoas tão taciturnas como o recém-conhecido Stevenson.

— Por qual motivo deixou nosso país?

— Creio que essa não é uma questão que gostaria de debater, Sr. Evans — rebateu William friamente, percebendo pelo tom provocante que ele *sabia* quais haviam sido as motivações.

— Entendo — respondeu Henry mantendo o semblante malicioso. — Bem, vim convidar o seu irmão para um almoço. Irá se juntar a nós?

— Ele irá, sim. — Natan interferiu, lançando um olhar de súplica ao irmão. — Não é, William?

Contrariado, o detetive se forçou a sorrir, bebendo um gole longo que finalizou o uísque. O álcool queimou sua garganta ao escorregar corpo adentro.

— Será um prazer, senhores.

Do lado de fora do provador estreito, Elena ponderava sobre cores, mais precisamente, a que usaria na ocasião referida. A inauguração do prédio, cujo nome ela não se recordava, estava próxima e Anneline insistia em sua presença. No fundo, Elena se sentia feliz com o empenho da irmã em vê-la fazer parte do círculo social da elite londrina, mesmo que ela já não fizesse questão de integrá-lo.

— Ellie, onde está o vermelho? — gritou Anneline da cabine ao lado.

Elena suspirou e se levantou, revirando os cabides pendurados do lado de fora para encontrar o modelo em questão. Caminhou até onde a irmã estava e enfiou a mão pelo vão entre a cortina e a parede, estendendo a peça. Anneline agradeceu e pôs-se a experimentar o quinto vestido, soltando vez ou outra uma exclamação, enquanto a irmã aguardava em silêncio. Não havia encontrado dificuldades quanto ao modelo, entretanto, a cor ainda a intrigava. Marsala, preto, azul... azul-escuro no cetim. Era isso. Pôs-se de pé mais uma vez e informou seu desejo a uma das atendentes, recebendo um sorriso como resposta enquanto a mulher anotava o pedido em uma folha e imergia na loja para buscá-lo conforme solicitado.

O evento seria dentro de uma semana e a cidade se encontrava em polvorosa com os últimos detalhes. Toda a sociedade burguesa, como era de se esperar, estaria lá, marcando presença com roupas caras, ego desmedido e ausência de interesse pelo objeto de tamanha confraternização. Elena perguntava-se como podia algum dia ter feito parte daquele universo, ela simplesmente o odiava. Do lado de fora das janelas amplas, os pedestres seguiam rumos desconhecidos, cruzando seu caminho por um breve instante antes de desaparecerem definitivamente. A pobre dama triste na vitrine de uma das lojas mais conceituadas da cidade. Ao longe, uma moça de cabelos longos e escuros parou diante de um restaurante, era acompanhada por um rapaz ainda bastante jovem. Ela a lembrava alguém. "Elizabeth." Sem dúvida o casal Evans estaria presente, desfilando toda a sua pompa a olhos extasiados, tomando-os como exemplo de beleza, juventude e austeridade. O amargor das lembranças surgiu nos lábios, restituindo as palavras que morreram tão suavemente antes de serem ditas e assim perderem-se no vazio da mente.

Anneline finalmente deixou o provador, segurando um vestido cor-de-rosa em mãos, com um sorriso de orelha a orelha. Os modelos já prontos de Sarah eram os preferidos da jovem senhora que não hesitava em recorrer à loja quando precisava de um traje mais elaborado. Decididos os detalhes de vestimenta, ambas deixaram o espaço, perdendo-se no entardecer.

— Como conheceu Edwin? — questionou Elena em um ímpeto, despertando a atenção da irmã.

— Por que a pergunta?

— Eu não sei. — A primogênita deu de ombros, correndo os olhos pela cidade. — Acho que sempre quis saber.

— Tive sorte de encontrar Ed — balbuciou a moça mais para si mesma do que para a irmã. — Foi na primavera de 1919, no baile dos Dawson. Eu estava bastante nervosa por conta da guerra e da idade. — Anneline sorria enquanto falava, regressando mentalmente à agradável noite. — Eu estava conversando com tia Marie sobre algo quando ele me convidou para uma dança. Dançamos quatro músicas e conversamos a noite inteira! Depois disso, foi como se não conseguíssemos mais nos separar. Edwin logo foi procurar o papai e em poucos meses, nos casamos.

Elena acendeu um cigarro, sentindo o coração leve com uma história de sensibilidade tão grande. Anneline olhou-a com censura ao sentir a fumaça, mas não disse nada.

— Exatamente o que você sonhava — comentou a jornalista.

— Que mulher não sonha com um amor assim? — questionou, entretanto, deteve-se ao notar o semblante irônico da outra. — Oh, meu Deus, não foi isso que eu quis dizer! Ellie, me desculpe... — A frase morreu em seus lábios e as bochechas ruborizaram no mesmo instante. — Eu só quis dizer que eu sempre... não foi uma indireta... desculpe.

— Você tem razão, Anne, não precisa se desculpar. A maioria das moças sonha com isso mesmo.

— Mas não você.

A fumaça acinzentada escapou entre os lábios escarlates de Elena, que se mantinha retraída desde a saída da loja. À sua volta, a vida dividia-se em tons e acontecimentos e as primeiras luzes já se acendiam pelas ruas de paralelepípedos, encerrando passeios e expedientes.

— Não, não eu — afirmou contemplando o iluminar do cenário.

Anneline, na ânsia de suprir a atmosfera densa criada a partir do comentário infeliz, sugeriu uma pausa no café mais adiante e ambas logo se acomodaram nas charmosas mesas exteriores, observando o movimento reduzir-se aos poucos.

— Henry conseguiu te transformar em outra pessoa. — Ela retomou antes de pedir um chá. — A Elena que nós conhecíamos simplesmente desapareceu.

— A vida muda as pessoas, Anne — respondeu Elena vagamente, lendo o cardápio. — Não foi só Henry.

— Como você está desde que o encontrou?

A jornalista levantou os olhos castanhos intensos para a irmã, pousando o menu sobre a mesa.

— Eu não sei dizer — balbuciou tamborilando os dedos na superfície lisa. — Ele soube o tempo todo sobre a bebê e nem assim foi capaz de me procurar.

Anneline suspirou, voltando o rosto apático para as ruas movimentadas sob o céu em rosa, lilás e laranja. O chá foi servido e o aroma doce da bebida quente preencheu o ar, levando Elena a pedir o mesmo junto de uma fatia de bolo de chocolate, o doce preferido de sua infância.

— Me desculpe por nunca ter contado — disse a caçula por fim, assoprando de leve o líquido dentro da xícara. — Pensei que te magoaria ainda mais.

— O problema jamais foi ele ter optado por Elizabeth Smith — Elena deu de ombros. — Foram as mentiras que eu nunca compreendi. Henry era meu melhor amigo, a pessoa a quem eu confiaria minha vida.

— Ele te traiu, de certa forma.

— Exatamente.

O silêncio pairou quando os pedidos de Elena chegaram. Enquanto o jovem garçom as servia, Anneline aproveitou a brecha para adoçar o chá, enquanto a irmã se perdia na paisagem urbana. A noite já lançara seu manto negro sobre a cidade.

— E depois dele? — A jovem senhora continuou assim que o rapaz se afastou, inclinando-se para olhar nos olhos da irmã. — Nunca encontrou ninguém em Nova Orleans?

Elena sorriu. Apesar de, em um primeiro momento, parecer contente, havia um traço melancólico em seu semblante.

— Existiram casos.

— Só? — Anneline arregalou os olhos. — Nem sequer um namoro ou um noivado?

— Me aproximei disso, mas não levei adiante.

— Por quê? Nunca amou ninguém?

— Não o suficiente. — A mais velha riu, divertindo-se em compartilhar suas desventuras românticas. — E também, por que haveria de me comprometer? Minha liberdade vale muito mais que um homem ou um casamento.

— Ellie, você sempre teve uma vertente romântica dentro de si. Ela também desapareceu por completo?

— Acredito que tenha sido justamente ela a responsável por esse afastamento. — Elena hesitou. — Acho que espero por uma estabilidade que minha vida ainda não tem.

"Algo vindo dos dois", pensou assim que a irmã aquiesceu.

16.

William observava a casa há quase meia hora, embora não tivesse arriscado uma aproximação. Não era o momento. Seu coração pulava no peito, aflito com as possibilidades que dançavam na mente. "Charlotte." Seria ela a mesma de antes? Como estava depois de tantos anos? Engoliu em seco, arremessando longe a pequena pedra que trazia na mão. Em algum momento precisaria deixar aquele espaço e encontrar uma ocupação útil; havia muito o que ver e resolver em Londres. Foi então que, depois de ouvir o ruído nada discreto da porta se abrindo, viu o homem alto, com um bigode espesso e terno bem alinhado, deixando a casa. Sem pressa, ele ajeitou as vestes e se virou para receber um beijo singelo da esposa antes de sair. Era ela, não havia como não ser. O policial prendeu a respiração, contemplando à distância Charlotte Simonsen. Os cabelos ruivos ainda brilhavam intensamente de acordo com a luz, ofuscando todo o resto, e o corpo parecia levemente volumoso, diferente do que ele se lembrava. Ele não sabia dizer se por estar longe ou estar havia anos sem vê-la, Charlotte parecia nutrir um semblante desanimado, oposto à vivacidade sempre tão presente. Em anos, era a primeira vez que via a moça não distribuir sorrisos enérgicos, ainda que a situação fosse bastante simples. Quando o carro arrancou, ela não acenou e tampouco exibiu qualquer expressão, encarando-o com indiferença até que seu rastro desaparecesse pelas ruas. William permaneceu inerte até ela ir para dentro da casa, decidindo, finalmente, ir embora.

O prédio erguia-se com imponência, fazendo jus às expectativas do público após tanto tempo de espera. Toda a elite reunia-se em frente à estrutura, tornando o ambiente um espetáculo de roupas elegantes e orgulho inflado, junto de jornalistas, convidados de honra e curiosos. Um tapete vermelho estendia-se da rua até a entrada do edifício, cujo interior estava iluminado por vistosos lustres de cristal e decorado por arranjos de rosas e girassóis dispostos em vasos longos de vidro distribuídos estrategicamente por todo o espaço. O luxo, embora exagerado, não surpreendeu ninguém, afinal, era quase impossível exigir menos do que fora apresentado. Passeando entre conhecidos, revezando-se entre cumprimentos e cordialidades, Edwin e Anneline eram a imagem da perfeição. Renda farta, filhos e beleza, tudo o que era possível esperar de uniões tão promissoras como aquela. Elena, que os acompanhava, fazia o mesmo, embora não demonstrasse a mesma empolgação e simpatia do casal visto que olhares tortos aos acenos corteses eram bastante frequentes.

O prefeito da cidade, demonstrando mais excitação do que qualquer outro presente, subiu ao palanque para dizer algumas palavras. Verificou o microfone duas vezes e iniciou o discurso de praxe, agradecendo a presença de todos para, logo em seguida, emendar uma narrativa enérgica sobre a construção e os processos que originaram o hotel. Em seguida, Henry Evans, Natan Stevenson e Derek Melvine foram chamados à estrutura sob aplausos alegres para receber uma breve homenagem "em nome de toda a cidade". Elena, junto da multidão, ovacionava os três responsáveis pelo projeto quando seus olhos pousaram no homem ao lado de Henry, o sujeito cujas feições lembravam fortemente William. *Stevenson*. Ela hesitou, as mãos uma sobre a outra, desejando maior proximidade para vê-lo com clareza. Onde o detetive estaria naquele momento? Já havia perdido as contas de quantas cartas ameaçou escrever e jamais pensou em concluir por sentir ausência de notícias capazes de justificar o contato. O rapaz em questão esgueirou-se pelo terceiro, Sr. Melvine, e tomou o microfone para iniciar o seu discurso. A voz entregou que tudo não passava de semelhança, porém, exceto pelos cabelos, lisos e um pouco mais claros, o moço podia facilmente se passar pelo policial. A julgar pelo sobrenome, poderiam até mesmo ser familiares.

    As palmas interromperam seu devaneio e, quando se deu conta, a espessa faixa vermelha que impedia a entrada no prédio fora cortada pelo prefeito e por Henry. O público ovacionou a atitude e se aproximou para felicitar as quatro figuras diante do hotel. Anneline estendeu a mão e conduziu a irmã pelos convidados sobre o chamativo tapete vermelho até atingirem o patamar inferior da construção. De canto do olho, ela notou o interesse velado de Henry acompanhando-a a cada passo, ignorando os comentários de convidados extasiados e admiradores do seu trabalho. A vontade de dizer-lhe algumas das verdades que a noite trouxera era imensa, no entanto, pelo bem-estar da irmã, que tão bem a acolhera, e da própria festa, continuou a avançar, surpreendendo-se com a beleza de cada detalhe. A maior vantagem do prédio com relação aos demais era justamente a leveza com a qual os espaços haviam sido projetados, dando a sensação de amplitude e, ao mesmo tempo, acolhimento. A decoração, unindo-se a essa perspectiva, era minimalista, permitindo aos visitantes usufruírem de um espaço considerável sem tropeçar em móveis ou ouvir a própria voz ecoando pelos corredores. Ela tinha de dar o braço a torcer e considerar que Henry era um ótimo profissional. Uma música suave começou a soar e inúmeros garçons surgiram oferecendo aos convidados bebidas caras e petiscos refinados.

    Elena pegou uma das taças e se posicionou ao lado da irmã enquanto Edwin conversava com conhecidos do mundo dos negócios. A felicidade emanava por sua voz, apresentando-se ao grupo de forma tão amigável quanto possível, acompanhada por movimentos comedidos e simpáticos o suficiente para marcar presença mesmo em meio a tanta gente. Dispersa, a jovem degustou algumas das comidas exóticas, cuja combinação de sabores sequer parecia agradável, bebeu e encontrou pessoas que não via desde antes de sua partida. Como era de se esperar, sua história era conhecida, mas, apesar de sabê-la, nenhuma das senhoras se atreveu citá-la, prezando pela integridade da visitante enquanto em solo londrino. Talvez, quando retornasse à América, seu nome protagonizasse as pautas festivas novamente. Anneline, flutuando entre um e outro diálogo, não demorou a se juntar a ela.

— Se eu fosse acompanhar Edwin, estaria perdida — balbuciou limpando as migalhas da torrada com molho laranja que acabara de comer. — São tantos assuntos importantes que me sinto a menor parte da sociedade.

— Não diga isso, Annie. Homens acreditam que nós não podemos acompanhá-los e se pensar desta forma, e expressar essa opinião, irá reforçar o que eles já têm por verdade.

Anneline concordou em silêncio, bebendo um gole da taça contendo água gelada. A amamentação não a permitia beber álcool, o que a confortava no fundo. Jamais gostara das bebidas fortes que lhe eram servidas nos encontros e eventos.

— Anne! — Edwin surgiu em meio aos conhecidos, acompanhado do Stevenson que se parecia extremamente com William. Elena conteve uma exclamação. — Anneline, este é meu amigo e idealizador deste projeto, Natan Stevenson. Acredito que nunca tive chance de apresentá-los formalmente.

Elena trocou o peso dos pés e se limitou a observá-lo despedir-se de um grupo para chegar até elas. Não poderia ser mera coincidência tamanha semelhança atrelada ao mesmo nome. Anneline se levantou e estendeu a mão para o homem, que a beijou delicadamente. Elena fez o mesmo e manteve-se em silêncio, analisando seus trejeitos elegantes e graciosos, bastante diferentes do detetive. Seu cabelo também era mais claro, sem as ondas do outro, e os olhos eram de um verde forte e intenso, distante da indecisão castanha que predominava no amigo.

— Ouvi maravilhas a respeito da senhora. — Natan arriscou-se graciosamente, recebendo um sorriso como resposta. — Minha esposa infelizmente não pôde vir hoje, mas mandou-lhe lembranças.

— Diga a ela que, em algum momento, deverá nos fazer companhia. — Anneline brincou. — Se me permite perguntar, Sr. Stevenson, quais foram os maiores desafios ao projetar um prédio como este?

Natan sorriu, orgulhoso por poder falar daquela que considerava sua obra prima.

— Creio que a ausência de incentivos à modernização de Londres. Muitos ainda resistem às novas tendências e, se nos compararmos à América, estamos há anos atrasados.

— De fato. — Elena concordou pontualmente, sem alterar o tom de voz. — Até mesmo Chicago, que não é tão desenvolvida como Nova York, possui construções maravilhosas.

— A senhorita é de lá? — questionou Natan intrigado com a jovem. Elena Wood era uma conhecida com quem ele jamais trocara meia dúzia de palavras. Muito ouvira a seu respeito nas breves reuniões em que Edwin e Anneline estavam presentes e também através dos burburinhos que a ligavam diretamente a Henry Evans. Mas esse, por sua vez, nunca dissera uma única palavra a respeito.

— Por algum tempo, sim, mas, no momento, estou em Nova Orleans.

Os olhos do engenheiro se iluminaram em empolgação, como se a afirmação lhe revelasse uma grande descoberta. Elena, hesitante diante do contentamento repentino, teve a impressão de ver uma exclamação morrer em sua garganta antes de Natan tornar a se pronunciar.

— O fluxo de pessoas deixando nosso país rumo à América é bastante notável. — Ele pigarreou analisando a moça. — Meu irmão, William, também mora em Nova Orleans.

A confirmação veio a ela acompanhada de nervosismo e inquietação. Em todos os seus anos como residente de Londres, jamais havia conhecido a família Stevenson, em partes pela pouca idade, mas, também, porque pouco conviveu com os rapazes visto que só tinha olhos para um único. Anos mais tarde, encontrar-se com o irmão em circunstâncias tão desfavoráveis a ela — afinal, ninguém a havia esquecido, por mais que tentasse pensar o oposto — soava como um desafio sádico do universo. Por ansiedade ou convenção, Elena sorriu, puxando um cigarro da bolsa.

— Se importa? — questionou e, diante da negativa de Natan, acendeu-o e tragou. — Há quanto tempo ele está lá?

— Alguns anos. Sete, eu acredito.

Elena assentiu e o olhar perspicaz de Anneline não deixou de notar as bochechas levemente rosadas e a satisfação que dançou nos lábios escarlates. Não havia como estar errada quanto a quem era o sujeito referido por Natan. Desfrutando da descoberta e evitando que notassem sua excitação quase infantil, ela se voltou para o lado oposto, analisando a festa até perceber que alguém a encarava, analisando seus movimentos com minúcia. Omitido pelas penas e chapéus, Henry mantinha a atenção em Elena, na desenvoltura com a qual falava e agia em meio a tanta hostilidade, sustentando no brilho azul aquela expressão que ela tão bem conhecia. A jornalista devolveu a atenção, mantendo-se impassível, evitando que o desagradável encontro arruinasse sua felicidade e disposição. Ao lado dele, Elizabeth envolvia-se em um diálogo com outros dois homens, alheia aos interesses do marido. Se os soubesse, sequer se daria ao trabalho de manter a harmonia com o esposo e com o desafeto tão presente em sua vida. Sem titubear, Elena pediu licença e deu as costas para a figura singular, findando a interação silenciosa e desaparecendo entre as pessoas.

William bebericava uma taça de vinho atento aos detalhes que compunham o cenário festivo. Havia um padrão curioso nos frequentadores mais assíduos, uma marca deixada por roupas, maquiagens e adereços que traziam mais graça ao ambiente, como as plumas que corriam de mão em mão, surgidas de algum lugar, e os balões flutuando acima dos convidados, dando vez ou outra um estouro silencioso em meio a tanta balbúrdia. As festividades não eram, no geral, do seu feitio e o detetive nutria opiniões bastante controversas a respeito das mesmas, entretanto, aquela noite, nem mesmo os cacoetes elitistas eram capazes de tirar-lhe dos eixos ou ceifarem suas atenções por tempo suficiente. Vira Charlotte mais cedo e isso fora o suficiente para fazê-lo pensar o dia inteiro na grande interrogação que importunara sua mente por tantos anos. A verdade era que ele era péssimo com mulheres. Charlotte o dispensou e desapareceu sem demais explicações, Anna o iludiu até onde pôde e, de resto, ninguém o havia interessado profundamente. Vivia de pequenos romances, mais voltados à casualidade, e quase nenhum amor. Era frustrante e trágico. Com um fraque que não lhe pertencia, ele se mantinha em movimento, lutando contra a vontade de ir embora, exibindo vez ou outra sorrisos falsos e cedendo explicações mal elaboradas a respeito de sua repentina partida. Alguns ainda insistiam em reatar memórias sobre o episódio com Angelina, que faria oito anos, e o quanto sua atitude fora apreciada por um número considerável de pessoas. Seus olhos a todo instante buscavam um semblante acolhedor, alguém que pudesse iluminar a escuridão que o impedia de se divertir e deixar de lado o sadismo com o qual tratava a si mesmo. Caminhando sem rumo pelo salão, sentia-se cada vez mais imerso em um vislumbre sobre a potencial vida que teria levado caso tivesse permanecido, uma lacuna entre o que deveria ter sido e o que jamais foi. Então, após algum tempo de solidão, sem conseguir encaixar-se propriamente, deparou-se com seu irmão conversando animadamente com um homem cujo semblante lhe era familiar, mas impossível de ser recordado com precisão.

— Sr. Loriell, esse é meu irmão, William Stevenson. — Natan o apresentou assim que se aproximou. — Acredito que se conheceram há muitos anos, antes de sua partida.

O detetive inclinou-se em uma reverência e estendeu a mão, cumprimentando o homem com um sorriso amistoso.

— Sr. William Stevenson, perdoe o inconveniente, mas não consigo me recordar se já nos encontramos efetivamente. — Edwin sorria sem demonstrar a mesma superficialidade das pessoas que o cercavam. — Está a visita?

— Sim — respondeu o rapaz trocando o peso dos pés. Se pudesse, burlaria todas as formalidades que precediam o intrigante diálogo.

— E pretende ficar?

— Não, senhor.

Edwin conteve uma exclamação, bebendo um longo gole de vinho. Nada em seus movimentos remetia à hostilidade esperada por William, tão acostumado aos velhos frequentadores que, por sinal, já sequer estavam ali.

— Soube que vive na América — afirmou Edwin, mantendo os olhos firmes no jovem. — Já ouvi maravilhas a respeito daquelas terras.

— Realmente, são espantosas. O desenvolvimento norte-americano é infinitamente superior, no momento.

— Há quanto tempo está fora?

— Seis ou sete anos — replicou William, escondendo uma das mãos no bolso largo da calça.

— Minha cunhada retornou há um mês, mais ou menos. — Os olhos de Edwin se voltaram aos convidados. — Gostaria de entender o poder de sedução dos americanos... confesso que sou muito tentado a conhecer com meus próprios olhos o objeto de interesse de tantas pessoas.

Dada a resposta de Edwin, o policial levantou a taça em sinal de brinde e ajeitou-se, quando a ideia, despercebida em um primeiro momento, lhe ocorreu. *Minha cunhada retornou há um mês.* Instintivamente, seguiu o olhar de Edwin Loriell, correndo-os pela recepção do hotel com uma curiosidade e excitação infantis. Não podia ser coincidência dado o tempo e as circunstâncias.

— Se me permite o questionamento, qual o nome da sua cunhada? — indagou William sem se voltar para o outro.

— Srta. Elena Wood — respondeu animado. — O senhor a conhece?

O detetive assentiu, ainda mantendo os olhos nas jovens moças que andavam de um lado para o outro, sem pausar. A busca por um bom partido era mesmo algo curioso, principalmente quando se tratava de uma sociedade tão engessada como a londrina.

— Creio que jamais nos encontramos — disse, com a voz tranquila. — Mas, seria uma honra conhecê-la, senhor. Ela está presente?

Elena conversava com uma amiga de infância quando avistou Anneline razoavelmente próxima conversando com alguém que se escondia por trás de outros convidados. O sorriso vívido lhe atribuía uma aura doce, como na juventude também acontecera. Diante da jornalista, Tamara, a jovem em questão, falava sobre a maternidade e seus desafios deixando margem para que a mente dela fosse longe.

— E foi isso! — A moça concluiu extasiada, olhando para a amiga com expectativa. — E você?

Elena piscou os olhos repetidamente, tentando relembrar o que havia sido dito até então. Por fim, dando-se por vencida, relaxou os ombros e exibiu um sorriso sem graça.

— Desculpe, minha mente não está me ajudando.

— Eu percebi mesmo. — A jovem senhora pousou a mão com delicadeza no ombro dela. — Está tudo bem?

Elena correu os grandes olhos castanhos pelos convidados.

— A pior parte de estar de volta, é confrontar certos demônios.

— Henry Evans?

— Ele mesmo. — Ela suspirou. — Quantas pessoas souberam da história, Tammy?

Tamara ponderou alguns instantes, deslizando os dedos pela alça fina da bolsa que trazia consigo. As grandes esferas verdes perderam-se no vazio antes de tornarem a encará-la.

— Não sei dizer ao certo, veio à tona pouco depois de sua partida — falou, por fim. Suas bochechas ruborizaram por trás do blush exagerado. — Era óbvio que Elizabeth faria algo assim que soubesse a verdade, Ellie. — Tamara despertou a atenção da amiga, que deixara esse detalhe passar. — Sendo esposa de Henry, não podíamos esperar nada diferente.

— Ah, sim... — balbuciou a jornalista mais para si mesma do que para a amiga. — Elizabeth sabia então.

— Acredito que Henry tenha contado.

— A história ao menos era verdadeira?

— Se deixarmos de lado que você se tornou uma ladra de maridos e sabia a respeito do noivado quando se deitou com ele, então sim, foi mais ou menos verdadeira. — Tamara riu, sendo acompanhada por Elena.

— Se não me falha a memória, foi isso mesmo. — Debochou Elena, embora não se sentisse tão confortável quanto aparentava estar.

— Mas, não se preocupe, muitas pessoas souberam a verdade.

— Fico grata por ter tido quem confiasse em mim. Anneline me contou um pouco sobre a contenção de mentiras que elaborou para preservar minha imagem.

— Não somente ela, como também... — Ela hesitou, olhando para o homem que se aproximou e a tocou com suavidade. — Oh, Jamie, esta é Srta. Elena Wood, minha grande amiga.

O homem a encarou por alguns instantes e sorriu, tomando a mão dela nas suas para desferir um beijo cordial.

— É um prazer conhecê-la, Srta. Wood.

Elena aquiesceu e se voltou para Tamara, que sorriu e a abraçou.

— Vou deixá-la livre — sussurrou em seu ouvido. — Tenho que mostrar aos homens de negócios quão grande é minha felicidade. — E, afastando-se, disse em voz já alta: — Foi ótimo te rever, Elena!

— Igualmente.

Tão logo se separaram, Tamara desapareceu entre a multidão, deixando Elena repleta de questões. Então fora Elizabeth a responsável por iniciar os boatos, isso se ainda não os alimentasse apenas para manter o rótulo de boa moça. Não que Elena esperasse algo diferente, entretanto, a confirmação a irritou o suficiente para a noite tornar-se mais desagradável e as preocupações passadas tomarem forma. As peças encaixavam-se de forma mais consistente. O ar começou a ficar abafado e ela sentiu que precisava fumar um cigarro, beber um pouco mais para conter os sentimentos perante revelações pouco surpreendentes, mas, ainda assim, perturbadoras. Do outro lado, Anneline viu a irmã perdida em devaneios, com as bochechas levemente escarlates e uma visível inquietação que só lhe acometia em momentos de extrema irritação. Talvez a ideia de a levar ao baile não havia sido assim tão boa, afinal, era de se esperar que alguém como ela, cuja história motivara inúmeras rodas de conversa e fuxicos ao fim de tarde, se depararia com algo que lhe saísse do controle. Observou-a por mais alguns segundos até despertar a atenção do marido.

— Creio que Elena esteja desconfortável — balbuciou, sem perceber os olhos castanho-esverdeados analisando suas palavras. — É incrível como as pessoas gostam de apontar os erros do passado quando podem apenas permanecer calados.

William arqueou a sobrancelha, seguindo o olhar da jovem senhora Loriell. Avistou, ao longe, uma mulher esguia, com cachos castanhos e curtos, vestido negro e um cigarro em mãos, afastando-se por entre os convidados. Não restavam dúvidas de quem se tratava. Abrindo um sorriso malicioso, pediu licença ao pequeno grupo e caminhou na direção oposta, abrindo espaço entre o mar de corpos. "Elena Wood", pensou enquanto se afastava, já perdendo a jovem de vista. O grande emblema de sua vida atendia por um nome e um sobrenome tão desconhecidos a ele quanto possível.

Com os olhos baixos e o cigarro queimando na ponta dos dedos, sustentando um semblante contrariado, Elena chegou ao patamar inferior, onde estavam o bar e o balcão com petiscos. Andando com uma rapidez desnecessária, tragou e libertou a fumaça quase em cima de uma mulher de cabelos loiros exageradamente presos com penas e plumas, impondo-se em meio às pessoas desprezíveis a ela. A ironia a fez rir, recordando da época em que aquele cenário era almejado com tamanho afinco. Por fim, recostou-se em um canto isolado, pegou uma taça de champagne e pôs-se a observar a movimentação dos presentes sem demonstrar animação. Beber era a melhor coisa que ela poderia fazer, afinal.

— Srta. Elena Wood?

Ela bufou, voltando os olhos para o sujeito, contendo uma exclamação ao vê-lo. William Stevenson estava parado diante dela, com um sorriso no rosto e uma taça igualmente refinada em mãos. Seus olhos possuíam uma malícia que ardia no reflexo das luzes, no ritmo da música. Se não fosse o encosto improvisado para conter as pernas bambas, ela teria se espatifado contra o chão, levando embora de vez o pouco de dignidade que lhe restava no ambiente. Elena se permitiu sorrir, se recompondo sob os minuciosos olhos dele.

— É um prazer finalmente conhecê-la. — William a admirou rir com descrença, ruborizando além do normal, e estendeu a mão para tomar a dela, desferindo um beijo respeitoso no nó de seus dedos trêmulos.

— Sr. Stevenson. — Ela fez uma breve reverência. A piteira longa, que sustentava um cigarro já quase finalizado, foi colocada de lado. — O que faz aqui?

— Em Londres? — Os cabelos desgrenhados dele lhe conferiam um ar diferente em meio aos engomados londrinos. — Eu recebi uma carta que não pude ignorar.

— Não acredito que tenha sido isso.

— Não mesmo? — questionou mordendo o lábio inferior. Ela desviou os olhos. — Devo dizer que fiquei decepcionado ao descobrir que não existe nenhuma Lianna Stone aqui.

— Você não pode estar falando sério — balbuciou Elena descrente, assistindo-o enrubescer pela primeira vez em muito tempo.

— Pode ter certeza de que eu estou.

A atenção dela se voltou aos convidados na tentativa de omitir o misto de exasperação e alívio por vê-lo. Com as mãos ainda fracas, bebericou o champagne; a convivência e a distância do passado a fizeram esquecer que o jovem tinha as mesmas origens e, portanto, assuntos inacabados iniciados na mesma época em que suas desventuras tiveram início. Ao seu lado, William sustentava um sorriso vitorioso que inibia as questões formando-se aos poucos na mente, a ansiedade por não conseguir sequer construir uma imagem da realidade de Elena Wood. Ele, que afirmava a si mesmo conhecê-la tão bem, percebeu, em uma fração de segundo, que jamais a havia conhecido realmente.

— Me acompanha em uma caminhada? — perguntou por fim, oferecendo o braço de maneira galante a ela. — De qualquer forma, essa festa está horrível.

A jornalista concordou, aceitando o gesto, e ambos caminharam para a saída que levava aos jardins. No caminho, alguns olhares os seguiram, no entanto, o casal não pareceu se importar, embebidos nas possibilidades escondidas no outro. Quando desceu os tímidos degraus de mármore, Elena lançou um olhar ao espaço com treliças e delicados bancos de madeira dispostos em torno de uma fonte cuja água forte remetia à novidade do hotel, organizados de forma a parecer um ambiente acolhedor e simplista. O espaço mostrava-se ainda mais simpático por estar desprovido de tantas pessoas, que não se arriscavam a distanciar-se um dos outros, cedendo espaço para conversas mais aprofundadas a quem quisesse privacidade. Ao sentirem os pés firmarem a grama recém-plantada, William arriscou um olhar para a amiga.

— Você devia ter ignorado aquela carta. — Ela se manifestou ao sentir os olhos esverdeados.

William se limitou a auxiliá-la no terreno irregular sem nada dizer. Ela balançou a cabeça, ainda incrédula com a presença dele, sentando-se em um dos bancos gélidos. Ele se acomodou ao lado dela, levantando o rosto para encarar o céu acima deles. As estrelas estavam bastante visíveis naquela noite, o que era raro considerando as chuvas constantes e o acinzentado que pesava os céus.

— Por que não me disse tudo isso antes de partir? — A pergunta soou gentil, no entanto, estava carregada de um sentimento que Elena não soube decifrar. William voltou-se para ela, fitando seu rosto, mais especialmente os lábios vermelhos, como se nunca o tivesse visto.

— Não havia necessidade. — Elena mantinha os olhos fixos nos pés, desejando poder tirar aquelas sandálias tão apertadas de Anneline. — Eu jamais teria conseguido falar e você teria me impedido de vir.

— Concordamos em algo, então.

— Foi um momento de fraqueza que não irá se repetir. — A voz dela transmitia uma falsa naturalidade.

— Não me venha com essa. — William arqueou a sobrancelha. Seus olhos pareciam mais escuros sob a luz fraca. — Acreditava que não voltaria para Nova Orleans e por isso me escreveu, Stone.

Ela engoliu em seco e jogou a cabeça para trás, vislumbrando o mesmo céu que ele admirara minutos antes.

— Wood — disse ele. — Elena Wood.

— Antes de se casar, minha mãe era Lilian Stone. — A jovem explicou, sentindo os olhos dele a analisarem. — Me chamar de Stone não é de todo errado, se preferir.

— Para a lista do correio, é — rebateu William, arrancando um riso divertido dela. — Elena Stone Wood. É isso?

— Sim.

— Eu ainda não consigo olhar para você e imaginar alguém diferente de Lianna.

— Para ser sincera, nem eu. — Os olhos dela fitaram o movimento dentro do salão. O nervosismo do reencontro inesperado cedia espaço à tranquilidade por ter alguém familiar por perto. — Passei tanto tempo como Lianna que já não sei como é ser Elena mais uma vez.

O detetive concordou, observando-a tão perto e, ao mesmo tempo, tão distante. Era a mesma que ele se lembrava, dona de uma vivacidade única escondida sob um manto reservado de mistério. *Nossos desencontros guardam demasiados segredos, William Stevenson.* A carta realmente dizia muito sobre as inseguranças dela, apesar de pouco falar sobre a origem delas.

— Se lhe serve de consolo, encontrei o responsável pela morte de Blair Saddox — exclamou, sentindo necessidade de interromper o silêncio pesado. Jamais a ausência de palavras entre eles fora tão incômoda. Ela o olhou com curiosidade, inclinando-se em sua direção para ouvir a sentença. — Homero Gilbert — revelou, notando a interrogação no semblante dela. — A família dele perdeu tudo, não sei se consegue se lembrar. Os Gilbert eram donos de grande parte de Nova Orleans há uns bons anos.

— Mas por que Blair? — questionou Elena, sentindo um arrepio quando a brisa gélida tocou sua nuca.

— É difícil saber. — William coçou a cabeça, remexendo os cabelos. — Ele não foi tão claro, mas, basicamente, se apaixonou por ela. As outras vítimas eram pessoas ligadas à família.

— Ele matou mais alguém?

— Ele não disse com todas as palavras, mas deu a entender que sim. As primeiras vítimas foram os próprios familiares e empregados da família.

A expressão enojada que tomou o semblante de Elena provocou um riso melancólico no detetive.

— E o pior é que ele mantinha os corpos dentro da casa, apodrecendo diante dele, pelo simples prazer de vê-los — completou, contemplando o olhar pasmo da jovem.

— Ele tem histórico de internações?

— Não, nenhuma. Foi a guerra que despertou esse desejo peculiar, segundo ele.

— Trauma?

— Exatamente.

Houve um silêncio pesaroso entre os dois, até que Elena o encarou mais uma vez, ignorando o grupo de jovens bêbados que se acomodara ao lado deles.

— Ele a estuprou, Will? — sussurrou.

O detetive assentiu, sem se permitir dizer uma única palavra a respeito.

— Não consigo entender — murmurou ela, relaxando os ombros. — Já vi várias mortes, mas essa em especial... — Sua voz morreu na garganta, os olhos correram para o salão repleto de pessoas vazias. — Blair tinha toda a vida pela frente.

— Ela não foi a primeira a morrer dessa forma, Stone... Wood. — Ele se corrigiu, fazendo-a sorrir. — É difícil me acostumar.

— E nem vai ser a última a morrer assim, eu sei.

— O que te liga tanto a esse caso?

O silêncio recaiu sobre eles mais uma vez e William sentiu que transgredira certos limites ao tocar em um assunto delicado demais. Ela se ajeitou no banco e puxou o espesso casaco de peles para aquecer o pescoço.

O olhar perdido se fez presente novamente e, por alguns segundos, ela se esqueceu da presença dele, desejando estar sozinha com seus devaneios.

— Nada — respondeu seca. — Só penso que é brutal e desumano findar uma vida quando há outra a caminho. E, até onde sabemos, ele sabia que ela esperava um bebê.

William voltou-se para ela, medindo suas palavras.

— Foi a sentença de morte dela e de Ludwin.

— A gravidez?

— A criança era fruto de uma relação de Blair e Timothy.

Ela levantou os olhos para ele, contendo uma exclamação.

— O noivo, se estivesse aqui, também estaria morto. — Ele continuou, já prevendo quais seriam as próximas questões. — Ele ficou obcecado por Saddox.

— Mas e os familiares? Empregados?

William abriu os lábios prestes a dizer algo, entretanto, deteve-se. Seus olhos se iluminaram enquanto Elena nutria a expressão séria e vaga.

— É uma lacuna, Lianna... Elena. — Ele deu de ombros, assistindo o jovem loiro encará-los a distância, perdido dentro do salão. — Não é o primeiro relato que eu ouço sobre as consequências da guerra.

— Então não acredita que ele seja louco.

— Não. No fundo, ninguém é.

— Talvez, se ele não tivesse visto o que viu, as coisas poderiam ser diferentes — completou Elena, ainda observando os traços marcantes do companheiro.

— Tudo depende de como a vida se apresenta, no final das contas.

17.

Inglaterra, outubro de 1914

O tempo nublado não contribuía com o desenrolar pouco alegre, tornando o clima ainda mais denso do que a situação permitia ser. Os passos ritmados e desanimados entregavam uma relutância em partir, desenhando nas ruas londrinas uma marcha fúnebre sem corpo a velar, uma despedida sem previsões de retorno. A estação, destino de grande parte dos caminhantes solitários, o esperava em poucos metros, estendendo as mãos invisíveis para envolver um destino precocemente incerto. Natan havia partido há cerca de uma semana, enrolando-se no manto azul e vermelho que levara tantos outros jovens em nome de um confronto a eles desconhecido. E mesmo sem razão, ele e centenas, senão milhares, de outros jovens também veriam seu fim em poucos segundos e buracos de bala. A agonia da espera, somada à incerteza de vida, drenava toda a vivacidade da capital e nem mesmo as crianças corriam animadas pelas ruas, atropelando quem quer que as atrapalhassem. Havia uma neblina acima da população, uma névoa que varria sonhos aos poucos, conforme o apito do trem tornava-se mais audível e os pés atingiam os degraus da estação.

Imerso no ritmo descontente, assistindo as vielas entrecortadas por nascentes, lixeiras e todo o tipo de utensílios esquecidos, William pensava na irmã, mais precisamente naquilo que ela não dissera enquanto agonizava em si mesma. Eram aqueles olhos vazios que o motivavam a não parar e sequer pensar nas possíveis consequências de seu caminhar, entregando-se aos conflitos de peito aberto, como quem aceita a morte de prontidão. Não queria estar de volta para sentir a mesma agonia das noites em claro, o arrependimento por não ter dado ouvidos à sua intuição até ser tarde demais. No dobrar de cada esquina, via-se perdido em fragmentos de Charlotte, Angelina, nas falas de Natan, nas lacunas de ferro que o mantiveram atrás das grades até ser provado o estupro da irmã. Ele podia ter sido tanto, mas, agora, pouco se faria ouvir e nada mais tinha a dizer a não ser as repetidas frases emitidas pelas armas que receberia para enfrentar inimigos que não eram seus.

— William! — Um grito ecoou, interrompendo seus devaneios e o caminhar mecânico. William hesitou e olhou à sua volta, procurando a voz familiar. — William!

Da extremidade de uma ruela abandonada pelo tempo emergiu Jeremy Santini, um sujeito de estatura mediana e bochechas avermelhadas pelo cansaço da correria. Abrindo espaço entre os outros pedestres, inclinava-se em direção ao amigo de longa data, chamando-o sem causar estardalhaço. Não queria ser descoberto e tampouco que William o fosse. Quando finalmente o alcançou, sua respiração era ofegante e ele se apoiou nos joelhos para fisgar o ar.

— Está atrasado? — questionou William, observando-o se recompor.

— Não. — A resposta saiu em meio ao arfar ainda desesperado.

— Não mesmo? Está quase na hora.

— É sobre isso que eu queria conversar com você — respondeu sério, endireitando-se conforme recobrava o fôlego. — Se for possível, claro.

William voltou-se à entrada da estação, vislumbrando a a entrada a poucos metros de onde ele estava.

— Pode falar — disse dando de ombros.

— Se importaria de vir comigo?

O rapaz mordeu o lábio inferior, encarando o movimento em volta e concordou, seguindo Jeremy pelas extremidades menos vigiadas. Com agilidade de quem tinha pressa, o rapaz atravessou duas vielas, seguindo em direção à estação paralelamente ao caminho traçado pelo amigo, onde quase ninguém podia percebê-los. Entretanto, na iminência da estação, dobrou uma esquina, adentrou o beco úmido e se aproximou da figura desalinhada de Lauren Graham. Envolta em trapos semelhantes aos do menino, ela permanecia cabisbaixa, controlando-se para não denotar nenhum vestígio de si mesma aos demais. Quanto menor a atenção despertada, melhor seria. Ao vê-los aproximarem-se, sorriu e se permitiu sair das sombras, levantando-se com dificuldade para revelar uma barriga ligeiramente grande.

— Eu sei, é uma surpresa — disse Jeremy de repente, já prevendo a reação do amigo, que hesitara no instante em que pousou os olhos na moça. — Mas não havia tempo a perder.

Confuso, Stevenson olhou de um para o outro, tentando encontrar uma explicação plausível tanto para sua presença, quanto para o aspecto esquálido do casal.

— O que eu posso fazer por vocês? — questionou William coçando a cabeça.

— Meu pai exigiu que eu me apresente, o que eu deveria fazer hoje, mas, Lauren está esperando um filho meu e não posso deixá-la sozinha.

— Nós fugimos, senhor. — Ela interveio, olhando seriamente para o sujeito que acabara de conhecer. — Nosso envolvimento não é aceito e por isso estamos aqui. Ameaçaram me enviar a um convento enquanto Jer estivesse na guerra.

— E isso não pode acontecer, entende? — Jeremy finalizou, suplicando com os olhos um pedido implícito na aflita explicação.

— Eu não entendo... — balbuciou William ainda perdido na narrativa épica.

— Will, eu pretendo ir embora da Inglaterra e deixar tudo isso para trás. Meu pai pensará que eu estou na guerra, de qualquer forma. E você é a pessoa em quem eu mais confio para me ajudar a fazer isso.

O caçula Stevenson permaneceu em silêncio, analisando o jovem casal à sua frente. Ele não podia virar as costas para duas pessoas cujas motivações ultrapassavam conflitos efêmeros, no entanto, o compromisso com o seu país, a palavra que dera ao pai e a necessidade de vingar a morte da irmã falavam mais alto na mente, pulsando tão forte quanto o próprio coração, prestes a romper o peito.

— Eu não sei, Jer. Fui chamado, tenho um compromisso...

— Eu também fui, Will. — Jeremy o interrompeu. — Eu sei que você não quer morrer em um maldito campo de batalha por pessoas que sequer sabem quem você é. E eu também sei que você quer deixar toda essa merda de Londres para trás. — Os olhos dele faiscavam sob a luz do entardecer. — Por favor.

Hesitante, William caminhou até a entrada do beco e observou o fluxo de fluxo de pessoas arrastando os pés após um dia intenso de trabalho. Era possível notar também alguns rapazes caminhando em direção ao calvário pintado para eles. Alguns arriscavam trocar cochichos e se permitiam sorrir independente das circunstâncias, qualidade essa invejada por William, que nada conseguia pensar além da forma como acabaria com a miséria da ilusão entre sobreviver ou permanecer para sempre com imagens disformes rondando seus sonhos. Virou-se para o jovem casal e suspirou, assistindo-os trocarem olhares aflitos e silenciosos.

— Vocês sabem para onde ir?

Lauren e Jeremy pareceram assustar-se com a facilidade com a qual convenceram o jovem e deram de ombros simultaneamente.

— Acreditamos que a América seja o melhor lugar para nós agora — disse Jeremy temeroso, encarando a namorada ainda com vestígios de incerteza.

William sorriu.

— Então América será.

O navio deixou Landport no entardecer do dia seguinte, com a Lua já no céu e um frio incomum vindo das encostas, encurralando-os entre os ventos gélidos e a brisa marítima, que tampouco era reconfortante. Conforme afastava-se do continente e os declives desapareciam no horizonte de um azul forte, Lauren imaginava o que seus pais estariam pensando ao seu respeito, buscando-a pelos cômodos e ruas apenas para encontrar o vazio. Esperava, do fundo da alma, que já tivessem em posse a carta escrita antes de deixar a humilde casa onde morou por quase toda a sua vida. Isso era tudo que podia fazer enquanto percorria quilômetros sobre as águas rumo à incerteza; mas o bebê precisava de melhores perspectivas. O deque estava vazio àquela hora sendo animado apenas pelos ruídos da conversa entre Jeremy e William, tão absortos em suas lamúrias que sequer notaram a aproximação sutil da moça há mais de uma hora. Lauren sorriu, pousando a mão sobre a barriga, os tempos haveriam de ser melhores agora, ela podia sentir.

Os planos quanto à cidade, ocupações e educação do filho era organizado através de conjecturas esparsas quando o soluço irrompeu seus pensamentos e a trouxe de volta ao espaço vazio. O vento soprou mais forte e a jovem ao seu lado se encolheu, o rosto perdendo-se entre os fios castanhos longos formando um emaranhado de nós e cachos diante dos olhos fixos no limiar escuro entre céu e mar. No colo, trazia uma manta enrolada, usada para cobrir o corpo em determinado momento, pressionando-a contra a barriga que, vez ou outra, era afagada com carinho. Lauren já a tinha visto antes, entrando no navio com uma pressa furtiva, olhando para trás incessantemente até se certificar de que estava sozinha. Podia jurar, inclusive, que elas haviam compartilhado o mesmo trem. Ao contrário dela, que tinha a sorte de estar acompanhada por dois cavalheiros, a moça não tinha ninguém, sendo guiada apenas por si mesma. A pena assolou a jovem, levando-a a se esgueirar na penumbra até a menina distante.

— Olá — saudou com a voz suave.

A moça voltou-se a ela com surpresa, quase assustada, e seus olhos se encheram de lágrimas, enxugadas no mesmo instante pela garota de olhos castanhos intensos emoldurados por olheiras causadas por um choro ininterrupto.

— Oi — respondeu com voz trêmula, embargada pelo pranto interrompido. — Me desculpe, eu... — Iniciou, pausando para respirar fundo e rir de si mesma. — Oh Deus, isso é tão ridículo.

— Não se preocupe. — Lauren a confortou, pousando a mão em seu braço. — Está sozinha?

A menina assentiu sem dizer uma única palavra, limpando mais uma lágrima desavisada que escorreu pelo rosto. O corpo arqueado e o visível nó na garganta não deixavam dúvidas quanto ao teor da pergunta. Lauren sentiu um aperto no peito, fantasiando quais poderiam ser os desdobramentos da história daquela moça tão bonita e bem abastada, a considerar pelas roupas que vestia. Inclinando-se em direção a ela, ofereceu o lenço que trazia consigo, tratando de desfazer os incômodos:

— Desculpe, eu não quis parecer...

— Você não foi, fique em paz. — Ela a interrompeu, exibindo um sorriso distante.

Do outro lado, Jeremy e William pausaram os enérgicos argumentos para assistir à cena, intrigados com a discrepância entre força e fragilidade tão explícita.

— Está deixando a Inglaterra? — perguntou Lauren, notando o meio sorriso da mulher.

— Finalmente.

— Para nunca mais voltar?

— É a intenção.

Ambas riram brevemente, o máximo que a pouca intimidade lhes permitia. A garota se ajeitou, trazendo os joelhos para perto do tronco na intenção de apoiar os braços. Lauren a observava encantada, como se cada movimento da menina fosse inédito.

— E você? — perguntou de repente, voltando o rosto para a escuridão do oceano. — Está fugindo por causa da criança?

Lauren olhou para baixo e acariciou a imensa barriga.

—Ela precisa de um futuro melhor.

— E o pai viaja com você?

— Sim. — Lauren sorriu, apontando o namorado junto de William. — Ele está ali, inclusive.

— Sorte sua — murmurou a menina com ironia, recolhendo-se em si mesma mais uma vez.

O silêncio pairou alguns instantes, aumentando a inquietação de ambas. Quanto mais o navio avançava, mais distante parecia o destino.

— Você veio sozinha? — questionou Lauren, inclinando-se na direção dela. Por algum motivo, sentia que precisava ajudá-la. — Digo, está com alguém?

— Não.

— Quanta coragem! Eu não sei se conseguiria fazer o mesmo.

A menina, que parecia ser ligeiramente mais nova, deu de ombros, sem voltar-se para ela.

— Às vezes não existe outra opção.

Lauren concordou, pousando a mão sobre a dela. Os intensos olhos castanhos finalmente a fitaram.

— Sou Lauren — disse amistosa.

A menina piscou repetidas vezes, surpresa com a apresentação e delicadeza com a qual a moça falava. Ninguém ali a havia olhado de qualquer outra forma que não denotasse um profundo desprezo.

— Eu não sei o que carrega consigo, mas acredito que podemos nos dar muito bem ao longo dessa viagem.

Com um sorriso no rosto, a moça se ajeitou e nada disse.

— Talvez possamos compartilhar nossas histórias e nos ajudarmos. Você tem alguém na América?

— Não.

— Nem eu. E duas pessoas juntas são melhores do que uma só, não é?

Um vestígio de brilho surgiu nas grandes esferas castanhas. Comedida, a jovem levantou o braço até então escondido sob a manta e estendeu a mão para Lauren, que a encarou vitoriosa.

— Lianna Stone — respondeu a menina com firmeza.

Inglaterra, 1922

Elena não havia dormido naquela noite. Sem alternativas e cansada de tanto rolar na cama, levantou-se e se sentou no parapeito da janela, permanecendo ali até o Sol nascer e iluminar as ruas antes desertas de Londres. Com o avançar das horas, não demorou a ouvir a irmã se movimentar com vigor, conversando com o filho em uma tentativa de fazê-lo permanecer calado para não acordar o outro. Sorriu ao repassar mentalmente a rotina turbulenta de Anneline, uma realidade a ela tão distante. Jamais a havia imaginado como mãe e esposa, entretanto, admitia que a irmã desempenhava esse papel tão bem quanto ela jamais desempenharia. Talvez a vida fosse mesmo uma caixinha de surpresas, como sua mãe sempre dizia. Enquanto a caçula jamais se mostrara inclinada a tais caprichos com tamanho afinco, ela, que tanto sonhou com o momento glorioso de construir uma família, o via distante e improvável, afastando-o como se a perspectiva fosse repugnante. Teria Blair Saddox esses mesmos sonhos antes de ter a vida ceifada por um lunático? Um arrepio percorreu a espinha ao se recordar da conversa com William na noite anterior. "William." Um bocejo preguiçoso a fez olhar novamente o relógio antes de finalmente reunir forças para deixar o quarto.

— Bom dia, Ellie. — Anneline saudou ao ouvir os passos da irmã, ajeitando Phillipe, que desfrutava de um sono profundo, nos braços. — Onde esteve ontem? Te procurei por todos os lugares.

Sentada de costas para a porta, foi surpreendida por um beijo delicado no alto da cabeça e, em seguida, pela figura vivaz da irmã, que se acomodou em um dos estofados diante dela.

— Fiquei no jardim grande parte do tempo — respondeu esticando-se para pegar um dos bolinhos na travessa prateada ornamentada com flores. — Vocês vieram embora muito cedo.

— Pensei que o baile estivesse ruim para você.

— E estava.

— Não me parece. Edwin contou-me que a viu acompanhada pelo irmão do Sr. Stevenson.

Elena sorriu, servindo-se de chá. A organização da mesa e os trajes impecáveis da irmã indicavam que em breve receberiam visita.

— Sim, William Stevenson. — Acrescentou ainda terminando de mastigar. — Acredito que lhe contei sobre ele.

— Disse alguma coisa. — Anneline a fitava com desconfiança, tentando conter sua curiosidade. — O que ele faz em Londres?

— Veio visitar o irmão.

— Vieram juntos?

— Não, ele chegou alguns dias depois.

— Claro.

Anneline levantou-se para embalar o filho, que começara a se mover com impaciência, prestes a despertar. Os resmungos tornaram-se mais audíveis e resultaram em um pranto baixo por longos minutos até que a criança enfim se cansou e adormeceu novamente. Enquanto aguardava, Elena desfrutava dos doces frescos destinados aos convidados da irmã.

— Ele me parece ser um rapaz interessante. — Dada a quietude da criança, a caçula retomou o assunto.

— E é — rebateu Elena, bebericando seu chá. — Ele foi um amigo quando eu não tinha mais ninguém.

— Como vocês se conheceram?

— No navio. Ele diz que pegamos o mesmo trem também.

— Há uns bons anos — afirmou Anneline com uma entonação repleta de segundas intenções. — Me surpreende nunca terem sido apresentados antes, durante um baile.

— Talvez tenhamos sido, mas não nos lembramos. Eram pessoas demais. E eu passei um bom tempo longe de todos, sem contar que Elena Wood desapareceu no momento em que embarquei, então...

—Você tinha tudo ao seu favor.

— Exatamente.

— Bem, eu passei a conviver com Natan Stevenson por conta de Edwin, mas, pelo que me lembre, eles eram bastante reclusos — balbuciou Anneline, com os olhos voltados ao filho. — Com tantas desgraças, a começar pela morte precoce da mãe, não era de se admirar que fossem pouco frequentadores da sociedade.

Recostada com a xícara de café em mãos, Elena imergiu na recordação da pouca luz refletindo nos olhos que não sabiam se eram castanhos ou verdes que a encaravam com curiosidade e zelo. William era um homem notável, de coração e sentimentos imensos, capazes de envolver o mundo todo se possível, e nem mesmo seus segredos omitiam tais considerações. Um suspiro escapou dos lábios quando lembrou com vivacidade o reencontro inesperado em território nada favorável a ela. E se, por alguma razão, ao descobrir o motivo por trás de sua partida, ele a deixasse como tantas outras pessoas fizeram anteriormente? Não podia se permitir às inseguranças, mas era inevitável depois de tantas perdas.

— Curioso vocês dois estarem aqui, ao mesmo tempo. — A jovem senhora sentou-se com todo o cuidado possível para não despertar o bebê.

— Coincidências são mesmo fatos intrigantes, não?

— Elas são o que são. Coincidências — respondeu a primogênita, tateando a sua volta para furtar um cigarro, entretanto, os havia esquecido no quarto. — De qualquer forma, eu enviei uma carta a ele antes de partir.

— Então ele sabe a história.

A jovem hesitou, levantando os olhos arregalados para a irmã.

— Não — respondeu Elena friamente. — Ninguém lá sabe o que aconteceu aqui, Anneline. E eu imploro para que continue assim.

— Entendo. — A anfitriã baixou a voz, agitando o pequeno sino na mesa lateral para chamar a babá. Se Phillipe não fosse colocado no berço, certamente despertaria mais uma vez. — Não se preocupe, não falarei uma palavra sequer.

— Obrigada.

— Mas você sabe que as chances de ele descobrir são grandes, não sabe?

— Sim. — A jornalista respirou fundo, exausta de conter tantos demônios. — E quando ele souber, eu penso nisso, no que dizer.

— Tente a verdade. Os Stevenson são pessoas de boa índole.

— Henry também era.

— Mas William possui um senso de... justiça, por assim dizer, muito maior do que Henry jamais teve.

— O que você quer dizer com isso? — Elena exprimiu os olhos, desconfiada das palavras da irmã. Sentia estar próxima de um território hostil, da bagagem carregada por William por tantos anos e jamais revelada a alguém.

Anneline silenciou, desviando o olhar do rosto firme da irmã.

— Eu pretendo visitar a mamãe à tarde. — Mudou repentinamente de assunto, neutralizando o tom de voz mais uma vez. — Gostaria de ir comigo?

— Sobre a mamãe... — Elena bufou, afundando no estofado. — Estive lá há dois dias e a encontrei cuidando do jardim. A situação não me parece tão dramática como você me relatou, Anne.

Anneline piscou algumas vezes e assentiu, conferindo se Phillipe realmente havia dormido assim que a babá adentrou o cômodo. Entregou-lhe a criança nos braços e agradeceu com doçura.

— Mamãe tem reações, Ellie — sussurrou assim que se encontram sozinhas, aproximando-se ligeiramente da irmã. — Ela acorda, permanece bem alguns dias e cai mais uma vez.

— Há quanto tempo?

A jovem senhora deu de ombros.

— Três ou quatro anos.

— E os médicos não disseram nada? — questionou Elena, recebendo uma negativa silenciosa. — Ann, qual é o verdadeiro problema aqui?

O ar gélido balançou as cortinas, trazendo consigo uma brisa suave que causou um arrepio na espinha de Elena. Anneline respirou fundo, escolhendo a melhor forma de começar.

— Sobre as despedidas, é verdade. Mas nada disso é sobre a mamãe.

Henry fechou a porta atrás de si e bufou, tentando não se irritar com a demanda excessiva de trabalho logo nas primeiras horas do dia. Sentou-se na imensa cadeira e jogou a cabeça para trás, reunindo ar nos pulmões. Estava farto daquele escritório, do seu casamento, de promessas infundadas de investidores que não arriscariam seu capital nos projetos por outra coisa que não fosse o próprio ego e, portanto, exigiam deles uma exímia notoriedade muitas vezes impossível. E perdida na neblina que se tornara sua vida, havia Elena e o retorno inesperado no pior momento possível. Era incrível como o caos parecia persegui-la onde quer que estivesse.

O baile fora um desastre total. Elizabeth não se conformava com a presença de seu antigo desafeto, Elena parecia confortável em estar de volta, sustentando um semblante irreconhecível que se sobressaía às especulações, e ainda havia *aquele sujeito*, o homem que a havia tomado pelas mãos para um aparente passeio desprovido de intenções e desaparecera durante as horas seguintes. Mas, ao contrário do que ele, o bom e velho tolo, gostaria de acreditar, era impossível que não houvesse nenhum interesse por uma mulher como Elena. Ao menos assim ele a via.

Desde a primeira troca de olhares sete anos após os eventos desastrosos, Henry não conseguia evitar pensar nas possibilidades e em todas as consequências que as escolhas poderiam ter acarretado. E se ele tivesse aceitado o que o destino lhe conferiu? Aceitado viver com a mulher que por tanto tempo se mostrara a escolha mais coerente? O que ele teria? Um suspiro escapou, ecoando por toda a sala. Ele queria descarregar sua raiva em algum lugar antes que entrasse em colapso. Não conseguia admitir que, embora amasse Elizabeth, algo em Elena não o deixava em paz, perturbando a calmaria que reinara por tanto tempo. As batidas na porta despertaram-no bem a tempo de ver Natan adentrar atônito:

— A noite foi um sucesso! — Ele nutria um sorriso de orelha a orelha. — Saímos no jornal!

— É mesmo? — rebateu Henry, visivelmente desinteressado. Sua face transmitia todo o cansaço dos pensamentos acelerados.

— O que aconteceu? — Natan se deteve, puxando a cadeira diante da mesa para se sentar. — Nós fomos incríveis, Henry, anime-se!

— Estou fazendo o meu melhor.

— Pare com isso.

— O seu irmão gostou do baile? — questionou diretamente, notando o embaraço do outro. — Eu o vi ontem.

— Acredito que sim, não tenho certeza.

— Eu percebi.

Natan hesitou, entendendo então do que se tratava o diálogo. Ele se inclinou em direção ao chefe, deixando para trás a felicidade que há pouco tomava cada centímetro do seu corpo.

— William e a Srta. Wood se conhecem há muito tempo, Henry.

O arquiteto se retraiu, encarando-o com falsa descrença. Não gostava de ser tão facilmente decifrado.

— Eu não falo dela, Natan.

— Me parece que sim, fala.

— Apenas comentei a indiscrição dele. Os dois desapareceram pelo restante da noite.

O engenheiro arqueou a sobrancelha, imaginando se Henry fazia o mínimo de noção do que estava apontando. Era do conhecimento de todos o que ele havia feito à Elena Wood o que o colocava entre as últimas posições de pessoas aptas a julgar os modos de alguém.

— O que está insinuando? — perguntou Natan mais incisivo, firmando a voz de uma vez.

— Não insinuo nada, apenas comentei o incidente.

O silêncio recaiu sobre a sala, onde os traços de alegria haviam se dissipado quase que por completo. Henry mantinha a atenção voltada aos papéis diante de si, desenhando pequenos círculos com o auxílio de um lápis, enquanto, diante dele, Natan olhava em volta visivelmente desconfortável.

— William jamais agiria de tão má fé, Henry.

— Claro que não.

— E mesmo que houvesse qualquer interesse, a Srta. Wood e meu irmão têm idade suficiente para saber o que fazem. Em algum momento você terá que deixar de lado essa obsessão por ela.

Henry sorriu ironicamente, fitando o amigo com desdém.

— Natan, eu não me lembro de ter pedido sua opinião.

— Não pediu, mas alguém precisa te dizer a verdade, Henry — disse o engenheiro levantando-se. — O passado não vai voltar. Esqueça.

William arremessava pedras no Tâmisa com a ausência de entusiasmo típica de alguém que esperava há bons minutos. Não devia ter se afastado tanto de Londres, mas não podia evitar a costumeira necessidade de liberdade, de poder dar-se ao luxo de manter distância do restante do mundo quando quisesse. Gostava de sentir o vento no rosto, a sensação de não saber para onde ir ou quais seriam os limites dos caminhos traçados a esmo, embora estivesse certo de seu destino, escrito às pressas em uma folha úmida de bar. E estar imerso em uma cidade sem pausa o impedia de racionar com clareza.

A tranquilidade de Grays lembrava-lhe a casa da avó materna, uma senhora simpática que os havia criado como se fossem seus filhos. Fora ali, naquele lugar, entre as árvores e as ruínas, que desenvolveu o interesse pelos planetas e as equações. Ali, na beira do rio gélido, ele passara horas deitado na relva observando as nuvens, a mente desprovida de preocupações superficiais e urgentes, discutindo com Jeremy as mais insanas teorias. A Inglaterra parecia ter parado no tempo, ele pensava. Tudo se mostrava tão igual, labirintos de tempo cujos caminhos levavam sempre às mesmas épocas, aos mesmos acontecimentos. Era fácil perder-se na própria trajetória ao revisitar os cenários que a compuseram. Sozinho, com pensamentos e memórias do que fora um dia e nunca mais seria, William quase se aproximava do menino sonhador de outrora não fossem as cicatrizes carregadas pela alma.

Em algum canto próximo, os passos lentos cortaram a solidão, interrompendo o ruído das águas silenciosas encontrando a margem ao serem sopradas pelo vento. William se virou e encontrou o homem alto, bastante magro e de olhos fundos vindo em sua direção. Jeremy definitivamente não parecia a mesma pessoa.

— Meu Deus, Will, você está parecendo um babaca americano — disse o homem sorrindo, antes de finalmente alcançar o amigo. — Que roupa é essa?

— O tipo de roupa que se veste quando não se tem dinheiro — rebateu William, cumprimentando o amigo com um toque firme de mãos. — E você está cada vez mais parecido com um babaca londrino.

— Sempre!

Jeremy observou o local sentindo uma pontada atingir-lhe o peito de maneira nostálgica. Os campos, a companhia, o tempo, tudo parecia contribuir para trazer os gloriosos anos de volta. Infelizmente, a vida passava rápido demais.

— Como está nossa saudosa Chicago? — questionou ainda perdido em seus devaneios.

— Acredito que não muito diferente de Nova Orleans.

— Você se mudou?

— Há alguns anos. Esperava encontrar vocês.

O rapaz fez uma careta, como se algo o tivesse atingido de repente.

— O que o fez mudar de ideia? Se bem me lembro, estava irredutível quanto a deixar Chicago. — Ele pousou as mãos na cintura ao analisar a mansidão do cenário diante de si.

William deu de ombros, observando o bando de pássaros sobrevoando a cidade com uma formação sincronizada.

— O clima, eu acho. — Desdenhou sorrindo. — Cansei da solidão, a bem da verdade.

— E o que pensou da cidade?

— Dançante.

Jeremy riu, trocando o peso dos pés. Sem delongas, sentou-se na relva e apoiou os braços nos joelhos. Envolto em si mesmo, não encarava o amigo, tampouco parecia contente de estar ali.

— Soube que herdou uma boa fortuna desde que voltou. — falou William despreocupadamente. — Fico feliz que seu pai o tenha perdoado.

— Se ainda fosse perdão, Will. Meu pai precisava de alguém para tocar os negócios.

— Poderia ter sido bem pior. Você poderia estar frequentando as sessões medíocres no Clube.

Jeremy lançou um olhar de desdém, provocando um acesso de riso no amigo. Ao menos o tempo e as circunstâncias infelizes não haviam tirado seu humor ácido.

— Não acredito! — exclamou William entre risos. — Essa sim foi uma surpresa.

— Pois é, pois é. E você? — questionou Jeremy cortando as atenções excessivas às odiosas ocupações que se via obrigado a exercer. — Parece estar melhor do que eu.

William ponderou a colocação, sentindo a brisa envolver ambos sorrateiramente. O ar em Grays parecia mais leve, menos carregado das ferrugens tóxicas das grandes fábricas, tornando o respirar mais prazeroso.

— Estou vivo.

— Nada de casamento? Trabalho?

— Detetive de Polícia. É um belo título, não é?

Jeremy concordou, virando-se para ele pela primeira vez desde que se aproximara.

— É melhor do que Sr. William Stevenson, o herdeiro.

Ambos se aquietaram, permitindo ao ruído da água falar por eles. Eram anos de uma ausência que ainda pesava. Jeremy parecia muito mais velho do que era, tendo os olhos envolvidos por uma escuridão agressiva e rugas que lhe atribuíam um cansaço natural ao semblante. Os fios, tanto da barba por fazer quanto do cabelo, perdiam-se entre o loiro e o branco, evidenciando quão destrutiva a própria história havia sido.

— E Lianna? Tem mantido contato com ela?

"Lianna", William pensou, desejando poder dizer a verdade ao amigo. Ao invés disso, apenas assentiu, levantando os olhos para o céu salpicado de nuvens carregadas.

— No momento, ela também está aqui, em Londres.

— Vocês dois? — Jeremy arqueou a sobrancelha. — Vocês estão...?

— Não.

— Desculpe. — Jeremy enrubesceu, remexendo os cabelos levemente desgrenhados. — Vocês dois, na Inglaterra... eu não imaginaria isso em muito tempo.

— Nem eu.

O olhar de William voltou-se ao espaço que o fizera muitas vezes imaginar como seria sua vida. Um lapso de memória ocorreu-lhe, quando, há muito tempo, levara Charlotte até ali para compartilhar um fragmento de si mesmo. Suas confidências e segredos estavam contidos entre aquelas árvores e pedras, dançando no vento junto das folhas que rodopiavam no ar quando o outono chegava. Em Grays, distante da casa de seus pais e da realidade londrina, ele se sentia em paz. Talvez Elena sentisse o mesmo se um dia viesse a conhecer seu paraíso perdido.

— O que os trouxe de volta? — Jeremy rompeu o devaneio do amigo, deitando-se na relva confortavelmente.

— Conflitos familiares ao que parece. A iniciativa de vir partiu de Lianna, eu apenas senti que devia acompanhá-la.

— E quanto aos seus problemas?

— Não estou apto a resolvê-los agora. — William respirou fundo, ajeitando-se. — Meu pai morreu, ninguém mais se lembra de Angie ou dos malditos Dechor. Lembram-se de mim e do que eu fiz, mas quem se importa?

— E Charlotte?

O detetive conteve-se, soltando um suspiro prolongado. Jeremy mordeu o lábio, sabendo que deveria filtrar o que poderia ou não ser dito. Ele sabia, melhor do que ninguém, que certas coisas não deveriam ser trazidas à tona.

— Não a vi. E não quero procurar.

— Se serve de consolo, eu também não vi Lauren desde que retornei — confessou finalmente, pegando um pequeno graveto do chão. — Nunca mais. Nem ela, nem meu filho.

— Eu soube.

Jeremy sorriu tristemente, tentando afastar a lembrança nítida daquele sorriso que o fizera cair de amores pela primeira e única vez na vida. Era quase como se ele a tivesse visto no dia anterior e não anos antes.

— Meu pai não aceitou, eu sabia que não aceitaria.

— Tem alguma ideia de onde ela esteja? — questionou William, analisando o semblante do amigo. Era estarrecedor experimentar a crueldade da vida e assistir aos seus desenrolares.

— Não. Foi em uma noite qualquer, entende? — O jovem senhor arremessou o graveto longe. Talvez fosse o brilho do Sol, mas William jurava ter visto lágrimas em seus olhos. — Enquanto dormíamos. Eu ouvi ruídos e quando saí, não encontrei mais nada. Nunca mais a vi. Só Deus sabe o quanto andei atrás dela, Will. Todos os dias, durante meses.

— Ela não pode ter desaparecido.

— Essa é a questão! — Ele levou as mãos à cabeça, bagunçando os fios. — Ela está em algum lugar, ela precisa estar.

— Já faz anos... Ela pode ter se casado com alguém. Digo, Lauren era uma mulher bonita.

— Ela é.

Novamente ninguém se atreveu a dizer uma única palavra; a atmosfera densa era suficiente para trazer memórias que já não eram bem-vindas. William remoeu a dor do amigo como se fosse sua, afinal, a mudança repentina de trajetória em sua vida ocorrera por conta do amor de Lauren e Jeremy. Aceitar que isso havia acabado por puro egoísmo e preconceito era frustrante.

— Talvez Lianna saiba de alguma coisa. — Jeremy concluiu, ao passo que William limitou-se a ouvir. — O que você acha, Will?

O detetive assentiu, mantendo-se calado. Elena sabia de muitas coisas, mas essa talvez não fosse uma delas.

18.

Elena fitava a irmã com perplexidade. A boca semiaberta buscava palavras capazes de exprimir os sentimentos com relação à amarga surpresa. O chá, que segurava desde o início do diálogo, esfriou ao ponto de se tornar nada além de uma bebida sem expressividade.

— Eu não entendo — balbuciou, por fim. — Por quê?

— As pessoas podem se arrepender. — A caçula deu de ombros. — Papai não é um santo, nós sabemos, mas, ainda assim, é seu pai.

— Ele me odeia.

— Ele nunca te odiou. Na verdade, ele odiou *a si mesmo* pelo que fez a você.

A expressão de Anneline era serena, beirando o alívio por finalmente ter feito o filho dormir, dispondo de tempo para conversar com a irmã sobre algo que vinha protelando. Uma empregada adentrou trazendo uma bandeja com mais bolinhos e chá, substituindo as louças já sujas por uma igualmente elegante. Em silêncio, serviu as irmãs e se retirou a passos rápidos, ansiando por estar distante daquela gente, como costumavam dizer nos aposentos inferiores. Anneline se inclinou para fitar a irmã de frente.

— Elena, entenda uma coisa. Papai foi vítima dos ideais dele. As pessoas estão propensas a errar.

— Ele me expulsou de casa quando eu mais precisei dele.

— Movido por ideias e costumes.

Elena fez um sinal negativo com a cabeça e se levantou para perambular no cômodo em uma tentativa de afastar a ansiedade. Tudo fazia sentido. Sua mãe, apesar de entregue a um desânimo aparente, não se encontrava à mercê dos últimos suspiros como a irmã tão enfaticamente lhe dissera na correspondência que impulsionou sua ida.

— Quando ele descobriu? — questionou Elena olhando pela janela.

— É recente. Enviei a carta no mesmo dia.

— E por que não disse desde o início que era por ele?

— Elena. Por que você demonstraria preocupação por *ele*? — Anneline se voltou para ela, remexendo a xícara de chá.

— Por isso as tosses — disse Elena mais para si mesma do que para a irmã. — E a ausência dele na inauguração do prédio.

— Exatamente. Os sintomas pioraram consideravelmente nos últimos meses.

— E como pôde me contar isso só agora? Eu não quis nem o ver! Encontrei com ele por acidente e não fiz questão de me prolongar, de ouvir o que ele tinha a dizer.

— Aguardei o momento certo.

Enfática, a jovem correu as mãos pelos cachos curtos, sem conseguir se nortear.

— Eu preciso sair — disse já caminhando em direção à porta. — Isso é demais para mim.

— Eu entendo.

Elena lançou um olhar extremamente frio à irmã, retirando de dentro de si toda a aura que a envolvera enquanto esteve exilada em Nova Orleans.

As sombras projetadas pela pouca luz concediam ao quarto um aspecto um tanto quanto assustador, principalmente pelo fato de Thomas Wood não expressar o mínimo de vivacidade ao lado da esposa, que conferia seu estado. Havia mais de uma semana que a jovem senhora Wood oscilava entre euforia e desânimo, no entanto, permanecia firme na medida do possível, sem deixar o marido por longos períodos de tempo. Anos de mágoas caíram por terra quando o diagnóstico preciso confirmou as suspeitas trazidas pela tosse pesada e sangrenta. *Tuberculose*. Se havia tratamento? O marido reconhecia as possibilidades, mas as ignorava com o mesmo ímpeto de quando jovem resistia a médicos e tratava por besteira qualquer enfermidade. Até mesmo quando ela fraquejou, sentia no silêncio do esposo o julgamento omitido, a crença de que ela reconhecia a origem de suas angústias e, portanto, sabia como resolvê-las. Se fosse tão simples, ela dizia, já o teria feito. No canto do quarto, Elena os assistia em comedido silêncio, saboreando a ausência de lágrimas com um vazio traiçoeiro que trazia de volta as sensações de culpa causadas pela negligência da juventude. Era difícil pensar que tudo se desfizera tão rapidamente.

Ela se aproximou da cama e pousou a mão sobre o ombro da mãe, acompanhando seus movimentos delicados. Sentada, refletiu sobre o passado tão próximo, perguntando-se quais rumos teria tomado sua vida se tivesse optado por permanecer em Londres, se tivesse enfrentado seu pai e as adversidades, lutado por aquilo que acreditava. Talvez a idade lhe fosse um problema na época, ela não sabia dizer. Mas não conseguia pensar em si mesma sem conferir-lhe covardia e medo. Nova Orleans era seu lar e Elena sabia que jamais teria conseguido ser ela mesma se não fosse pela mudança repentina e impensada, porém, embora amasse integrar uma classe de artistas excêntricos e viver de sua escrita, sempre se pegava questionando a veracidade de sua vida. Quão real era Lianna Stone, suas vontades, suas atitudes? Quão real era ela a ponto de deixar Elena para trás? Com cuidado, Lilian se afastou do marido e fez sinal para que a filha saísse, encontrando-a do lado de fora do quarto abafado.

— Está cada vez mais difícil — disse com a voz fraca. — Anneline te disse, não é?

Elena devolveu o sorriso, pressionando o toque nas mãos quentes da mãe.

— Disse.

Ela balançou a cabeça, conduzindo a filha através dos corredores. Estava magra ao ponto de os ossos tornarem-se visíveis. Na lentidão que o estado atual lhe conferia, desceu as escadas até a biblioteca, seu espaço preferido na casa que morara desde adolescente, quando foi desposada por Thomas Wood. Ao passarem, pediu à filha para fechar a porta e se acomodar com ela no espaçoso sofá negro.

— Você sabia de tudo isso, mãe? — questionou Elena de repente, dispensando os sussurros.

— Nós sabíamos que você não aceitaria vir se fosse por ele.

— Por quê? Ele é meu pai, é claro que eu teria vindo.

Lilian sorriu com doçura, estendendo as mãos para segurar as da filha.

— Não, não teria. E era desejo dele ver você antes que essa doença... — A frase morreu em seus lábios sem cor. — Era importante para ele.

— E você, mãe?

— Eu estou bem.

Elena sorriu com a disparidade entre o que era dito e o que era visto.

— Obrigada por ter vindo, Ellie — balbuciou Lilian quase em meio às lágrimas. — Nossa vida tem... A culpa disso não é sua, nunca foi. Foi difícil, mas nós poderíamos ter lidado com isso.

— Mãe, já passou...

— A justiça de Deus não falha. — Ela a interrompeu, remexendo os detalhes do vestido rendado. — O seu pai está pagando pelo que te fez há tantos anos.

— Não pense dessa forma. As coisas acontecem porque têm que acontecer.

A senhora fez um sinal negativo com a cabeça, enterrando as mãos gélidas entre as coxas. Sentia frio e o desânimo a afligia por todos os acontecimentos recentes e passados. O débito com a primogênita não fora totalmente resolvido e, ainda assim, ela estava ali, diante deles, propondo-se a perdoar as atrocidades dos pais ao abandonar uma adolescente no mundo. Doía recordar tais iniciativas e o quanto havia se submetido às decisões do marido, sem sequer tentar impedir que os caprichos tomassem maiores proporções. Engoliu em seco e levantou os olhos murchos para Elena, desejando que o tempo nunca tivesse passado.

— Talvez — disse, por fim, exibindo um sorriso vago. — Mas isso não muda o que nós fizemos com você.

— Mãe — sussurrou Elena, antecipando-se para ajoelhar diante dela e tomar suas mãos magricelas. — Não se prenda ao que passou, não podemos fazer mais nada a respeito daquela época, podemos? — Diante da negativa recebida, a moça abriu um sorriso amistoso. — As coisas passam.

— E se você tivesse ficado? Talvez estivesse casada, com filhos e uma posição a zelar. — E, baixando o tom de voz, acrescentou: — E estaria perto de nós.

A perspectiva causou arrepios na jovem, que baixou a cabeça em uma tentativa de puxar o ar com mais facilidade. Queria fumar, beber algo forte e caminhar pelas vielas iluminadas e vívidas de Nova Orleans com Alice, Tom, John, Ernest. Aos poucos, conforme se afogava no cenário de sua infelicidade, mais sentia perder-se de si mesma outra vez. E cogitar essa possibilidade era o suficiente para perturbá-la.

— Mãe, foi melhor assim.

Lilian ensaiou dizer algo, mas foi interrompida pela porta, que se abriu com delicadeza, revelando a governanta, cujo sorriso Elena jamais vira em quase vinte anos na casa dos pais.

— Com licença, senhoras — falou com um tom de voz alto o suficiente para se fazer ecoar por toda a sala. — Srta. Wood, um rapaz deseja vê-la.

Elena franziu o cenho, esperando pelo pior. Por Henry. A mãe a encarou com um meio sorriso desconfiado, com ares de quem queria lhe perguntar a respeito, mas nada disse, contendo-se em acenar discretamente com a cabeça.

— Pode ir — disse Lilian com doçura, auxiliando-a a se levantar. — Eu vou ler alguma coisa.

A jovem mordeu o lábio, analisando a figura tão frágil da própria mãe.

— Peça que ele entre, Mary — balbuciou sentindo o nervosismo serpentear pela corrente sanguínea.

— Ele pediu que o encontrasse do lado de fora, se possível, senhorita.

Elena arqueou a sobrancelha e concordou, inclinando-se para dar um beijo no alto da cabeça de Lilian antes de deixar o ambiente. Conforme se aproximava da rua, os ruídos de vida se intensificavam, envolvendo a atmosfera fria da mansão em um curioso misto de simplicidades que, embora próximos, jamais integraram a realidade da abastada família. Gritos ofertando produtos e serviços, gritos para cobrar atenção, gritos. Pela porta entreaberta, o mundo forçava sua entrada sem sequer pedir licença. A jovem se esgueirou então pela fresta e hesitou, sentindo o coração acalmar.

— Olá, Wood. — William sorriu amigavelmente. O Sol já morria no horizonte, atrás dele. — Gostaria de dar uma volta?

— Como sabia que eu estava aqui? — questionou, olhando para dentro da casa. Uma das empregadas os observava, entretanto, o olhar inquisidor de Elena a afastou.

— Sua irmã bondosamente me disse.

Ela recuou para pegar o casaco no vestíbulo e, em seguida, saiu para o frio junto de William Stevenson. Cavalheiro como Londres o permitia ser, ofereceu o braço e ambos caminharam juntos por alguns metros em um silêncio acolhedor. Ao redor do casal, a cidade fechava as portas imergindo aos poucos na preguiçosa aura noturna.

— Encontrei Jeremy hoje. — William iniciou, retraindo-se com o vento gélido que o tocou repentinamente.

— Como ele está?

— Bem, na medida do possível.

Elena desviou o olhar para a cidade, estudando os tons mais sóbrios trazidos pelo frio e a noite.

— Você ficou sabendo, não é? — Ele conduziu-a até um parque onde meia dúzia de crianças corria de um lado a outro. — Sobre ele e Lauren.

A moça hesitou subitamente. As luzes da cidade já se acendiam pouco a pouco, iluminando rostos que o dia omitia na canseira das fábricas e no barulho dos motores rangendo furiosos. Quando anoitecia, o mundo parecia mais leve, repleto de música e harmonia. Elena levantou os olhos castanhos e reluzentes para William, aguardando qualquer explicação — que não veio.

— O que aconteceu? — questionou com visível perturbação.

— Jeremy e Lauren não estão mais juntos. Na verdade, ele não faz ideia de onde ela esteja.

Elena arregalou os olhos, inspirando com força. Mesmo nas mais improváveis projeções imaginava que eles poderiam algum dia se separar.

— Mas, por quê? O que houve?

— Ela é filha de empregados, Elena.

Os dois pararam em meio ao parque, encarando um ao outro.

—E Matthew?

William fez um sinal negativo com a cabeça, indicando que tampouco sabia a resposta. O olhar desolado de Jeremy surgiu em sua mente, alimentando a agonia de notícias tão infelizes. Elena suspirou e ajeitou os fios encaracolados, cujo vento insistia em bagunçar.

— Isso é tão triste — disse, por fim, abraçando a si mesma. — Como aconteceu?

— Foi no meio da noite. — William voltou a atenção a um grupo de crianças próximas. — Aparentemente, o Sr. Santini contratou algumas pessoas para a levarem embora.

— Ela não aceitaria tão fácil.

— Pois é.

— Alguma coisa deve ter acontecido, Will. Uma ameaça, um ultimato... Ela não desistiria dessa forma.

— Talvez sozinha, não, mas com Matthew as coisas mudaram.

Elena avançou alguns passos e se acomodou em um banco de madeira, sendo seguida por William. A praça se esvaziava aos poucos, conforme as pessoas se recolhiam e o horário avançava. A angústia subia-lhe pelo peito, consumindo-a conforme a informação tornava-se real, amparada por declarações vindas diretamente de Jeremy.

— É engraçado observar como o tempo é capaz de alterar tantas coisas — balbuciou William, fitando os prédios diante de si.

— Felizmente — respondeu Elena, encolhendo-se sob a brisa gélida. — Eu não suportaria se nada mudasse, nunca.

— Mesmo se jamais vivesse os eventos que a fizeram ir embora?

A pergunta ecoou na confusa mente de Elena Wood, fazendo-a engolir em seco o amargor das memórias e imaginar, mais uma vez, como teria sido se ela jamais tivesse confiado tanto em Henry. *O que você acha? Eu e você? Não seria estranho, certo?* Ela levantou os olhos para a fileira de luzes intensas que ladeava toda a avenida. *Então, o que me diz, Elena Wood?*

— Will, como você se sente estando aqui? — indagou em um sussurro, retirando da alma toda a sinceridade que conseguia reunir.

— Horrível — respondeu William, seguindo o olhar dela. — É como se eu estivesse abrindo uma caixa repleta de escuridão.

— E por que está fazendo isso?

— Porque eu preciso. — Ele se voltou para ela. Seus olhos brilhavam. — Eu preciso encontrar o antigo William para saber quem ele é agora.

— Isso não te assusta?

— Muito.

Ela aquiesceu. O frio a invadia, penetrando as fibras do casaco, envolvendo a pele em um torpor gélido, adormecendo cada terminação nervosa. Sentia-se tremer levemente, afundar-se nos arrepios constantes conforme um novo sopro os atingia.

— O que te fez ir embora, Elena Wood? — questionou William de repente, encarando-a com expectativa. — Largar tudo por algo que você não sabia se ia funcionar?

A jovem sorriu, estendendo a mão para tocar o rosto dele. Seus dedos escorregaram pela barba por fazer, deleitando-se com as leves pontadas causadas pela superfície áspera. William percebeu, pela primeira vez, que os olhos dela pareciam ser envoltos em uma redoma de vidro previamente calculada, quase como se tivessem sido esculpidos por alguém.

Não havia nada, sequer um traço, fora do lugar, destoando-se do mar de linhas suavemente escuras.

— Existem muitas coisas que você precisa saber ainda, Stevenson.

— Isso ficou bem claro nos últimos dias.

Ela riu, desviando a atenção para a cidade. William a observou em silêncio por alguns instantes, estudando a forma como a luz encontrava seu rosto, ressaltando os fios bagunçados pelo vento.

— Eu não podia correr riscos — completou ela perdida em seus devaneios. — Eu e você vivíamos na mesma cidade.

— Então você teme o que eu possa ter ouvido ao seu respeito.

Elena voltou-se para ele com rapidez, tentando ler o que se escondia na fortaleza imprecisa de tons verdes e castanhos dele. Sua expressão o fez sorrir.

— Entendi — completou William, enfiando as mãos dormentes no bolso do casaco espesso. — Eu também corri esse risco. Na verdade, me surpreende que você não tenha reconhecido meu nome.

— E quem disse que não reconheci?

A malícia dançava no castanho inebriante do olhar dela. Quase nenhum ruído os envolvia, principalmente porque as crianças já haviam se recolhido há muito. Os poucos carros que restavam na rua, dirigiam-se a restaurantes pomposos ou exibições de peças teatrais. Na praça, os dois jovens amigos e velhos conhecidos mantinham-se ao lado um do outro, perdidos em devaneios que se mesclavam entre passado e presente em uma dança nada poética.

— Talvez não me quisesse por perto se o tivesse feito. — A tranquilidade na voz de William era perturbadora a ela, principalmente quando tão pouco sabia sobre ele.

— Eu duvido muito.

— É engraçado que você ainda seja Lianna, mas não se pareça em nada com ela — rebateu ele sorrindo, embora estivesse distante dela e do momento que dividiam. — É esse lugar, eu não sei.

— É a verdade — respondeu Elena soturna, endurecendo a expressão antes suave. — Nossos demônios estão aqui, Will. Em Nova

Orleans nós podíamos fingir e fugir, mas aqui... é impossível ignorar que eles existem.

— E quando nós soubermos as nossas verdades?

A jornalista hesitou, ainda não havia pensado nesse momento, na possibilidade de tê-lo tão próximo. Na América, ambos conseguiam camuflar suas histórias como se jamais tivessem acontecido, manipular a realidade em um jogo de atuações, no entanto, em Londres, integravam a mesma atmosfera, pertenciam aos mesmos círculos e não demoraria até que algo viesse à tona.

— Nós saberemos o que fazer — balbuciou Elena por fim, encolhendo-se no casaco para disfarçar o incômodo.

William sorriu, levantando-se e estendendo a mão para ela, que a segurou com desconfiança.

— Vou te levar embora — disse o detetive ainda pressionando sua mão.

— Eu posso ir sozinha, Will.

— Não prefere ter companhia?

— Acredito que seja melhor para nós dois manter certa distância — A voz de Elena era cautelosa o suficiente para convencê-lo. De repente, colocou-se de pé diante dele. — Nos vemos amanhã?

Ele mordeu o lábio, se permitindo observá-la com minúcia.

— Sabe, Lianna, você pode se deixar cuidar de vez em quando.

— Elena. — Ela corrigiu enquanto acendia um cigarro.

— Que seja. — William se aproximou, atravessando a névoa cinzenta projetada pelo cigarro. — Independentemente deste lugar ou do que quer que você tenha feito, eu nunca vou te machucar.

Elena sorriu, libertando a fumaça por entre os lábios vermelhos.

— Eu sei que não.

William seguiu seu caminho solitariamente, chutando as pequenas pedras que surgiam diante de si. Não disse a Elena, mas também sentia que parte de si sufocava com os demônios do passado cuja realidade dos fatos ele desejava omitir, mas não conseguia. Ali, na vívida presença do seu eu mais sincero, era impossível ignorar o que corria nas entrelinhas de atos e palavras, espreitando cada respirar mais profundo ou esticar de pernas.

Quando fechava os olhos, ainda podia ver a irmã deitada sobre as vestes manchadas com o viscoso líquido escarlate que escorregava pelas pernas, as pálpebras semicerradas e o rosto marcado por lágrimas. Podia ver, sob a luz fraca, seus cabelos longos e brilhantes tomados por uma opacidade nunca antes vista, enquanto a tez alva era marcada por roxos, arranhões e mordidas. Um arrepio percorreu sua espinha quando ele se recordou do beco vazio, da correria incessante em torno da jovem quase desfalecida. Angelina nunca havia feito mal algum e ainda assim, tivera um fim desumano e doloroso. Isso ele jamais aceitaria. Para William, estar em Londres era mais do que somente confrontar o passado, mas se deparar com uma tragédia que nunca soube superar. Desde a morte da mãe, quando tinha apenas cinco anos de idade, poucas coisas o haviam afetado tanto quanto perder a irmã. Independentemente do que tenha motivado Elena a deixar a Inglaterra, ele não acreditava que pudesse ser pior do que assistir a vida de alguém se esvaindo aos poucos e não poder fazer nada além de esperar. É uma visão aterrorizante.

Assim que Elena cruzou o portão da casa da irmã, o detetive respirou profundamente e deu meia-volta, buscando qualquer pub que estivesse aberto. Ela sabia se cuidar sozinha, no entanto, depois do que acontecera com Angie, ele preferia não contar com a sorte. Era tudo o que não desejava ter feito no passado. Os devaneios distantes não permitiram ao detetive notar que, à mesma distância que ele tomou de Elena, um homem o seguia, escondendo-se nas sombras, anotando cada um de seus movimentos. Com algumas cicatrizes no rosto e um olhar sagaz, o sujeito limitava-se a caminhar, acompanhando o ritmo de William com uma precisão imensurável. Conferindo os dois lados da rua, ele cruzou os paralelepípedos em direção ao estabelecimento onde o outro tinha entrado há pouco e empurrou a portinhola de madeira para dar o seu recado.

— Cerveja — disse ao se debruçar no balcão, acomodando-se no banco ao lado do jovem.

William levantou os olhos e o encarou, voltando-se para o copo e seus pensamentos. Não satisfeito com a indiferença, o homem inclinou-se o suficiente para conseguir ser ouvido somente por ele e sorriu, mostrando os dentes perfeitamente alinhados.

— Você é William Stevenson, não é? — perguntou com a voz forçadamente rouca.

O detetive deu-se ao trabalho de levantar o rosto mais uma vez, analisando a figura singular diante de si.

— Não foi uma ideia inteligente retornar. — O homem continuou.

A bebida foi então servida, com brutalidade suficiente para fazer com que o líquido escorresse pela caneca de vidro e molhasse o balcão. O homem a segurou e tomou um gole generoso, marcando a barba espessa com a espuma branca do colarinho. William se retraiu em seu canto mais uma vez, matutando ideias demais para deixar-se intimidar.

— Eu imaginei que não seria — respondeu mais para si mesmo do que para o sujeito.

— Você sabe como funciona a nossa rotina. — A voz do homem tornou-se um sussurro. — Nós recebemos ordens, não é? — Ele observou as orelhas do detetive assumirem um tom levemente avermelhado. — E toda ordem deve ser obedecida.

— Claro — rebateu William sarcástico, girando o copo cuidadosamente em cima da madeira. O local estava cheio demais e ele sabia que ali dentro o homem não poderia fazer nada a não ser ameaçá-lo.

— Vá embora enquanto há tempo, Sr. Stevenson. O Sr. e a Sra. Dechor não gostam da sua presença.

Um frio percorreu a espinha do jovem, entretanto, ele não se deixou abater pelo desconforto. Um mercenário. Ele deveria ter imaginado no instante em que pisou em Londres. Toda a desgraça que recaiu sobre os Stevenson não era seu único problema. E, melhor do que ninguém, ele também sabia que sua angústia na espera por uma reação do sujeito estava longe de ter fim. Mercenários sabiam o momento de agir. Sem conseguir conter-se com a perspectiva nada agradável, sorriu ironicamente.

— Faça o que deve ser feito, meu amigo — respondeu William voltando-se para ele ao ponto de conseguir marcar seu rosto na mente. — Eu não vou a lugar nenhum agora.

19.

Chicago, novembro de 1916

Dizem que se você disser algo em voz alta três vezes, isso se torna realidade.
Lianna respirou fundo e encolheu os ombros, escondendo o rosto entre os joelhos. Os soluços subiam à garganta, entretanto, ela se mantinha em silêncio, sem se dar ao luxo de permitir ao pranto vir à tona. Não podia acordar alguém ou correr o risco de ser vista em meio às lágrimas. No escuro, tateando os móveis mal distribuídos pelo quarto razoavelmente pequeno, ela se se arrastou até a cômoda e puxou a caixinha dourada recém-comprada para esconder os cigarros. Ainda caminhando às cegas, guiou-se desajeitadamente até a porta e a abriu, sentindo a lufada de ar atingir-lhe em cheio. O suor escorria por seu rosto, assim como acontecia todas as noites em que *aqueles* sonhos a acometiam. Na ponta dos pés, deslizou pelos rangentes degraus de madeira velha e se encaminhou para a cozinha.
O copo de água acompanhava o tremular da mão quando ela o virou, deixando-se inebriar pelo frescor e alívio causados pela bebida. Podia sentir dentro de si o trajeto reconfortante da bebida, serpenteando dentro de seu corpo. A calma já se fazia presente e as pernas conseguiam firmar-se sem apoio. Ainda se recuperando, Lianna ouviu o estalido na porta dianteira e sentiu o coração saltar no peito. As chaves foram inseridas na maçaneta e giraram duas vezes antes que a porta fosse aberta e William adentrasse tranquilamente. Pega pela surpresa, a moça se retraiu, sentindo nada além de raiva pelos momentos alarmantes aos quais o amigo a submetera.

— Meu Deus, William! Isso é hora de chegar? — questionou ofegante, retomando o fôlego aos poucos. Pressionava tanto o corpo que os nós dos dedos doíam.

Ele lhe lançou um olhar vazio e sorriu, mas não havia felicidade. Não havia nada.

— Ainda não controlo as horas, Lianna — respondeu seco.

— Não seja estúpido.

— Você estava chorando?

— Isso importa?

Ele arqueou as sobrancelhas e sorriu malicioso.

— Nossas tentativas de diálogo são incríveis.

Ela fez uma careta e colocou o copo na pia. Os pés descalços sofriam com o piso frio.

— Sua grosseria é que é incrível — disse ela dando meia-volta para retornar ao quarto, mesmo sabendo que não conseguiria mais dormir.

— Lianna — chamou ele de repente. — Você pode me fazer um favor?

Ela hesitou e virou-se para ele, aguardando.

— Se importaria de preparar um banho para mim? Eu estou sujo demais para subir.

Sob a luz fraca, ela apertou os olhos e o observou consternada, imaginando o que ele estaria fazendo naquela madrugada tão gélida. Na ponta dos pés, subiu as escadas e dirigiu-se ao quarto de banho, verificando se a banheira estava apta para uso. Em seguida, desceu mais uma vez e encheu algumas panelas com água, colocando-as para ferver. Enquanto aprontava os detalhes para ele, William tirou as botas e as jogou dentro de um balde vazio, escondendo-as sob panos velhos. Do corredor estreito e alto da lavanderia, conseguia enxergar o centro brilhante da cidade, rompendo a escuridão que tomava o bairro menos abastado onde os quatro amigos dividiam uma casa singela. O rapaz, com dificuldade, inclinou-se até o queixo tocar a superfície de concreto, permitindo que o olhar se perdesse. A noite era típica de inverno: extremamente fria e vazia. William sorriu, era um ótimo cenário, afinal. Ainda com a atenção fixa no horizonte diante de si, tirou o casaco espesso que o cobria, tremendo com a brisa possivelmente em graus negativos. Por baixo dele, a camiseta azul grudava na pele, quase inteiramente úmida de sangue ainda fresco.

Antes que Lianna descesse, tirou-a e jogou dentro do tanque. Pegou um pouco de água e jogou no tecido, assistindo a água escura escorrer pela pedra conforme esfregava a peça com sabão para eliminar qualquer vestígio. Ao terminar, atravessou o estreito corredor e pendurou a camisa no varal atrás da casa, esgueirando-se pelas sombras. Sua pele alva arrepiava e brilhava sob a luz forte do luar. Ao retornar, encontrou a moça recostada no batente da porta com os braços cruzados e o olhar perdido. Ela se sobressaltou ao vê-lo emergir despido.

— Seu banho está pronto — balbuciou antes de virar o rosto tomado por tons escarlates e entrar novamente.

Ele aquiesceu e a seguiu, tomando o cuidado de manter-se atrás dela durante todo o trajeto. No quarto destinado aos banhos — males de uma casa antiga — a banheira eliminava um vapor tentador e William sorriu, agradecendo mentalmente por poder limpar não somente o corpo, mas a alma. Lianna pendurou uma toalha sobre a cadeira ao canto e voltou-se para ele.

— Está feito.

— Obrigado.

Sem dizer mais nada, a moça saiu, fechou a porta atrás de si e se encolheu, remoendo as possíveis atividades de William na mente. Esperava que ele só estivesse se divertindo, no entanto, ela tinha *visto* os entalhes marcando a pele, cicatrizes tão recentes que não podiam pertencer apenas ao passado. Inquieta, avançou pelo corredor e se escondeu na fortaleza do próprio quarto. Estava prestes a se deixar levar pelos pensamentos de novo quando as batidas na porta a despertaram novamente.

— Se importaria de me ajudar uma última vez? — questionou William com um sorriso sem graça, trocando o peso dos pés.

Contrariada, ela bufou e concordou, ignorando o fato de vê-lo apenas enrolado no robe de Jeremy. Os dois, furtando as primeiras horas da noite, retornaram ao espaço aquecido pelo vapor saído da banheira e então ele se voltou a ela, escurecendo o olhar.

— Eu preciso que você não diga nada disso a ninguém. — Ele iniciou com a voz baixa. — Por favor.

Os olhos dela baixaram para o que conseguia ver de seu corpo, todo marcado por cicatrizes.

— Eu tenho a sua palavra?

Lianna aquiesceu ainda em silêncio, apreensiva. William segurou a respiração e afrouxou o nó do robe, soltando-o pouco a pouco.

— Você se importa? — Ele sinalizou com os olhos as partes íntimas, ainda omitidas pelo tecido fino.

— O que eu preciso fazer? — Ela desviou o assunto, evitando pensar que o veria nu em poucos segundos.

— Você pode me ajudar a limpar alguns machucados? — Seus olhos queimavam, reacendendo o verde tímido que os pintavam levemente. — Eu não alcanço.

— Você se feriu? — Ela arqueou a sobrancelha, correndo os olhos pelo corpo aparentemente saudável dele.

— Pouco, mas sim.

E então William se virou, deixando cair o robe para revelar as marcas profundas na altura dos ombros, costela e na lateral do quadril, provavelmente causadas por um objeto bastante afiado. Lianna engoliu em seco, sentindo os músculos enrijecerem. O sangue ainda estava vivo e quente em sua pele, traçando diferentes caminhos enquanto escorria vagarosamente pelas pernas.

<hr>

A água quente causou picos de dor que quase o fizeram perder os sentidos. Já fora alertado e repetia sempre a si mesmo que precisava ser mais cuidadoso nas próximas vezes, caso contrário, acabaria morto em uma esquina qualquer. Com delicadeza, Lianna molhou uma toalha de rosto e a pressionou levemente nas feridas de William, tentando ao máximo não causar ainda mais sofrimento, ainda que sentisse o retrair discreto dele a cada novo contato. A água avermelhada caía conforme ela repetia os movimentos, analisando as aberturas irregulares. Por sorte, nenhuma profunda o suficiente para provocar qualquer risco ao amigo.

— Como conseguiu isso? — questionou, assistindo-o arquear quando as mãos ensaboadas tocaram os cortes na altura dos ombros.

— Em uma briga. — A voz de William saiu entredentes, quase omitida pela dor lancinante.

— Você saiu para arrumar confusão, Will?

— Pode ser.

Lianna bufou e continuou correndo os dedos pelos machucados, eliminando com delicadeza os traços de espuma. Com a luz baixa, elas podiam assustar qualquer um que se atravesse a observar mais de perto ou os visse naquela situação. Os sinais de doçura encontrados em William, quando ambos ainda estavam a bordo do navio que os trouxera da Europa, eram quase inexistentes — e ela só se dera conta disso naquele instante.

— Eu não acredito em você — sussurrou Lianna, escorregando as mãos pelos braços dele, também sujos de sangue. — Se quisesse se matar, teria ido para a guerra.

— Talvez eu ainda vá.

— Lutar por um país que não é seu?

— Srta. Stone, existe mais coisas na mente e no passado das pessoas do que você imagina.

Ela assentiu, mordendo o lábio inferior. Havia sido uma ótima resposta para as tantas questões que tinha em mente. Naquele momento percebeu que não importava o que fizesse ou o tanto que perguntasse, William jamais revelaria mais do que ela precisaria saber.

— Eu tenho um acordo. — Ele se manifestou, cerrando os punhos quando as mãos dela tocaram mais uma vez os cortes. — Não posso ir.

— Desde quando?

William jogou a cabeça para trás e fitou os grandes olhos castanhos dela. A água pingava dos fios molhados, escorrendo pelo corpo que Lianna relutava em olhar. As janelas fechadas começavam a embaçar com o vapor, deixando o frio do lado de fora do ambiente reservado apenas aos dois.

— Desde que possuo poder suficiente para isso — disse suavemente, fitando os lábios avermelhados dela.

Ela engoliu em seco, desviando os olhos dos dele. William se endireitou novamente, limpando o resto do corpo.

— Um poder que pode te matar? — indagou Lianna, afastando-se dele.

— Todo poder pode matar — rebateu ele, alongando o pescoço e os ombros. — Basta não se deixar morrer.

— Parece tão fácil.

— Sim, parece.

A jovem puxou a toalha de cima da cadeira ao lado da banheira e secou as mãos sem nada dizer. William a encarava em silêncio.

— Vou dormir. Precisa de mais alguma coisa? — perguntou direta, prendendo os longos fios castanhos em um coque alto.

— Não, obrigado.

Ela baixou e se virou para retornar ao quarto.

— Lianna?

— Sim? — Ela olhou-o por cima dos ombros, sentindo os pés pesarem para deixar o ambiente.

— Não se deixe abater tanto por coisas que aconteceram em Londres. Você está em um lugar diferente agora.

Naquela noite, nenhum dos dois conseguiu dormir. Lianna revirava-se entre os lençóis imaginando o que acontecia durante os sumiços noturnos de William, o que causara aqueles ferimentos tão numerosos e, sem dúvida, imensamente dolorosos. Temia, acima de qualquer circunstância, pela vida do amigo, alguém com quem dividira grande parte de seus dias desde a saída da Inglaterra. E, depois do que viu, a certeza de não gostar da possível resposta a assolou com maior força. Pela janela, o ar frio adentrava junto com a luz do luar, enquanto a moça buscava uma posição confortável o suficiente para tentar desligar a mente. Olhou para o céu escondido sob as ondulações suaves das cortinas desbotadas e se perguntou em que momento as coisas começaram a mudar tanto.

No quarto ao fim do corredor, William mantinha-se no escuro total, deitado de bruços para evitar a dor. Não deveria ter aceitado nenhum convite, não deveria ter assumido tantos riscos. E Lianna havia, depois daquela noite, tomado conhecimento ao menos em partes a respeito de sua ocupação. Não que ele se importasse em ter de dar algumas explicações a mais, mas não queria submetê-la aos riscos, tampouco Lauren e Jeremy, que tinham um bebê de poucos meses. As consequências *nunca* eram brandas e, raramente, envolviam uma única pessoa. Os cortes arderam quando ele se ajeitou, puxando as cobertas para cima das costas nuas.

Está tudo bem, Will. Não tente, não tente… Só me abrace. Está muito frio aqui.

Ele cerrou as pálpebras com força, afastando os pensamentos que tanto o perturbavam, obrigando-se a esquecer de Angelina e aquela maldita noite, embora soubesse que os esforços eram impossíveis. Se não fosse cauteloso o suficiente, exporia Lianna aos mesmos riscos da irmã e, se permitisse que algo semelhante acontecesse outra vez, jamais se perdoaria. Com os punhos cerrados, enterrou a cabeça no travesseiro; estava cansado demais para prolongar qualquer sofrimento.

Os olhos estavam fixos no estabelecimento adiante, analisando o movimento dos homens que se encontravam imersos em diálogos rasos, charutos caríssimos e discussões acaloradas sobre finanças. Sempre finanças. Ele bebericou o uísque, que deslizou garganta adentro queimando como se seu corpo estivesse prestes a entrar em combustão, e não demorou a localizar o alvo: um senhor de meia-idade, olhos e cabelos negros e um semblante bastante arrogante. De longe, aparentava ser alguém resumido ao próprio ego, mas incapaz de matar a própria esposa ao encontrá-la conversando com outro homem, como fizera havia pouco menos de um mês. E ninguém podia prendê-lo, afinal, qual autoridade poderia impedir um homem de defender a própria honra? Justamente por isso, ele era o seu alvo, a pessoa a quem fora ordenado dar um fim já que ninguém mais poderia fazê-lo.

Já estava perto de escurecer novamente quando Arturo Gianbole deixou o restaurante com três cavalheiros, tomando a rua de cima como caminho para retornar à sua casa, enquanto os outros seguiram pela via principal. A distância de três quadras era ótima para os dias em que precisava de doses extras de álcool. William aguardou alguns segundos e levantou-se tranquilamente, ajeitando a aba do chapéu para que ninguém o reconhecesse. A poucos metros, o caminhar trôpego de Gianbole riscava um caminho que ele jamais completaria. Ao se aproximarem o suficiente do beco na travessa da Sirley's, já fechada àquele horário, William, omitindo-se nas sombras, arrastou os pés pedra por pedra, em uma dança minuciosa rumo a mais uma de suas execuções. Não era ele o responsável pela sentença, mas era quem manejava a espada. O ruído que precedia o baque surdo do revólver preencheu o ambiente e Arturo olhou para trás, encontrando um jovem de quem já ouvira falar, mas acreditava ser puramente fantasia. Como se a situação fosse cômica, o homem perdeu-se em um acesso prolongado de riso, embora procurasse com os olhos qualquer lugar para onde pudesse correr.

— Me disseram que você viria — disse, o riso cedendo espaço a um pranto desesperado. Misto de loucura e sanidade, incredulidade e medo. A certeza de morte provocava reações curiosas. — O justiceiro. Dizem que você trabalha para a polícia, é verdade? Malditos sejam esses americanos.

— Não diga nada — respondeu William tranquilamente, sinalizando com a cabeça a ruela vazia ao lado. — Só faça o que eu estou mandando.

Arturo engoliu em seco e obedeceu, caminhando com cautela. Queria gritar, pedir socorro, porém, sabia que se escapasse naquela tarde, não demoraria até que se visse em situação semelhante mais uma vez.

— P-por favor... — implorou o homem, levantando os braços. Já não sorria, sequer o encarava. — Ela mereceu, ela me desrespeitou...

William aquiesceu e apertou o gatilho duas vezes, sem hesitar, assistindo o homem desfalecer diante de si. O ruído dos disparos ecoou pelas ruas, rompendo a calmaria que antes a tomava. Sem se alarmar, William jogou o revólver no chão, próximo ao corpo ainda tremulante, e tirou as luvas, enfiando-as no bolso do casaco. Deixou o beco quando passos e exclamações já podiam ser ouvidos.

Lianna estava sentada nos degraus de entrada há quase uma hora. O cigarro, ainda aceso, estava quase finalizado, entretanto, ela mal havia fumado. Perdida nos devaneios de memórias ainda muito vívidas, perguntava-se o que acontecia naquele momento em Londres. Onde estariam seus pais, sua irmã, Henry. *Sua filha*. Com um suspiro, ela levantou a cabeça e fitou o céu escuro, ouvindo alguém se aproximar.

— Quanto por um pensamento? — indagou o rapaz de repente, despertando a sua atenção.

Ela levantou os olhos para William, invejando a tranquilidade do seu caminhar, e nada disse quando ele se sentou ao lado dela aguardando uma resposta que não veio.

— Então? — William insistiu, empurrando-a levemente com os ombros.

— Eles já não valem muita coisa. — Lianna retrucou, retraindo-se conforme a brisa se intensificava. Sob a luz do luar, com enormes olheiras envolvendo as esferas castanhas, ela parecia tão vulnerável quanto no dia em que haviam se conhecido. Os grandes olhos castanho-esverdeados a encaravam com atenção, ávidos por qualquer vislumbre da alma da jovem. — E quanto aos seus?

— Você não iria querer pagar por eles.

Ambos riram e permitiram à diversão morrer no vento denso de uma noite quase sem estrelas. Cortando a serenidade do ambiente, um carro de polícia passou a toda velocidade em direção ao centro, a mesma direção que William viera. Ele arqueou a sobrancelha e acompanhou o veículo até ele se tornar apenas ruído, desaparecendo na primeira rua à esquerda. Mais um dos inúmeros crimes sem solução em Chicago, os jornais diriam. Da polícia, viria apenas o silêncio. Ao seu lado, Lianna apoiara a cabeça nos joelhos, tentando imaginar o que poderia ter ocorrido em horário tão inoportuno. Não que cenas como aquela não fossem comuns em uma cidade daquele porte, no entanto, em um final de tarde, o que tanto alguém poderia fazer sem ser notado?

— Me desculpe por ontem — murmurou William.

— Não se preocupe.

— Não estou preocupado — rebateu ele, correndo os dedos pelos cachos espessos. — Mas sei que você está.

Ela virou o rosto para ele. Havia uma doçura atípica em seu olhar tão nebuloso.

— Aparentemente você está se matando, Will.

— As coisas são diferentes aqui. — O jovem sorriu sem demonstrar felicidade alguma. — E você não deveria perambular pela casa de madrugada.

— Sim, senhor.

Ambos se entreolharam, enxergando-se no reflexo dos olhos do outro.

— Por que você gosta tanto de jogar com as pessoas, William? — questionou ela, voltando a atenção para a via. Em meio aos carros, passando por eles na calçada, os transeuntes sequer se atentavam aos jovens, sôfregos pelo conforto de casa. — É tão difícil te entender em alguns momentos.

— Olha quem fala — ironizou o rapaz, arrancando um riso da amiga. — Eu gosto de imaginar o que as pessoas pensam. Só isso.

— Você gosta de propor desafios que as façam falar o que você quer.

— Eu te desafiei?

Não houve resposta. De canto de olho, ele notou que ela tateava o chão em busca da caixinha de cigarros.

— Desde que nos conhecemos — confessou a moça, sentindo as bochechas ruborizarem mesmo sem sentir-se acuada.

Ele riu; um riso alto, divertido, como se já esperasse que em algum momento essa declaração viesse à tona. Quando seus olhos tornaram a se fixar nela, as pequenas esferas centrais negras eram abraçadas por um verde intenso.

— Eu não sei nada sobre você, Lianna Stone. — disse William, perdendo-se na vastidão noturna. — Não me culpe por tentar te decifrar um pouco.

— Um pouco! Acredito que nossas perspectivas a respeito são muito diferentes.

— Tudo bem. Não me culpe por tentar te decifrar com frequência — corrigiu ele, arrancando um sorriso dela. — O que eu posso dizer? Se você fosse menos interessante, talvez eu não precisasse me esforçar tanto.

O silêncio mais uma vez se instaurou entre eles. Os cachos negros e longos de Lianna reluziam sob a luz fraca, concedendo a ela uma atmosfera curiosamente sombria e misteriosa. O alvoroço de carros então se tornou audível e uma fileira generosa cruzou com eles, seguindo o mesmo caminho que a polícia fizera anteriormente. William levantou-se com pressa, observando-os com curiosidade e preocupação, e fez sinal para que Lianna o acompanhasse.

— Alguma coisa está acontecendo — disse com as mãos estendidas em direção a ela.

Ela fitou a ruela vazia e se permitiu vasculhar a escuridão, perguntando-se o que podia esconder as sombras de Chicago. Sem hesitar, aceitou o auxílio dele e se levantou, seguindo-o para dentro da casa.

— Vou ver se Lauren precisa de algo e, depois, vou me deitar — disse, assistindo-o fechar as cortinas habilmente. Algo nele soava a perigo, medo. Um arrepio inexplicável percorreu sua espinha.

—Você precisa me prometer uma coisa, Stone. — Ele se manifestou, olhando pela janela através de uma pequena fenda no tecido. — Precisa me prometer que irá cuidar de Matthew, Jeremy e Lauren e que, assim que eu for embora, vocês irão buscar outro lugar para viver.

— O quê? Está indo embora? — Ela hesitou, incrédula com a declaração inesperada do amigo.

— Desta casa, sim.

Ela piscou repetidas vezes, descendo os três degraus da espaçosa sala de estar para retornar ao mesmo patamar que ele.

— Por quê?

— Eu não posso estar aqui com vocês.

— Ainda não entendo qual é o problema.

— Lia, você *me viu* ontem — balbuciou William entredentes, caminhando de encontro a ela. — Existe... Eu só não posso — disse por fim, desistindo de revelar-lhe aquilo que tanto o perturbava.

— Se você nos disser o que está acontecendo, talvez nós possamos te ajudar.

— É um risco que não vale a pena.

— Eu não me importo.

— Eu, sim.

"William, seu grande covarde", pensou enquanto a jovem se aproximava aos poucos. Com a pouca luz vinda de fora, o vestido claro deixava o corpo de Lianna levemente exposto. Uma sensação desconfortável o percorreu, atiçando-o conforme os passos dela reduziam a distância entre eles. Cada contorno era realçado pelo tecido leve, revelador. William cerrou as pálpebras, baixando o olhar para os pés para evitar o florescimento de pensamentos indesejáveis.

— Você é a única pessoa que eu tenho aqui — balbuciou Lianna, sem esconder sua descrença. As reações de William passavam despercebidas por ela. — Lauren e Jeremy são uma família, eu não tenho mais ninguém!

— Você ainda vai se descobrir — Ele se limitou a responder. — Não precisa de mim ou de ninguém, Lianna.

Dando-se por vencida, ela bufou desejando poder dizer muito mais do que seu orgulho lhe permitia.

— Quando pretende ir? — indagou por fim.

— Em uma ou duas semanas.

— Tão rápido?

— É o máximo que eu posso me permitir.

— E quanto aos planos de Jeremy de irmos para Nova Orleans?

— Eu já não iria de qualquer forma.

Ela ameaçou dizer alguma coisa, entretanto, a frase morreu na garganta. Se o desejo dele era ir embora, não havia mais nada que pudesse fazer, ainda que tentasse. Sem dizer uma única palavra, o rapaz deu um passo à frente e escorregou os dedos pelo rosto dela, segurando-o, por fim, entre a palma de suas mãos.

— Você não tem ideia da força que tem, Stone — sussurrou mantendo os olhos no semblante angelical da menina. — Só precisa perceber isso.

As palavras ecoaram pelo ar quando ele se aproximou e lhe deu um beijo cuidadoso na testa, puxando-a em sua direção.

— A gente ainda vai se encontrar por aí.

— Eu sei — respondeu ela, enterrando o rosto no peito dele.

20.

Inglaterra, 1922

Elena encarava os próprios pés havia alguns minutos enquanto seu pai desfrutava de um charuto silenciosamente. Os grandes olhos castanhos, como os da filha, estavam fixos em um ponto qualquer da sala e nada expressavam. Era como se as palavras ditas poucos minutos antes não surtissem mais nenhum efeito.

— Pai.

O imponente senhor voltou a atenção para ela, sem demonstrar qualquer comoção.

— Por que não me disse antes?

Ele deu de ombros, inclinando-se para pousar o charuto no cinzeiro de mármore.

— Não pensei que fosse se importar. — Murmurou Thomas Wood, tossindo pela fumaça ou pela doença. Era impossível dizer àquele ponto.

— Você ainda é meu pai.

— E até que ponto você ainda é minha filha?

Ela arqueou a sobrancelha, encarando-o com visível dúvida. Um frio lhe percorreu a espinha, entretanto, todas as janelas estavam fechadas.

— Eu te mandei embora, Elena. Eu errei com você, com sua mãe, com sua irmã. Por que continuaria a se importar comigo depois de tudo isso? Eu não o faria no seu lugar.

A jovem acendeu um cigarro, tragando antes de continuar:

— Ainda bem que não somos a mesma pessoa então.

Thomas esboçou um sorriso, encarando-a com certa admiração.

— Sua mãe não pode ficar sozinha, Elena. — Balbuciou, notando a mudança de semblante dela. — É uma situação delicada, entende? Ela está bem, mas tem dias...

— Pai...

— Eu sei, você não pretende ficar. Mas, por favor, reconsidere.

Elena suspirou, remexendo os cachos negros.

— Minha vida não é mais aqui.

— Mas pode voltar a ser — rebateu Thomas. — Você tinha tudo, era feliz e ainda pode ser. Pode voltar a ser.

Ambos foram interrompidos por um dos empregados, que se aproximou para retirar xícaras vazias e tortas intocadas. Nenhum dos dois desviou o olhar do outro enquanto ele trabalhava.

— Aqui é seu lar. — O senhor continuou ao se certificar que estavam sozinhos novamente. — Onde você nasceu e foi criada.

— Não. — O tom de voz dela era contido, tranquilo. — Você não entende. — Os brilhantes olhos castanhos correram pela sala e voltaram-se para ele mais uma vez. — A Elena que vivia aqui deixou de existir assim que saiu dessa casa. Eu tenho uma vida e uma carreira hoje que não são negociáveis.

— Nem por sua mãe?

— Por nada que esteja em Londres. Eu poderia levá-la comigo ou Anne a poderia acolher.

O imponente senhor a encarou com frieza, embora um traço notável de melancolia se fizesse presente. A sala, ornamentada por pesados móveis de mogno, nunca pareceu tão gélida e vazia, mesmo após o período conturbado que culminou na expulsão de Elena.

— Sabe, não é simples ter uma filha...— A frase não terminou, embora seu desenrolar fosse bastante óbvio. Thomas inclinou-se para pegar o charuto novamente, no entanto, uma crise aguda de tosse o fez retornar ao lugar onde estava. Aos poucos, seu rosto assumiu tons avermelhados e os pulmões esforçavam-se para inspirar o mínimo possível de ar. Com dificuldade, conseguiu puxar o lenço branco de dentro do paletó, secando as mãos e a boca. — Uma filha grávida, solteira e sequer noiva. Se coloque no meu lugar — balbuciou ainda em meio à tosse como se nada estivesse acontecendo.

Elena, percebendo as manchas vermelhas pintarem o tecido entre as mãos dele, manteve-se em silêncio, desacreditada em vê-lo tão desvalido como nunca.

— Era uma decisão difícil, eu tinha sócios, contatos importantes dentro da sociedade. E tinha sua irmã também.

Ela sentiu o sangue esquentar e as batidas do coração tornarem-se cada vez mais fortes e rápidas, porém, esperou até que ele se recuperasse, respirando fundo mais de uma vez. Não era nobre de sua parte confrontar alguém em uma situação tão degradante como a que seu pai se encontrava.

— Precisa que chame alguém? — indagou respeitosamente, recebendo um sinal negativo como resposta. — Pai, e quanto a Henry? Quem foi lhe dizer alguma coisa na época?

— Ele é homem. Era *sua* obrigação se dar ao respeito.

— Você deveria se ouvir às vezes. — Elena se ajeitou desconfortavelmente.

— Ele não fez mais do que muitos homens fazem.

— Pelo amor de Deus. — Ela revirou os olhos.

— Elena, você sempre vai ter meu coração, mas errou, como muitas mulheres. Não se pode esperar de um homem a manutenção do decoro, muito menos acreditar no que eles dizem. — Afirmou firmemente, observando a filha estremecer. As tosses o interromperam mais uma vez, no entanto, pararam pouco depois. — Não estou defendendo Henry, mas você não pode atribuir a culpa do que aconteceu somente a ele.

— Inacreditável.

— Eu pensava que você tinha esse conhecimento na época e jamais teria coragem de fazer o que fez.

Ela engoliu em seco, observando-o com incredulidade. Um nó se formava em sua garganta, mas ela não queria chorar.

— Não me culpo pelos meus atos. Não mais — rebateu com a voz falha. — Eu e Henry tínhamos selado um compromisso.

— Por alguns segundos? — Ele riu, acendendo o charuto mais uma vez. — Por favor. Seria noiva se tivéssemos conversado a respeito. Seu noivado chegou aos meus ouvidos depois de saber do seu bebê. — Thomas inalou a fumaça, tossindo mais algumas vezes. — O próprio Sr. Evans nada sabia disso.

— Me diga, pai, se uma pessoa em quem você confiaria de olhos fechados a sua vida te dissesse que deseja se casar com você, você não acreditaria? — A indignação nas palavras da jornalista parecia deixar o imponente senhor ainda mais convencido da sua própria verdade.

— Não sou um tolo romântico, Elena.

— Que seja. Em outro cenário, alguém de confiança te dá a sua palavra. Você não vai acreditar?

— São contextos diferentes.

— Seus pensamentos são demasiado retrógrados. — Conforme falava, ela sentia a garganta fechar, sufocando-a aos poucos. Não queria chegar *naquele ponto*.

— Me diga, então, onde está sua aliança? Seu marido e seu filho? — questionou Thomas, ajeitando-se no confortável sofá.

Como era de costume, ela sentiu a vista falhar e uma súbita tontura tomar parte de seu corpo. Sua bebê não era um assunto que gostava de debater, principalmente com alguém que deveria tê-la acolhido.

— Filha. — Corrigiu em um sussurro. — Minha filha.

— E onde ela está agora? Já se perguntou qual destino teve a pobre criança, Elena?

A jovem aquiesceu e se levantou, guardando a pequena caixa dourada de cigarros na bolsa. Sem dizer uma única palavra, caminhou até a porta e saiu, ansiando ar puro e silêncio total.

◆ ❖ ◆

Natan andava de um lado a outro enquanto observava o taciturno William. Com as mãos enfiadas nos bolsos, concentrava-se nos estampidos das ruas, embora sua mente estivesse fixa em outros lugares. Em Angelina. Sentado na cadeira simples de madeira, o detetive aparentava uma tranquilidade irritante ao outro, principalmente se fosse levado em consideração o que era debatido.

— Você tem certeza que não sabe quem era o homem? — perguntou mais uma vez, observando o irmão balançar a cabeça negativamente. — Avise a polícia, Will.

— Nate, caso não se lembre, meu relacionamento com a polícia não é lá muito agradável.

— E daí? Foi há *sete anos*, as pessoas já nem devem ser as mesmas.

William riu. Sabia que a melhor opção era não alertar o irmão, entretanto, não podia manter a ameaça em sigilo, caso contrário, poderia colocar em risco uma família que nada tinha a ver com a história.

— Talvez eu só devesse matar esse cara também. — O pensamento em voz alta desesperou o irmão, que arregalou os olhos e tornou a caminhar mais rapidamente, atônito.

— Definitivamente não! O que você tem na cabeça?

— Senso de sobrevivência?

Natan revirou os olhos, sendo empurrado quase no mesmo instante pela porta, que se abriu bruscamente.

— Sr. Stevenson, você precisa ver esse novo projeto!

Henry Evans adentrou sustentando um largo sorriso, porém, deteve-se na soleira ao notar a presença de William. A alegria, que antes lhe tomava a face, desapareceu por completo, cedendo espaço a uma falsa cordialidade.

— Sr. William, não esperava encontrá-lo aqui — grunhiu, aproximando-se a passos lentos para colocar alguns papéis em cima da mesa de Natan. — Como está?

— Bem, e o senhor?

— Igualmente.

Ambos trocaram um olhar áspero, embora William tivesse dificuldades em entender por qual motivo tornara-se o desafeto de um senhor tão respeitado sem sequer se dar ao trabalho de provocá-lo. Títulos sem méritos não lhe eram agradáveis, mas, de qualquer forma, não estava em um bom dia para tentar entender banalidades.

— Por quanto tempo ficará em Londres? — questionou Henry, trocando o peso dos pés. — Soube que sua visita seria breve.

— Não faço ideia. Talvez mais um mês, não mais.

— Ótimo. — Ele sorriu forçadamente. — Então teremos muito tempo para conversar ainda.

— Não consigo imaginar como lhe seria útil, mas, sim, teremos. — O detetive levantou-se, dando por encerrado o diálogo com o irmão, que apenas lhe lançou um olhar de censura. — Senhores, se me derem licença, preciso resolver algumas pendências.

— Com a Srta. Wood, eu imagino? — A frase pairou pelo pequeno escritório.

Natan engoliu em seco, olhando de um para outro. Péssimo dia para Henry resolver expor seus sentimentos e inquietações. William sorriu sarcasticamente e girou nos calcanhares, voltando a atenção para o arquiteto que o encarava com expectativa. Pela forma como suas bochechas gradativamente assumiam um tom escarlate, previu que a frase não fora premeditada, tampouco produto de um ato consciente.

— Está insinuando algo, Sr. Evans? — inquiriu calmamente, enterrando as mãos nos bolsos da calça.

— Longe de mim. — Henry mantinha os maxilares rígidos e os olhos fixos no homem diante de si. — Apenas questionei. Parecem-me bastante próximos.

William sentiu o clima tenso envolvê-los, porém, manteve o sorriso com ares de vitória. Teria descoberto um sentimento mal resolvido no passado que ainda se fazia presente?

— Somos bons amigos. — Limitou-se a responder, notando na inquietude do homem a necessidade por mais informações. — Embarcarmos no mesmo navio para a América.

— Há sete anos, se não me engano.

— Algo assim.

— E retornaram juntos sem aparentemente nenhum vínculo além de boa amizade?

O azul dos olhos de Henry, tão semelhante ao céu em dias ensolarados, parecia queimar. William mordeu o lábio inferior, contendo-se para não inventar fatos apenas pelo prazer de provocar o contraditório sujeito.

— Senhores. — Natan pigarreou, despertando-os do devaneio ameaçador. — Acredito que devamos continuar nossos afazeres, não é mesmo?

— Certamente — respondeu William, já deixando a sala. — Com licença.

Henry fez uma breve reverência e bufou assim que a porta se fechou, levando as mãos ao rosto. O outro, em silêncio, caminhou até a mesa e tomou os papéis, lendo-os rapidamente.

— Se bem sei, meu irmão jamais teve qualquer relacionamento de cunho amoroso com Elena Wood — disse sem desviar o olhar das anotações.

— Pouco me importa.

— Não parece, Henry. Você se deixou perturbar somente por tê-los visto juntos na inauguração.

— Minha história com Elena é complicada — rebateu o arquiteto, acomodando-se na cadeira onde seu desafeto estivera. — Não esperava que fosse ver ela mais uma vez.

— Desculpe, não consigo compreender — rebateu Natan ironicamente. — Faz anos desde que tudo aconteceu, é natural que ela siga a vida dela. Você seguiu.

— É claro que não compreende. — Henry cortou, tentando evitar que as imagens de Elena invadissem sua mente. — Nem eu sou capaz de compreender.

O Sol já havia se recolhido há muito tempo quando Elena decidiu que era o momento de ir embora, mas, antes, precisava sanar aquela velha dúvida dentro de si. Não chorou porque as lágrimas já eram quase inexistentes, entretanto, sentia como se um vazio imenso a devorasse, consumindo-lhe as forças. Havia atingido o limite e sabia disso desde o momento em que descobrira a verdade por trás de sua vinda. Encolheu-se com a brisa que a fez arrepiar e se levantou, caminhando pelas ruas desertas sem firmar os olhos em ponto algum.

Não iria para a casa da irmã naquela noite. Queria ficar sozinha, perdida em seus pensamentos. O relógio de bolso, presente de sua mãe, marcava sete e meia quando ela viu pela primeira vez a fachada pouco atraente. Seu ponto de encontro. Engoliu em seco e pausou a caminhada, ajeitando os fios negros antes de adentrar o ambiente pouco iluminado com forte odor de cerveja. Seus olhos examinaram o local, deparando-se com homens mal vestidos e trôpegos, pousando, por fim, na mulher sentada ao fundo.

O tempo não havia mudado em nada Lauren. Era quase como se ambas tivessem dezesseis anos de novo e todos os sonhos recém-arruinados pelas circunstâncias diversas da vida. As exceções ficavam por conta do cabelo mais curto e contido em um coque lateral elegante, combinando perfeitamente com o casaco refinado em um tom vivo de amarelo que iluminava a pele negra. Os olhos amendoados sorriram ao vê-la parada na entrada e ela se levantou, com movimentos leves outrora nunca vistos.

— Lianna Stone — saudou extasiada, antecipando-se para abraçar a velha conhecida. — Como os anos lhe mudaram!

— E você não mudou quase nada — balbuciou Elena, encarando a amiga de frente ao se desvencilharem. — Só está quase uma esnobe da sociedade londrina.

— Céus, não diga isso. — A jovem sorriu, fazendo um gesto de desdém com as mãos. — Já estou suficientemente farta de tamanha frescura.

Elena se ajeitou na desconfortável cadeira de madeira e observou a amiga por alguns instantes. Era incrível como alguns anos e círculos sociais podiam mudar completamente uma pessoa, tornando-a quase completamente distinta do que fora anteriormente. Dos farrapos e simplicidades que a moldaram, Lauren trajava roupas notavelmente caras, semelhantes àquelas que a própria Elena era obrigada a vestir quando frequentava a temida sociedade. No entanto, embora estivesse imersa no que tanto criticava, com uma compostura antes inexistente, a moça ainda mantinha no semblante a firmeza de anos antes, quando com um filho no ventre e um namorado ao lado, atravessou o mar rumo a uma vida que jamais viveu. Elena sentia-se agraciada por aquilo. Ao finalizar os pedidos de bebidas, Lauren se voltou para ela e sorriu.

— É surreal te ver depois de tanto tempo, Lia. Ainda me pergunto como conseguiu me encontrar!

— Felizmente tenho uma irmã bastante informada a respeito de assuntos da sociedade, Sra. Stock.

— Jamais pensei que isso fosse acontecer, sinceramente.

— Devo dizer que também não esperava. — Elena hesitou, aguardando até que fossem servidas por um homem mal encarado, ainda que gentil. — E Matthew?

— Está bem. Crescendo. — Lauren riu, bebericando seu uísque. — Se o visse, jamais diria que é o mesmo bebê que esteve conosco em Chicago.

— O tempo passou rápido demais.

— Sem dúvida... — Seus olhos se perderam rapidamente no copo ainda cheio antes de voltarem-se para Elena mais uma vez. — E quanto a você?

— Na mesma. — A jornalista recostou-se, correndo os olhos pelo ambiente hostil à sua volta. — Ainda escrevendo tragédias. E sozinha.

— Não encontrou ninguém que lhe fizesse jus?

— Para ser sincera, nunca sequer procurei.

— E nem deve! — A jovem senhora sorriu. — Apesar de ter dito por muito tempo que perdeu uma grande chance com William.

Elena baixou os olhos, remexendo a taça de vinho. Uma noite fria merecia uma bebida à altura.

— No fim das contas, relacionamentos nunca foram para mim.

— Não diga isso. — A jovem senhora recostou-se, olhando-a com suavidade. — Um único homem não foi para você. Não generalize todos os relacionamentos por conta de uma experiência negativa.

— Certos danos são irreparáveis.

— E eu bem sei.

A jornalista sentiu o tremular na voz da outra e um gelo lhe percorreu o corpo. Lauren sorriu, finalizando sua bebida em um único gole.

— Convivo com meus danos diariamente, Lia — disse suavemente. — E um deles é meu próprio filho.

Com um gesto tímido, mas elegante, ela chamou o homem e pediu outra bebida, agradecendo com cordialidade. Em seguida, retirou uma caixinha da bolsa e puxou um cigarro, acendendo-o sem delongas.

— Você nunca mais o viu? — questionou Elena hesitante. — Jeremy?

— Não — respondeu Lauren friamente, lutando para não se perder na melancolia das lembranças de menina. — O Sr. Santini fez questão de me enviar para Oxford em promessa de silêncio para preservar nossas vidas. Concluí que Jeremy merecia uma vida melhor do que aquilo, então apenas concordei. — Ela deu de ombros, libertando a fumaça acinzentada pelos lábios. — Ele me encontrou pouco depois de Jeremy avisar que havíamos atracado na Inglaterra. — Seus olhos permaneciam fixos em algum ponto, mas nada viam. — Provavelmente subornou uns capangas para revistar meia dúzia de casas e coletar algumas informações.

— O que você fez? — Elena sentia o corpo inteiro arrepiar.

— Pedi que dissessem que pernoitei em Gallway Village e em seguida parti novamente.

— E nunca o encontrou em nenhum baile?

Lauren mantinha o semblante sério, permitindo-se sorrir tristemente ao recordar uma ou outra história.

— Oxford é razoavelmente distante. Mas, nos bailes em que sabia que ele poderia estar, recusei-me a ir.

— Seu marido não estranha esse comportamento?

— Ele sabe a verdade. — Ela se ajeitou elegantemente. — Sempre soube.

— E quanto ao que você sentia?

A moça respirou fundo, sendo servida pelo segundo copo de uísque daquela tarde. A bebida tornara-se um dos grandes problemas desde seu retorno à Inglaterra.

— Jer sempre foi uma pessoa ótima, Lia — disse com cautela, batendo a ponta do cigarro no cinzeiro. — Ele não era alguém que merecia a rejeição do próprio pai.

Elena aquiesceu e voltou a atenção para o vinho remanescente na taça.

— William esteve com ele há alguns dias.

— Ele também está aqui? — Lauren arqueou a sobrancelha.

— Sim, está.

— Vocês vieram juntos?

— Não — respondeu a jornalista de imediato, ponderando alguns instantes sobre a questão. — Quase. Ele veio assim que eu lhe disse que viria. — Corrigiu, puxando a caixinha dourada da bolsa.

Lauren assentiu e bebeu um longo gole, apagando o que restara do cigarro no cinzeiro entre elas. Sabia que não deveria, entretanto, a curiosidade consumia-lhe de tal forma que, antes que pudesse conter, questionou:

— E como Jeremy está? — Sua voz saiu quase como um sussurro.

— Não soube muito. Está casado, infeliz. William disse que envelheceu uns bons anos.

As grandes esferas negras da outra perderam o brilho repentinamente, tornando-se mais escuras, se é que isso era possível. Elena pigarreou e cruzou as pernas desconfortavelmente, tentando parecer tranquila. Em Londres, era difícil voltar a ser Lianna.

— Não era o que eu esperava ouvir — balbuciou Lauren, fitando o reflexo arroxeado da bebida na madeira. — Ele merecia ser feliz depois de tanta merda.

— Ele perdeu a mulher e o filho sem ter chances de refutar essa decisão. Não imagino como ele poderia ser feliz, sinceramente.

— Ele podia ser um cretino, Lia. — Notando a voz levemente embargada, a jovem respirou fundo e bebeu antes de continuar. — Ele podia ser um homem horrível, mas nunca foi. Essa é a parte que mais me machuca.

Elena estendeu a mão por cima da mesa e tocou o braço da amiga, pressionando-o carinhosamente.

— Nós nunca vamos entender completamente o passado — falou com serenidade. — Ou as escolhas que fizemos em determinado momento.

— Infelizmente.

O silêncio recaiu sobre elas. O ruído do vidro encontrando a superfície de madeira era exaustivo, principalmente quando os homens se empolgavam o suficiente para arremessar canecas, fazer apostas com as quais não arcariam ou insultar uns aos outros entre um gole ou outro. Lauren não podia escolher lugar pior e mais escondido para marcar o encontro de ambas. Era surpreendente que houvesse taças. Ou vinho.

— E você? Que tal a experiência de lidar com essas coisas de novo? — Lauren deixou de lado assuntos que lhe interessavam imensamente. Jeremy a interessava imensamente.

— Estranha. É incrível que em algum momento eu tenha feito parte de tudo isso.

— E já viu *ele*?

Elena desviou os olhos para um canto mais ermo do espaço, o único que não era disputado pelas figuras curiosas do bar que com frequência lançavam às moças olhares maliciosos, beijos e todo tipo de provocação inadequada.

— Ele veio me procurar — respondeu sentindo o olhar reprovador da amiga sobre si.

— Por Deus! O que ele queria? Diga que não o recebeu, por favor!

— Ele foi até a casa da minha irmã. E eu também queria ouvir o que ele tinha a dizer.

— Nada de útil, eu imagino. — O desdém na voz de Lauren era um tanto quanto cômico.

— Pelo contrário. — Elena finalizou sua bebida e tragou profundamente antes de continuar. — Descobri coisas até demais.

— Quer compartilhar?

— Não vale a pena.

Lauren resmungou que já imaginava e conferiu o relógio, fazendo cara de poucos amigos. Respirando fundo, olhou novamente para Elena.

— Durante todo o tempo em que está aqui, não sentiu vontade de ir atrás da sua filha?

O coração da jovem acelerou. Após o diálogo desastroso com o pai, a expectativa tornou-se ainda maior e a vontade de buscar o que nunca pudera ter quase lhe sufocava.

— Desde que desembarquei — confessou Elena com um suspiro, rolando o cigarro entre os dedos para conter o nervosismo.

— Lia, seja sincera. — Lauren se inclinou para encará-la mais de perto. A verdade nos olhos dela era intimidante. — Por que voltou para cá? Esse lugar não lhe traz nada senão dor. Eu entendo que, no meu caso, as fantasias falaram mais alto, mas no seu? Não existe nada de bom te esperando na Inglaterra.

Elena deu de ombros, sinalizando para o homem do balcão trazer mais uma taça de vinho. O cigarro queimava em sua mão.

— Anneline me escreveu pedindo para que eu viesse em nome dos meus pais — disse voltando-se para a elegante senhora. O homem lhe serviu uma taça cheia, que ela quase acabou em um único gole. — Do meu pai, mais precisamente. Tuberculose.

— Ela tinha esperanças de consertar as coisas entre vocês?

— Meu pai queria me ver antes de morrer.

Lauren aquiesceu, ajeitando o vestido. Seu silêncio indicava o quanto estranhava a situação, porém ela jamais diria isso abertamente. Elena encarou o cigarro e o apagou, ainda pela metade. Não se sentia confortável o suficiente. Não queria mais beber, não queria fumar. Não queria mais estar ali. Apesar de sentir falta de Lauren por tanto tempo, vê-la novamente reacendeu sentimentos demais e o reencontro só servia para mostrar como o tempo as havia mudado e as feridas que deixara. As lacunas eram grandes demais para serem preenchidas com as superficialidades que um retorno proporcionara.

— Para ser sincera, acredito que nem a morte seja capaz de apagar algumas coisas — murmurou Lauren, finalizando sua bebida e consultando novamente o relógio. — Lia, eu preciso ir. Disse a meu marido que estou na casa da minha tia, preciso estar de volta amanhã pela manhã.

— Não se preocupe.

— Foi ótimo te ver mais uma vez. — Ambas se levantaram quase que ao mesmo tempo, trocando olhares de despedida. — Fique longe dos sofrimentos. Você estava indo bem em Nova Orleans.

Elena riu e abraçou a amiga que provavelmente nunca mais veria.

— E você, pare de se culpar pelas escolhas que fez — censurou Elena, desvencilhando-se de Lauren para admirá-la. — Foi a escolha certa naquele momento.

— Eu sei.

As duas se retiraram do restaurante, se é que podia ser tratado dessa forma, em conjunto, parando apenas para acertar as contas. O carro já aguardava Lauren ao lado de fora, enquanto Elena pensava qual seria o melhor caminho para voltar para casa.

— E, Lia? Caso veja Jeremy... — A jovem hesitou, trocando o peso dos pés. — Caso você o veja, diga que eu não esqueci.

Elena arqueou a sobrancelha, mas não conteve o sorriso tristonho.

— Nós tínhamos uma promessa. Eu não esqueci — completou Lauren antes de adentrar o carro.

A porta se fechou e o motorista assumiu o volante sem deixar espaço para que elas se despedissem uma última vez.

Os passos acelerados fizeram com que a caminhada fosse rápida, mas prazerosa. Londres mostrava-se diferente do esperado, mesclando fachadas elizabetanas e eduardianas com o frescor da modernidade. Novos lugares erguiam-se nas esquinas, casas antigas, bairros novos. As pessoas já não eram as mesmas, os ambientes tampouco conhecidos como costumavam ser. Pouco a pouco, a cidade recebia cada vez mais pessoas e sentia o impacto da tecnologia se alastrando e conquistando espaços consideráveis. A paisagem mudara, mas a base continuava sendo a mesma. Antiga, cinza, com toques de melancolia.

Na vasta noite londrina, Elena encolhia-se no pesado casaco vermelho que tanto gostava, mantendo o ritmo dos passos. Não demorou a avistar o pé direito alto e a construção ímpar que se misturava ao ambiente urbano. Sozinha, a jornalista subiu os cinco degraus e se ajeitou antes de bater na porta desajeitadamente. Estava aflita. Poucos segundos depois, um moço alto, de vestes negras, a recepcionou com um cumprimento excessivamente cordial.

— O Sr. William Stevenson está? — questionou a jovem.
— E quem gostaria? — rebateu o homem, analisando-a de cima a baixo.
— Srta. Elena Wood, por favor.

Ele assentiu e convidou-a a entrar, recolhendo seu casaco e bolsa. Em seguida, levou-a até uma espaçosa sala, embora um tanto escura, e serviu-lhe chá enquanto chamava William. Nervosa com a visita não anunciada, e certamente reprovada por sua mãe se os tempos fossem outros, ela tomou um gole da bebida fumegante, tentando conter os pés nervosos que insistiam em bater repetidamente no chão. Então a porta se abriu novamente e William adentrou, sustentando olhos de curiosidade e um tanto de desafio.

— Elena Wood... acho que nunca vou me acostumar com esse nome — disse aproximando-se dela.
— Ele também soa estranho a mim. — Elena se levantou, deixando a xícara na mesa de centro.
— Assine como Lianna Stone. Combina bastante com você.

— É só até voltarmos para casa.

William sorriu, parando diante dela. Pelo perfume forte e os cabelos levemente úmidos, ela concluiu que ele acabara de sair do banho. Talvez sua presença até o tivesse interrompido.

— Me diga, Elena Wood, o que lhe traz aqui? — Ele continuou.

— Eu preciso de você.

Os grandes olhos castanho-esverdeados a fitavam com interesse, parecendo ainda maiores diante da pouca luminosidade. Ele deu um passo adiante e pousou a mão no queixo dela, levantando-o para que os olhos dela encontrassem os seus.

— Está tudo bem? — questionou com suavidade. O semblante vulnerável a fazia parecer tão pequena, ainda que tão destemida. William quis sorrir com a proposição, mas não o fez, caso contrário, iniciaria uma discussão que não estava disposto a ter. Não naquele momento.

— É esse lugar, Will. As pessoas simplesmente não conseguem ser felizes aqui — rebateu Elena com os olhos marejados e a voz firme.

— O que você quer dizer com isso?

— Encontrei Lauren hoje. Jeremy apareceu há pouco. O passado nunca vai embora, é impossível seguir em frente.

Ele aquiesceu, afastando-se para preparar um copo de uísque.

— Quer? — perguntou sem se voltar para ela, que recusou. — Como foi o encontro com Lauren?

— Ela é outra pessoa, totalmente.

— Era de se esperar — respondeu William, bebendo um gole generoso da bebida. — Depois de tudo que ela passou, eu digo.

— Não, não nesse sentido. — A voz de Elena assumiu um tom urgente, exasperado. — Ela se casou, se tornou parte disso tudo.

— Se ela estiver feliz...

— Não, Will. Ela não está feliz, Jeremy não está, nós não estamos.

O detetive concordou, apreciando silenciosamente o uísque. Do outro lado, a moça entrelaçava os dedos, buscando uma forma de exprimir seus sentimentos sem permitir que a ansiedade a engolisse.

— Ninguém consegue ser feliz nessa droga de lugar — completou. O ruído repetitivo de saltos encontrando o chão preenchia o ambiente. — Não devia ter voltado para cá. Eu pensava que me descobriria de certa forma e que tudo isso me faria bem, mas estou presa nas mesmas questões.

— Então vamos embora. Eu e você.

— Não posso — respondeu relutante, cerrando as pálpebras. — Não antes de colocar um ponto final em tudo isso.

— Elena, seja sincera consigo mesma — pediu William seriamente, pousando o copo na mesa de centro. — Por que está aqui? Foi a carta da sua irmã ou a necessidade de se certificar de que esse realmente não é o seu lugar?

Observando a cidade através da grande janela, Elena sentia como se o peso da cidade a esmagasse. Queria correr, gritar, estar o mais distante possível daquela loucura. Queria se sentir segura consigo mesma e seus atos, permitir inebriar-se de felicidades passageiras sem precisar dar satisfações a ninguém ou culpar-se a cada olhar torto. Sem se virar, sentindo a observação minuciosa de William sobre ela, limitou-se a ser direta, deixando que a resposta que sequer ela sabia, morresse no ar.

— Will, será que você pode ficar comigo essa noite?

21.

A noite aos poucos cedia espaço ao dia quando William finalmente resolveu se deitar. Seus olhos tardaram a se acostumar com a pouca luz dentro do quarto, mas isso não impediu que ele a visse perfeitamente. O corpo acomodava-se com elegância por entre as almofadas, coberto pelo espesso edredom, e os cabelos negros encontravam-se dispersos sobre o travesseiro branco. Despida de todas as máscaras que lhe cobriam dos olhos aos pés, Elena Wood era ainda mais bonita, nutrindo na alma as mesmas feições de quando a conhecera tantos anos antes. Estar de volta a estava matando por dentro e ele bem sabia disso. Fazia o mesmo com ele. Havia pensado nisso durante toda a madrugada, nela e na ameaça que tampouco o tranquilizava. Mais uma vez via-se na encruzilhada entre arriscar aqueles que o envolviam e enfrentar os obstáculos de um caminho que construíra sozinho ou fugir mais uma vez.

Com cuidado, William afastou as cobertas e deitou-se ao lado de Elena, encarando-a em seu sono profundo. A primeira imagem dela, ainda uma adolescente indefesa e triste, era tão nítida que ele sentia que podia tocá-la. Com um movimento involuntário, imersa em seus sonhos, a jovem pousou a cabeça no peito dele e o envolveu com o braço. Ele sorriu, afagando os cachos curtos. Ela parecia tão indefesa, vulnerável. O ruído dos comércios abastecendo as prateleiras e balcões antes do dia começar preencheu o cômodo, rasgando a tranquilidade que antes os cercava. O detetive cerrou as pálpebras e bocejou preguiçosamente, arrependendo-se pela noite desperdiçada. Em pouco tempo, deveria estar de volta à casa do irmão e Elena precisava fazer o mesmo; a rotina continuava. Delicadamente, ele a despertou, correndo os dedos por seu rosto.

— Que horas são? — grunhiu a jovem entre um bocejo profundo.

— Provavelmente seis — respondeu, fitando-a com carinho. — Já amanheceu.

Elena assentiu, sentando-se na cama com notável preguiça. Os olhos, ainda inchados de tanto dormir, pousaram em William e um sorriso escapou-lhe.

— Fizemos de novo — disse matreira.

— Fizemos — confirmou William, assistindo às reações dela. — E, desta vez, sóbrios.

Ela escondeu o rosto nas mãos, repensando a noite anterior. Onde estava com a cabeça? Enquanto censurava os atos impulsivos que a inquietude a levava a cometer, William tomou as mãos dela e as afastou da face ruborizada, obrigando-a a encará-lo.

— Não se culpe — falou com suavidade. — Você não fez nada sozinha.

— Eu não deveria ter ido atrás de você.

— Foi tão ruim assim? — Ele arqueou a sobrancelha, assistindo-a rir e enrubescer ainda mais.

— Essas coisas não costumam acabar bem.

— Está dizendo que pode acabar se apaixonando? — William riu, acrescentando certa malícia à voz.

Ela hesitou, afastando as cobertas sem ousar levantar os olhos para ele.

— Exatamente — sussurrou antes de se arrastar para fora da cama.

Pego de surpresa, ele a observou em silêncio. Os tímidos raios de Sol que beijavam sua pele exaltavam as curvas suaves do corpo, minúcias que, naquele instante, revelavam-se por completo.

— Interessante. — William deixou escapar, ajeitando-se entre as cobertas.

— O quê? — questionou Elena vestindo-se sem desviar os olhares atentos dele.

— Essa possibilidade.

— Não disse que era uma possibilidade.

— Mas deixou em aberto.

Elena sorriu, caminhando até o espelho para arrumar os fios desgrenhados.

— Não acredito em possibilidades, Will.

— Você disse que poderia se apaixonar — rebateu o detetive enquanto tomava coragem para sair da cama. — Isso é uma possibilidade.

— Não, isso é uma consequência dos nossos atos.

— Então deveríamos parar de dormir juntos.

Ela o encarou através do espelho, encontrando-o de pé, completamente nu. Embora já o tivesse visto despido outras vezes, com a nitidez do dia, os detalhes eram inteiramente ressaltados, sem deixar espaço para a imaginação.

— É o mais lógico — respondeu de repente, voltando-se para procurar os sapatos perdidos. — Não pensa assim?

William deu de ombros, vestindo a camisa branca que usara no dia anterior.

— Eu não vejo problema.

— Em dormirmos juntos?

— Em eventualmente isso se tornar alguma outra coisa — afirmou tranquilamente, ajeitando as mangas amarrotadas. Elena cruzou os braços e o observou em silêncio. — Não é como se fosse estranho. Eu e você. Na verdade, parece até sensato.

Ela sentiu o coração disparar. *O que você acha? Eu e você? Não seria estranho, certo?* Os olhos azuis. A cabana. A luz fraca das velas. *Se eu tivesse que me casar com alguém, eu gostaria de me casar com você. Digo, nós somos melhores amigos.* Elena levantou os olhos para William mais uma vez, vestindo as luvas com rapidez.

— Deixe que o tempo diga — balbuciou apreensivamente, disparando em direção à porta do quarto alugado. — Eu preciso ir.

Ele sorriu e a observou partir, repensando suas palavras. Não se lembrava de ter dito qualquer coisa errada.

Henry Evans levantou-se da poltrona pela enésima vez naquela manhã. Não havia tirado sequer o roupão ainda, a luz o incomodava mais do que imaginar o falatório incessante de Elizabeth. Fitou o relógio e bufou, ainda tinha uma hora até que pudesse se preparar para sair de casa. Ou talvez pudesse partir mais cedo, quem saberia dizer? Serviu-se de mais chá e adoçou com uma colher generosa de açúcar para lhe dar ânimo. Em questão de dias, sua vida havia se tornado um verdadeiro inferno.

Por mais que quisesse se distanciar, o fantasma de Elena Wood influenciava todos os seus atos e pensamentos mais recentes, estando diretamente ligado a tudo que ele desejava fazer. Ela estivera presente todos esses anos, entretanto, vê-la ali, uma mulher feita de opiniões fortes e semblante destemido, fazia seu peito arder e reacender aquele velho questionamento a respeito de suas escolhas. Impaciente, resolveu subir e se vestir antes que a esposa acordasse e o enchesse de perguntas e informações para as quais não podia se importar menos. Em poucos minutos já estava diante da porta de madeira envelhecida, gasta pelo tempo e mantida por ausência de dinheiro para trocá-la por outra mais nova. Com paciência, ouviu a movimentação ao lado de dentro e, em seguida, a mulher surgiu com um sorriso cansado no rosto.

— Sr. Evans —exclamou amavelmente. — Não esperava o senhor hoje. Por favor, entre.

Ele assentiu e agradeceu, adentrando a casa cujo chão de assoalho estalava a cada passo. Tirou o chapéu e o casaco, entregando-os à mulher, e pôs-se a observar o ambiente já familiar. Não era um espaço que denotava pobreza, mas estava longe de carregar os estandartes da riqueza. Os Loney eram pessoas simples, trabalhadoras, que possuíam uma vida confortável dentro do possível.

— Deseja uma xícara de chá? George está fazendo café, se preferir. — Continuou ela, conduzindo-o para a sala de estar.

— Estou bem, obrigado.

— Bem, imagino a razão para estar aqui. — Ela sorriu, tocando-lhe o braço. — Quer vê-la?

Henry, sem se mover, fez que sim com a cabeça e assistiu a anfitriã desaparecer corredor adentro. Sozinho, percebeu o breve diálogo na parte de cima da casa ser interrompido pela dona, que chamou a menina com bondade, anunciando visita. O aroma de café preencheu suas narinas e lhe trouxe uma estranha sensação de conforto e pertencimento.

— Henry! — chamou a voz infantil, rompendo os instantes letárgicos, e logo a pequena menina apareceu com braços abertos, correndo na direção dele.

Os cachos castanhos e compridos dançavam no ar conforme ela se movia, emoldurando seu rosto delicado. Os grandes olhos azuis-escuros o observavam com alegria quando ela o envolveu em um abraço delicado, mas apertado o suficiente para denotar carinho.

— Você veio! — disse com um grande sorriso no rosto. Um sorriso igual ao da mãe.

— Pensava mesmo que eu iria te abandonar? — Ele ajoelhou-se, tocando a ponta do nariz dela. — Como você cresceu!

— Minha mãe disse que eu vou ser tão alta quanto ela.

— Se continuar a crescer assim, vai mesmo. — Henry a observou, sentindo um nó se formar na garganta. — Logo você será uma mocinha linda, Catherine.

A menina sorriu, mostrando as janelas causadas pela queda dos dentes de leite. Catherine tinha mais de Elena do que ele gostaria de admitir. Era um pedaço dela que havia permanecido com ele por todos aqueles anos e o motivara a seguir em frente com a consciência tranquila. Reparar, de certa forma, os seus erros.

— Henry semana que vem é meu aniversário... você vem? — perguntou atônita. — Minha mãe disse que você poderia vir!

— Eu posso tentar... O que você quer de presente?

Ela fingiu pensar por alguns segundos e, logo em seguida, deu um pulo animado.

— Uma máquina de escrever!

Parte 04

"Aos poucos os aromas vão se revelando e as nuvens desaparecem dos céus. Mas, somente após os trovões é que a chuva consegue lavar a alma."

22.

Inglaterra, 1911

Elena já havia perdido a conta de quanto tempo gastara deitada na grama, somente observando as nuvens. Embora tivessem milhares de formatos, isso não era o que mais a encantava. Ela gostava mesmo era de ver como aos poucos elas se dissipavam no céu claro conforme moviam-se sutilmente, realizando uma dança mítica aos olhos humanos. De certa forma, o céu sempre exercera certo fascínio sobre ela, assim como tudo o que o envolvia. Seu pai havia dito certa vez que ela seria uma ótima física se a sociedade permitisse, entretanto, bastou ela conhecer mais a fundo o que a área contemplava para abolir de vez todas essas ideias. Matemática não era para ela, muito menos a elaboração de cálculos extensos.

Ao seu lado, Henry também olhava as nuvens, mas sem o mesmo entusiasmo. Sua mente repassava a discussão que tivera com Elena minutos antes. Sempre os mesmos assuntos, sempre Elena irritada lhe dizendo algo agressivo sobre uma de suas namoradas. Talvez os boatos sobre os sentimentos da amiga em relação a ele fossem verdadeiros, afinal.

— Acho que vou embora — exclamou levantando-se bruscamente.

— Por quê? — questionou a menina sem direcionar os olhos para ele. — Não gostou de ouvir algumas verdades?

— Cale a boca.

— Henry, você sabe mais do que ninguém que está fazendo besteira.

Ele sentiu as bochechas queimarem quando ela finalmente o encarou ainda deitada no chão.

— Não pode ser tão cego assim. — Complementou, observando-o ficar ainda mais irritado.

— São boatos. Eu não ligo para boatos. Mas você, repetir isso todas as vezes, me incomoda.

— Está bem — disse ela, levantando-se. — Faça o que você quiser, Henry. Mas, quando seus nomes estiverem em todos os jornais e a cidade inteira te conhecer como um homem que foi traído pela esposa, não reclame.

— E quem disse que ela será minha esposa, Elena? — Sua pele alva ficava a cada instante mais vermelha. — Eu não devia ter contado.

— Isso mesmo, continue escondendo as coisas de mim, a única pessoa que realmente se importa com você.

Ele a encarou friamente, enquanto ela cruzava os braços e o observava com a respiração ofegante.

— E de que adianta te contar? Você *nunca* aprova nada do que eu te digo — rebateu Henry. — Todas elas são sempre um problema para você.

— Não, não são elas. É você.

— O que eu fiz?!

— Você procura meninas que não te respeitam, sequer se respeitam!

— E o que você tem a ver com isso?

— Eu sou sua amiga. Eu quero o melhor para você.

— Você acredita que eu sou sua propriedade, Elena.

Henry sentia-se a cada instante mais irritado, incomodado com a forma como ela agia diante de suas pretendentes. A história era sempre a mesma. Bastava ele se interessar por alguém que Elena encontrava uma forma de criticar suas escolhas com base no que ouvira de terceiros.

— Abra o olho, Henry. Você está virando piada entre as pessoas! — protestou Elena, limpando o vestido com violência.

— Sabe, eu acredito que isso seja um problema inteiramente meu.

A jovem respirou fundo e soltou os ombros, irritada com a cegueira eminente dele. Como podia ser o único que não percebia o que as mulheres faziam com ele? Usavam-no de todas as formas quando não tinham uma opção melhor e, ainda assim, ele parecia deleitar-se em ser uma visível segunda opção.

— Sim, é um problema seu — balbuciou, passando por ele a passos lentos. — Mas você merecia coisa melhor.

— Presumo que esteja falando de você?

Elena hesitou, girando sobre os calcanhares para encará-lo. O nó em sua garganta parecia sufocá-la ainda mais, entretanto, não podia chorar. Não podia demonstrar fraqueza.

— Estou falando de pessoas que gostam de você de verdade, Henry.

— Como pode saber que elas não gostam de mim?

— Porque elas demonstram estar com você só por falta de alguém melhor.

Ele abriu a boca insinuando ter algo a dizer, mas logo a fechou e assentiu, rindo ironicamente.

— Você acredita mesmo que as cartas de Elizabeth sejam sinceras, Henry? — Elena continuou. — Eu já li aquela meia dúzia de linhas mal escritas e, sinceramente, não me soou convincente. E Sophie, que só te procura quando está desacompanhada nos bailes? Abra os olhos, pelo amor de Deus.

— Anseio o dia em que você se tornará tudo o que mais odeia. — Henry ainda sorria, embora sua voz tivesse um forte tom de ameaça. — Quando ninguém te compreender e questionarem sua liberdade em sair com quem bem entender.

— Isso é uma previsão? — Ela cruzou os braços, desdenhando das palavras dele.

— Guarde o que eu digo, Elena. O jogo ainda vai virar para você.

— Eu não vou me importar caso isso aconteça, ao contrário do que você imagina — balbuciou. — Porque quando esse dia chegar, você vai ter perdido absolutamente tudo por acreditar em promessas vazias.

O silêncio pairou entre eles, permitindo que a tensão se alastrasse rapidamente.

— Quem sabe ainda há tempo de mudar — completou Elena antes de retomar o caminho de volta para sua casa.

Inglaterra, 1922

Elena Wood sentia-se um pouco mais vazia por dentro. Mais triste e mais invadida por algo que sequer sabia explicar com precisão. Caminhava a passos lentos, ansiando nunca chegar. O cheiro do perfume de William, vestígios da noite anterior, era a única coisa que lhe acalentava, a fazia se sentir segura. Quando, por fim, avistou a mansão estonteante de Anneline, hesitou, apoiando-se nos joelhos. Talvez, esse fosse o momento de aceitar o convite de William e retornar para Nova Orleans.

— Elena? — gritou Anneline de uma das salas assim que a porta se fechou. — É você, não é?

— Sim, sou eu — confirmou, desvencilhando-se dos casacos e luvas.

— Graças a Deus! Estávamos preocupados. — A jovem senhora emergiu, dando-lhe um abraço apertado. — Onde estava?

— Precisava ficar sozinha.

— A noite inteira?

Elena deu de ombros, sem ter o que responder.

— Papai está aqui, veio te ver — sussurrou Anneline, tomando as mãos dela nas suas. — Podemos discutir isso depois.

Ambas trocaram um olhar cúmplice e Elena respirou fundo, sabendo que, em algum momento, teria que encará-lo mais uma vez, mesmo que não quisesse. Sem abrir margem para discussões, a caçula conduziu-a até a terceira sala, sua preferida. Thomas Wood estava sentado no sofá cinza, admirando a bengala em que apoiava o braço. Assim que a filha adentrou o ambiente, levantou os olhos, medindo-a de cima a baixo.

— Olá, Elena— saudou com desdém, recebendo um olhar repreensivo de Anneline. — Vejo que não dormiu em casa.

— Seria extremamente rude de minha parte perguntar o que faz aqui? — Elena questionou caminhando até a mesa de centro onde a bandeja com chá repousava.

Com calma, serviu-se, sendo seguida pelos olhos inquisidores do pai. Em seguida, sentou-se e o encarou com a mesma frieza exibida por ele no dia anterior.

— Devo desculpas a você pela maneira como me comportei ontem.

Ela arqueou a sobrancelha, para apreensão de Anneline, que assistia a cena em silêncio.

— A vida já tratou de lhe ensinar muitas coisas, como sua irmã bem me disse — disse, sendo brevemente interrompido por tosses que pareciam cada vez piores.

— A todos nós, eu acredito.

— Sem dúvida.

O silêncio reverberou pela sala, sendo interrompido somente pelas vozes aturdidas ao lado de fora. Elena se ajeitou timidamente no sofá e bebeu um longo gole da bebida fumegante.

— Para um pai, é difícil aceitar certas coisas. — Ele escolhia as palavras com moderação. — Você sempre foi uma menina geniosa, que agia conforme os padrões, mas não os aceitava. E eu sabia que, em algum momento, sua independência falaria mais forte. Você aceitou um pedido de casamento, entregou-se ao jovem, engravidou... e ficou sozinha. — Seus olhos enchiam-se de lágrimas conforme falava. — E eu não percebi isso na época e me dói dizer o quanto isso ainda me revolta e perturba.

Elena sentiu as lágrimas subirem aos olhos, tanto pelas palavras, quanto pela exaustão de ouvir as mesmas coisas repetidas vezes.

— Sua mãe me avisou e eu não a escutei. Ela nunca mais foi a mesma desde que você foi embora e posso dizer que eu também não fui. — Thomas continuou. A voz embargada denotava a emoção sentida. — Sua partida doeu em todos nós, Elena. Eu mesmo pensava que nunca mais a veria e passaria o resto dos meus dias me culpando por seu desaparecimento.

— A intenção era essa. — Elena sorriu, derrubando algumas lágrimas.

— Sim, eu sei. Anne me disse que mantinha contato com você depois de muito relutar.

Anneline sorriu ao canto, abraçando a si mesma.

— Me perdoe por tudo que disse ontem, Elena. Você é minha filha, acima de qualquer título, dinheiro ou posição.

Elena sentiu o coração apertar e se permitiu chorar. Thomas a observava com pesar, intercalando os soluços com as tosses cada vez mais carregadas de sangue — que ele tentava esconder no lenço branco já encardido.

— Sua mãe pediu que você fosse até lá hoje. — Concluiu secando o rosto úmido. — Eu preciso trabalhar. Anneline vai te contar sobre nossos planos para a noite, caso queira nos acompanhar.

Sem despedidas ou mais lágrimas, Thomas se levantou, desferiu um beijo no alto da cabeça da filha e se retirou, apoiando-se mais do que gostaria na bengala prateada.

Em meio à correria do escritório, Natan avistou Elizabeth plantada diante da porta de Henry, visivelmente incomodada. Receoso, aproximou-se e lhe desejou um bom-dia animado, recebendo em troca um olhar de censura que o arrepiou por completo.

— Onde está Henry? — questionou a senhora com a voz cortante.

— Ainda não o vi, Sra. Evans.

— Ele saiu logo pela manhã, eu o vi pela janela. E o pior é que eu imagino onde ele esteja. — Ela pausou, esperando uma reação de Natan, que não veio. — É claro que ele foi atrás de Elena! Onde mais poderia ter ido?!

— O quê? — Ele arregalou os olhos, tentando se conter diante da informação. — Ele jamais faria isso com a senhora.

— Não faria? Você não conhece a história!

Ela falava alto, quase gritando. Os curiosos, ao passarem, desferiam olhares de censura ou estranhamento, fazendo com que Natan se arrependesse totalmente por ter puxado assunto.

— Eu posso entrar em contato... — Ele hesitou ao receber uma ameaça velada contida nos olhos dela. — Ou podemos tomar um café! O que me diz?

Quase como se lendo seus pensamentos, Henry emergiu do elevador, com o olhar perdido em ponto algum e a cabeça repleta de ideias. Ao vê-lo, Elizabeth bufou e cruzou os braços, batendo a ponta do pé direito no chão.

— Aí está você! — disse ironicamente, surpreendendo o marido. — Onde esteve, Henry?

Ele deu de ombros e passou por ela, balbuciando um bom-dia acompanhado de um tapa amigável nas costas de Natan.

— Estava com ela, não era? — Elizabeth continuou andando atrás do marido, que parecia não a ouvir. — Eu te vi saindo logo cedo.

Natan os observou por alguns instantes e percebeu que era melhor se retirar, afinal, sabia muito bem onde e com quem Elena estivera. E não era com Henry Evans.

— Que droga Henry, me responda! — A mulher fechou a porta atrás de si com brutalidade, enquanto o marido tirava o casaco.

— O que você quer eu diga? — Ele se virou para ela, a voz baixa e o semblante indicando irritação.

— Então, eu estou certa?

— Não, Elizabeth. Estive em Richmond visitando minha filha.

Ela assentiu com aparente desgosto e se sentou teatralmente.

— Você foi reviver seu passado com ela, não é? É tudo que essa criança representa para você, o passado!

— O quê? — Henry arqueou a sobrancelha, ensaiando um protesto, mas deteve-se. Sabia que não valia a pena. — Por Deus, mulher, Catherine é minha filha independentemente de Elena estar aqui ou não.

— Mas não é assim que você a vê! — O pranto começou a rolar pelo rosto de Elizabeth. — Não se faça de sonso quando eu bem sei a verdade!

Ele ficou em silêncio, analisando o sofrimento excessivo da esposa. Sua capacidade de imaginar problemas e desenhar conflitos inexistentes era uma característica intrigante, tornando-a uma pessoa extremamente difícil. Longos anos de crises e mais crises de ciúmes infundadas, desconfianças excessivas e brigas por tão pouco o haviam desgastado completamente. Se ao menos ele lhe desse motivos para tal comportamento, as respostas seriam menos perturbadoras.

— Beth, eu me casei com você. Por Deus, pare de surtar só porque Elena está aqui.

— Surtar? — Ela se levantou em um salto, encarando-o com frieza. — Você pode sair de casa antes do previsto, desaparecer e eu não posso sequer reclamar?

— Você está insinuando...

— Quer saber? Eu não quero ouvir — disse puxando a bolsa para perto do corpo. Henry levou as mãos à cabeça sem dizer uma única palavra. — Eu não preciso ouvir essas coisas.

— Ótimo! Assim você poupa meus ouvidos também.

Em seu íntimo, ele sabia o que o esperava quando chegasse em casa dado o olhar que ela lhe lançou. Mas Henry já não se importava com muitas coisas. E seu casamento era uma delas.

William ainda sentia o toque doce e firme de Elena em sua pele junto da respiração ofegante e a elegância inebriante com a qual ela se movia, quase como se estivesse flutuando. Por vezes, mostrava-se como um poema realista extremamente tocante, capaz de modificar percepções e ideias antes tão consolidadas. Era impossível negar o quão atraído pela essência dela ele se sentia desde que pousara os olhos nela pela primeira vez. Queria descobrir o que se escondia por trás daqueles sorrisos, da negação, da frieza que mascarava um ser gentil e amável. Ele a admirava completamente.

As esquinas serpenteavam pela cidade, cortando seu interior para revelar perspectivas omitidas nas sombras de casarões e prédios pomposos. No beco dos peixes, nome dado ao espaço que centenas de anos antes consolidava-se como um grande comércio de peixes e frutos do mar, ele começou a descer as longas escadarias quando percebeu que alguém o seguia. Hesitou e olhou para trás, encontrando o lugar totalmente vazio. Retomou seu caminho e, pouco antes de atingir os últimos degraus, sentiu um puxão forte na camisa, fazendo com que os pés falhassem e ele cambaleasse para trás.

No mesmo instante, por reflexo, o detetive agarrou a cabeça do sujeito e tateou até encontrar seus olhos, pressionando-os com força. O homem gritou e William sentiu uma dor lancinante na perna direita, fraquejando o toque, ao mesmo tempo em que o outro se desvencilhava. Com agilidade, virou-se e encarou fixamente seu agressor, identificando-o como o sujeito que encontrara no bar dias atrás. Antes que o homem pudesse reagir, William deu-lhe um soco no queixo, entretanto, errou por pouco o alvo principal, cedendo margem para que o homem lhe devolvesse o golpe e o empurrasse escada abaixo. Depois disso, William não viu e nem ouviu mais nada.

Natan foi retirado de seus cálculos para atender uma ligação. Relutante, caminhou pelos corredores até a sala dos telefones para descobrir do que se tratava. No instante em que se anunciou, um frio percorreu sua espinha. Sem ter tempo a perder, finalizou a ligação e correu porta afora. Henry o surpreendeu no meio do caminho, ansioso por contar alguma coisa, entretanto, o engenheiro não lhe deu ouvidos. Precisava saber se William ainda estava vivo.

23.

Pela primeira vez em anos a família Wood havia se reunido para um jantar pacífico. Até mesmo Lilian resolvera se juntar a eles, embora seu semblante indicasse o oposto da felicidade que tentava transmitir. A angústia, a maldita angústia que nunca a deixava. Elena assumira seu lugar de direito, ao lado do pai e da irmã, espaço que ficara vazio após sua partida. A sensação de estar ali, mais uma vez, era totalmente estranha a ela.

Naquela noite, Thomas Wood não estava bem. As dores de cabeça se intensificaram ao longo do dia e as tosses quase não o permitiam falar. O corpo expulsava cada vez mais sangue e a fraqueza assolou braços e pernas junto de uma febre ainda fraca, mas incômoda. Mesmo debilitado, insistia em manter em segredo seu estado de saúde, demonstrando a quem perguntasse o quão forte estava e quão longe poderia ir com seus projetos. No entanto, a cidade já começara a falar e as primeiras reações à sua fraqueza surgiam sutilmente, começando com uma ausência de convites a festas e reuniões até a impossibilidade de horários para receber o nobre senhor. Já não era mais bem-vindo na sociedade que ajudara a elevar e na cidade que ajudara a construir. Thomas Wood em sua doença não era nada e nem ninguém. O prato servido era um de seus preferidos: carneiro ao molho de ervas. Justine, cozinheira de longa data, sabia como agradá-lo. Nos últimos dias, todos os funcionários pareciam fazê-lo. Na primeira garfada, sentiu apenas o gosto de ferro do próprio sangue, agradecendo por ver a família reunida uma última vez. Ao seu lado, Elena comia vagarosamente, apreciando os temperos sofisticados que os Wood tanto prezavam — e que, de certa forma, ela sentira falta. Ele a encarou e deixou um sorriso escapar, era bom tê-la de volta, embora ainda relutasse em perdoar completamente seus erros do passado. Eles lhe haviam custado muito caro.

— Obrigada por estarem aqui — disse Lilian de repente, levantando os olhos marejados para a família. — É muito bom vocês estarem aqui.

Anneline e Elena trocaram um olhar cúmplice e sorriram. Patrice, a enfermeira de Lilian, surgiu minutos depois para lhe perguntar sobre seus ânimos. Conforme Thomas via-se consumido pela tuberculose, Lilian parecia perder a vontade de continuar. A sensação que ambas as filhas sentiam era a de uma conexão tão forte entre os pais que os levava gradativamente para o mesmo lugar. E isso significava que elas teriam de se preparar para o pior.

— Eu sei o que estão pensando. — Thomas se manifestou repentinamente, entre uma garfada e outra. — Isso não vai acontecer. Eu já não tenho como evitar meu destino. Mas sua mãe tem e vai fazê-lo.

— Não diga isso.

— É a verdade, Anne. — Lilian se manifestou, dando um sorriso triste à filha. — Todos temos que aceitar.

Ninguém disse uma única palavra quando as portas duplas se abriram e os empregados surgiram com as sobremesas. Torta de limão, outro doce adorado pelo patriarca da família.

— Podemos não falar como se papai estivesse morto? — disse a caçula com firmeza, recusando-se a tocar na comida recém-servida assim que a família ficou sozinha mais uma vez. — Ele merece mais do que tudo isso.

— Nós sempre temos que pensar no pior, Anne — disse Thomas por fim, sorrindo com bondade. — Há de ficar tudo bem. Agora, devemos comemorar o retorno de Elena, que eu espero ser definitivo, e a reunião da nossa família novamente.

— Pai... — Elena iniciou, mas foi interrompida pela irmã, que a encarou com censura. — É, quem sabe. Brindemos a isso.

Elena finalizou sua sobremesa e pousou o guardanapo na mesa, prestes a pedir licença para ir ao banheiro, porém, foi detida pela governanta carrancuda, que entrou a passos pesados atravessando toda a sala para lhe entregar um pequeno bilhete. A jovem agradeceu e o tomou, abrindo com cuidado. À sua volta, Thomas, Lilian e Anneline a encaravam com expectativa. A carta era breve, com dizeres escritos às pressas, mas de simples entendimento e cordialidade. Ao finalizar a leitura, ela se levantou de imediato e pediu licença alegando ter um problema para resolver.

◆───◈───◆

Natan estava sentado do lado de fora da porta branca de madeira havia algumas horas. Não recebera nenhuma notícia sobre o irmão desde sua chegada ao hospital. Os Dechor. Era óbvio até mesmo para ele, alguém adepto dos bons relacionamentos, que o retorno do irmão não passaria em branco. Entretido em seus pensamentos, mal notou a aproximação de Elena, cujas faces coradas e passos ligeiros indicavam que ela havia adentrado o hospital em um fôlego só.

— Sr. Stevenson — disse ofegante, despertando-o de seu devaneio. — Vim assim que recebi o recado.

— Obrigado, Srta. Wood. Perdoe lhe escrever, mas sei como meu irmão preza sua companhia e amizade.

— O que aconteceu? Ele está bem?

— Não sei lhe dizer — respondeu Natan, lançando um olhar de relance para a porta do quarto. — Foi encontrado desacordado ao pé de uma escadaria. Estava pouco ferido, mas desacordado. Bateu a cabeça ao que parece.

Elena respirou fundo e assentiu, vasculhando o ambiente em busca de alguém que pudesse lhes dar alguma informação mais detalhada. Natan a observou, reprimindo um sorriso.

— Mas está vivo, se é o que quer saber — completou, assistindo-a relaxar os ombros.

— Essa sim é uma boa notícia. — A jovem sorriu aliviada. — Há quanto tempo está aqui?

— Uma ou duas horas. Talvez a vida inteira. Difícil dizer.

Ela riu e se acomodou no banco desconfortável do hospital, sendo seguida pelo irmão de William, que parecia extremamente cansado. Não havia o que pudessem conversar, uma vez que eram dois desconhecidos, e mesmo as trivialidades pareceram errôneas em um momento como aquele. Alguns minutos depois, para alívio dos dois, uma enfermeira disse-lhes que William havia finalmente acordado.

A cama do hospital era simples, com uma estrutura de ferro aparentemente vulnerável. Em cima dela, William estava acomodado em algumas almofadas brancas, com uma tala na perna direita e alguns curativos espalhados pelo corpo repleto de roxos e cicatrizes. Parecia-se mais com um herói de guerra do que com um homem comum.

— Parece que sobrevivi, não? — Ele abriu os braços e sorriu ironicamente, apontando os curativos.

— Por pouco nos mata de susto, isso sim — rebateu Natan, aproximando-se do irmão. — Você está horrível, Will.

— É, eu imagino.

Seus olhos encontraram os de Elena, que o observava quieta ao pé da cama. A mesma enfermeira que os avisou da melhora de William adentrou, trazendo uma bandeja com agulhas, algodão e outros utensílios.

— Will, o que aconteceu? — questionou Natan sério, reunindo o pouco de ânimo que lhe restava. — Você se lembra de alguma coisa?

— Não, nada — respondeu o detetive, observando os cortes estenderem-se pela pele. — Devo ter caído, não sei. Estava meio distraído essa manhã.

Elena lutou contra a vontade de sorrir.

— Você levou uma facada, homem. — O primogênito insistiu na questão. — Será que...

William lhe lançou um olhar frio, calando a frase pela metade. A quietude que se seguiu foi o suficiente para que todos compreendessem a gravidade da situação. Elena trocou o peso dos pés e sentiu a atenção do amigo sobre ela mais uma vez. Se bem o conhecia, as notícias não eram agradáveis.

— Por quanto eu dormi? — questionou o detetive, analisando os novos curativos feitos por uma jovem que parecia não se importar em demorar-se além do necessário.

— Algumas horas — respondeu Natan seguindo o olhar dele.

— Então está tudo bem — rebateu ele, ajeitando-se desconfortavelmente. — Nate, pode me fazer um favor?

— Sim?

— Pergunte na recepção, por favor, se havia algo comigo quando cheguei.

O jovem assentiu e saiu, sendo seguido pela enfermeira. Elena deu a volta no leito e se acomodou ao lado dele, olhando-o com curiosidade.

— Você se lembra — afirmou incisiva.

— Mas é claro que sim.

— Will, o que está acontecendo?

— Existem certas coisas que você precisa saber, mas não agora.

— Não, você já adiou essas respostas tempo demais e, dessa vez, quase custou a sua vida.

— Vá embora, Elena. E, por favor, não saia sozinha. — Ele pegou a mão dela e a pressionou de leve. — Pedirei a Natan que lhe avise quando eu estiver em casa.

— Por que alguém iria querer te matar? — O semblante da jovem era confuso, preocupado. — Foi isso, não foi?

— Eu juro que irei te contar tudo. Mas, agora, não é um bom momento. — Ele abaixou a voz assim que o médico entrou no quarto. — Por favor — sussurrou, libertando-a.

— Você terá que cumprir *essa* promessa.

— Eu vou.

Elena assentiu e se levantou, hesitando antes de sair.

◆⊰⊱◆

Uma grande tempestade lavava Londres quando William finalmente despertou. Natan o havia deixado poucas horas antes para trabalhar, entretanto os remédios para dor não o permitiram conversar direito com o irmão. Ao lado da cama, a bandeja com o café da manhã já esfriava. Não fosse pela dor nas pernas e a consequente imobilização, ele poderia se declarar bem o suficiente para ir embora. Ficar ali por muito tempo não era a melhor das opções. Na mente, durante o sono, fragmentos do ataque recente o perturbavam, trazendo de volta a visão do sujeito cujos olhos pareciam segui-lo, assistindo seu sono e arruinando sua recuperação, tornando-a nada tranquila. Aquele fora o aviso final, William sabia, no entanto, não planejava que houvesse outra oportunidade. E era nisso que pensava quando se deparou com a silhueta ao canto do quarto.

Na poltrona próxima à janela, a elegante mulher com um vestido verde delicado e cabelos ruivos arrumados perfeitamente sob um chapéu, o assistia em silêncio. Os olhos, duas esferas expressivas, estavam envoltos em uma olheira razoavelmente chamativa, mas queimavam-no, despiam seus pudores para encontrar a alma que se julgava tão conhecedora. O rosto tinha vincos mais profundos e traços mais marcantes, consequência da perda de peso acentuada dos últimos meses. Talvez estivesse com algumas linhas de expressão, mas era quase impossível notar. William prendeu a respiração, sentindo o coração pular no peito. Sete anos depois, ali estava ela, a amante que ele jamais fora capaz de esquecer completamente, o sonho que o perseguiu nas noites em claro e a questão cujas respostas eram uma grande dúvida.

— Pensei que não fosse acordar. — Ela se manifestou, levantando-se para se aproximar dele. O sorriso, antes tão cheio de brilho, parecia extremamente comum. — Já estava começando a me preocupar.

— O que está fazendo aqui? — perguntou William friamente, sentindo um arrepio percorrer lhe o corpo. — Como soube?

— As notícias correm. — Charlotte deu de ombros, sentando-se no mesmo espaço onde Elena estivera no dia anterior. — Precisava saber como você estava.

— Depois de anos? — Ele arqueou a sobrancelha, fugindo do toque sutil dela.

— Você sabe o que estou querendo dizer.

— Sei?

— Eu te procurei por muito tempo, William. Graças a Natan descobri que não estava mais em Londres.

— Esperava que eu te enviasse uma carta?

— Que ao menos me desse alguma explicação, sim.

— Você me expulsou da sua casa e ignorou todas as minhas tentativas de contato, caso não se lembre, Charlotte.

Ela revirou os olhos, como costumava fazer quando sabia que estava equivocada. O detetive puxou a bandeja com o café da manhã e mordeu um pedaço de pão com geleia.

— O que mais eu poderia ter feito?

— Isso já não vem mais ao caso.

Charlotte sorriu, ajeitando um fio que caía sobre os olhos.

— Fico aliviada em ver que o acidente não lhe causou nada grave. Como aconteceu?

— Eu caí. — William se limitou a responder entre uma mordida e outra. Resolveu provar o café, mas já estava frio o suficiente para tornar-se impossível de beber.

— Por que eu penso que isso tem algo a ver com o que você fez no passado?

— Vamos lá, Charlotte, o que você quer? — O detetive indagou friamente.

— Conhecer você, saber quem é o William de agora. O que tem feito da vida?

Ele a encarou fixamente, irritado com a presença inesperada da mulher que julgara ser o único amor de sua vida e, ao mesmo tempo, desconcertado com o diálogo que se desenrolava.

— Está noivo? — continuou ela, provocando uma reação de indignação por parte dele.

— Esse foi mais um dos boatos que ouviu?

— Talvez.

—Elena Wood, eu imagino? — respondeu William analisando a bandeja com desânimo. Nada o agradava o suficiente para suprir a fome. Voltou-se para ela.

— É o que dizem. — As bochechas dela ruborizaram.

— Sabe, Charlotte, não devia acreditar tanto em boatos.

— Se não acreditasse, não teria vindo até aqui e encontrado você. Além do mais, veio com ela para Londres. Não é natural que sejam esses os questionamentos?

— É natural que não cuidem da minha vida.

Os olhos dela vasculharam o rosto dele com ternura enquanto a mão ousou escorregar pela cama para encontrar a dele, que estremeceu ao toque e se libertou.

— Will, eu senti sua falta. — A mudança de assunto foi repentina, entregando de uma vez as verdadeiras razões por trás da visita inesperada. — Não devia ter te tratado daquela forma. Queria que tivéssemos como voltar no tempo para consertar tudo isso.

Ele a ignorou, desejando que aquele momento acabasse e ela fosse embora. Reviver sentimentos enterrados há tanto tempo era tóxico demais, principalmente em um momento tão vulnerável como aquele. Ignorando o aparente incômodo do antigo amante, Charlotte aproximou-se ainda mais dele, que se arrastou para o lado, mantendo distância.

— O que você quer que eu diga? — perguntou irritado tanto com as dores, quanto com a insistência dela.

— Só queria que soubesse meus sentimentos.

— Ótimo, Charlotte, obrigado pela sinceridade. — Ironizou William.

— Eu quero você de volta — disse, levantando os olhos para ele, que a encarava perplexo. — Não há um dia em que eu não pense em você.

— Você só pode estar delirando, Charlotte. — William desdenhou, incomodado com a presença dela.

— Não estou. Eu te esperei todos esses anos. Sabia que, em algum momento, você voltaria para mim.

— Para você? — Ele arqueou a sobrancelha, sentindo uma fisgada no joelho.

— Você ainda me ama, Will.

Embora o tempo a tivesse mudado, de certa forma, Charlotte ainda se mostrava uma mulher atraente e envolvente, assim como era quando haviam se conhecido. Os grandes olhos verdes o fitavam com confiança, sabendo exatamente o que se passava dentro da mente que tão bem conhecia.

— E eu amo você — completou, assistindo-o estremecer.

William engoliu em seco, cerrando os punhos para conter toda a energia que fluía por seu corpo. Era detestável que mesmo após tanto tempo, ela ainda conseguisse despertar tais reações.

— Sete anos, Charlotte. Você se casou, se tornou uma senhora respeitada. Esqueça toda essa história. — A voz de William demonstrava uma frieza que ele não mais sentia. Em seu âmago, ardia a chama do amor antigo, inflamada pelas palavras que ele tanto fantasiou ouvir nos anos que os separaram.

— Eu me separo. Vou embora com você. — Ela o interrompeu, aproximando-se ainda mais. — Cometi um erro terrível e te deixei partir, mas não vou deixar isso acontecer de novo.

— Meu Deus, mulher. Você consegue se ouvir?

— Pare de fingir que não sente o mesmo por mim. Ambos sabemos que isso é uma grande mentira.

— O quê? Esse seu aparecimento sem fundamentos? — questionou o detetive, afastando-se dela o quanto podia. — Há quanto tempo sabe que estou aqui?

— Tempo suficiente.

— E só me procurou agora? — Ele arqueou a sobrancelha.

— Não podia correr riscos. Mas, quando percebi que poderia te perder...

— Me perder? Charlotte, por Deus, vá embora.

Nesse mesmo instante, o simpático médico entrou para dar alta a William. Seria enviada uma mensagem a Natan para que pudesse auxiliá-lo no retorno para casa assim que possível. Charlotte se recompôs e guardou para si o nó que se formava na garganta. Não podia cometer os mesmos erros mais uma vez. Ela faria o que fosse necessário para ter William em sua vida mais uma vez.

Elena estava na velha loja de perfumes quando Henry Evans adentrou. Sustentando sua prepotência característica, esquivou-se pelas prateleiras mantendo os olhos atentos ao que precisava sem se dirigir a ninguém. Não a viu e ela agradeceu por isso. Embora Londres fosse uma cidade grande, a sociedade continuava nutrindo hábitos de anos, indo aos mesmos lugares, organizando as mesmas festas, reunindo-se da mesma forma. Desviando o olhar do homem, ela voltou a se concentrar em suas fragrâncias, embora a mente estivesse em outro lugar, mais precisamente, na casa de Natan Stevenson. O telefonema anunciando a melhora e retorno para casa de William havia acontecido havia quase uma semana, entretanto, ela ainda não se atrevera a visitá-lo. Temia o que pudesse ser dito e por mais que conhecesse seu coração e seus princípios, sabia que William, assim como ela, faria o que fosse necessário para sobreviver. E talvez o tivesse feito.

O aroma de flores silvestres preenchia o ambiente enquanto Richard Stuart apresentava a um grupo de mulheres sua mais recente combinação, rodando tiras de pano perfumado em frente aos narizes exigentes e não tão apurados quanto gostariam de ser. Elena revirou os olhos, afastando-se dos suspiros e risos visivelmente forçados.

— Três e quinze, em frente ao Gilbert's — balbuciou Henry, parando ao lado dela. — Depois da Sollveir. Mas nunca chegue perto dos frascos laranja.

— Eles cheiram a xixi de cachorro — completou ela, sorrindo.

— Você se lembra.

— Como poderia esquecer?

Ele se voltou para ela, encarando-a com firmeza e nostalgia.

— Tome um chá comigo, por favor. Eu preciso conversar com você, Elena.

Ela bufou, pousando o pequeno frasco na prateleira. Fora das janelas, os primeiros trovões estremeciam o céu.

— Henry, nós não temos muito o que conversar. Deixe o passado onde está.

— Nem mesmo você consegue fazer isso — rebateu o jovem senhor, abaixando o tom de voz conforme as pessoas passavam por eles. — Eu sei que ainda faço parte dos seus pensamentos.

— Você sempre fará — respondeu Elena seriamente. — É parte da minha vida.

— Não é uma boa razão para ouvir o que eu tenho a dizer? E desta vez, de forma civilizada?

Elena respirou fundo e levantou o rosto, arrependendo-se da decisão pouco depois de dizê-la:

— Aonde vamos?

Henry sorriu, oferecendo o braço a ela, que recusou sem dizer nada. Não que precisasse, tendo em vista a contrariedade notável ao deixar a perfumaria acompanhada pelo antigo amigo e confidente. Os primeiros pingos de chuva já molhavam a cidade quando adentraram o Gilbert's, antigo ponto de encontro dos dois quando adolescentes. Embora isso causasse certo mal-estar a Elena, era uma nostalgia positiva de tempos ainda tranquilos. Nem todas as lembranças, afinal, precisavam ser negativas.

— Pois bem. — Ela iniciou assim que se acomodaram na mesa que costumava acomodá-los durante as tardes. Não fosse a ausência de vontade de estar com ele, as coisas pareceriam as mesmas de sete anos antes. — Diga, Henry.

Ele se ajeitou e a admirou por alguns instantes, refletindo a respeito das notáveis mudanças de Elena Wood. O cabelo curto, a maquiagem escura, o comportamento provocante, ainda que sem intenção, lhe tornaram uma mulher enigmática e admirável, destacando-a entre as demais. No entanto, embora sustentasse um semblante forte, Henry ainda via a essência romântica de menina queimar em seu íntimo.

— Desde que você voltou, não consigo parar de pensar em você. — Iniciou hesitante. — Em nós, na verdade.

— Nunca existiu um nós. — Ela cortou friamente.

— Ainda que não tenha dado certo, existiu. Elizabeth é uma mulher incrível, mas... — Ele vacilou, procurando palavras para se expressar. — Existe uma ausência de maturidade em seus atos.

— Algo que já imaginávamos, afinal.

— Não é assim tão simples. Eu fico pensando em como teria sido se eu tivesse escolhido você. Se eu tivesse...

— Henry, vamos começar de forma bem simples. — Ela o interrompeu chamando a garçonete para pedir um café forte. Ele pediu um chá. — Não existiu escolha. Eu e Elizabeth não somos um objeto disponível para quando você bem entender, então corte esse discurso. — Ela respirou fundo e se inclinou para que seus olhos se encontrassem e ele conseguisse ouvi-la com clareza. — E sobre estar pensando em nós, o que você espera que eu diga ou faça? Quer que eu sugira um recomeço?

— Não. Mas se pudéssemos...

— Não podemos.

Henry concordou, digerindo as informações por alguns instantes. Seus pensamentos não conseguiam desligar-se das lembranças vívidas que passavam como um filme em sua mente, relembrando sensações e sentimentos há muito inexistentes.

— Meu casamento está horrível — confessou, relaxando os ombros sem olhar para ela. — Você tinha razão quanto a Elizabeth.

— Ciúmes ou traição?

Ele levantou as grandes esferas azuis para ela, ponderando a questão para as quais desconfiava ter as respostas.

— Os dois, talvez — admitiu por fim. — É difícil dizer. Elizabeth é uma pessoa complicada.

— Eu sempre lhe disse isso.

— E por que eu não te ouvi? — Ele sorriu tristemente, sendo seguido por ela. — Sabe, Ellie, eu sinto falta de sair durante as tardes com você. De te ver todos os dias e poder conversar sobre qualquer coisa, banal ou não. Eu jamais tive isso com ela.

Elena o ouviu atentamente, encolhendo-se na pequena cadeira. A moça retornou com as bebidas, servindo-as com cuidado.

— Eu não devia ter deixado você ir embora. — Henry concluiu, adoçando seu chá.

— Não era uma opção sua.

— Por que eu senti como se fosse? — questionou, notando a dúvida se instaurar no rosto dela. — Se eu tivesse sido um pouco mais corajoso você não teria partido.

— Não temos como saber. Mas, convenhamos, Henry, você nunca me amou de verdade. Não como amou ela.

— Não.

A resposta doeu, principalmente porque, em seu íntimo, ela ansiava por uma resposta positiva, algo que fosse de encontro ao que seu eu adolescente tanto queria ouvir.

— Poderia ter amado — completou o arquiteto; os olhos verdes sobre ela tentando absorver o máximo que podia. — Eu tive medo, Elena. Medo de como seria caso nós não déssemos certo.

— Era uma criança, Henry. Não era mais por mim ou por você, era por aquela criança — balbuciou Elena sem nenhum traço de carinho ou compreensão na voz. — Se você não soubesse, eu conseguiria te entender, mas, durante todo o tempo, você *soube*. Você soube e não fez nada por mim ou por ela.

Ele engoliu em seco, ponderando se deveria revelar seu segredo mais profundo, aquilo que por anos foi a salvação da vida medíocre que escolhera. O vínculo com Catherine era a ele de importância extrema, permitindo que conhecesse mais de si mesmo e do próprio mundo.

— Sem sentimentos como seria nosso relacionamento? — murmurou em uma tentativa de se defender dos argumentos sólidos dela.

— Sem sentimentos? Não minta para si mesmo, Henry. Nós seríamos amigos, pelo menos. Seria muito melhor do que seu casamento de fachada, isso te garanto.

O que mais doía nas frases dela não eram as palavras, propositalmente escolhidas, mas a calma de Elena ao fazê-lo, deixando bem claras as suas decisões. Henry sabia que deveria deixar de lado as desculpas e contar a ela sobre Catherine, entretanto, era como se fosse impedido de falar todas as vezes em que cogitava fazê-lo. Ao invés disso, resolveu tratar um assunto que o consumia há tempos.

— Está noiva de William Stevenson? — questionou, recebendo em troca um olhar incrédulo.

— Meu Deus. — Ela riu, levando as mãos à boca. — Está dando ouvidos a boatos agora?

— É difícil não dar quando todos falam somente nesse assunto.

— As pessoas estão falando, é?

— Não seja debochada.

— Só estou curiosa.

— Você não respondeu à pergunta.

— É preciso? — Os grandes olhos castanhos dela o intimidavam.

— Só quero saber se é verdade. Você sabe como a sociedade é.

— Ah, sei. Sei bem, na verdade. — Elena parou repentinamente, controlando-se para não rir de incredulidade.

Ele desviou os olhos e bebeu o chá, que já começava a esfriar.

— Isso não é justo — disse Henry irritado, remexendo os fios loiros. —Você fala como se eu fosse o único responsável na história, mas esquece que também errou, Elena.

— Eu?! — Ela engoliu o café forçadamente, encarando-o descrente.

— Se tivesse me contado que estava grávida, eu jamais me casaria com Elizabeth.

— Diz isso agora. — Ela jogou a cabeça para o lado, observando-o friamente. — Voltar a me ver depois de anos, arrependido por um casamento fracassado, é simples. Todas as decisões parecem simples quando já sabemos o que o futuro nos reserva.

— Você ao menos tentou entender o meu lado?

— Claro. Várias vezes. — A resposta veio irônica, carregada de rancor.

Ele aquiesceu, finalizando o chá. Estava farto das provocações, do deboche, da maneira como ela tratava toda aquela situação.

— Quando Anneline me contou, era tarde demais para voltar atrás.

— Era um noivado ainda, Henry.

— Mesmo assim, era um compromisso.

— E me diga, qual a diferença entre romper comigo ou com ela?

Henry silenciou, observando a xícara vazia.

— Com Elizabeth houve a apresentação para a sociedade, o acordo entre nossos pais...

— E isso te tornou mais digno?

Ele engoliu em seco, irritado o suficiente. Não importa o que dissesse, ela jamais compreenderia as suas motivações.

— Desisto — disse levantando-se. Ela o seguiu com o olhar. Contrariado, ele retirou uma nota da carteira e jogou em cima da mesa. — Passe bem, Elena.

Henry saiu a passos rápidos, ansiando a liberdade das prisões que havia construído para si mesmo. Mesmo que quisesse, não poderia tê-la, tampouco fazê-la entender suas atitudes à época. Ao lado de dentro, Elena terminou seu café e permaneceu olhando o nada por longos minutos, julgando a si mesma por ter imaginado que em algum momento poderia ser realmente amada.

24.

Em algum lugar do mar, 1914

Lianna estava sentada em um dos degraus externos que levava ao convés superior. Seus olhos se perdiam na imensidão negra que varria o horizonte, mesclando-se ao céu de igual tom. Achava fascinante como a noite tornava impossível determinar o fim de um e o início de outro. Já não se ouvia mais nenhum som além dos homens bebendo e confraternizando no convés inferior, onde os quartos da segunda classe ficavam. A viagem custou-lhe além do planejado e ela não sabia o que esperar, mas sentia-se tranquila por ao menos tentar. Os longos fios negros encaracolados estavam presos em uma trança simples feita por Lauren mais cedo. Ela a jogou de lado e correu os dedos pelos nós, relembrando o rostinho delicado da filha que não pôde conhecer. Em dois dias estariam em terra firme, em outro país, e tudo aquilo seria deixado para trás. Consigo restariam apenas as lembranças de meses terríveis e dolorosos. Ela engoliu em seco, recusando-se a chorar novamente.

— Como você aguenta ficar nesse frio? — William surgiu atrás dela, descendo os degraus com tranquilidade. Ela inclinou a cabeça para trás e o encarou. — Lauren está perguntando por você. O jantar será servido.

— Não irei demorar.

— Posso ficar aqui com você?

Ela se recolheu, deslizando para o lado de forma que ele pudesse se acomodar junto dela.

— Eu me pergunto o que tanto se passa em sua mente, Lianna Stone.

Ela deu de ombros, encarando-o com um sorriso melancólico.

— Nada que importe.

O jovem aquiesceu, mordendo o lábio inferior.

— Se arrepende? — questionou, encarando-a. Ambas as respirações provocavam nuvens gélidas no ar. — De ir embora?

Ela o olhou por alguns instantes, remoendo a pergunta.

— Não — disse, por fim, relaxando os ombros. — Na verdade, espero nunca mais voltar.

— Então deixe a Inglaterra para trás — disse William suavemente, inclinando-se na direção dela. — Não se prenda ao que não pode mais mudar.

Liana concordou, voltando a atenção para o mar negro. O jovem a admirou com carinho, sentindo uma repentina vontade de cuidar da moça para sempre. Embora tivessem quase a mesma idade, seu olhar demonstrava a dor de uma inocência corrompida, um despertar inesperado para o qual não estava preparada. A vida soava a ela dura demais e ninguém a ensinara como agir em momentos assim, obrigando-a a aprender totalmente sozinha.

— Você me parece alguém que não segue os próprios conselhos — balbuciou, arrancando um riso dele.

— É bem possível que você tenha razão. Na verdade, poderia me jogar no mar a qualquer instante.

Ela riu, permitindo-se esquecer das preocupações. Ele passou a mão pelos cachos espessos, que no futuro estariam bem menos aparentes, deixando-se levar pela risada da jovem. Queria, a todo custo, distanciá-la das tantas preocupações que a afligiam, mesmo que mal conseguisse lidar com as suas. Via a todo o instante seu olhar se perder e a mente viajar no meio de diálogos, voando para além dos limites do navio, retornando a todo o instante aos eventos que escreveram sua trajetória até ali.

— Minha irmã costumava dizer que nós nunca seguimos aquilo que dizemos. — Ele perdeu os olhos no horizonte escuro. — E que é justamente por isso que insistimos em falar o que nós precisamos ouvir para alguém, para tentarmos nos convencer.

— Sua irmã é uma pessoa bastante sábia.

William engoliu em seco, sentindo um frio lhe percorrer o corpo. A temperatura caía ligeiramente.

— Ela era.

Lianna voltou os olhos para ele, contendo uma exclamação. Nunca sabia o que dizer em situações como aquela. William se limitou a sorrir e tocar seu braço gentilmente, dispensando quaisquer condolências.

— Está tudo bem. Eu gosto de pensar que ela está em algum plano espiritual, se você acreditar em um — disse ainda acariciando-a. — Que está em paz.

— Eu sinto muito — sussurrou Lianna, tomando a mão quente que a tocava nas suas, gélidas como o vento que os beijava.

— Eu também.

As lembranças lhe vieram à tona tão nitidamente que era quase possível vislumbrar os detalhes da fatídica noite que levara a irmã embora. Dos atos de crueldade de pessoas incapazes de amar ou sentir qualquer piedade por outro ser humano.

— E por isso você está aqui. — Lianna concluiu ao encará-lo.

— E por isso estou aqui.

Ambos permaneceram em silêncio, levados pela noite escura e o frio que gelava os ossos. As mãos ainda estavam unidas entre deles, entrelaçadas em união e um carinho construído conforme o navio avançava pelo mar.

— Não viva mais isso — disse Elena por fim, lançando um sorriso doce. — Nada disso vai voltar de alguma forma, vai?

Inglaterra, 1922

Elizabeth olhava fixamente através da janela de madeira. Os botões semiabertos do vestido e os fios negros caindo por sobre os ombros lhe cediam um ar místico. Ela tinha certeza dos sentimentos do marido, entretanto, desde a chegada de Elena Wood e seu irritante poder sobre ele, a insegurança havia se instaurado em seu peito. E por este motivo ela estava ali a consideráveis minutos, observando a movimentação ao lado de fora sem conseguir se concentrar em nada.

— Por quanto tempo vai ficar aí? — A voz sonolenta questionou e ela lhe lançou um olhar indiferente.

— Até meus pés doerem.

— Não há nada de interessante lá fora.

— Muito menos aqui — disse, caminhando até a cama desfeita. — Preciso ir embora. Henry não irá demorar.

O homem assentiu, sentando-se no mesmo instante. Seus olhos correram pelo rosto dela, enquanto as mãos lhe acariciavam a pele.

— Você merece mais do que tudo isso, Elizabeth.

— É a sombra dela, George — balbuciou mais para si mesma do que para ele. — O espaço que Elena deixou e que eu jamais fui capaz de preencher.

— Por que se casou com ele então? Você sabia da história.

— Eu o amava. Eu ainda o amo.

— Então não se culpe, a vida é feita de escolhas.

— Para você é simples falar.

Ela se levantou e caminhou até a penteadeira para ajeitar o cabelo. Puxou uma escova da bolsa e pôs-se a desembaraçar o emaranhado de nós com cuidado. George, motorista da família havia bons dois meses, deixou a cama para colocar de volta o uniforme.

— Não é simples —murmurou.

— Desde que ela voltou, ele não consegue sequer olhar para mim. — Ela se voltou para ele, colocando os brincos de pérola. — Você sabe o que é isso? Se ele me amava tanto como dizia, como pôde se deixar levar?

— Todos estão suscetíveis a isso, Elizabeth.

— Ele jurava que não sentia nada por ela antes de nos casarmos.

— Talvez ele ainda não soubesse que sentia. — O homem deu de ombros, recebendo um olhar fulminante em troca. — Acha possível ele te trair com ela?

— O quê? — Elizabeth arregalou os olhos enquanto colocava o chapéu. — Não, ele não seria louco.

— Então não se preocupe.

— Só não entendo os motivos que o levaram a mentir. É óbvio que ela mexe com ele de alguma forma.

O motorista se aproximou, pousando as mãos sobre os ombros largos dela. Os primeiros fios grisalhos já apareciam em meio aos cabelos castanhos de George, ela percebeu pelo espelho. Ele sorriu e acariciou seu rosto.

— Você mesma me disse que ela foi parte da vida dele, Beth. Eles tiveram um filho juntos, isso não é pouca coisa.

Ela se levantou, passando por ele com desdém. Sabia que o motorista tinha as melhores das intenções e era bastante sensato com relação a suas posições, mas preferia manter-se na própria ingenuidade. Por mais significativa que fosse a história de Elena e Henry, ela *sabia* que não podia ser apenas isso. Uma história.

— Eu nunca vou entender a maldita amizade deles — vociferou, ajeitando as meias para colocar os sapatos. — Ela nem era tudo isso.

— Certas coisas não dizem respeito a você — respondeu o homem com tranquilidade, tentando ser o mais gentil possível com a geniosa amante.

— Dizem sim. É *meu* marido, George.

— Eu não te compreendo, Beth. Se o ama tanto assim, por que ainda dorme comigo?

Elizabeth não levantou os olhos, ignorando a questão. Se ela o amava o tanto que dizia, não tinha certeza, mas Henry era segurança, era uma opção fácil e conhecida, alguém com quem ela sabia lidar e que tinha com ela a maior paciência do mundo. No entanto, jamais reconheceria isso a não ser que fosse obrigada.

Depois de esperar alguns minutos, Elena finalmente tomou coragem para levantar e deixar a icônica mesa do Gilbert's. Estar ali lhe trazia uma nostalgia gostosa, mas, ao mesmo tempo, perturbadora. O local fora um dos lugares preferidos dela e de Henry para conversarem sobre os dilemas que os envolviam sem serem interrompidos ou ouvidos furtivamente. Após o reencontro na Sollveir, a saudade dos tempos descomplicados lhe afligiu ainda mais, levando-a a admitir que sentia saudade de desabafar os amores não correspondidos para o amigo enquanto esperava uma única chance de lhe mostrar os sentimentos que tão bem escondia. Também sentia a falta dele, das suas confusões e crises, dos risos que compartilhavam junto de uma xícara de chá e uma tarde chuvosa. Ainda fitando a nota arremessada de forma tão desleixada e os vestígios de sua presença, Elena sentia o coração apertar com todas as palavras cuspidas por Henry nos poucos minutos que dividiram. A cabeça ardia e logo a vontade de ir embora venceu a força das divagações.

Do lado de fora o céu desfazia-se em chuva, lavando ruas, prédios, pessoas, apagando lembranças marcadas no asfalto. Sem pensar duas vezes, Elena tomou seu rumo, sendo banhada de corpo e alma pela água torrencial. Londres reacendera todas as inseguranças e medos que a assolaram por tantos anos. Era como se, de repente, os sete anos que a separavam do passado jamais tivessem existido, mantendo viva toda a lembrança dos eventos infelizes que culminaram em sua ruína. Ela engoliu em seco e levantou o rosto, permitindo que a água lavasse suas aflições. Passo a passo, Elena parou diante da casa dos Stevenson e ponderou se deveria perturbar William e revelar a ele uma história que muito dizia sobre quem ela era agora. Sobre Lianna. Por fim, decidiu que não valia a pena envolver alguém tão presente em sua nova realidade em algo duro e cruel. Seguiu em frente cabisbaixa, rezando para que ninguém a encontrasse naquele estado.

Do outro lado da janela, William avistou Elena Wood caminhando sob a tempestade. Por alguns segundos cogitou descer e gritar por ela, porém, a perna fraturada o impedia de correr. Em alguns dias já estaria bem o suficiente para livrar-se daquela maldição. Sem ter outras opções, somente a observou, relembrando o diálogo com Charlotte e os olhares incisivos de Elena. Duas mulheres diferentes com forças semelhantes. O detetive inclinou-se e encostou a testa no vidro gélido, sentindo o impacto dos pingos do outro lado.

Quase uma semana após o ataque, sentia-se totalmente recuperado, não fosse o tornozelo extremamente inchado, que o impedia até mesmo de colocar o pé no chão, e as cicatrizes, tudo estava bem fisicamente. Um ponto de dor ou outro, mas nada comparado ao que sentira no dia. Charlotte aparecera para verificar seu estado e retomar o mesmo discurso desesperado que fizera enquanto William seguia no hospital. E Elena sequer lhe telefonou. Seria fraqueza admitir o quanto precisava dela? Ele se ajeitou e a assistiu partir em meio ao vazio das ruas com passos decididos e ritmados, ainda que vagarosos. Se bem a conhecia, tornara-se vítima das fraquezas que Londres escondia, mesmo relutando em admitir que elas existiam. Mas deveria haver algo muito maior para motivar o desespero tão aparente visto poucos instantes antes. William se afastou da janela com dificuldade, apoiando-se na muleta. Precisava tomar água, sair daquele quarto, interagir com alguém ou enlouqueceria.

— Por Deus, você acabou de cair de uma escada, William! — Natan levantou-se bruscamente da mesa ao avistar o irmão equilibrando seu próprio corpo e a muleta enquanto descia as escadas. A esposa o seguiu sem hesitar.

— Eu estou bem, já lhes disse.

— Está de muleta. — Julianne o olhou com censura, apoiando-o nos ombros dela. — Vai acabar se matando desta forma, Will.

— Se vocês dizem — ironizou, sendo levado até a mesa do chá, onde os dois se encontravam antes de saírem em seu socorro.

— Charlotte esteve aqui mais cedo. — O primogênito iniciou, auxiliando o irmão a se sentar na cadeira.

— De novo?

— Ela está bastante empenhada.

William deu de ombros, inclinando-se para pegar uma daquelas bolachas que tanto amava e nunca soube o nome. Enquanto o irmão e a esposa se acomodavam, serviu-se de chá e bebeu um longo gole, pensando que menos açúcar teria deixado a bebida bem melhor. Os olhares voltaram-se para ele após uma longa pausa.

— Will, vocês estão...? — Natan arqueou as sobrancelhas, deixando a continuação da frase se perder na incredulidade do irmão.

— O quê? Não! Não — repetiu, jogando mais uma das bolachas na boca. — Ela é casada.

— E se não fosse?

William engoliu e o encarou, ponderando alguns segundos antes de responder.

— Os tempos são outros.

— Eu não a deixei subir. — Natan continuou. — Disse que estava descansando.

— Fez muito bem, obrigado — rebateu William, deleitando-se com a mesa repleta de opções maravilhosas. — Charlotte sabe ser muito insistente.

— Está na hora de você colocar um ponto nisso, Will. Em breve as más línguas começarão a falar e não se esqueça que já tem quem te odeie nessa cidade.

— Eu vou. É que Charlotte é um caso complicado. Não posso mentir que não gosto de tê-la por perto. — Admitiu o detetive, respirando fundo.

— Will, você sente algo por ela? — perguntou Julianne educadamente, mantendo o tom de voz sereno.

William levantou os olhos para os dois e se endireitou, soltando no prato um biscoito que acabara de pegar. Embora faminto, reconhecia a importância dos esclarecimentos.

— Não sei — respondeu por fim. — Não sei se são as lembranças ou ela.

— Bem, nesse caso, deixe Elena fora disso, por favor. — A senhora pousou a xícara no pires com uma delicadeza notável, embora o tom de sua voz fosse extremamente sério.

Natan lhe lançou um olhar recriminador e ela se calou no mesmo instante, sentindo as bochechas corarem, porém, não desviou os olhos do jovem. Era claro que William não se recordava de nada, quando os boatos começaram a tomar forma ele já estava bem longe, a bordo do navio rumo à América.

— Wood? — perguntou confuso, olhando de um para o outro. — O que ela tem a ver?

25.

Inglaterra, 1916

Julianne estava sentada no chão frio da entrada observando o horizonte se estender diante de si. Desde a partida de Elena as coisas pareciam ter perdido o sentido, não somente pela falta que a prima fazia, mas, principalmente, porque ela tinha notado nesse período quão ingrata a vida podia ser. Uma jovem abastada, com uma vida inteira pela frente, vira-se condenada por um erro que culminou em seu apagamento da própria família. Havia mais de um ano que a jovem Wood desaparecera pela estrada rumo a Londres e enviara uma carta contando os planos futuros que envolviam familiares na Itália e nenhum apoio familiar. Depois disso, apenas silêncio. O que poderia ter acontecido desde então? As possibilidades eram infinitas.

Perdida em seus pensamentos, a moça demorou a notar a aproximação de dois cavaleiros pela velha estrada de terra, levantando poeira por ambos os lados. Levantou-se em posição de alerta, tentando enxergar de quem se tratava, porém, era impossível distinguir. Amedrontada pelos relatos cada vez mais constantes de desaparecimentos e abusos de jovens, adentrou a casa e trancou a porta. O trote inconfundível dos cavalos aproximou-se e chegou até a frente onde antes ela estava, parando por fim. Silêncio.

— É aqui? — Alguém disse e, logo em seguida, os passos tornaram-se audíveis. — Acho que está vazia.

— Não custa bater — respondeu outro.

Julianne prendeu a respiração, sentindo o coração bater mais forte. Eram dois homens contra uma mulher. Houve uma batida e ela se afastou na ponta dos pés, sem desviar os olhos da porta. Outra batida se seguiu e ela sentiu o nervosismo percorrer o corpo. Precisava fazer alguma coisa ou apenas esperar que eles fossem embora.

— Eu jurava que tinha alguém aqui. — A segunda voz disse. — Ei, tem alguém em casa?

Ela correu até a cozinha e pegou uma frigideira, segurando-a firmemente nas mãos.

— O que vocês querem? — gritou em resposta, aproximando-se da porta mais uma vez.

—Oi! Gostaríamos de saber... — A segunda voz foi interrompida.

—Você conhece Elena Wood? — A primeira voz questionou em tom baixo, contido.

Ela relaxou os braços e pousou a mão livre na maçaneta, hesitando antes de abrir. Que pergunta curiosa.

— Posso saber quem é você?

— Henry Evans.

Ela sentiu o sangue gelar nas veias e, em poucos segundos, a sensação de calma se esvaiu. Tomada pela raiva, abriu a porta bruscamente e encontrou dois jovens na faixa dos dezoito, vinte anos. O mais alto, de grandes olhos azuis e cabelos loiros, deveria ser aquele de quem Elena tanto falara. Ao lado dele, o sujeito de olhos verdes e cabelos castanhos parecia menos afoito. Ainda imaginava como Henry tinha a ousadia de estar ali sem nunca sequer ter aparecido enquanto Elena carregava o seu bebê.

— Como pôde vir até aqui? — questionou Julianne, projetando-se contra Henry. Seus olhos queimavam.

— Gostaria de saber algumas coisas. Se for possível, claro.

— Não tem absolutamente nada do seu interesse aqui, Sr. Evans.

— Senhora, eu não pretendo discutir. — Henry avançou um passo. Ela não se moveu. — Quero apenas entender o que aconteceu.

— O que aconteceu é que você fez um filho em uma garota graças a uma promessa que não pretendia cumprir — respondeu Julianne, notando os olhares curiosos do outro. — Se ainda existe o mínimo de dignidade em você, saia daqui.

— Me diga ao menos onde está meu filho.

Ela estremeceu, recordando a noite em que Elena dera a luz. A memória daqueles eventos ainda doía nela. Notando ter desarmado a jovem, Henry tirou o chapéu e inclinou-se levemente.

— Eu só preciso de respostas, por favor — completou. — Creio que tenho o direito de saber.

Analisando-o de cima a baixo, Julianne cedeu passagem para dentro da casa, arrependendo-se até o último instante por ter permitido que isso acontecesse. Os homens acomodaram-se no pequeno sofá, enquanto ela deixava a frigideira no aparador. Cogitou servir-lhes algo, mas odiava Henry Evans o suficiente para recusar os bons modos de forma a antecipar sua partida. Estava farta de bondade desperdiçada com quem não era digno dela.

— Então? — perguntou enquanto se sentava diante deles. — O que você quer saber, Sr. Evans?

Ele hesitou, parecendo pensar por onde começar. Talvez realmente existissem muitas questões não respondidas.

— Como Elena estava? Digo, quando grávida?

— Qual seria uma boa resposta para você?

Henry aquiesceu, notando quão difícil seria estabelecer um diálogo com alguém que visivelmente não se esforçava para que isso acontecesse. Ao seu lado, Natan Stevenson limitava-se a observar a beleza da jovem, admirado com a ausência de pudores para lidar com alguém de tamanha influência.

— Eu tentei vir até ela — respondeu Henry, assistindo a outra sorrir ironicamente. — Mas não sabia onde ela estava e...

— Estava ocupado demais inflando o ego da noiva mimada. Eu entendo.

— Senhorita, eu não vou aceitar seus insultos.

— Então vá embora.

Henry respirou fundo, recompondo-se para conseguir as informações que buscava.

— Eu amava Elena Wood — disse hesitante. — Mais do que posso ter amado qualquer outra pessoa no mundo inteiro, mas, não como ela esperava que eu a amasse.

— E o senhor tinha conhecimento dos sentimentos dela?

— Tinha, mas...

— Então por que a pedir em casamento e usar essa ilusão para dormir com ela? — Julianne o interrompeu enérgica, sentindo estar prestes a se lançar sobre o pescoço do sujeito. — Onde estava com a cabeça, Sr. Evans?

— Meus atos não vêm ao caso.

— Tampouco minhas opiniões a seu respeito, presumo — rebateu ela, assistindo-o estremecer e soltar todo o peso no encosto do sofá. — Agora me diga de uma vez porque está aqui. Se fosse por Elena, teria vindo há um ano.

Henry engoliu em seco e abaixou a cabeça, fitando os próprios pés. Jamais pensou que seus erros poderiam atingir até mesmo quem sequer o conhecia.

— Quero saber onde está meu filho — sussurrou, levantando os olhos suplicantes para ela. — O que houve com ele.

Julianne sorriu, inclinando-se elegantemente na direção dele.

— Filha, Sr. Evans. O senhor é pai de uma menina.

Ele sentiu os olhos encherem-se de lágrimas no mesmo instante, imaginando como seria o rostinho da garotinha. Seria parecida com Elena? Ou puxara os mesmos fios claros e olhos extremamente azuis dele? Julianne o assistiu sentindo uma odiosa empatia. Por alguns instantes, foi capaz de colocar-se no lugar dele, de alguém que fez escolhas erradas e reconheceu tarde demais.

— Onde ela está? — balbuciou Henry, com as grandes esferas azuis brilhando.

— Foi adotada por um casal de amigos da minha mãe. — Sua voz se suavizou.

— Seria possível me passar o endereço deles?

— Posso saber o que pretende fazer?

— Não, não é da sua conta. — O imponente rapaz parecia ter perdido toda a compostura.

— Sr. Evans, eu entendo que não esteja acostumado a ouvir negativas, mas, entenda um único ponto. — Julianne falou incisivamente. — Ela nunca foi sua filha. Quem sofreu, carregou ela no ventre e foi enviada para tê-la em um lugar totalmente distante, afastada de tudo e de todos, foi Elena. Você apenas fez o serviço sujo.

— Me surpreende que alguém como *você* queira me dizer alguma coisa. — Henry cuspiu irritado.

— Só não se esqueça de que foi alguém como eu que ficou ao lado de Elena quando alguém como você estava aproveitando a vida sem se lembrar dela.

Sem ter como revidar, Henry se levantou com brutalidade e deixou a sala em busca de ar fresco. Natan o observou partir, mas não se moveu. Sabia que ele não faria nada a não ser neutralizar a raiva antes de fazer uma última tentativa. Julianne permaneceu sentada, com os olhos perdidos em um canto qualquer da sala.

— De qualquer forma, eu jamais concordei com o que ele fez. — Natan se pronunciou repentinamente, surpreendendo a moça.

— Então o que faz aqui?

— Trabalhamos juntos, ele me pediu para acompanha-lo e eu vim em um ato de bondade. — O jovem deu de ombros. — Seus erros o atormentam.

— Gostaria que ele pudesse ver o que eu vi — disse ela, voltando os olhos para fora, onde Henry observava o céu.

— Eu imagino que não tenha sido fácil. Disse a ele para não vir.

— Foi realmente uma perda de tempo.

Os olhares se sustentaram além do tempo e logo desviaram-se constrangidos. A raiva de Julianne havia se atenuado ao trocar algumas palavras com o simpático rapaz, que não se parecia em nada com o outro.

— Se me permite perguntar, já nos vimos antes? — questionou Natan, voltando os olhos para ela.

Julianne sentiu as bochechas corarem e sorriu sem mostrar os dentes.

— Acredito que não, senhor.

— Por favor, não pense que estou lhe cortejando ou algo assim. — Ele se explicou de imediato, notando a desconfiança dela. — É que tenho a vaga impressão que já lhe conheço há tempos.

Ela arqueou a sobrancelha e se permitiu rir. Embora fosse jovem, pouco conhecia a respeito dos homens ou da sociedade. Por ser filha de uma viúva de baixa renda, não era convidada com frequência para ir aos bailes e festas, motivo principal pelo qual era tão sozinha. A única amiga que tivera nos últimos tempos fora Elena.

— Que estranho — murmurou, observando-o com curiosidade. — Creio que sequer nos apresentamos.

— Meu Deus, que indelicadeza a minha! — Natan se levantou, aproximando-se dela e oferecendo sua mão. — Natan Stevenson.

— Julianne Pomplewell. — Ela aceitou a mão dele, assistindo-o desferir um breve beijo nos nós de seus dedos.

— É uma honra conhecê-la, embora a situação me desagrade.

— Igualmente.

Ambos sorriram e perderam-se no outro até que foram interrompidos pelo andar pesado de Henry Evans. Parado na soleira da porta, ele cruzou os braços e encarou a moça friamente. Ao lado dela, ainda em pé, Natan conteve um suspiro.

— Senhorita, por favor, eu preciso saber onde ela está — suplicou. — Eu posso ter falhado com Elena, mas não quero falhar com a minha filha.

—Ela possui uma vida que tanto você, Sr. Evans, quanto Elena não fazem parte. Sua presença, por mais nobre que possam ser suas intenções, pode causar somente dor. Se não se importar, tenho coisas a fazer. — respondeu Julianne com toda a delicadeza que se permitia ter com aquele sujeito.

— Eu entendo. Não tenho intenção alguma de interferir na felicidade dela, só preciso vê-la uma única vez.

— Para quê? Remoer atitudes que você poderia ter tido?

— Eu ainda não sei. Talvez... reparar meus erros de alguma forma.

Julianne bufou. A recordação da prima ao enfrentar todas aquelas situações sozinhas era forte demais para se deixar levar pelos discursos de Henry. Ele já havia mentido uma vez e se safado como se nada tivesse acontecido. O que o impediria de fazer o mesmo com a criança? Aparecer, destruir as possibilidades de felicidade da menina e, em seguida, por capricho da esposa, desaparecer?

— Eu admiro sua coragem, de verdade. Mas, por respeito à Elena e por prezar pela felicidade da bebê, não posso e não irei te dizer onde encontrá-la. Ela está bem, é tudo o que o senhor precisa saber.

Henry entendeu a deixa, girando nos calcanhares para deixar a casa. Natan, por sua vez, cumprimentou a moça mais uma vez e vislumbrou o par de olhos azuis antes de partir.

— A senhorita me acompanharia em um passeio pela cidade essa semana? — Convidou-a esperançoso. — Algo me diz que nos daremos muito bem.

Julianne ponderou por alguns instantes antes de aceitar o convite com um sorriso tímido.

Inglaterra, 1922

Julianne Stevenson observou os alunos saírem correndo da sala de aula. Acomodou-se novamente na velha cadeira e conferiu se todos os cadernos estavam com ela. Havia cinco anos que começara a dar aulas para crianças e não se imaginava fazendo nada diferente de lecionar. Entretanto, por mais que se gabasse de seu desempenho com a classe, naquele dia ela estava particularmente pensativa. Imaginava como Elena estaria e se gostaria de conversar com ela depois de tantos anos. Gostasse ou não, Julianne integrava uma parte obscura do passado da prima. Já a havia visto na porta de sua casa uma vez, quando fora procurar por William, mas não mais. Salvo os rumores que circulavam a respeito de seu retorno, a cidade estava quieta.

O baile fora sua grande chance de retomar o contato, porém, sua repulsa por Henry Evans e a sociedade londrina era grande o suficiente para evitar qualquer convivência. Todas as vezes em que o via, recordava-se do olhar triste de Elena ao carregar uma criança que jamais lhe pertenceria. E, na noite anterior, quase revelara essas informações. Doía perceber quantas histórias perdiam-se no anonimato. Certamente Elena serviria de exemplo a outras meninas que assistiram a vida ruir diante de uma gravidez indesejada ou de um ato impensado. Certificando-se de que não havia mais nada a fazer ali, reuniu suas coisas e saiu, encontrando o marido ao lado de fora. Todos os dias ele fazia questão de buscá-la para um almoço juntos, único horário do dia em que conseguiam conversar tranquilamente.

— Nate? — questionou enquanto caminhavam. O marido a olhou curioso. — Você acha que William e Charlotte tenham alguma coisa?

O outro levantou as sobrancelhas e respirou fundo, mexendo a cabeça.

— Will pode ser extremamente teimoso, mas não acredito que se deixaria levar por uma velha história.

Ela assentiu. Os passos ritmados os levavam para casa, onde certamente um delicioso almoço os esperava.

— Ele me garantiu que ele e Elena são apenas bons amigos. — disse suavemente, já sabendo a preocupação real da esposa por trás da pergunta inicial. — Ela não irá se machucar mesmo que ele esteja envolvido com Charlotte ou qualquer outra mulher.

— Os graus de amizade é que me preocupam.

— O que isso quer dizer?

— Você sabe que eles dormiram juntos há pouco tempo. Isso não me soa como uma simples amizade.

— Ei, não se preocupe Jules. — Ele hesitou, puxando o braço dela com delicadeza para trazê-la mais perto dele. — Os dois são adultos, sabem o que fazem.

— Espero que você tenha razão.

— Falando nisso, eu acredito que deva vê-la. — Natan arriscou, observando a apreensão tomar o rosto da esposa. — Você foi alguém importante para ela e não tenho dúvidas de que continua sendo mesmo depois de todo esse tempo.

— E se ela não quiser me ver? — balbuciou Julianne. — Eu fui parte de um passado horrível.

— Pelo pouco que conversei com ela, não me parece que se deixe afetar tanto.

— Forte sim, mas indiferente? Pouco. Tenho certeza que ao me ver, todas as coisas ruins daquela época podem voltar.

— E acha que ainda não voltaram, Jules? Ela está de volta ao *lugar* que causou tudo isso. Você foi a pessoa que a salvou, na verdade.

— E o que eu diria a ela depois de tanto tempo?

— Na hora você vai saber. — Ele sorriu e lhe desferiu um beijo cuidadoso na mão delicada. — Será pior se ela souber que você está tão perto e sequer reservou um tempo para visitá-la.

A velha poltrona rangia conforme Elena movia-se, entretida em um dos seus livros favoritos. As palavras de Henry não saíam de sua cabeça, mesmo que ela tentasse com todas as forças fazê-las desaparecer completamente. Era impressionante que mesmo com o passar dos anos e uma considerável experiência de vida, ele continuasse a buscar empecilhos para admitir ter errado. Não que isso a isentasse da culpa por não ter dito sobre a filha que esperava, no entanto, se ele soube desde o início, o que o impediria de honrar com seus compromissos? Nem mesmo uma visita foi feita, uma carta escrita, um acenar de mãos ainda que à distância. Nada. A última conversa fora reveladora, trazendo-lhe mais certezas quanto conseguia contar a respeito daquele que tivera em maior consideração e que, por fim, tornara-se nada mais do que um de seus demônios.

Elena queria ir embora, desaparecer por completo daquele lugar cujo sol não brilhava e as ruas pareciam sempre sujas, paradas no tempo em meio a pessoas prepotentes e resíduos industriais acumulando-se em becos e valas do século XVII. Queria entrar em um dos navios e nunca mais assinar como Elena Wood novamente até que sua família desaparecesse por completo. Estava farta de sentir dor, de lamentar por si mesma e sua história a cada nova esquina.

O ruído da porta se abrindo às suas costas, seguido por passos firmes, trouxe-a de volta, já a preparando para o que viria em seguida.

— Você não me parece bem desde ontem — afirmou Anneline de repente, surgindo em frente à irmã com ares de preocupação. — Irá me dizer o que aconteceu?

— Devo ter comido algo que não me fez bem — resmungou Elena marcando a página em que parara a leitura.

— Ellie, até quando vai pensar que pode mentir para mim? — A jovem senhora se acomodou no braço da poltrona, ao lado dela.

A jornalista bufou, endireitando-se e deixando o livro de lado, na mesa de centro. Aproveitou o movimento para puxar a caixinha bronze e tirar um cigarro, que acendeu com rapidez.

— Eu deveria ser um bom exemplo para você, Anneline — balbuciou Elena, libertando a fumaça pelos lábios sem cor. — E tudo que eu fiz foi me mostrar uma pessoa impulsiva e inconsequente.

— O quê? O que está dizendo?

— Que eu deveria ser uma inspiração para você e não alguém de quem devesse ter vergonha.

— Eu nunca tive vergonha de você, Ellie.

— Os outros tiveram. Eu me tornei símbolo do que não fazer, o que não dizer. Sinto muito por isso.

A jovem senhora se levantou e foi até a poltrona em frente à da irmã, puxando-a alguns centímetros para diminuir a distância entre elas. Em seguida, sentou-se com a atenção inteiramente voltada à moça.

— Ellie, o que está acontecendo?

Elena levantou os olhos sem a costumeira maquiagem, castanhos nus, livres das linhas escuras que os delineavam nos bons dias. Puxou para dentro de si a fumaça densa e a segurou por segundos antes de libertá-la mais uma vez.

— Encontrei-me com Henry ontem. — Ela remexeu o longo colar de pérolas. — Fomos tomar um chá e ele veio com uma conversa sobre nosso passado.

Anneline recostou-se e cruzou as pernas, redobrando a atenção. Seu objetivo, desde que a irmã chegara ali, era justamente impedir que esse reencontro doesse tanto quanto via doer naquele momento. Ela sabia bem até onde Henry Evans poderia ir para conseguir o que quisesse e, conhecendo Elena como ele conhecia, não demoraria a usar sentimentos antigos a seu favor.

— O que ele disse? — questionou desconfiada.

— Que não teria se casado com Elizabeth se soubesse da minha gravidez. — Ela nada focava, os olhos perdendo-se ora no rosto da irmã, ora em um canto qualquer, respondendo às perguntas sem o mínimo de vontade de fazê-lo.

— Mentira. Você sabe que é mentira.

— Sim, eu sei. — Elena bateu o cigarro no cinzeiro razoavelmente cheio. — Henry acredita que me tem na mão, sempre acreditou. E por isso conseguiu me iludir por tantos anos.

— Não pense assim.

— Mas é verdade, Anne. Eu perdi minha vida inteira por causa de uma ilusão muito bem criada.

— E hoje você ainda está presa a ela?

Elena hesitou, abrindo a boca para dizer algo que se perdeu no ar. Não tinha argumentos quanto àquela questão porque jamais havia pensado friamente nela.

— Eu não sei — balbuciou, ainda ponderando sobre a resposta.

— Então não se deixe perturbar. Você sabe bem quem é Henry Evans.

— Os sentimentos dele são muito confusos. — Ela encarou a irmã novamente. — Digo, se estivesse feliz e amasse a esposa, não precisaria vir atrás de mim todo o tempo. Isso é extremamente cansativo. Não que eu queira algo com ele, mas, o que ele tem a ver com um suposto noivado, por exemplo? — perguntou, notando que a irmã já reconhecia o assunto tratado. — Espere. Você também...?

Anneline fez uma careta e deu de ombros, arrancando um sorriso da outra.

— Você e o Sr. Stevenson estão bastante próximos — disse divertidamente.

— Por Deus. — Elena levou as mãos ao rosto, exausta. — Quando pretendia me contar?

— Perguntar acho que seria mais correto. Tive minhas dúvidas.

Elena a censurou com o olhar, respirando fundo.

— Somos grandes amigos e mais nada — pontuou, tragando mais uma vez.

— Se você diz quem sou eu para contrariar?

Nenhuma delas disse mais uma única palavra sequer. A primogênita mantinha-se remoendo os falatórios incessantes de uma elite desocupada, enquanto a outra se preparava para o que precisava realmente dizer.

— Elena, você ainda o ama? — indagou pesarosa, temendo a resposta que se seguiria.

A jornalista a encarou, ajeitando as madeixas presas em um coque curto e desalinhado.

— Eu acho que sempre vou amar. — Ponderou, externalizando palavras que sequer pensara anteriormente. — De uma forma ou de outra, ele é alguém que marcou a minha vida.

— Você entendeu o que eu quis dizer. — Anneline a repreendeu, falando com mais firmeza. — Você o ama agora? Se pudesse, voltaria para ele?

Elena mordeu o lábio inferior, cruzando as pernas para endireitar a postura e pensar mais alguns instantes sobre os recentes acontecimentos. Seus sentimentos por Henry eram uma contradição que ela preferia evitar.

— Não — disse, por fim. — Nem mesmo naquela época.

— Então o que ele te disse que a fez desabar? Não foi isso que vi em você quando chegou.

— Acredito que tenha mais a ver com o conjunto das coisas. Ele, eu, minha filha que está aqui em algum lugar, o papai... ontem ele disse que nunca me amou, e foi algo que eu sempre soube, mas existia uma pequena parte de mim que insistia em acreditar que isso era uma grande mentira, que, na verdade, ele sempre me amou. — Ela hesitou, deixando escapar um sorriso melancólico. — Acho que não esperava ter essa resposta.

— Talvez fosse o que você precisava para seguir em frente.

— É, talvez.

Anneline aguardou, observando o semblante abatido da irmã. Ardia em seu próprio peito as rejeições sofridas e batalhas travadas por Elena ao longo dos anos. Não conseguia conformar-se por tê-la deixado sozinha quando mais precisou de amparo enquanto ela sempre tivera todos aos seu redor.

— E William? — Arriscou. — Ele não se aproxima de alguém que possa te fazer bem?

Elena sorriu, abraçando a si mesma na melancolia que a envolvia.

— William... — repetiu a jornalista, perdendo o olhar mais uma vez. — É difícil dizer.

— Ele não seria alguém com quem iniciar uma história?

— Provavelmente.

— Então por que não...? — Anneline quase sorria, empolgada com os planos que poderia traçar em conjunto com Julianne.

— Porque não seria justo — respondeu Elena com seriedade, bagunçando os cabelos negros. — Não enquanto eu não for capaz de me encontrar.

O silêncio findou os diálogos, sendo interrompido apenas pelos gritos de Phillipe no segundo andar. Anneline se pôs de pé quase no mesmo instante, hesitando antes de sair para socorrer o pequeno.

— O que irá fazer amanhã à tarde? — questionou com calma, analisando as feições da irmã.

— Não tenho planos.

— A Sra. Stevenson nos convidou para o chá.

— Sra. Stevenson? — Elena arqueou a sobrancelha, encarando a outra com aparente dúvida.

— Sim. Acredito que deva se lembrar de Julianne Pomplewell?

A tarde chuvosa não frustrou o entusiasmo de Charlotte ao descer as escadas da imponente casa. Não se sentia completamente viva desde que tivera seu primeiro filho, fato este que sucedeu uma infelicidade que a acompanhou por anos e parecia finalmente ter ido embora. William a lembrou dos motivos para viver, das vontades e sonhos que jamais concretizou por conta dos deveres enquanto mulher e esposa. Sentia-se com ele menos uma senhora e mais uma moça, alguém capaz de conquistar o mundo. E queria manter isso a todo e qualquer custo. O motorista já a esperava no carro vermelho, um dos modelos mais modernos da época, para finalmente partirem. Ao saírem, ela conferiu o batom uma última vez e deu um sorriso a si mesma, agradecendo aos céus por ter a chance de recuperar o tempo perdido.

A residência dos Stevenson, apesar de magnífica, era extremamente modesta quando se tratava do interior. Não havia uma quantidade notável de cômodos, embora todas as salas fossem grandes o suficiente para bailes com um número expressivo de convidados e os quartos acomodassem seus proprietários e visitantes com bastante conforto. Charlotte se perguntou quando se tornou uma mulher preocupada com tantas futilidades, mas logo abandonou o pensamento. Ela se tornara uma mulher respeitável, uma integrante da sociedade e, assim, esperava-se que agisse como tal. O aposento onde fora pedido para que esperasse era ornamentado por cristais, tanto no lustre vistoso quanto nos vasos das mesas e aparadores, e uma delicada seda branca, de mesmo tom dos móveis, que escorregava pelas janelas, bloqueando a visão exterior. A decoração provavelmente fora desejo da Sra. Stevenson, uma mulher de muito bom gosto, mesmo que não gostasse de aparecer publicamente com frequência. A enigmática Sra. Stevenson, diziam as más línguas — e ela bem que ria com as piadas. Foi-lhe servido chá quente. Apesar das cordialidades, sentia-se em casa, afinal, aquela poderia muito bem ter sido sua residência se não tivesse sido tão tola no passado.

— Charlotte — disse William ao entrar, apoiando-se em elegantes muletas de madeira. — Não esperava sua visita hoje.

Ela se levantou de imediato e virou-se em direção a ele, sustentando um enorme sorriso. As mãos cruzaram-se diante do peito conforme ela o observava aproximar-se a passos lentos para acomodar-se no sofá diante dela, deixando as muletas de lado.

— Está um dia terrível hoje — resmungou, enquanto ela o acompanhava com os olhos brilhantes. — Surpreende-me que tenha saído de casa para vir até aqui.

— Faria muito mais se pudesse.

O detetive respirou profundamente, mordendo o lábio inferior. Ele conhecia os objetivos dela com todos os floreios ao falar e se portar. O mordomo, ao notar que o senhor já estava na sala, encaminhou-se para lá depressa, servindo-o com chá e biscoitos recém-assados para compensar a desatenção.

— Vejo que está bem melhor hoje — balbuciou Charlotte com um sorriso que lhe rasgava o rosto e um cruzar de pernas sugestivo. — Em breve estará andando normalmente.

— É o que os médicos disseram.

— Quem sabe não possamos ir até a abadia de...

— Charlotte. — William levantou a mão, interrompendo-a de forma bastante certeira. Ela engoliu em seco. — O que você quer?

— O quê? — Ela sorriu, levando a mão ao colar de pérolas. — Quero estar com você, Will. Como nos velhos tempos.

— Por Deus, os tempos são outros agora.

— Não é tão simples. — Charlotte se levantou e acomodou-se ao lado dele, pousando a mão em sua perna. — Eu senti sua falta, William.

— Quando fui chamado de assassino, foi a primeira a me dar as costas.

— Como você mesmo disse, os tempos são outros. — Ela sorriu, aproximando-se cada vez mais.

— Não faça isso. — Ele alertou, visivelmente exausto daquele jogo adolescente. — Você se lembra do que eu fiz, não?

— Claro — respondeu desconcertada, as faces rubras lhe pintando ares travessos.

— E se eu fizer de novo?

— Está me ameaçando? — Charlotte riu em desespero.

— Estou dizendo que posso ter matado ou vir a matar mais gente.

— Will, já se passaram sete anos — rebateu Charlotte, afastando-se ligeiramente. Relembrar os fatos fazia seu estômago embrulhar. — Você mudou. Tenho certeza que jamais faria isso novamente.

— Não tenha, porque eu faria se preciso.

— Como policial. — Ela sorriu, correndo a mão pelo peito dele. — E isso te faz ser um dos bonzinhos.

As batidas na porta fizeram com que ela se levantasse de imediato, assustada com a possibilidade de alguém flagrá-los. William riu aliviado com a interrupção. O mordomo pediu licença e anunciou sem floreios a solicitação de presença por Julianne Stevenson. Enquanto o rapaz se levantava com certa dificuldade, Charlotte se antecipou à saída, pensando se havia agido com indelicadeza diante do antigo amante. Entretanto, por mais que a ideia soasse a ela como completa loucura, não podia negar o quanto estar perto de William a instigava.

No vestíbulo, Julianne conversava animadamente com Anneline, tentando omitir o nervosismo por reencontrar Elena. Com expectativa de que os passos próximos fossem de William, a anfitriã se virou, surpreendendo-se ao encontrar Charlotte.

— Sra. Simonsen, acredito que não tenha a visto aqui — disse sem ânimo na voz. As inconveniências da mulher já ultrapassavam os limites do aceitável. — A que se deve sua visita?

A jovem senhora sentiu a face queimar e sorriu sem jeito, enrolando o dedo no longo colar de pérolas.

— Vim...vim para ver se... para verificar se William estava se sentindo bem. — A moça sorriu, rezando para que ninguém notasse seu embaraço.

— Ah, sim, ele está bem melhor nos últimos dias. — Julianne sorriu. — Acredito que conheça a Sra. Anneline Loriell?

— Já nos vimos em alguns bailes. — Anneline sorriu. — Irá se juntar a nós no chá?

— Acredito que não, eu apenas...

As batidas na porta a interromperam e Julianne imediatamente se recompôs, ignorando os sentimentos acerca da outra senhora. Só podia ser Elena. Aproximou-se da porta, dispensando o mordomo, que já havia se antecipado, e a abriu rapidamente.

Elena Wood esperava qualquer coisa de Londres, menos aquela doce e irônica coincidência. Julianne Pomplewell Stevenson. Ao vislumbrar o rosto ainda jovial da prima, foi acometida quase de imediato por uma série de lembranças. "A cabana. O isolamento. A criança." Os grandes e expressivos olhos a encaravam com entusiasmo, também repassando memórias tão agradáveis de tempos sofridos e dolorosos.

— O que fizeram com a Elena que eu conheci? — balbuciou Julianne repentinamente, sentindo os olhos encherem-se de lágrimas.

Elena, do outro lado, se permitiu emocionar, aproximando-se para dar um longo abraço na mulher que a salvara de si mesma. O carinho que sentia pela prima era imenso, sendo provavelmente um dos únicos sentimentos puros e positivos remanescentes daquela época.

— Meu Deus, eu não sei o que dizer. — Elena riu, enxugando as lágrimas. — Eu não esperava te encontrar tão perto. Digo, eu estive aqui!

— Peço que me perdoe por não ter te abordado quando veio visitar William. — A anfitriã continuou. — Não sabia se lhe traria boas lembranças. — Julianne enxugou as lágrimas, apontando a porta.

Elena adentrou e cumprimentou as duas mulheres, que as aguardavam curiosas. Do meio do corredor, William as assistia em silêncio. Elena e Charlotte, uma ao lado da outra, não trocaram um único olhar. Era um contraste de cores, ânimos, maneiras.

— Elena Wood, esta é Charlotte Simonsen. — Julianne as apresentou, olhando com certo incômodo para a segunda.

— Ouvi falar bastante da senhorita — disse Charlotte com certo veneno na voz. — Digo, os boatos de seu noivado com William.

— Ah, sim, também os ouvi bastante. — A jornalista sorriu sem deixar-se abater pela demonstração gratuita de ciúme.

— E falando nele, aí está!

Os olhos castanhos acompanharam os passos acelerados em direção ao detetive, que se apoiava nas muletas com força. As três trocaram olhares e nada disseram enquanto William aproximava-se, amparado pela sorridente e visivelmente nervosa Charlotte. Elena cruzou olhares com ele e exibiu um sorriso irônico, malicioso.

— Perdoem-me pela péssima apresentação, senhoras — saudou sem desviar a atenção de Elena, a quem fitava intensamente. — E senhorita.

— Não diga isso, está bem melhor hoje. — Charlotte desferiu um tapa de leve em seu ombro, voltando-se para as outras com um semblante embaraçado e um riso forçado, quase estridente.

Anneline manteve-se em silêncio, incomodada e envergonhada pelas atitudes inconvenientes da Sra. Simonsen. Embora gostasse das informalidades, precisava admitir que a convidada de Julianne excedia-se na demonstração de interesse a William Stevenson. Diante da prima, Julianne pensava o mesmo, praguejando mentalmente pela presença desagradável em um dia tão importante.

26.

A sala de estar principal dos Stevenson era de uma comodidade sem tamanho. As poltronas largas, em conjunto com os sofás amplos e macios e as cortinas brancas e longas, enchiam os olhos de quem os visitasse pela primeira vez. Devidamente acomodados, nenhum dos presentes dizia palavra alguma. Esperando um encontro mais intimista para conversar com Elena, Julianne estava desapontada, bebericando seu chá com os olhos perdidos no nada. Não conseguia compreender, por mais que quisesse, o relacionamento de Charlotte e William, o que fizera com que os dois fossem participantes daquela reunião que não lhes dizia respeito.

— Então, o que tem feito desde chegou aqui? — Julianne rompeu o silêncio, dirigindo-se a Elena.

— Não muitas coisas. — A outra deu de ombros, sentindo o olhar pesado de Charlotte sobre si. — Ainda não me acostumei a estar de volta.

— Eu imagino. — A anfitriã sorriu bondosamente. — Desculpe não ter enviado uma carta ou feito uma visita. Não sabia ao certo como fazer isso depois de... tudo.

— Não se preocupe, Jules. Conheço o bastante de você para saber que as intenções sempre foram as melhores.

William olhava de uma a outra tentando compreender o que se passava. No jantar havia descoberto que a cunhada e a amiga eram velhas conhecidas, antes mesmo de sua partida e de Natan ter aparecido, entretanto, percebia aos poucos que havia mais ali do que ele conseguia imaginar ou do que o contaram. Julianne fizera *parte* da nebulosa história de Elena.

— Londres está muito diferente do que se lembra, Srta. Wood? — questionou Charlotte, colocando-se entre as duas. Elena percebeu que o tom de sua voz era levemente estridente. Agudo.

— Infelizmente não, Sra. Simonsen.

— Para alguém que vive na América, não me surpreende que ache a Inglaterra demasiada antiga — completou Anneline, analisando o olhar frio da irmã. Achava incrível a capacidade de Elena de não conter seus sentimentos e, ainda assim, não perder a compostura.

— Oh, por um momento me esqueci deste detalhe! William me contou causos incríveis de Nova Orleans!

— Contei? — William virou-se para ela, confuso com as memórias resgatadas nas palavras estridentes.

— Em uma de minhas visitas, sim!

Elena aquiesceu, bebendo um longo gole do chá, que já esfriava. Ela queria rir, pedir para que William beijasse-a de uma vez para que se calasse e permitisse um diálogo decente. Lançou um olhar à Julianne e percebeu a frustração tomar seu semblante.

— Não duvido — completou, sustentando um sorriso malicioso. — O Sr. Stevenson é ótimo em contar histórias.

— Não tanto quanto você, Srta. Wood — rebateu ele, alongando a pronúncia de seu sobrenome, como se o desfrutasse. — É uma jornalista, afinal.

— De onde se conhecem? — Charlotte interrompeu mais uma vez, notando a troca intensa de olhares entre os dois.

— Tomamos o mesmo trem e o mesmo navio para a América, embora ela não se lembre. — William mantinha a atenção em Elena, lendo sua mente através do semblante provocativo. — E moramos juntos em Chicago.

Charlotte era, em sua mente, insubstituível. Por muito tempo fora uma projeção de seus desejos impossíveis, dando corpo e forma ao que ansiava ter pelo resto da vida. No entanto, o os modos e comportamentos de Elena, seus traços de rebeldia contida expressos em furtivos olhares matreiros, era a ele algo ainda maior. Não como um desejo, mas uma certeza. A indiferença perspicaz com o restante do mundo, a demonstração clara de seus pensamentos, sem revelá-los, tornava Elena Wood um enigma, ao contrário de Charlotte, cuja complexidade não era maior do que simples exercícios de matemática. Fosse o fascínio adolescente ou a necessidade de ter a quem jurar amor, William não conseguia compreender, principalmente vendo-as lado a lado, como em algum momento pôde se interessar por alguém tão raso.

— Acredito que isso tenha sido ótimo, não é? — perguntou Anneline, interrompendo a pergunta pronta da convidada inconveniente.

— Sem dúvida, Sra. Loriell — respondeu William confiante.

— Fico feliz de saber que tiveram um ao outro. — Julianne se manifestou novamente, sorrindo. — Embora jamais pensasse nessa possibilidade.

— Garanto que não foi tão surpreendente quanto descobrir que pertencem à mesma família — disse William animado, tirando um riso das senhoras. — Um dia gostaria de saber essa história.

— Há de se compreender, então, a razão dos boatos. Não acha? — Charlotte se colocou no diálogo mais uma vez, aumentando o tom de voz para se fazer ouvir. Os risos morreram ao seu redor.

— Prefiro manter minha vida pessoal fora de questão, se não se importar, Sra. Simonsen — respondeu Elena cruzando as pernas. — Os interesses quanto a esse noivado dizem respeito apenas a mim e ao Sr. Stevenson, presumo.

William sorriu, baixando os olhos para o chá. "Maldita seja, Wood."

— Oh, claro, claro — respondeu a jovem em um sussurro, sentindo as bochechas corarem. Inclinou-se, pousou a xícara em cima da mesa e se levantou rapidamente. — Sra. Stevenson, agradeço imensamente o chá, mas preciso ir embora.

— Não se preocupe. — Julianne sorriu.

— Eu te acompanho até a porta. — William se pôs de pé, notando a necessidade de privacidade das três, demorando-se em Elena.

Assim que os dois deixaram a sala, a anfitriã soltou o ar e jogou o corpo para trás, aliviada por conseguir o espaço que ansiava para discutir assuntos que não se aproximavam da intragável Sra. Simonsen.

— Por Deus, Will — resmungou. — Me desculpem por isso. Essa mulher é de uma inconveniência pura.

— Percebe-se — respondeu Elena fitando o espaço por onde os dois tinham saído. — Da forma como William a descrevia, imaginava alguém bem... diferente.

— Se entrarmos em detalhes, ficaremos a noite inteira discutindo a infame Charlotte. — Julianne riu comedida, dotada da elegância que sempre a envolveu. — Pois bem, Ellie, me conte! Como está sua vida na América? Anne me contou muito pouco.

Elena deu de ombros, fazendo uma careta enquanto buscava o que dizer. Na bolsa, sentiu a caixinha de cobre rolar de um lado a outro.

— Posso acender um cigarro? — perguntou, já tomando a caixinha. Dado o aval, acendeu e tragou antes de continuar: — Bem, eu comecei a escrever, finalmente. E trabalho como jornalista policial.

— Nada dessa vida quadrada que nos cerca, não é?

— Nem um pouco.

A anfitriã sorriu com doçura.

— Era o que eu esperava ouvir.

— E quanto a você? — perguntou Elena entre um gole e outro de chá, já bem mais tranquila do que quando Charlotte estava presente. — Como acabou se casando com Natan Stevenson?!

— Essa é uma longa história! — Havia em Julianne uma confiança que envolvia todos ao seu redor, inebriando-os de algo tão positivo quanto era possível. — Mas posso dizer que nunca fui tão feliz.

— Mesmo sendo uma mulher da elite?

— Eu te garanto que isso é o que menos sou! — Julianne riu. — Posso contar nos dedos em quantas festas compareci desde meu casamento.

— Isso é verdade. — Anneline endossou a novidade, deixando-se levar pelo clima descontraído. — Ela possui até apelidos, algo como "a misteriosa Sra. Stevenson".

— O quê? — Elena se divertiu, dando uma gargalhada alta. — Imagino como deve ter sido para você se ajustar a essa realidade.

— Estranho, definitivamente. As pessoas são o oposto de verdadeiras. Por essas e outras, prefiro estar em casa do que gastando meus sapatos em salões quentes e meus ouvidos com besteiras.

— Tia Catherine estaria orgulhosa — balbuciou Anneline.

Elena baixou os olhos para os próprios pés, levantando-os simultaneamente.

— Sinto não ter agradecido o suficiente a ela. Ou a você. — As esferas azuis voltaram-se a Julianne, que fez um sinal de desdém com a mão.

— Tenha certeza que ela sabe. Viveu até os últimos dias rezando por você e pelo bebê — completou a Sra. Stevenson, sentindo a conhecida nostalgia que a acometia quando lembrava da mãe. — E os velhos conhecidos?

— Se por velhos conhecidos você diz Henry Evans, eu o vi. Infelizmente.

— E como foi a experiência?

Elena deu de ombros, tragando mais uma vez.

— Ele não sabe o que sente, como sempre — respondeu friamente, libertando a fumaça acinzentada pelos lábios. — Se diz arrependido.

— Me diz que não caiu nessa conversa, Ellie.

— Não, não caí.

— Convenhamos que seria difícil cair conhecendo-o como nós conhecemos — ironizou Anneline. — Mas também, com a esposa que tem, não é de se admirar caso tenha se arrependido.

— Conversei uma única vez com ela — completou Julianne, servindo-se de mais chá. — Superficial como a maioria das mulheres da elite.

— Ele não ia se casar com alguém diferente. Sempre preferiu diálogos rasos, em todo caso — murmurou Elena, ouvindo a voz de William ao lado de fora. Ainda conversava com a mulher de voz estridente. — Às vezes acredito que foi sorte não termos ficado juntos.

— Mas ainda sente algo por ele?

Elena mordeu o lábio, ponderando sobre a questão. Não sabia responder o que Henry Evans significava para ela. Ele era uma lembrança vívida e odiosa, o amor que nunca viveu. Mas, acima de tudo, sempre seria *o pai da sua filha*. A filha que ele a privou de ter. Ela engoliu em seco e fitou as duas, dando de ombros.

— É indiferente. — Mentiu, ainda imaginando se algum dia conseguiria deixar aquela história de lado.

Da biblioteca, William ouviu os passos e as vozes aproximarem-se em direção à porta. Olhou seu copo de uísque e virou-o vagarosamente, observando o líquido dançar dentro dos limites de vidro. Queria entender sua confusão, mas não podia fazê-lo sem antes dar explicações a respeito de si mesmo. Naquela breve conversa, enquanto Charlotte ainda se fazia presente e interrompia uma reunião bastante almejada, ele percebeu que Elena Wood era exatamente o que tanto imaginava: uma pergunta sem resposta. Ainda que de início soubesse lidar com as lacunas deixadas por histórias jamais contadas, via-se agora no limiar dos sentimentos, dividido entre o precisar e o desejar. Queria saber quem era Elena Wood, assim como ansiava que ela também o conhecesse profundamente. Antes que elas partissem, ele se levantou e caminhou até a entrada da biblioteca, encontrando-as entretidas em alguma lembrança. Elena não demorou a notá-lo, identificando sem demora o pedido discreto para que o seguisse. Com um pedido morno de licença, a moça adentrou a biblioteca, fechando a porta atrás de si.

— Diga, Sr. Stevenson — disse animada. — Me trouxe para uma sala escura, devo me preocupar?

— Só se você quiser. — Ele sorriu, arrastando-se para perto dela. — Precisamos conversar.

Elena semicerrou os olhos, analisando a preocupação em seu semblante. Podia ouvir as vozes de Anneline e Julianne ainda no vestíbulo, conversando animadamente sobre chapéus e vestidos. Seus olhos baixaram para os pés e, em seguida, vasculharam a sala em busca do que dizer. Ela conseguia imaginar quais seriam os assuntos em pauta.

— Eu quero te conhecer a fundo, Elena. — O olhar suave de William despertou-a de seu nervosismo. — Mas, independentemente da sua vontade de me revelar o que quer que seja, eu quero que você me conheça.

— Já não sabemos o suficiente? — Ela sentiu as mãos suarem frio.

— Seu nome sequer era Lianna.

— Bom ponto.

Ambos sorriram, trocando olhares contidos sob a penumbra que os envolvia na extensa biblioteca, embora um misto de apreensão e medo os tomasse.

— Podemos jantar. Ou beber. — William jogou no ar, apoiando-se nas muletas. — O que me diz?

— Will, eu...

— Por favor, considere essa possibilidade. Vamos ouvir a respeito do passado do outro em algum lugar e, antes que isso possa acontecer, eu prefiro ser a pessoa que irá te contar tudo.

Notando a hesitação dela, ele se aproximou com dificuldade, e tomou uma de suas mãos, pressionando-a levemente.

— Não precisa me dizer nada se não quiser, mas eu estou pronto para te contar o que esses anos esconderam — Seus olhos pareciam enxergar a alma de Elena.

Ela mordeu o lábio e, após uma pequena ponderação, concordou, mesmo que por dentro temesse esse encontro e suas consequências.

— Às oito horas, no Schawz? — questionou timidamente.

— Combinado.

Henry abriu a porta já esperando o pior. Tirou a pesada blusa e o chapéu, ignorando qualquer auxílio. Estava exausto de tanto pensar e negociar. O barulho dos passos no andar de cima não deixava dúvidas quanto à presença de Elizabeth, que provavelmente o estaria esperando. Caminhou até a biblioteca e se serviu de licor puro, bebendo-o em um único gole, antes de se jogar no sofá. Do bolso, retirou uma pequena caixinha de couro e puxou um cigarro, que acendeu sem cerimônia. Talvez precisasse mesmo voltar a fumar.

As negociações estavam melhores do que ele imaginava que estariam e, em breve, seu nome estamparia outra página dos principais jornais contando os grandes feitos do arquiteto. Claro que as burocracias e explicações ele deixava a cargo de Natan, entretanto, não se sentia menos parte de todo o processo. De qualquer forma, sem sua mente, os prédios não existiriam. Sorriu e colocou os pés na mesa de centro, jogando a cabeça para trás para remoer o gosto forte do cigarro. Sentia falta desses momentos consigo mesmo, de poder refletir sobre seus atos e sua vida sem interferências externas. Mas, eles nunca duravam tempo suficiente.

— Pensei que fosse chegar mais tarde hoje. — Elizabeth entrou na sala, irritando-se com a fumaça. — Quantas vezes já não te disse para não fumar aqui?

— Boa noite, meu amor — rebateu ele ironicamente. — Como foi seu dia?

— Passei horas procurando um vestido para o baile dos Follman, mas não encontrei nada que me agradasse.

Henry arqueou a sobrancelha, levando algum tempo para digerir a frustração da esposa.

— Tenho certeza que logo encontrará algo que te agrade.

— Difícil! Precisamos de outra viagem à Paris para que eu possa renovar meu guarda-roupa — respondeu, gesticulando exageradamente. — E você?

— Estive no escritório o dia inteiro.

—Natan já se resolveu quanto ao projeto?

— Deixei que ele coordenasse.

— Ótimo! Ele é um bom profissional. — Elizabeth parecia extremamente nervosa. — O jantar está quase pronto. Pedi para Mary preparar aquela carne que você gosta.

Ele se inclinou e apagou o cigarro no cinzeiro, sem desviar os olhos dela. Alguma coisa estava errada, podia sentir apenas ao vislumbrar os trejeitos escandalosos da esposa. Mesmo que Elizabeth tivesse uma aptidão pelos exageros, desta vez, em meio a mais um dos períodos turbulentos que enfrentavam, não era normal um comportamento daquela natureza. Henry se endireitou e fitou-a com seriedade.

— O que precisa me contar? — perguntou sem hesitar.

— Como? — As bochechas dela enrubesceram. Seus olhos desviaram para a sala. — Não tenho nada para contar.

— Não mesmo? Eu te conheço, Beth.

Ela respirou fundo e cerrou as pálpebras, abrindo-as conforme o ar deixava seus pulmões. Henry continuava a observando com afinco, sem desviar a atenção.

— Eu estou grávida, Henry — balbuciou com a voz ligeiramente baixa.

Embora esperasse uma revelação surpreendente, nada se assemelhava ao fato de Elizabeth estar esperando um filho seu. Sentindo um frio na barriga, Henry apoiou os cotovelos nos joelhos e a encarou sem dizer uma única palavra, analisando a ansiosa esposa. No fundo, ele também estava. Era uma notícia a ser comemorada, ambos sabiam, no entanto, era como se todos os anos juntos não os tivessem preparado o suficiente para desenvolver laços de intimidade para um relacionamento profundo e verdadeiro. Em seu íntimo, Henry sabia que via na esposa apenas o que a paixão e a tensão sexual o permitiam ver. E nada além.

— Por favor, diga alguma coisa — suplicou sorrindo. Seus olhos enchiam-se de lágrimas.

— Eu... — Henry começou hesitante, escolhendo as palavras. — Eu não sei o que dizer. Isso é incrível. Digo, nós teremos um filho. — Ele riu, desesperando-se em sua calma. — Há quanto tempo você sabe?

— Há um mês, mais ou menos.

— E por que não me contou? É uma notícia incrível!

Ela deu de ombros, retraindo-se no espaçoso sofá.

— Elena voltou. Não me parecia o momento certo para te contar.

Ele iniciou uma frase, mas deixou-a morrer pela metade, optando por ajoelhar-se diante da esposa de forma que seus olhos se encontrassem. Seus dedos escorregaram pela pele macia dela e ele se permitiu sorrir, notando como achava Elizabeth uma mulher estonteante.

— Não precisava ter segurado isso por causa de Elena, querida. — As lágrimas dela o machucavam profundamente. — Você é meu presente, Beth. Minha esposa, minha companheira e agora, mãe do meu filho. Elena não é nada além de uma lembrança.

— Não mesmo?

— Não mesmo.

Ela sorriu, inclinando-se para abraçá-lo. A angústia a consumia, porém, aos poucos, cedia espaço a uma tranquilidade por saber que o marido estaria ao seu lado enquanto ela estivesse esperando a criança. E isso já a faria ser melhor do que Elena Wood.

◆━━━❖━━━◆

William caminhava pela cidade com tranquilidade, desfrutando da própria companhia ao observar as minúcias que envolviam cada espaço, concedendo às particularidades uma originalidade instigante, ainda que bastante arcaica. Seus olhos vasculhavam cada ponto, cada rosto, absorvendo os sons e os aromas como um verdadeiro amante da vida. Vez ou outra, quando avançava pelas vielas, arriscava olhar para trás, buscando nas sombras alguém à espreita, esperando apenas um momento de desatenção para findar o que já tivera início. Com as mãos escondidas nos bolsos, William

Stevenson procurava algo que não sabia ao certo o que era. Sabia aonde ir e como chegar, porém, algo clamava por ele. Apoiado na bengala, que conseguia usar com algum esforço, pôs-se a pensar no sujeito enviado especialmente para ele, na maldade contida em seus olhos quando se projetou a fim de tirar-lhe a vida. Queria entendê-lo, decifrá-lo, enxergar em seus olhos o reflexo de si mesmo anos antes. Alguém o teria visto da mesma forma, guardando o semblante frio como lembrança perturbadora de prováveis últimos momentos? Não, isso certamente não acontecera. Ao contrário do homem enviado pelos Dechor, William não deixou sobreviventes.

O vento soprou mais forte, balançando os fios ondulados. Meia hora. Respirou fundo e retomou o caminho, avistando o restaurante a poucos metros. Hesitou, ponderando se deveria continuar e correr o risco de perder Elena Wood por um mero capricho. Casamentos eram realizados sem que os envolvidos sequer tenham se visto alguma vez. Por que, então, ele insistia em revelar à amiga uma verdade tão brutal? "Porque ela sabe" pensou, recordando a noite em que ela lhe lavara as feridas. "Ela sempre soube." William respirou fundo, encarando a fachada elegante do restaurante com uma série de questões flutuando na mente. Talvez ainda pudesse desistir, contornar o assunto e lhe proporcionar apenas uma noite agradável. Quinze minutos. O detetive praguejou, condenando a si mesmo pela impulsividade. Charlotte se fora por muito menos, o que garantiria que Elena também não o faria ao saber sobre seu passado em Chicago? O tornozelo inchado ardeu ao tocar o chão, causando uma corrente de dor pelo corpo inteiro que fez William odiar-se um pouco mais. Era isso, ele havia feito uma escolha e precisaria arcar com as consequências. O relógio marcava cinco minutos restantes quando ele finalmente adentrou, escolhendo uma mesa ao centro, aos olhos de todos. Embora a conhecesse, preferia que a exposição podasse seus atos. Acomodou-se discretamente e ignorou os olhares sussurrados e furtivos, puxando a cartela de vinhos para si.

Minutos depois, Elena cruzou a entrada elegante e parou, vasculhando o espaço a fim de encontrar William, cuja aparência era notável. Seu coração batia forte em meio à onda de inquietude que devastou seu dia, impedindo as horas de passarem mais rapidamente. Nenhum livro a havia salvado, nem o caminhar no tempo ameno a fez sentir-me menos ansiosa. Como se lesse seus pensamentos, ele levantou os olhos e a encontrou, pondo-se de pé cordialmente. Era o momento de preencher as lacunas vazias da história de ambos. Com a cabeça erguida e o semblante sempre impassível, Elena abriu caminho entre as mesas, promovendo um desfile instigante aos presentes. A junção da devassa Wood com o polêmico Stevenson era um deleite aos olhos ávidos por ter o que falar, e certamente renderia bons minutos de conversa nas próximas reuniões.

— Escolha curiosa, Stevenson — observou enquanto ele puxava a cadeira para que ela se acomodasse.

— Não é? Quis me dar esse luxo ao menos uma vez na vida. — William sorriu, tomando seu lugar do outro lado, diante dela. — O que gostaria de beber?

— Depende do que pretende me dizer. O que sugere? — Ela cruzou as pernas e se endireitou, assumindo a mesma postura com a qual ele tanto se acostumara.

— Um vinho suave?

— Senti a ironia. — Rebateu, provocando um riso no jovem detetive que acenou para o garçom. — Confio em você.

O funcionário se aproximou, anotando as instruções que William lhe passava de qual vinho trazê-los. À sua volta, membros conhecidos da sociedade os encaravam com curiosidade, alimentando os boatos que já circulavam ao redor deles.

— Bem, Srta. Stone Wood — ele mordeu o lábio inferior, observando-a com diversão —, acredito que lhe devo algumas explicações.

— Referentes a...?

— Mim. — Uma sombra cruzou seus olhos antes serenos e Elena percebeu que o humor passaria distante deles ao menos enquanto a narrativa estivesse em curso. Ele respirou fundo, observando a confusão se instaurar no semblante dela. — Mais precisamente, sobre minha partida de Londres e o tempo em que estive em Chicago.

27.

Inglaterra, setembro de 1914

William observava a cidade enquanto o carro cortava as ruas em uma velocidade razoável. Nos bancos dianteiros, os dois homens trocavam informações, comentando um caso ou outro. Em outras épocas, o jovem se animaria ao ouvir relatos vindos das próprias autoridades, mas, naquela tarde, mantinha-se em total silêncio, apreciando a paisagem urbana e pálida sem nada ver. As mãos, presas em algemas, permaneciam imóveis, pintando de vermelho tudo o que tocavam. O trajeto, relativamente curto, parecia não ter fim. Ele se inclinou e encostou o rosto no vidro, exausto.

Na rua, pessoas paravam para conferir se o semblante era conhecido, questionando umas às outras em busca de qualquer notícia. William sabia que seria questão de horas até que seu nome viesse à tona. O veículo finalmente parou e a porta se abriu, invadindo o espaço de luz. Sem delicadeza alguma, o policial o puxou para fora, contente com o feito. O jovem descobriria anos mais tarde que prisioneiros de elite eram os preferidos das delegacias, principalmente por precisarem se submeter a ordens de, até então, homens inferiores a eles. Os primeiros jornalistas, que usualmente seguiam os policiais dia e noite, tiraram os cadernos de nota do bolso, saltando de seus esconderijos para reportar o feito. O rapaz abaixou a cabeça, repassando na mente o olhar desesperado que Angie lhe lançou antes de dar o último suspiro. *Deixe-me, Will. Deixe-me ir.*

Dentro da delegacia, fora do campo de visão dos curiosos, foi dito a William que se livrasse de relógios, carteiras, armas e, até mesmo, da própria roupa. Queriam-no sem nada que pudesse interferir no desempenho do trabalho. Ou na construção de sua humilhação. Rixas entre meninos ricos eram sempre cômicas e trágicas, seguindo linhas shakespearianas.

— O que estão fazendo? — A voz forte de Ethan Stevenson ecoou pela delegacia antes que William tirasse os casacos pesados sob a observação maldosa dos oficiais. — Onde está William?

O jovem se virou para encará-lo do outro lado do vidro. O pai, acompanhado de seu irmão Edward, advogado de renome, surgiu com o rosto vermelho, ordenando que lhe apontassem onde o filho estava. Os policiais de plantão o encaravam com desdém, menosprezando a preocupação de um pai por um filho assassino, desmerecedor de qualquer piedade. Enquanto via o patriarca vociferar, William foi orientado a se sentar, apoiando as mãos algemadas em cima da mesa, para aguardar o interrogatório.

Os minutos pareceram uma eternidade. Não o deixaram conversar com o Sr. Stevenson, tampouco se mover sem sofrer represálias. Ele jamais imaginara o processo maçante e desprovido de emoções que envolvia uma prisão ou os estágios iniciais dela. Esperava uma firmeza inexistente e celas decrépitas ruindo sob fardas e comandos, com o frio a lhe assolar os ossos e o medo espalhando-se pela corrente sanguínea. Ao contrário do que imaginava, não sentiu pouco mais do que um comichão ansioso, a inquietação natural por não conseguir prever o próprio destino. Suas mãos ainda tremiam com o choque e a mente não parava de lhe trazer imagens da irmã com as pernas descobertas e a roupa em farrapos. *Eles precisavam disso, Will. Eles precisavam afirmar que são homens.*

— William Sachs Stevenson. — O delegado adentrou, jogando uma pasta em cima da mesa. Seu tom de voz não era amistoso ou rude, mas desapontado. Se o jovem bem se lembrava, o policial era um antigo amigo de seu pai. — Nunca imaginei te receber aqui. Podemos começar?

O rapaz assentiu. Não havia mais absolutamente nada que pudesse fazer e, quanto mais rápido encarasse a situação, mais cedo ela terminaria.

— Por que Richard e Jonathan Dechor?

William sorriu ironicamente, carregado de raiva, e fitou o delegado.

— Eles estupraram minha irmã, senhor — respondeu rude.

— E como pode afirmar que a situação realmente ocorreu?

— Por Deus, vocês atenderam a ocorrência — rebateu William, mexendo-se impacientemente. — *Eu vi*, Sr. Swenson. Eu vi minha irmã caída, as roupas rasgadas, o sangue a lhe escorrer pela perna.

O delegado assentiu e anotou algumas coisas na folha que trouxera consigo. Houve uma gritaria ao lado de fora da sala e William olhou com curiosidade, encontrando o pai e o tio em uma discussão acalorada com o Sr. Dechor, que acabara de chegar.

— Angelina já estava morta quando chegou? — O outro prosseguiu, tentando ignorar a situação vexatória.

— Não, não estava.

— Foi ela a responsável por te relatar o ocorrido?

— Foi.

— E como sabe que se tratava de um estupro?

— Ora, quer que eu traga o corpo de Angelina para que tenha uma confirmação? — murmurou William, inclinando-se para promover uma aproximação do delegado. — Minha irmã *olhou nos meus olhos e reclamou de dores*. Disse que eles precisavam sentir-se mais homens.

— Ela te disse tudo isso enquanto agonizava?

— O que o senhor acha?

— Will, eu estou tentando te ajudar. — O policial retirou os óculos, pousando-os em cima dos papéis. — Você cometeu um crime e eu preciso do máximo de detalhes para te livrar da prisão.

— Então acredite em mim.

— Eu acreditarei se me contar *exatamente* o que aconteceu.

— Me surpreende que vocês não se recordem quando vocês estavam lá.

— Will, por favor.

William aquiesceu e respirou fundo, tentando organizar as informações. Olhou mais uma vez para a confusão ao lado de fora e começou:

— Fui com Angelina comprar chapéus e, ao chegar em casa, Natan me implorou para que fosse o ajudar com algumas questões do trabalho. Angelina não quis vir conosco porque sempre achou engenharia algo bastante tedioso. — Ele pausou, reunindo coragem para continuar. Era como se revivesse cada instante enquanto falava. — Meu pai estava fora e não pretendia voltar cedo, então ela teria de ficar sozinha com os empregados. Isso sempre aconteceu então não nos preocupamos. Passei mais ou menos uma hora com Natan no escritório antes de retornarmos.

O delegado ouvia com atenção, anotando as palavras de William.

— Quando cheguei... — A voz falhou, deixando a frase morrer nas acusações entre seu pai e o outro sujeito. O rapaz concentrava-se para continuar mesmo com as lágrimas já ameaçando cair. — Algo estava muito errado. A porta estava aberta e nossos funcionários estavam todos na viela ao lado de casa. Ao me verem, fizeram aquela maldita expressão de pena e eu percebi que alguns deles choravam. Então corri até lá e encontrei minha irmã. — Por mais esforço que fizesse, foi impossível conter o pranto. — Ela estava deitada... com as pernas abertas e os braços estirados. Parecia uma boneca. Sua pele estava cheia de marcas vermelhas, roxas e sangue ...ele fluía do meio das pernas e da parte de trás da cabeça. — O garoto engoliu em seco, enxugando o rosto úmido.

— Obrigado, William — agradeceu o policial, largando a caneta de lado. Já tinha o suficiente.

— Eu insisti para procurar os médicos, mas ela me impediu. — O jovem continuou. Seus olhos, antes marejados, escureceram repentinamente, revelando uma ira que nem mesmo o acerto de contas fez atenuar. — Disse que queria morrer, pediu para que eu a deixasse ir embora. — Ele deu de ombros, perdendo os olhos no vazio. — Eles não só estupraram minha irmã, como bateram nela, Sr. Swenson. E eu não... — Suas mãos começaram a tremer novamente.

— Creio que já temos o suficiente, Will.

— Eu não podia aceitar o que eles fizeram com Angie, senhor. Ela... não se faz algo assim e sai impune.

— Infelizmente, Will, não acabe a nós decidirmos o futuro de homens que agem como Richard e Jonathan Dechor. Eu entendo a sua frustração, mas vingar uma morte com outra não vale a pena.

—Não cabe a nós? O senhor é policial! O senhor poderia ter prendido esses bastardos!

— E com base em quê, William? Não tive sequer tempo de processar as declarações, de iniciar a investigação. O crime ocorreu *ontem*, rapaz.

—Os nossos empregados viram os Dechor deixando a viela. Eu os vi dizendo isso ao senhor.

— Mesmo assim, não é razão suficiente para prender os jovens. Os Dechor são pessoas influentes, não podemos agir tão precipitadamente. E se eles não fossem culpados?

— Se o senhor quer saber, eles eram, sim. Ouvi da própria boca de Richard antes de ele morrer.

O delegado fitou o menino fora de si, trêmulo pelo crime cometido, mas sem demonstrar um único traço de arrependimento. Conhecia-o desde pequeno e podia afirmar não se tratar de um jovem desequilibrado, tampouco ruim. Era dono de um coração enorme e sorrisos fáceis, alguém que não teria coragem de fazer mal a ninguém a menos que algo muito grave acontecesse. E aconteceu. Estava prestes a se levantar quando o garoto cabisbaixo o interrompeu:

— Gostaria muito de me arrepender, mas, se pudesse, o faria de novo, Sr. Swenson.

O delegado concordou, sem alternativa, e deu dois leves tapas nas mãos presas do jovem antes de deixar a sala, ordenando que alguém levasse um pouco de água para o rapaz. Ethan Stevenson aguardava consternado por uma explicação, enquanto Edward tentava conter seus ímpetos.

— Pelo amor de Deus, Peter, o que aconteceu? — questionou o patriarca dos Stevenson, caminhando até o delegado em desespero.

— O que aconteceu foi que seu filho é um assassino, Stevenson! — gritou Ronald Dechor, apontando o dedo para ele. — Os meus meninos foram mortos sem o mínimo de...

— Faça um favor a todos nós e cale essa maldita boca, Ronald! — Ethan devolveu. Suas faces assumiram um tom mais acentuado de vermelho. — Peter, nos esclareça os fatos pelo amor de Deus.

O delegado limitou-se a levantar a mão pedindo silêncio e caminhou até sua sala, fechando com força a porta atrás de si. Situações como a que se apresentava eram completamente incomuns. Duas famílias abastadas, de renome e influência, arrancavam farpas publicamente, acusando uma a outra de crimes abomináveis. Peter precisava pensar, absorver toda a ideia e simplesmente deixar a mente fluir para entender o que realmente havia acontecido. Angelina Stevenson fora estuprada e assassinada por John e Richard Dechor, que foram mortos por William Stevenson como forma de vingança. "Meu Deus", ele pensou. Nas suas indagações, foi interrompido pela porta aberta repentinamente, chocando-se com força contra a parede. Peter Swenson se levantou e olhou irritado para Ronald Dechor, que continuava a gritar.

— Eu exijo agora um posicionamento, Swenson!

— Sr. Dechor, se não parar de gritar, irei prendê-lo por desacato — disse o delegado seriamente. — Não posso fazer nenhum julgamento agora. O menino tem direito à defesa.

— E meus filhos tiveram esse direito?

— Eu entendo tudo o que está em jogo nesse caso, senhor. Mas, no momento, não posso fazer nada a não ser...

— Eu posso te tirar daqui em um minuto, Peter. — O homem ameaçou, aproximando-se do delegado com o dedo apontado para seu rosto. — Eu quero um posicionamento que faça esse menino pagar pelo crime que ele cometeu.

— E você irá ter se me deixar pensar. Agora vá embora antes que eu mande levá-lo a força.

Do lado oposto, no desconfortável banco de madeira, Ethan Stevenson afundou o rosto nas mãos e realizou um breve exercício mental para não optar pela violência. Os Dechor sempre se mostraram uma família extremamente irritante e, naquela tarde, Ronald fazia jus à fama muito bem construída. Enquanto meditava sobre a situação, impensável mesmo em seus piores pesadelos, Natan adentrou a delegacia, correndo do encontro do pai.

— Estou cansado — balbuciou o senhor, escondendo os olhos marejados. — Em menos de um dia minha filha foi parar no necrotério e meu filho matou dois homens a sangue frio. Eu já nem sei o que pensar sobre a nossa família.

— O que aconteceu com Angelina foi algo que não tínhamos como prever, pai — respondeu o jovem, lançando um olhar odioso para Ronald Dechor, que gritava e gesticulava initerruptamente. — Já sobre William... Ele a *viu*. Foi para ele que ela pediu para morrer. — Natan encarou a sala onde o irmão fora interrogado. Queria poder vê-lo.— No lugar dele, eu não sei o que faria.

— Sua mãe ficaria desapontada. — Ethan sorriu tristemente, girando a aliança nas mãos. — No fim, ela sempre ficava.

— Não diga isso.

— Eu só não quero parecer um fracasso.

Peter Swenson, alheio ao diálogo entre pai e filho, retornou à sala onde William estava e tirou suas algemas, liberando-o para ir para casa. Forte emoção seria o argumento utilizado para inocentá-lo do crime. Sabia, em seu íntimo, que o jovem Stevenson jamais faria qualquer coisa do tipo se estivesse em sã consciência.

— Se quer uma dica — disse antes de permitir que o rapaz esgueirasse porta afora. — Mantenha-se longe dos Dechor. Se puder, dessa cidade. Não vai existir vida para você aqui, rapaz.

O jovem aquiesceu e saiu após um breve agradecimento para se juntar aos homens que o aguardavam. O delegado sorriu, satisfeito com a decisão, enquanto os observava partir. Quanto a Dechor, ele daria um jeito. Na mesma noite, escreveria uma carta explicando sua decisão, enquanto rezava para que, no fim, tudo acabasse bem para o rapaz mesmo que não pudesse dizer o mesmo sobre si.

Nos dias que se seguiram à morte de Angelina, William sentiu uma grande onda de raiva se alastrar dentro de si. A cada cerrar de pálpebras via o semblante cansado e triste da irmã, ouvia o suplicar falho à morte e o desfalecer lento do corpo já exausto de tanto lutar. No colo, onde apoiara a cabeça da irmã, ainda sentia o sangue quente escorrer, banhando-o com o sopro de vida de Angelina. Ele se odiava por estar vivo, por ser capaz de viver o que ela jamais viveria e ter um futuro a lhe esperar. Já não dormia, não comia, e era incapaz de sentir remorso por seus atos quanto aos Dechor. William se tornou distante, enigmático, assolado pela culpa de não estar presente quando a irmã mais precisou. Era difícil reconhecer nas bondades dele os reais predicados que o descreviam anteriormente, tornando-o nada além de uma caixa vazia. Bonita por fora, mas repleta de um nada inconsolável.

Chicago, 1917

Já era dia quando ele finalmente terminou o serviço. Desta vez, contrariando todas as outras, o trabalho não fora nada simples, oferecendo grande resistência. Cansado, limpou as mãos na camisa do homem caído e se sentou, recostando-se na parede gélida com as pálpebras cerradas e a respiração ofegante. Já atingira seu limite havia muito tempo. Embora aquela fosse uma forma simples de ganhar dinheiro, sentia-se cada vez mais cansado de sua indiferença, do sangue, das tantas últimas palavras que ouvira. Ele tinha plena consciência de que, se fosse pego, ninguém intercederia por ele; mercenários não mereciam defesa.

William suspirou, abrindo os olhos para o terreno baldio diante de si. No início, a proposta era bastante simples: desempenhar o papel que a polícia não poderia exercer por jogos de poder e conflito de interesses milionários. Os alvos eram criminosos da mais alta sociedade cuja prisão renderia problemas para as autoridades. Por isso William trabalhava sem denotar a mesma importância dos grandes agentes, agindo nas sombras conforme nomes eram-lhe entregues e prazos estipulados. Os jornais noticiavam desesperadamente a morte da elite, concedendo-lhe apelidos e atributos inexistentes. Cartazes eram espalhados pela cidade, cartas enviadas à polícia, mas nada se mostrara realmente eficaz. William era a todos um enigma bem-vindo que movimentava o imaginário popular, surgido justamente de onde ninguém jamais cogitaria arriscar um palpite. Ele voltou então a atenção para o corpo ao seu lado, certificando-se de ter findado todas as possibilidades. Sem pulso, sem respiração, sem vida. A infelicidade o tomou quando ele se levantou pronto para partir.

Naquela manhã sentia-se vazio, solitário. Os conhecidos haviam partido, deixando-o sozinho em uma cidade ainda misteriosa. Não tinha ninguém para conversar ou amigos para dividir as angústias, limitando-se a passar as noites pensando em estratégias para tirar mais vidas e iludindo-se com o fato de estar fazendo "justiça". Talvez, por este motivo, cogitasse tanto a proposta recebida nas últimas semanas para tornar-se efetivamente policial. Sendo um agente da lei, poderia fazer bem mais pela sociedade do que como um mero bandido, alguém que não era melhor do que os homens que executava. Os ruídos começaram a aparecer, sinalizando o momento de partir. Em breve, a via pouco movimentada estaria repleta de gente, dos mais abastados aos mais pobres. William gostava de pensar que muitas delas eram como estrelas: pontos reluzentes e trêmulos em uma multidão de mesmice. Em um salto, pôs-se de pé e vestiu o casaco e as luvas que deixara escondidas no dia anterior. Verificou suas roupas e lançou um último olhar ao morto, mais um na trilha de corpos que deixara atrás de si.

28.

Elena encarava William com expectativa enquanto o garçom terminava de encher as taças. Embaixo da mesa, as pernas moviam-se rapidamente, ansiosas demais para permanecerem tranquilas. O detetive agradeceu o homem e respirou fundo, pegando a taça com delicadeza.

— Em 1915 minha irmã foi morta. — Começou hesitante. — Éramos três: eu, ela e Natan. Como única menina na família, ela era o centro das atenções e tanto eu quanto meu irmão e meu pai fazíamos de tudo para protegê-la. Mas, naquele dia, nenhum de nós conseguiu. — Ele abaixou o tom de voz, voltando a atenção para o brilho do vinho. — Eu não consegui, na verdade.

Elena mantinha-se atenta a cada palavra, assimilando os fatos conforme eram narrados por William.

— O que aconteceu? — perguntou suavemente, contendo o ímpeto de segurar a mão dele sobre a mesa.

William respirou fundo, encarando-a novamente. Jamais falara abertamente sobre os eventos dramáticos envolvendo sua irmã com ninguém que não fosse Natan. A sensação era nova e, ao mesmo tempo em que o assustava, trazia um alívio imediato.

— Ela foi espancada e estuprada por Richard e John Dechor — disse após alguns segundos de hesitação.

Elena arregalou os olhos, prendendo a respiração.

— Meu Deus, Will, eu... — iniciou, entretanto, a frase morreu pela metade. — Na época, Ann me escreveu, mas jamais imaginei que pudesse ter sido sua irmã.

— Pois é. Foi à luz do dia, em um beco ao lado de casa. Fico pensando se alguém viu, se alguém ao menos tentou impedir enquanto acontecia. Mas, quanto mais penso, mais vejo que ela passou seus últimos momentos completamente sozinha. Dois dos nossos empregados viram os Dechor deixarem o beco, mas já não havia muito o que ser feito.

Elena se calou, correndo os olhos por toda a extensão do cenário, contemplando desde itens decorativos até as pessoas indo e vindo. Queria envolver William em um abraço apertado, dizer palavras de acalento e oferecer-lhe uma noite de tranquilidades visando apagar os traços destrutivos da infeliz história. Sua mão escorregou pela toalha impecavelmente estendida para tocar William com carinho. Era tudo o que conseguia pensar em fazer naquele momento.

— Eu sinto muito — disse com sinceridade.

— Não sinta. — Ele bebeu um longo gole, recostando-se na cadeira. — No dia seguinte, eles tiveram o que mereceram

— Você...? — Elena sugeriu, aguardando a confirmação discreta, mas suficiente para responder suas dúvidas. O toque afrouxou e ela se endireitou, bebericando sua bebida.

— Logo depois eu me alistei e você conhece o resto da história — completou o detetive, observando o cardápio mais uma vez. — Quer comer alguma coisa?

Elena aquiesceu, contendo a vontade de acender um cigarro. Ela sabia o quanto William odiava. Ao invés disso, tomou o cardápio em mãos para escolher uma das diversas opções, embora mal as lesse. Jamais imaginaria William perdendo o controle que o guiava, sendo capaz de findar a vida de alguém por pura necessidade de vingança.

— Blair... — balbuciou tomada pelo choque da revelação. William assentiu do outro lado. — Então foi por isso que você ficou tão obcecado. Sua irmã e Blair tiveram...

— Sim — respondeu o detetive, já sabendo a continuação da frase inacabada. Para afastar o amargor das realidades, bebeu um longo gole de vinho, inclinando-se em direção a ela.

— E por isso tentaram te matar — disse, por fim, levantando os brilhantes olhos castanhos para o amigo. — Os Dechor.

— É o que eu e Natan acreditamos. — Ele finalizou o vinho, sem desviar a atenção dela.

A jovem se ajeitou e segurou o pingente do colar, digerindo o que acabara de ouvir.

— Em seu lugar, eu acho que teria feito o mesmo — completou Elena, arrancando um sorriso aliviado dele. — Não imagino como tenha se sentindo na época.

William sentiu-se mais confiante, entretanto, sabia que a cumplicidade poderia ser mera questão de tempo. Voltou seus olhos para o cardápio e escolheu um dos pratos que tanto gostava, aguardando Elena com uma expectativa quase infantil. Ela o lia com atenção, desfrutando de cada linha como todo bom amante de palavras. Assim que se decidiu, ambos realizaram seus pedidos, imergindo na ânsia da próxima pauta.

— Elena? — chamou William a atenção dela mais uma vez.

— Sim?

Os olhos dele escureceram repentinamente, engolindo o verde amistoso para ceder espaço ao castanho gélido, intimidante. Ela sentiu um frio tomar-lhe, acompanhando a mudança de semblante dele. Por um momento, o restaurante inteiro mergulhou em um estado de inércia onde nada podia ser ouvido além do timbre firme e suave da voz de William Stevenson.

— Essa não foi a única vez em que eu matei alguém.

A jovem aguardou, olhando-o com desconfiança. Ele engoliu em seco e continuou:

— Um pouco depois de chegarmos a Chicago, eu fui atrás de um trabalho na polícia. Eu buscava algo que me ajudasse a lidar com a morte de Angie e, ao mesmo tempo, prevenisse que outras mulheres tivessem o mesmo fim. — O detetive hesitou, correndo os dedos pela taça. — Mas não tinha nada disponível, então eles me ofereceram esse trabalho... se é que podemos chamar assim.

Dado o silêncio que se seguiu, Elena indagou em um sussurro, ainda que estivesse temerosa interiormente:

— Will, o que você fez?

William admirou o rosto dela, cujas linhas exprimiam toda a tensão acumulada dentro de si. Era aquele o momento que definiria se ele continuaria a vislumbrar esse mesmo semblante por toda a sua vida ou se jamais o veria novamente. Relutante, desvencilhou-se do toque dela, pressionando a mão delicada entre as suas brevemente, e correu os olhos pelo restaurante, certificando-se de que ninguém mais o ouviria.

— Fui contratado para ser um mercenário da polícia de Chicago. Minha função era executar criminosos da alta sociedade cuja influência não permitia suas prisões. — A resposta foi direta, arrancando uma exclamação silenciosa dela.

Ela mexeu a cabeça repetidas vezes, repassando na mente as palavras ditas com tanto afinco. Queria acreditar no oposto, no entanto, ela havia visto as marcas, se deparado com manchas de sangue e escapadas furtivas de William enquanto dividiam a mesma casa. A vontade de crer em uma inocência, ainda que pequena, ultrapassava os limites do bom senso, mas não omitia a verdade. Ele era um assassino.

— Durante todos esses anos, você foi um carrasco — completou ela sem encará-lo.

— De certa forma, sim, mas, eu matei homens que cometeram crimes terríveis, Elena. — Ele se inclinou, baixando o tom de voz. — Eram pessoas que não valiam de nada se continuassem vivas.

— Algo que não cabia a você decidir.

— Eu nunca decidi, sempre foi a polícia. Eu só executava a sentença que eles proferiam.

— Basicamente, você bancou a morte.

— Algo nesse sentido.

Do outro lado da mesa, o detetive estava inquieto, mexendo-se a todo instante na cadeira estofada de couro vermelho. O fantasma de Charlotte repudiando o assassinato de Richard e John Dechor pairava sobre sua cabeça, causando arrepios notáveis e ampliando os desesperos quanto ao que Elena estaria pensando a cada respirar mais profundo.

— Por quanto tempo fez isso? — questionou ela, ainda sem fitá-lo.

— Três ou quatro anos. Parei pouco antes de ir para Nova Orleans.

— Por quê?

— Comecei a ser procurado. Por mais que a polícia me acobertasse, não era seguro. Além do mais, comecei a ficar enojado com tudo aquilo.

— E depois? — Ela cruzou as pernas, tensionando todo o corpo.

— Consegui uma recomendação para entrar na polícia e decidi ir para Nova Orleans procurar vocês.

Ela levantou os olhos para ele, o brilho castanho dançando nos reflexos amarelados de lâmpadas e velas. O desconforto era tão novo a eles quanto a história revelada por William, despertando pela primeira vez em muitos anos um embaraço típico de recém-conhecidos em uma noite qualquer. De qualquer forma, com passados expostos e feridas abertas, percebiam aos poucos que nada sabiam daquele que julgavam ser grandes conhecedores.

— Eu entendo se tudo isso for demais para você — disse William repentinamente, tentando remediar os danos. — A verdade é que eu nunca sei o que esperar da minha vida, Elena.

— Você não faz mais isso — rebateu ela, deixando de lado os acanhamentos para acender um cigarro. Precisava fumar. — Faz?

— Não.

— Então corte esse drama, Stevenson.

O detetive sorriu, confuso com a frase desconexa em comparação às demais. Os pratos foram servidos e as taças cheias logo em seguida, interrompendo-os por alguns instantes. Assim que o garçom se afastou, Elena retomou:

— Todos nós fizemos o possível para sobreviver e não digo apenas financeiramente. — Ela remexia a comida parecendo verificá-la antes de se arriscar a comer. — Nem sempre é simples lidar com certos traumas.

— Principalmente quando se é tão jovem.

— Exatamente.

— Você se arrepende? — questionou Elena, vislumbrando o rosto dele mais uma vez.

Ele ponderou alguns instantes, sustentando a atenção dela.

— Quando penso em como arrisquei a vida de vocês, sim. — Admitiu sem expressar nenhuma reação pesarosa.

Elena se retraiu, dando a primeira garfada. Os olhos novamente focando qualquer outro ponto senão seu rosto. Ele não conseguia imaginar o que se passava na mente dela naquele instante.

— Elena, olhe para mim. — pediu gentilmente, assistindo-a pousar as grandes esferas castanhas sobre ele. Seu coração bateu mais forte. — Eu não faria nada disso de novo. Não vou mentir que sinto pelas pessoas que matei porque nenhuma delas faria qualquer coisa boa, mas, como você mesma disse, não cabe a mim decidir quem vive ou não. — Havia urgência em sua voz ainda que as palavras fossem contidas. Elena desejou poder esquecer o que acabara de ouvir, fantasiar que se tratava da história de outra pessoa, não de William. Do seu William. — Eu jamais faria qualquer coisa para outra pessoa novamente.

— Não sem ela merecer. — Ela sorriu, dando-lhe um chute leve por baixo da mesa.

O detetive se permitiu sorrir de volta. A tensão deixava seu corpo aos poucos, embora dependesse de uma única certeza para se esvair completamente:

— Você acha que consegue conviver com isso? — questionou titubeante.

As mãos dela ensaiaram tomar as suas mais uma vez, no entanto, retornaram aos talheres, buscando a segurança de permanecerem em seu próprio território. O semblante analítico de Elena atenuou, ainda que não exprimisse a certeza que William gostaria de vislumbrar.

— Acredito que eu possa tentar — respondeu ela com a voz repleta de malícia e a cabeça carregada de questões cujas respostas deixaria a cargo do seu coração.

Mais tarde naquela noite, Elena sentou-se nos degraus de entrada da imponente mansão e refletiu a respeito de tudo o que ouvira. Nem mesmo em seus sonhos mais insanos imaginaria que William fosse capaz de tamanha brutalidade. Mercenário. A palavra em si soava pesada demais para alguém com sensibilidade e empatia tão grandes quanto as do detetive. Ele fora para ela, em mais de uma ocasião, o pilar que sustentou um caminhar vacilante, um âmago para a alma quando as coisas pareciam árduas demais, o que tornava ainda mais surreal pensar em suas ocupações enquanto estavam em Chicago. Entretanto, apesar do histórico sanguinário do amigo, não era aquela a questão que rondava seus pensamentos.

De certa forma, William havia encerrado um ciclo em sua vida, superado as inconveniências do passado para seguir em frente. Conseguira um novo emprego, mudara de cidade, deixara para trás as histórias perturbadoras de sua antiga ocupação. Era como se aquele capítulo de sua vida jamais tivesse existido, afinal. Ela jamais havia feito isso. Após doar sua filha como um animal qualquer, fugiu de casa e se escondeu da realidade. Relacionou-se com homens aleatórios, embebedou-se em festas que jamais iria se os tempos fossem outros, acreditou fielmente que seu corpo já não valia mais nada. Elena Wood tornou-se a depravada que esperavam que fosse, mas que jamais desejou ser.

Com a noite fria lhe tocando, inspirada pela história do amigo, concluiu que precisava encerrar sua história de uma vez por todas. Estava cansada de mentir para si mesma e viver baseada em algo que jamais disse respeito a ela. No dia seguinte, conversaria com Julianne. Era tudo o que precisava para deixar seu passado para trás e conseguir viver finalmente.

William abriu a porta vagarosamente e acendeu a luz, hesitando antes de entrar. Os pertences ainda estavam da mesma forma, cobertos somente por uma espessa camada de poeira que se alastrou por todo o cômodo. Ele se permitiu sorrir e caminhou até a escrivaninha simples, repleta de papéis, joias e maquiagens espalhadas. Tudo o que ela havia usado naquele dia, havia sete anos. O perfume adocicado já não estava mais presente, porém, era quase como se pudesse senti-lo mesmo após tanto tempo. Ali, naquele pequeno espaço, Angie ainda vivia.

Os dedos escorregaram pela mesa, trazendo uma grossa camada escura consigo, até encontrarem o velho diário de Angelina, aquele que guardava todas as suas aflições. William o tomou, folheando as páginas.

19 de agosto de 1914

Estou ansiosa para o baile! Talvez seja porque finalmente irei conhecer o Sr. Fuente, o espanhol de que tanto ouvi falar! Não tenho dúvidas quanto às reações de papai, Nate e Will, mas já não me importo. Gostaria tanto de ir morar na Espanha um dia!

A caneta, ainda próxima ao caderno, indicava que Angelina jamais finalizou as anotações, mas pretendia fazê-las. Ela sequer chegou a ir ao baile. O detetive engoliu em seco, analisando as embalagens pomposas dispostas de forma a parecerem intencionalmente bagunçadas e o inseparável colar de pérolas. Ela não o utilizava quando Richard e Jonathan a atacaram e Natan não permitiu que fosse enterrada com ele. Era uma lembrança forte demais para simplesmente ir embora. Na cama restava somente o cabide que antes guardava o vestido novo, feito para aproveitar a ocasião que jamais chegou. Ele hesitou, levantando os olhos para o espelho que refletia agora um quarto vazio. *Deixe-me ir, Will.*

— É como se ela estivesse aqui, não é? — Natan estava de braços cruzados, encostado no batente da porta.

— Está tudo como ela deixou. — William sorriu.

— Não tivemos coragem de mudar nada.

— É a primeira vez que venho aqui desde que tudo aconteceu. — O detetive pousou o diário na escrivaninha, correndo os olhos pelo espaço particular da irmã. — Eu sinto a falta dela todos os dias.

— Eu sei. — Ele entrou, acomodando-se no banco em frente à penteadeira. — Fico me perguntando como seria se nós estivéssemos em casa naquele momento.

— Já imaginei tantas vezes a mesma cena que não consigo mais decidir qual seria o melhor desfecho. — William parou de repente, vislumbrando o ursinho que um dia fora seu e que agora repousava em meio a teias de aranha na estante de mogno. — Como alguém pôde, Nate?

— O mundo é repleto de infelicidades, Will. É uma realidade.

— Eu desprezo isso.

— E quem não?

— Os grandes senhores. — William abriu o armário, assistindo as partículas de poeira dançarem no feixe de luz. — De todas as pessoas no mundo, ela era a que menos merecia uma morte tão sofrida.

— Angie sempre teve uma delicadeza para as coisas que nunca vi em ninguém. — Natan confessou, analisando o quarto empoeirado com carinho. — Acho que esse foi o grande propósito dela, nos mostrar a beleza nas pequenas coisas.

— E morreu nas mãos de gente incapaz de *sentir* qualquer coisa.

— Esqueça isso, Will. Quando chega a esse patamar, de conseguir espancar e violar alguém tão brutalmente com tamanha frieza, já não existe mais humanidade.

— Se é que algum dia já existiu — completou o detetive, olhando a página aberta do diário uma última vez.

◆─────◆

De sua cama, Elena fitava o céu escuro ao lado de fora. Não quis fechar as janelas, tampouco dormir com todas as luzes apagadas. Como não fazia havia muito tempo, acendeu uma vela e a deixou queimar, fixando o olhar nas alvinitentes distantes. Estranhamente, desejava que William estivesse com ela, observando as estrelas e falando sobre o universo, como era de seu feitio. Ainda em Chicago, antes de suas saídas repentinas — e que agora podiam ser compreendidas com maior clareza — ambos costumavam estender um edredom velho na pequena varanda e deitar lado a lado, desafiando-se a identificar constelações, ouvindo o outro divagar sobre qualquer temática ou debatendo um assunto exaustivamente até cair no sono e acordar em plena madrugada com dores pelo corpo inteiro, fato que provocava crises intermináveis de riso.

Apesar do que havia escutado no jantar, não temia ou julgava o amigo, pelo contrário, sentia-se ainda mais segura por vislumbrar sua parte mais obscura, conectando-se com uma alma conturbada que pouco lhe dissera, mas tanto fizera. Obviamente, era um refém dos impulsos, movido por uma frustração que não lhe pertencia, mas o assolava a ponto de despertar o que havia de pior em si mesmo. William não era nada além de alguém buscando a justiça que não tivera, fosse divina ou humana, projetando em crimes semelhantes a chance de se redimir com Angelina. E ela jamais poderia caracterizá-lo um vilão por ser um inconformado.

Ao mesmo tempo, as palavras de Henry ainda a transtornavam, acabando com as noites de sono e a tranquilidade dos dias nublados. "Velhas promessas ditas de outra forma", ela pensava e, embora soubesse quão verdadeira era aquela frase, ainda se perturbava totalmente — não por sentir alguma coisa por Henry, mas por saber que ele ainda conseguia ser indiferente aos seus sentimentos e a tudo que um dia resultou na perda total de sua antiga vida. Ele jamais esteve atento a interesses que não os seus próprios e isso se tornara bem nítido dado o último encontro dos dois. *Eu não devia ter deixado você ir embora.*

Quando amanheceu, Elena já estava pronta para partir. Embora soubesse que o correto seria aguardar mais algumas horas, era difícil conter a ansiedade. E, se bem conhecia Julianne, ela já estaria despertando. Para matar o tempo, escolheu um bom livro na biblioteca e pôs-se a ler até que finalmente fossem nove horas e o motorista estivesse disponível para levá-la a pedido de sua irmã, que desaprovava que ela dirigisse por conta ou andasse sozinha. Costumes provincianos de um lugar ainda provinciano.

— Procura o Sr. William Stevenson? — questionou o mordomo ao abrir a porta, nutrindo uma expressão nada convidativa.

— Não. Vim ter com a Sra. Stevenson.

— A senhora avisou com antecedência?

— Senhorita. — Ela o corrigiu, trocando o peso dos pés. — E não, não avisei.

— Como devo anuncia-la?

— Elena Wood, por favor.

O mordomo assentiu e deu passagem a ela, encaminhando-a até a costumeira sala clara e arejada, enquanto chamava a doce senhora. Sozinha, Elena pensou em William e se ele estaria ali naquele instante, em algum ponto do andar superior. Ainda se questionava quanto à decisão de não ter revelado nada, como ele fizera, porém, não se martirizava. Em termos de trajetória, reconhecia a impossibilidade de comparar uma à outra — mesmo que suas escolhas a tivessem guiado por caminhos tortuosos, ainda não a haviam testado da maneira como William fora desafiado — no entanto, o temor de perdê-lo, o único que permaneceu dentre tantos que cruzaram seu caminho ao longo dos anos, era superior à vontade de apresentá-lo seu íntimo, revelar uma história contada a poucos e trancafiada em um espaço reservado da mente. Elena respirou fundo, tateando o interior da bolsa em busca da caixinha de cigarros.

— Fumando logo cedo? — Julianne adentrou a sala trajando um lindo vestido de seda branca junto de um casaco espesso, azul tão escuro quanto a noite. — Assim fica difícil te defender, Ellie.

— Preciso de coragem para te pedir — disse com a voz séria, imersa em uma inquietação contida.

— Pedir o quê? — Uma sombra cruzou os olhos da anfitriã, que hesitou diante da prima.

— Eu quero ver ela, Jules.

Julianne levou alguns segundos para processar o pedido até tornar a se aproximar, acomodando-se em um dos espaçosos sofás. Fez final para que Elena a acompanhasse, mas a jornalista preferiu o balançar ansioso que a embalava.

— Ellie, não é uma boa ideia — falou, por fim.

— Eu preciso saber como é o rosto dela, como ela é.

— E carregar essa imagem com você pelo resto da vida?

— Jules, é minha filha. — Elena inclinou-se, apagando o cigarro no cinzeiro da mesa de centro. — Pode ser minha única chance.

— Essa história ainda te perturba, Elena. Por mais que diga que não, nós sabemos a verdade. E ela é sua filha, tem o seu sangue, características comuns a você e a Henry. Como isso poderia te fazer bem?

— Talvez não faça e eu me arrependa profundamente.

— Então.

— Mas, por outro lado, pode ser o que eu preciso para encerrar de vez essa história. — Elena insistiu, sentando-se ao lado da prima. Suas mãos quentes seguraram as dela. — Jules, não há um dia sequer em que eu não pense nela, em como ela está. Eu preciso saber se fiz a escolha certa, se ela está feliz sem mim.

Julianne ponderou por alguns instantes, recordando-se da noite em que a dolorosa separação ocorreu, e assentiu. Não sabia como vetar o que era de direito de Elena. Uma mãe querendo conhecer a filha que vira uma única vez em toda a vida.

— Você é a única que pode me ajudar nisso — suplicou a jornalista, suavizando o olhar. — Eu sei que você sabe onde ela está.

As batidas firmes ecoaram por toda a imponente mansão, interrompendo os beijos calorosos entre Neville Sanders e Dakota Stevens, mordomo e cozinheira respectivamente, escondidos no almoxarifado improvisado sob a escada. Recompondo-se, Neville ajeitou as vestes e se afastou da amante, encarando-a constrangido. Como resposta recebeu um sorriso desconcertado em meio aos fios loiros bagunçados. Ele bem sabia que seus atos eram imprudentes e desrespeitosos com uma mulher como Stevens, mas não conseguia resistir às sutilezas que os uniam. À noite, quem sabe, teria mais tempo e calma para finalmente propor-lhe casamento. Lançando a ela um olhar malicioso, deixou o esconderijo e caminhou até a porta da frente repetindo a si mesmo ser a última vez que faria qualquer coisa sem antes ter um compromisso sério com Dakota. Assumindo o tom que lhe era exigido, jogou um fio rebelde para trás da orelha, pigarreou e abriu.

— Pois não? — questionou, fitando o homem do outro lado.

— O Sr. Dechor está?

— E o senhor é?

— Adam Broody-Carlsom, do Banco de Ações.

O mordomo fez uma breve reverência e deu passagem ao sujeito, cujos olhos escondiam algo que ele não conseguia identificar. Entretanto, o que ele, um mero escravo das mansões, podia dizer sobre essa nova sociedade? Jamais a integrou realmente para compreendê-la. Com tranquilidade, Neville conduziu o silencioso, e um tanto arrogante, Sr. Broody-Carlsom até o escritório onde Ronald Dechor o encontraria.

As paredes, revestidas de madeira, eram ornamentadas por quadros, prateleiras repletas de livros, tapetes finos e todo o tipo de objeto que os ligasse à ideia de prestígio e riqueza. Eram uma família burguesa influente e assim deveriam agir diante de uma cidade que um dia já os pertencera. Em cima da mesa robusta repousavam papéis, mais livros e uma fotografia bastante antiga de dois jovens em roupas pomposas, exibindo nos sorrisos prepotentes o sentimento de superioridade típico da família.

— Quanta audácia de sua parte — disse Ronald Dechor abruptamente, fechando a porta atrás de si. — O que está fazendo aqui?

— Pensei que seria interessante relembrar algumas coisas — respondeu William ainda encarando a foto em cima da mesa.

— Eu não tenho o mínimo interesse em conversar com pessoas como *você*.

— Como eu? — O detetive voltou-se para ele.

Embora ainda fosse jovem, o tempo havia tirado toda a vitalidade do patriarca Dechor. As pernas já não conseguiam mantê-lo sem o auxílio de uma bengala e o coração chegava a bater tão forte que lhe faltava o ar. O rosto, antes tão belo, era tomado por linhas espessas e profundas, sinal de um cansaço precoce, e o cabelo loiro escuro começava a ser preenchido por fios brancos e brilhantes.

— Não fiz nada que seus filhos não tenham feito — rebateu William, enfiando as mãos nos bolsos.

O semblante do anfitrião endureceu.

— Não ouse falar de Richard e John.

— Ronald, você tem uma irmã, não tem? Geraldine? — indagou enquanto aproximava-se lentamente do outro. Seus olhos queimavam. — Como você se sentiria se tivesse acontecido com ela o mesmo que aconteceu com a minha irmã?

— Meus filhos jamais fariam isso.

— Angelina me implorou para deixá-la morrer, Dechor. Você entende o significado disso? — A voz de William assumia tons mais firmes, menos sutis.

— Sua irmã era uma meretriz, Sr. Stevenson. Todos sabiam disso.

William arqueou a sobrancelha, contendo o riso irônico que lhe subiu à garganta. O homem o encarava com as faces rubras, irritado com a audácia do jovem.

— Não culpe minha irmã pela ausência de caráter dos seus filhos. — O rapaz rodeava o velho em uma dança sutil e ameaçadora.

— O que você veio fazer aqui? — perguntou Ronald, arrastando os pés em direção à mesa. — Acusar meus filhos tardiamente?

— Vim conversar. Nunca tive a chance de falar diretamente ao senhor.

Ronald riu, por pouco não sufocando com a própria risada.

— Claro que não — disse entre risos e tosses. — Fugiu como um moleque assustado assim que Swenson te liberou. Aliás, pensei que tivesse morrido na guerra.

William se manteve em silêncio, observando-o se deslocar com dificuldade até a cadeira elegante atrás da mesa, onde se acomodou. Seu olhar era cansado.

— Eu jamais teria feito qualquer coisa se eles não tivessem violado Angelina — balbuciou o jovem.

— Sim, teria sim. Sua natureza é ruim, Sr. Stevenson.

— E a de Richard e Johnny não?

— Eles fizeram o que todo homem faz.

William voltou-se para o homem com desprezo, os olhos arregalados em duas esferas esverdeadas. O patriarca Dechor não demonstrou o mínimo de sentimento quanto a isso, mantendo-se impassível na espera por uma resposta.

— A não ser que não goste de mulheres, Sr. Stevenson. — O homem ria, divertindo-se com a indignação do outro. — Nunca foi a bordéis, rapaz?

— Você é doente.

— Eu? — Ronald riu, engasgando-se logo em seguida. Por alguns instantes William desejou que ele não recuperasse o fôlego. Mas recuperou. — Sr. Stevenson, assim você me decepciona.

— Qual é o seu problema?

— Diga o que quiser, mas alguém que é capaz de matar pode fazer qualquer coisa. — O velho fez um gesto de desdém, ignorando a indignação do detetive.

— Presumo que saiba bem como é isso.

O velho riu novamente, apoiando o braço na bengala que estava em pé ao lado da cadeira. A indiferença diante de um assunto tão delicado alimentava em William um ódio que ele só sentira no dia em que matara os dois irmãos.

— Você se saiu muito bem, rapaz — balbuciou ironicamente. — Mas, pelo visto, não entendeu o recado.

— Recado?

— Eu não quero mais te ver por aqui. — A voz dele endureceu de repente, assumindo tons sombrios onde antes existia um sorriso. — Você pode até ter se safado naquela época, mas eu te asseguro que não costumo deixar as coisas passarem.

— Bem, você deixou — ironizou William.

— Eu não queria matar você. — Ronald abriu uma pequena caixa ao centro da mesa e retirou um charuto robusto de lá. — Queria apenas te lembrar que ainda existe uma dívida a ser paga aqui. Esse, William, é o *meu* terreno.

— Me diga, senhor, qual a diferença entre matar e contratar alguém para matar por você? — O jovem detetive desafiou, apoiando-se na mesa para encará-lo.

— O serviço sujo, Sr. Stevenson. — Ronald continuou, sem desviar o olhar. — O sangue de outros corre junto do seu. Suas mãos estarão manchadas para sempre.

— Isso não te isenta de nenhuma culpa. — O detetive se voltou para ele mais uma vez, analisando com desgosto aquele semblante ainda arrogante. — Não te torna menos assassino.

— Talvez. Mas, pense comigo, se eu não fiz, eu não me responsabilizo pelo fato ou guardo lembranças sobre ele. — O velho sorriu, embora fosse nítido seu desconforto. — Como é dormir relembrando as últimas palavras de alguém?

William mordeu o lábio inferior, sentindo os músculos enrijecerem. Ronald Dechor era um homem tão desprezível quanto os filhos.

— Depende — disse impassível. — Algumas pessoas não dizem últimas palavras, como foi o caso de Johnny. Ou seria Richard? Não consigo lembrar.

O sorriso morreu, cedendo espaço a uma visível irritação. Ronald se levantou com dificuldade, tremendo conforme se esforçava para ficar em pé.

— O recado está dado, Sr. Stevenson.

Não houve resposta. William caminhou até o senhor, inclinando-se diante dele para que fosse ouvido com clareza. Sete anos depois de ver sua família se dissipar diante de um fato que jamais pôde ser esquecido, remoendo lembranças ainda odiosas, William finalmente compreendeu as raízes dos irmãos para um comportamento tão sujo. Sua irmã pagara o preço da bondade nas mãos de pessoas cuja natureza pendia à maldade sem justificativas ou meios-termos. Diante do senhor, o detetive sentiu as correntes que o ligavam ao passado se romperem, deparando-se com as respostas que há tanto buscava. Embora movido por uma raiva vitalícia, cujo perdão nunca sequer fora cogitado, percebeu que a vida tratara de ensinar a Ronald aquilo que ele fora incapaz de aprender e repassar aos herdeiros. Tudo que restava a ele eram lembranças e um vazio que jamais seria preenchido. William sorriu.

— Vá para o inferno, Ronald — praguejou entredentes, sem desviar os olhos dele. — Você, seus filhos estupradores e o que restou dessa merda que você chama de vida. É tudo que eu te desejo.

Sem precisar dizer mais nada, se endireitou e deu as costas para o senhor, disparando porta afora onde, finalmente, conseguiu respirar direito.

O carro avançava por uma estrada bastante familiar, levantando poeira de ambos os lados. No céu, pairando sobre a vida que se desenrolava metros abaixo, os pássaros deslizavam pelo ar, batendo asas tranquilamente na liberdade que lhes fora concedida. Em alguns momentos, Elena os invejava por poderem fugir das desventuras terrenas, evitando angústias com um simples decolar quando bem entendessem, escapando da realidade com a mesma facilidade com que retornavam. Queria ser como eles, assistindo à distância a dança em passos irregulares executadas dia a dia em uma sociedade banalizada pelo dinheiro. Queria não se importar com o sistema arcaico, no entanto, conforme o carro atravessava a via esburacada de terra batida, mais percebia estar inserida nele. Prova disso era o destino que a aguardava quando a trilha íngreme terminasse.

A uma velocidade razoável, o automóvel deixou para trás os carvalhos e o bosque onde as duas passageiras passaram tempos consideráveis e dias amenos. Pouco adiante, acima da colina, a casa se revelava timidamente, tão pertencente àquele lugar quanto possível. Julianne a observou com carinho, sentindo o típico aperto no coração quando se recordava da mãe. Inclinou-se para observar a trilha de árvores conforme passava por elas, percebendo pequenos detalhes que denotavam diferenças perceptíveis de quando ela e Catherine ali viviam. A casa que as havia acolhido pertencia hoje a outras pessoas, cuja história ainda seria escrita nas paredes que já guardavam tanto. A jovem senhora sentiu o coração aquecer com a memória, pressionando a mão da prima, que se encolhia ao seu lado.

O carro seguiu adiante, dissipando na poeira os traços delicados da casa. Adentrou uma rua, semelhante à que estavam anteriormente, percorreu mais alguns metros, virou novamente e, então, reduziu a velocidade, orientado por Julianne. A apreensão em seu rosto tornou-se impossível de ser omitida. Quando finalmente estacionaram, ao lado de uma grande macieira, Julianne voltou-se para a prima com cautela.

— Você tem certeza, Ellie? — perguntou receosa. — Uma vez que você tiver essa imagem, ela vai ficar com você por toda a vida.

Elena não respondeu, limitando-se a acenar positivamente com a cabeça. Suas mãos suavam frio no colo, ansiosas e temerosas pelo que se seguiria. E se, ao invés do conforto e carinho que buscava no lar que deixara sua filha, encontrasse frieza, distância? Afastou o pensamento, abriu a porta e desceu, recusando o auxílio do motorista, que recuou para ajudar Julianne. Um homem as observava da sacada, enrolando um cigarro de palha sem pressa alguma de terminar. Ao notar a aproximação das moças, gente rica, ele presumiu, se levantou, saudando-as com um semblante fechado e poucas palavras.

— Pois não? — perguntou desconfiado, fitando-as de cima a baixo.

— George Loney?

— Sim?

— Oh, olá! — Julianne sorriu, puxando Elena para mais perto de si. — Eu sou Julianne Stevenson e esta é minha prima, Elena Wood.

Ele não parecia muito contente, sequer esboçou qualquer reação perante a apresentação. As duas engoliram em seco.

— Deve se lembrar de mim. Filha de Catherine Pomplewell. — A jovem senhora auxiliou, sorrindo amigavelmente.

— Eu sei quem *vocês* são. — Ele lançou um olhar nada amistoso a Elena, que se sentia cada vez mais acuada. — O que querem aqui?

Julianne arqueou a sobrancelha, sem perder a compostura ou deixar o sorriso esmaecer. Segurava firme a mão de Elena, sem libertá-la por um instante sequer.

— Bem, nesse caso, pensei que pudesse nos fazer uma gentileza. — Ela esperou uma resposta, que não veio. — A Srta. Wood está de passagem por Londres e gostaria de conhecer a fil... Catherine. — Corrigiu-se, sentindo o semblante arder em rubor.

Elena hesitou e a olhou com curiosidade. A jornalista se perguntou se era homenagem ou apenas uma feliz coincidência a criança ter o nome de sua tia. O homem fitou-as desconfiado. Com relutância, desceu os três degraus que os separavam e aproximou-se de Elena, fitando-a incisivamente.

— Está querendo levá-la com você? — grunhiu.

— De forma alguma. — A voz de Elena saiu falhada, mas firme. — Eu só gostaria de ver como ela está.

— Com todo respeito, como pretende se apresentar a ela? Ou como pensa que eu vou te apresentar? Ela não sabe quem é você.

— Senhor, eu também não sei quem é ela — respondeu a moça com toda a educação que conseguia reunir, mantendo o tom ameno. — Não tive a chance de conhecê-la. Pensei que talvez pudéssemos...

O homem bufou, gritando o nome da esposa, que surgiu poucos segundos depois. Ao ver as duas mulheres, abriu um grande sorriso e se aproximou, cumprimentando-as calorosamente. Seus olhos vasculhavam as mudanças do tempo, admirando-se com a beleza ainda notável de ambas.

Convidou-as a entrar, oferecendo-lhes chá e um espaço no sofá para relaxarem da viagem. Assim que as duas adentraram, George Loney desapareceu em meio à suas plantações sem dirigir-lhe mais uma única palavra.

— Me perdoem, George tem um humor terrível! — Ela riu, servindo-as a bebida fumegante. — Devo dizer que fiquei bastante impressionada com a visita. Jamais imaginei que tornaria a encontrá-la, Srta. Wood.

— Também não previ meu retorno, Sra. Loney. — Elena sorriu, sentindo as mãos suarem frio. Podia ouvir passos no assoalho de madeira, entretanto, não havia mais ninguém além das três senhoras ali. Só podia ser *ela*.

— Ainda está em Londres? — questionou a bondosa senhora, limpando as mãos magricelas no avental manchado do uso e do tempo.

— Não, não. Parti para a América poucos dias depois de deixar a casa da Sra. Pomplewell. — A jornalista bebericou o chá, sentindo-se a cada minuto mais nervosa e retraída.

— Tão longe! Mas está certo, me lembro que a Sra. Pomplewell comentou algo comigo na época. — Ela se sentou diante das duas, servindo a si mesma uma xícara generosa também. — Sinto muito pelo que aconteceu com você, querida — disse com os olhos voltados a Elena. Sua voz se resumira a um sussurro doce, uma das poucas palavras de alento sinceras que a jovem ouvira em toda a sua vida. — Nenhuma moça deveria passar por situação tão ruim.

Elena sentiu vontade chorar. O contexto permitia iras e cautelas, mas não a bondade e a gratidão expressas a todo o instante pela mulher. Para isso ela não se preparara.

— Obrigada — agradeceu sentindo um carinho imediato pela anfitriã, um sentimento que a fez perceber ter feito uma escolha coerente muitos anos antes.

— Catherine é uma menina incrível. — A Sra. Loney continuou, seus olhos brilhavam na luz fraca. — Muito inteligente e criativa. Você se admiraria com as histórias que saem daquela cabecinha! — Ela riu orgulhosamente. — Às vezes acredito que tudo isso só possa ter vindo da senhorita. Sua tia me disse que a senhorita é uma pessoa bastante imaginativa.

Elena limitou-se a sorrir e engoliu o nó que se formou na garganta. Sentia as lágrimas abrindo espaço, prontas para escorregarem pelo rosto, mas conteve-as.

— Bem, imagino que queira vê-la?

A jornalista se retraiu, buscando as mãos da prima para amparar o desespero que crescia dentro de si.

— Se for... se a senhora se sentir confortável eu... — gaguejou sentindo a boca seca demais. Nenhuma frase parecia adequada o suficiente para expressar a importância daquele singelo pedido. — Somente se a senhora se sentir confortável em apresentá-la. — disse por fim. O ar faltava-lhe dos pulmões.

— Ora, mas a situação não poderia me deixar mais contente, Srta. Wood. — A senhora Loney sorriu, pousando o pires e a xícara em uma mesa lateral. — Na verdade, esperava que fizesse isso em algum momento. A senhorita não me parece alguém indiferente a ponto de nunca mais ter notícias de sua própria criança. — O final da frase saiu em um sussurro, prevenindo a menina de ouvir a dolorosa verdade.

— Obrigada.

— Vou chamá-la, só um instante — disse a mulher mais para si mesma. — Catherine, venha aqui um minuto! — chamou com vigor.

Os passos se tornaram mais próximos e audíveis e Elena sentiu o sangue gelar nas veias. Mantendo a compostura, sentada tão ereta que as costas protestaram, observou o corredor com expectativa até que, finalmente, a garotinha apareceu, trazendo uma folha nas mãos.

Talvez fosse o vestido repleto de babados ou o jeito de caminhar, mas no instante em que Elena a viu, sentiu como se estivesse vendo a si mesma quando criança. Os longos cabelos castanhos encaracolados caíam pelos ombros, presos somente por uma presilha brilhante que impedia a franja de cair nos olhos. As grandes esferas azuis, única diferença gritante entre ela e a mãe, brilhavam de excitação conforme ela carregava o desenho com orgulho, balançando-o no ar. Os pés, escondidos em um sapato delicado, quase não tocavam o chão, tamanha a inquietação da garota ao saltitar em direção a elas. Ao perceber que não estava sozinha com Lydia, ela parou, olhando de uma à outra com curiosidade e encanto. As memórias da gestação até o parto preencheram a mente e o coração de Elena, invadindo-a em formato de dor e uma vontade imensa de tomar a pequena nos braços e jamais deixá-la partir.

— Catherine, você se lembra da Sra. Stevenson, não lembra? — disse Lydia Loney suavemente, apontando as duas convidadas. — Filha da tia Catherine.

A menina fez que sim com a cabeça e sorriu, caminhando até Julianne para lhe dar um abraço seguido de uma saudação doce.

— E essa é a Srta. Wood, prima da Sra. Stevenson.

Elena nada disse, não conseguia desviar os olhos da pequena. Jamais imaginou em toda a sua vida que pudesse amar alguém tão profundamente e tão depressa como havia feito quando a vira pela primeira vez. E ali, diante daquele rostinho que a lembrou tanto de si mesma quando criança, sentiu esse amor envolvê-la mais uma vez. A única em todos os anos desde a noite com Henry.

— Oi! — saudou a menina alegremente, arregalando os olhos logo em seguida. — Você tem um colar de pérolas!

Julianne olhou para a prima e lhe deu um leve empurrão, despertando-a do devaneio no qual estava imersa. Elena sorriu e limpou uma lágrima antes que ela caísse, assentindo.

— Você gosta?

— Gosto. Mamãe disse que quando eu crescer posso ter um igual ao seu.

A jornalista deixou o chá de lado e se ajoelhou diante da menina, olhando dentro dos olhos azuis como os do pai. Julianne as observava com os olhos marejados, tentando inutilmente parecer tranquila com a situação. Não conseguia imaginar a dor e a felicidade que a prima experimentava naquele momento. Se ela própria já se sentia atordoada com o reencontro, perguntava-se como Elena estaria digerindo tudo aquilo. Ao canto, Lydia Loney as observava em silêncio, espantada com a semelhança incapaz de deixar dúvidas quanto à real filiação da menina. Ao vê-las lado a lado, era inevitável não sentir compaixão pela moça.

— Por que não experimenta o meu? — Elena, sem dar-se conta do silêncio ao redor, perguntou, deleitando-se com o êxtase da pequena.

— Posso mesmo?!

— Claro. — Ela riu, tirando o colar e colocando-o com delicadeza em Catherine. Com cuidado, fechou as mãos em torno dos cachos espessos e abertos, iguais aos seus, e os levantou, livrando-os do colar.

A menina se virou e admirou maravilhada a imponente joia, único objeto que Elena levara de Londres quando partiu e que continuava com ela, exibindo-a às outras mulheres. Conforme assistia à alegria de Catherine, Elena condenava Henry interiormente por jamais ter tido a oportunidade de conviver com a pequena, reduzindo-a a uma estranha. Estava diante de sua filha e a menina sequer sabia quem era ela.

— E então? — perguntou, engolindo o nó na garganta. — O que achou do colar?

— É lindo! Olhe, mamãe, como ele se mexe! — Ela rodopiou pela sala, observando tanto o colar, quanto o movimento gracioso do vestido.

— Cuidado, Catherine! Irá estragar e nós não podemos pagar por isso! — Lydia interveio, censurando-a com o olhar. A menina parou, olhando para a mãe com pesar.

— Não tem problema — respondeu Elena, levantando rapidamente os olhos para a mulher. — Ela pode ficar com ele.

— Posso mesmo? — Catherine se aproximou dela com um sorriso de orelha a orelha. Este tinha o traço semelhante ao do pai.

— Se você gostou dele, é seu.

A menina soltou uma exclamação e abraçou Elena fortemente, tornando ainda mais difícil a decisão da jornalista de manter-se firme. A sensação de tê-la tão próxima afastou por alguns segundos a ideia de que aquele momento acabaria, desfez o passado amargo como se ele nunca tivesse existido.

— Obrigada, Srta. Wood — disse Catherine animada. E sussurrou para que ninguém mais escutasse. — Quando eu crescer, eu quero ser igual a você.

Para infelicidade de Elena, a menina logo se desvencilhou e disparou corredor adentro em busca de um espelho, divertindo-se com o presente. As três estavam novamente a sós.

— Ela é uma criança incrível — balbuciou Julianne por fim, rompendo o silêncio.

— Ela é muito parecida com a senhorita — observou Lydia, referindo-se a Elena. — É espantoso.

A jornalista se levantou e a fitou com um sorriso que mesclava gratidão e tristeza. Estava à beira das lágrimas.

— Obrigada por ter feito o que eu jamais pude, Sra. Loney — respondeu, acomodando-se novamente no sofá. Ao tomar a xícara de chá em mãos, percebeu que tremia. — Não existe um dia sequer em que eu não pense nela. Tive receio de tê-la entregado nas mãos erradas, mas vejo que não há pais melhores que vocês. Obrigada.

— Eu imagino que não deva ser fácil para você. Catherine me contou os motivos que a fizeram... — Lydia hesitou, escolhendo as palavras, entretanto, a frase morreu pela metade.

— Não existia a possibilidade de ser mãe solteira dentro do círculo no qual eu me encontrava — completou Elena, limpando outra lágrima. — Eu não conseguiria cuidar dela sem ter sequer uma casa onde ficar.

Lydia assentiu, bebericando seu chá. Queria confortá-la de alguma forma, mas sentia que poderia piorar a situação se o fizesse. Julianne era incapaz de dizer qualquer coisa, contentando-se em apenas observar o desenrolar da cena enquanto as lembranças do período em sua casa antiga a invadiam, instaurando uma aura nostálgica no ambiente.

— Catherine me disse coisas maravilhosas sobre a senhorita. Eu tenho certeza que independentemente do caminho que tenha escolhido, foi a escolha certa. — A Sra. Loney sorriu, inclinando-se para tocar a mão da jovem. Era uma mulher de alma bondosa, empática o suficiente para entender as dores de quem sequer conhecia. — Caso volte a Londres um dia, nossas portas estarão abertas a visitas.

Elena se preparava para recusar cordialmente, dizendo-lhe que ficava grata com a proposta, no entanto, Catherine retornou, correndo com toda a velocidade que as pernas lhe permitiam, interrompendo o diálogo.

— Mãe, mãe, mãe! — gritava atônita. — Podemos chamar o Sr. Evans também? Preciso mostrar meu colar, ele vai amar!

Parte 05

"As flores se abrem sempre que a primavera
se anuncia, como se o inverno jamais tivesse existido."

29.

A grama estalava sob o salto baixo, mas firme de Elena. Mantendo o ritmo, ela se aproximou da pequena e sorriu, observando-a contar às bonecas sobre um baile fictício. Imersa em seu universo particular, Catherine não percebeu a aproximação da moça e continuou seu teatro exagerado, sem desviar o olhar por muito tempo do requintado colar de pérolas — que acabava por retornar à pauta no instante em que a pequena se lembrava dele. Julianne e Lydia trocavam informações a respeito do lugar onde a primeira viveu grande parte de sua vida, ainda sentadas na sala arejada. A amável Sra. Loney recordava Catherine Pomplewell, ou tia Cathy, e enchia a jovem de perguntas a respeito da mãe e dos últimos meses de sua vida. No fundo, Julianne sentia-se confortável e feliz por perceber que a mãe, uma mulher que batalhou toda a vida sem ganhar grandes honrarias ou reconhecimentos, havia deixado permanecido no coração de mais alguém além do dela.

O céu anunciava grande tempestade e em breve era o momento de partir. Alheia ao tempo e espaço, Elena continuava assistindo a brincadeira, imaginando como teria sido sua vida se tivesse tido a coragem de assumir sua filha e lidar com todos os problemas de ser uma mãe solteira. De ser como Catherine Pomplewell. Como seriam seus dias, sua rotina? Quem seria e onde estaria ela naquele momento? Era difícil dizer, principalmente quando sua mente estava envolta em um turbilhão de pensamentos e possibilidades que a atormentaram por anos, mas que, naquele momento pareciam ainda maiores. Talvez ela não tivesse realizado seus sonhos, não tivesse adquirido as liberdades que a mudança lhe trouxera, mas estivesse feliz.

E ainda tinha Henry, se é que ele era o Sr. Evans dito pela filha.

— Olá, Srta. Wood! — exclamou Catherine animadamente, caminhando até ela. — Gostaria de tomar um chá com a gente?

Elena correu os olhos pela mesa improvisada, cuja toalha gasta escondia o toco de árvore moldado propositalmente. Pequenas xícaras de porcelana, repletas de água, folhas picadas e algo que ela presumiu ser terra, estavam dispostas cuidadosamente diante das bonecas, organizadas em grupos.

— Chá em meio ao baile? — questionou Elena sorrindo. A menina enrubesceu.

— Sim... é que Genevieve e Madalena não gostam das bebidas de adulto.

— O quê? — A moça cruzou os braços, divertindo-se com a inocência da pequena. — O que são bebidas de adulto?

Catherine pareceu pensar, enrolando o colar nos dedos para conter o nervosismo. Ela trocou o peso dos pés, correndo os grandes olhos por toda a volta até buscar uma resposta decente.

— Eu não sei — admitiu por fim, dando de ombros. — Mamãe nunca me disse.

"Mamãe", Elena pensou com ironia, sentindo uma ponta de inveja de Lydia. A menina então deu meia-volta e colocou algumas folhas dentro de uma das xícaras, enchendo-a com água em seguida.

— Srta. Wood, seu chá! — chamou, despertando a jovem de seu transe. — Leite?

— Não, obrigada. — Elena sorriu, tomando a pequena xícara nas mãos.

— Você já foi a um baile de verdade, Srta. Wood?

— Algumas vezes. Você já foi?

— Não... — Catherine abaixou a cabeça com tristeza. — Mamãe disse que a gente nunca vai poder ir.

— Por quê?

— Só pessoas ricas fazem bailes. Nós não somos ricos.

— Ora, mas não precisa ser um baile. Você pode ir a uma festa! — disse animada, pousando a xícara na mesa. Os olhos da garota brilharam. — Você já ouviu falar das grandes festas?

— Elas são iguais aos bailes?

— Mais ou menos. São mais divertidas.

— E eu posso ir a uma festa?

— Quando você for maior, pode ir a várias delas!

Catherine sorriu, os olhinhos azuis refletindo a felicidade que a revelação lhe trouxera. O azul das grandes esferas era idêntico ao de Henry, fosse nos traços que o compunham ou na forma como estavam sempre buscando novidades no entorno. A forma como contraía o rosto quando não entendia ou não concordava com algo também era semelhante à do pai. Várias características físicas e comportamentais a ligavam diretamente aos pais biológicos, mesmo que não os reconhecesse como. A forma de andar, sentar, rir, falar, os cabelos, o olhar expressivo... Catherine representava o amor em sua forma mais pura.

— Eu posso ser como a senhorita? — perguntou, aproximando-se de Elena com certa cautela.

— Como assim ser como eu? — questionou Elena.

— Ah, você tem roupas bonitas e um cabelo bonito.

A jornalista riu, inclinando-se para tocar a ponta do nariz dela.

— Você será melhor do que eu, Catherine.

O momento da despedida ardeu como uma ferida recém-aberta que rasgou diretamente o coração. Conforme o carro afastava-se do casebre, mais o ar parecia faltar a Elena Wood. Em silêncio, ela remoía seus próprios erros, certificando-se de que manteria para sempre o olhar perspicaz da pequena Catherine Loney consigo. O que a menina era, Elena jamais conseguiria fazê-la ser. No entanto, ardia. Pensar que poderia ter sido ela a educá-la, estar ao seu lado enquanto dava os primeiros passos e dizia as primeiras palavras era extremamente doloroso. Julianne concedeu-lhe momentos de reflexão, sem tocar no assunto até que sentisse ser o momento. Estava imersa em suas conclusões, pensava na mãe e nos momentos que dividiram na solidão de um bairro esquecido pela sociedade. Sentia falta desses dias.

Ao chegarem ao casarão dos Stevenson, Elena sentiu as pernas falharem e foi acudida pelo motorista, que ofereceu apoio até a entrada. O convite de Julianne para entrar e tomar um chá quente viera em bom momento, sendo necessário para que ela conseguisse se recuperar o suficiente para retornar à casa de Anneline.

— Richard — chamou Julianne o mordomo, que apareceu no mesmo instante. — Estamos com visitas?

— Sra. Simonsen está aguardando o Sr. William Stevenson, senhora — respondeu o homem em um tom monótono, como se cansado de anunciar a mesma coisa repetidas vezes.

— Onde ela está?

— Biblioteca, senhora.

— Está esperando há muito tempo?

— Vinte minutos, eu acredito.

— Obrigada. Por favor, peça à Berta que prepare um chá quente e nos leve na sala branca, sim?

O homem assentiu e se retirou, enquanto as duas encaminharam-se à sala de costume. Elena sentou-se, acendeu um cigarro e apoiou os cotovelos nos joelhos. Precisava sentir a fumaça queimando a garganta, a sensação angustiante tomá-la por completo e de imediato. Respirou fundo e baixou a cabeça, tentando alinhar as ideias. Julianne acomodou-se diante dela e também acendeu um cigarro para acalmar os ânimos, embora não fumasse com frequência.

— Então é assim que ela se parece. Comigo — Elena se manifestou, levantando o rosto úmido de lágrimas. — Eu perdi tudo isso, Jules. — As lágrimas escorregavam por seu rosto. — Eu sei que fiz o que precisava fazer, mas eu poderia ter lutado por ela. Eu poderia e não quis porque fui egoísta demais para pensar em como a *minha vida* ficaria.

— Ellie, a culpa não foi sua — disse Julianne com calma, fazendo sinal para que a cozinheira trouxesse a bandeja de chá. — Você fez o que parecia certo na época.

— É justamente isso. Parecia, mas não era. — A jornalista tragou. — Grande parte das coisas que já me aconteceram foram assim. Pareciam certas, mas não eram.

— Como poderia saber na época? Você era uma criança e estava assustada.

— Não... eu era covarde, Jules. Eu fui covarde e fraca.

Julianne se inclinou, fitando os olhos castanhos e vermelhos da prima. Sua mão tocou a dela, acariciando-a de leve.

— Sabe o que mais me machucou, Jules? — balbuciou em meio aos soluços. — Foi perceber que eu teria arruinado a vida dela.

— E a sua.

— Mas, mesmo assim, eu poderia ter tentado. — Elena limpou as lágrimas, apagando o cigarro para bebericar o chá.

— Tudo acontece por uma razão, Ellie. Se o destino te disse para agir daquela forma, é porque era o certo a fazer. — A voz suave de Julianne trazia calma ao ambiente. — Você mesma acabou de me dizer que arruinaria a vida de Catherine... não seria egoísmo se tivesse insistido nela mesmo sabendo disso?

O silêncio ecoou pela sala, sendo preenchido apenas pelos ruídos chorosos de Elena. Julianne compartilhava a dor da amiga, sem saber ao certo como poderia ajudá-la. Desde o início, sabia que a visita não seria uma boa ideia.

— Você tem razão. — Elena levantou a cabeça, enxugando as lágrimas. — Não posso voltar no tempo, não é?

— Não que eu saiba.

Elena se permitiu rir e bebeu outro gole da bebida quente, hesitando de repente.

— Jules — disse recompondo-se. — Você também percebeu que Catherine citou um Sr. Evans?

Julianne engoliu em seco, rezando para que qualquer coisa as interrompesse naquele instante, até mesmo a inconveniente Charlotte Simonsen, mas nada aconteceu. Com toda a cautela que o momento exigia, ela se aproximou da prima, tomando suas mãos nas dela. Estavam quentes. Elena a encarou com desconfiança, alterando seu semblante.

— Ellie — disse Julianne com firmeza, pressionando seu toque. A outra permanecia em silêncio. — Pouco depois da sua partida, recebi uma visita inesperada de Henry Evans. Ele queria notícias de Catherine.

O escritório ficava cada vez mais vazio conforme o relógio avançava. Sentado na cadeira aconchegante e recém-comprada, Henry Evans pensava na vida, reunindo forças para voltar para casa. Os ruídos do diálogo entre Natan Stevenson e seu irmão, que decidiam algo a respeito da herança do pai, ecoavam pela sala, mas não podiam ser compreendidos com clareza. "Ótimo, assim ele vai embora de uma vez", Henry pensou sorrindo, satisfeito por ver as coisas se concluírem aos poucos. Em breve, tudo voltaria ao normal. Entretanto, por mais confortável que estivesse, algo não saía de sua mente: Elizabeth estava esperando um filho dele. Não que isso fosse ruim de alguma forma, mas, em breve a notícia se espalharia e ele não queria sequer pensar nos possíveis boatos que ressurgiriam com a presença de Elena Wood na cidade. Embora ele parecesse um homem decente aos olhos da sociedade, ainda se remoía só de pensar no que havia causado. Era difícil perdoar a si mesmo. Como se lendo seus pensamentos, os saltos reverberaram pelos corredores, ecoando através das paredes. Henry se levantou a contragosto e saiu da sala, pronto para confrontar a esposa, quando encontrou Elena Wood avançando em sua direção.

— Ótimo você está mesmo aqui — disse ela, sem hesitar.

— Onde mais poderia estar?

— Elizabeth tinha uma lista de lugares para me dizer — rebateu, deleitando-se com o desespero que se apossou dele.

Na outra sala, William pensou ter ouvido a voz de Elena, porém, não podia interromper os pensamentos do irmão para espiar por uma porta entreaberta. Suas pernas começaram a balançar freneticamente.

Sem pedir licença, a jornalista entrou na sala do antigo amante e o fitou intensamente, aguardando até que ele fizesse o mesmo.

— Você foi até minha casa? — questionou, fechando a porta atrás de si.

— Sim.

— Você está louca? Sabe como Elizabeth pode ser...

— Não, Henry, eu não sei. — A voz dela se tornou fria, acusatória. — E sabe por quê? Porque Elizabeth foi mais uma das mentiras que você me contou a vida inteira.

— O quê?

— Tudo o que você sempre soube ser é um babaca egoísta e mentiroso. — Ela se aproximou, contendo a raiva que sentia conforme o encarava.

— Veio até meu escritório para me acusar? — Henry arqueou a sobrancelha, irritando-se com ela igualmente. — Minha cabeça está sufici...

— Cale essa maldita boca! — gritou Elena, desferindo um tapa forte o suficiente em seu rosto para ecoar pelo escritório. — Eu não quero ouvir mais nada de você!

O arquiteto levou as mãos à bochecha ardente, encarando a moça com descrença.

— Você enlouqueceu Elena?!

— Catherine — sussurrou, sentindo o corpo tremer de raiva. — Esse nome te diz alguma coisa?

Então ele compreendeu do que tudo aquilo se tratava. Hesitou, endireitando-se novamente, e aquiesceu.

— Então você soube.

— Todo esse tempo, Henry? Durante os sete anos?

Ele abriu os braços, sorrindo. As marcas dos dedos da moça começavam a ficar visíveis em seu rosto.

— Eu fiz o que você não fez, Elena. Devia me agradecer por alguém ter se preocupado com a nossa filha.

— Você consegue se escutar?! — Ela subiu o tom de voz, sentindo os músculos enrijecerem. — Enquanto eu deixei tudo para trás, você estava se casando com aquela cretina da Elizabeth sem nem se preocupar com a criança que eu estava gerando!

— E o que você fez além de gerar essa menina?! — rebateu ele, aproximando-se dela.

—Eu fiz o melhor para ela.

— Para ela ou para você? Me diz, Elena, como ter abandonado uma criança pode ter sido a melhor alternativa?

— Você é inacreditável. — Ela levou as mãos ao cabelo, virando-se de costas para ele. Precisava se acalmar ou acabaria perdendo toda a paciência.

Henry caminhou até o aparador onde ficavam as bebidas e serviu uma dose de uísque, que virou no mesmo instante.

— Eu sou sincero, ao contrário de você, que preferiu se enganar todo esse tempo — grunhiu, observando-a novamente.

— Então me responda, Henry. Como está seu casamento? Uma merda, eu presumo.

— O que isso tem a ver com Catherine?

Elena se voltou para ele mais uma vez, já ofegante. Sentia que a qualquer momento explodiria.

— Você se casou com Elizabeth porque queria transar com ela. — Elena sorriu ironicamente. — Quando a tensão sexual foi embora, o que restou?

— Meu casamento não é da sua conta.

— Mentira. — Ela se aproximou mais uma vez. — Você não tem mais nada. Está aqui, enchendo a cara de cigarro e bebida para não ter que voltar para casa. Agora me diz, quem se enganou esse tempo todo?

— Você não sabe o que está dizendo, Elena. — Ele debochou. — A ideia de eu ter escolhido outra ainda te incomoda tanto?

Ela se segurou para não o agredir mais uma vez e perder totalmente a razão. Após sete anos, ela finalmente entendia o principal motivo de ter acreditado nas histórias de Henry por tanto tempo.

— Incomoda tanto que quando voltei você veio atrás de mim. — Ela se limitou a responder, lembrando-se de respirar.

— Eu pensei que te devia desculpas.

— Ah, você pensou — ironizou. — Obrigada pelo gesto nobre, Sr. Evans.

— Eu fiz a minha parte, Elena. Você sequer voltou aqui para saber como ela estava.

— A sua parte?

— Eu não abandonei minha filha para me engraçar com outros imbecis que fogem da realidade.

— Imbecis que são tudo o que você nunca foi.

Irritado, Henry soltou uma risada estridente e chutou a mesa de centro, que se resumiu a um misto de cinzas, vidro e bebida. Elena conteve uma exclamação conforme ele tornava a se aproximar.

Na sala ao lado, Natan e William se levantaram, movidos pelo barulho. Não que já não estivessem ouvindo o diálogo, mas temiam onde ele poderia terminar. Afoito, o detetive ensaiou deixar o gabinete, mas foi contido pelo irmão que alegou a incapacidade de Henry machucar Elena.

— O único que fugiu da realidade esse tempo todo foi você, Henry. — Elena retomou, encarando-o.

— Não, não mesmo.

— O que você perdeu com essa história toda?

— Você não sabe...

— Me responda, Henry.

Ele respirou fundo e encarou-a com raiva, desejando nunca mais ter de vê-la. Elizabeth tinha razão, Elena não deveria ter voltado.

— Eu perdi você — balbuciou, cerrando as pálpebras para recuperar a paciência.

— Você nunca me teve.

— Tive. — Henry assentiu repetidas vezes, pisando nos cacos de vidro aleatoriamente. — Durante aquela noite, eu tive.

— Não, você poderia ter tido, mas nunca quis. Não me venha com essa.

Ele silenciou, bagunçando os cabelos.

— Você não enfrentou nada, Henry, só possui o privilégio de ter nascido homem. Isso não te faz alguém corajoso, te faz alguém sem caráter — afirmou Elena, ficando de frente para ele, tão próximo que sentia a respiração pesada em seu rosto.

Ambos permaneceram em silêncio, ofegantes, com um misto de sentimentos correndo pelo corpo.

— Eu nunca menti sobre meus sentimentos, Ellie — disse Henry de repente, reduzindo os gritos às amenidades de uma conversa normal. — Sempre te amei e vou continuar amando.

— Que vá para o inferno o teu amor — rebateu ela. — Eu não quero mais ouvir falar de você, Henry Evans. Não me importa se você se arrependeu, se o mundo ficou terrível, se cuidar de Catherine pareceu uma boa opção. — Sua voz era fria, ríspida. — Todo esse tempo, você só fez o que todo mundo já esperava de você.

Ele riu e levantou os olhos azuis para ela, os mesmos que a perseguiam dia e noite e que antes significavam o amor em sua forma mais pura.

— Eu te procurei por todos os cantos antes de ir atrás de Catherine. Mas era tarde e você já tinha partido.

— E o que você faria se me encontrasse? — indagou Elena, sentindo-o cada vez mais perto. Percebeu que sua própria voz havia abaixado.

— Francamente? Eu não sei. — Ele deu de ombros, descendo os olhos para os lábios vermelhos dela. — Só precisava te ver, consertar de alguma forma toda aquela besteira.

— Nosso noivado, você quer dizer?

Ele assentiu, correndo os dedos pelo rosto dela, que se inclinou um pouco mais, sentindo seus lábios roçarem os dele.

— Sabe de uma coisa, Henry? — sussurrou. — Seu arrependimento não significa nada para mim. Na verdade, você não significa nada para mim.

Henry hesitou, afastando-se dela. Elena sorriu.

— Eu espero de verdade que seu casamento esteja uma merda porque, depois de tudo que você me tirou, isso é o mínimo que você merece.

Dando o assunto por encerrado, Elena passou por ele e deixou o escritório, sentindo-se finalmente livre das correntes que a prendiam a uma fantasia muito bem elaborada por Henry Evans. Já no corredor, se permitiu derramar algumas lágrimas, sem notar que William, do final do corredor, assistia seus passos apressados.

30.

Chicago, dezembro de 1916

Lauren observava as estrelas ao longe, embora sua mente estivesse repleta de questões. Durante a noite, o estreito espaço no topo do telhado era o melhor lugar de todo o mundo. Ao seu lado, Lianna tragava em silêncio, deixando que o vento levasse embora a fumaça acinzentada. Pela primeira vez, Matthew adormecera sozinho, sem precisar sentir a presença da mãe, o que resultou em uma folga mais que merecida para Lauren, que havia muito não conseguia sentar-se com a amiga para conversar sem interferências.

— Por que nunca o procurou? — questionou, rompendo o silêncio.

— Eu conheço Henry o suficiente para saber que ele jamais abriria mão de Elizabeth.

— Ele poderia pelo menos cuidar da filha.

Lianna deu de ombros, com os olhos fixos no jovem casal que caminhava pela praça vazia. Pelo tecido espesso do casaco, sentia o frio emanado pela calha de metal ao se apoiar despreocupadamente.

— Sua esposa não aceitaria uma bastarda. Pelo que ouvi falar antes de ir embora, é uma mulher extremamente ciumenta.

— Nunca a conheceu pessoalmente?

— Encontrei com ela uma única vez, quando Henry me contou sobre o noivado. — Lianna sorriu, tragando novamente. — Eu não submeteria minha filha a algo do tipo.

Lauren aquiesceu, notando a saída furtiva de William pelas sombras. Ele não fazia ideia de que elas o assistiam do alto. Sem hesitar, esgueirou-se para a rua, enfiando um chapéu de abas largas na cabeça e um par de luvas de couro que sempre andava consigo. A jovem fez um sinal para a amiga, que não demorou a localizá-lo, debruçando-se no parapeito para vê-lo partir.

— Não acho uma boa ideia irmos para Nova Orleans e deixarmos Will sozinho — sussurrou Lianna. — Eu temo por seja lá o que ele esteja fazendo.

— Talvez só esteja com alguma prostituta — respondeu Lauren indiferente, sem desviar o olhar do rapaz. — Eu o escuto sair à noite quase todos os dias, não existe outra razão para homens fazerem isso.

— Will? Não. — A jovem sorriu, batendo o dedo no cigarro delicadamente para que as cinzas caíssem.

Lembrou-se da noite, um mês antes, em que o viu pintado por marcas, retraindo-se na banheira conforme suas mãos ensaboadas corriam por elas. O corpo inteiramente nu, exposto a ela como se fosse um pedaço da sua alma, escondia questões que ela temia serem respondidas. Encolheu-se no parapeito e percebeu que Lauren esperava uma resposta.

— Você já o viu falar de Charlotte — murmurou, sentindo o olhar dela sobre si. William já havia desaparecido. — Ele não é alguém que recorreria a prostitutas.

O sorriso de Lauren bastou para Lianna compreender o que se passava em sua mente.

— Como pode ter tanta certeza? Ele é homem.

— Não sei. Existe alguma coisa nele que não me convence dessas necessidades tão banais.

Lauren aquiesceu, recordando as palavras de Jeremy alguns dias antes, quando fora relatada a William a decisão de partirem para Nova Orleans.

— Quando Jer contou sobre nossa partida, a primeira reação dele foi perguntar se você também estava de partida.

Lianna deu de ombros, ainda com a atenção fixa na rua vazia.

— E daí?

— No navio vocês ficaram bastante próximos e isso não mudou, pelo menos para mim, quando chegamos em terra firme. — Lauren insistiu, encarando a amiga. — Jeremy disse que Will se sente muito bem com você e é notável que você se sente da mesma forma.

— Parece mais fácil com ele — afirmou Lianna, encolhendo-se quando o vento frio as envolveu. — Não sinto a necessidade de me explicar e não espero que ele o faça.

— Ele sabe dessa história? Da sua filha?

Lianna negou com a cabeça, apagando o cigarro no azulejo e jogando o que sobrara no cinzeiro. Eliminou a última fumaça pelos lábios entreabertos.

— Não. Ninguém sabe além de você.

— E não pretende contar?

A jovem engoliu em seco e voltou-se para a amiga, mordendo o lábio inferior. Conforme o relógio avançava, mais a temperatura caía.

— Eu não posso arriscar — confessou.

— Por quê?

Lianna desviou os grandes olhos castanhos e nada disse.

— Meu Deus, você está apaixonada por ele — exclamou Lauren animadamente, como se tivesse nas mãos uma descoberta capaz de alterar a história da humanidade. Seu riso ecoou pelas vias fantasmagóricas. — É isso?

— Apaixonada é uma palavra forte demais — rebateu Lianna, fechando o casaco. — Gosto o suficiente dele para não querer que se afaste.

— E você acha mesmo que ele faria isso?

Ela ponderou, respirando fundo. Em dois anos perdera mais do que poderia contabilizar por ter acreditado em meia dúzia de palavras de alguém que nunca a quis. A situação com William era diferente, envolvia questões distintas daquelas que fizeram com que Henry partisse, no entanto, ainda deixava margem para outro adeus. Lianna pouco sabia sobre a realidade de William antes daquele navio. Quem ele era realmente, quais eram suas crenças ou seus temores, era um mistério a ela. O que garantiria, então, sua permanência assim que Lianna lhe revelasse o passado?

— Eu desconfio que ele tenha sentimentos por você, Lia. — Lauren despertou-a do devaneio perturbado no qual ela mergulhara. — Disse isso há alguns dias para Jer.

— Talvez ele só confie em mim.

— A base do amor é a confiança. É só ver a forma como ele olha para você, como está sempre disposto a cuidar de você. É perceptível que existe alguma coisa entre vocês. Por que não tentar?

Lianna sorriu, admirando o céu aberto.

— Nós precisamos descobrir quem somos nós nesse novo contexto antes de nos envolvermos com outras pessoas.

— Mas e se esses sentimentos forem reais?

— Bem, eles serão ignorados.

— Algumas coisas são óbvias demais para serem ignoradas.

Lianna encarou a amiga, vislumbrando o semblante esperançoso dela por alguns segundos antes de dar as costas para a vista entediante.

— Justamente por isso elas devem ser. — Finalizou já se aproximando da portinhola de madeira para adentrar a casa mais uma vez.

Inglaterra, 1922

William espiou o escritório devastado de Henry, encontrando-o recostado na parede com os olhos fechados. Ainda digeria tudo o que havia ouvido de Elena, contendo-se para não perder a linha consigo mesmo, com ela, com tudo que o envolvia. Não imaginava que ela descobriria sobre a filha, tampouco a veria mais uma vez. Estava exausto para ir embora, mas farto daquela história para continuar no mesmo lugar. Queria desaparecer sem deixar rastros, como ela fizera tantos anos antes. Do corredor, o detetive também tentava digerir as informações que escutara, desejando uma resposta concreta de Elena Wood, a mulher que nunca conheceu por completo.

— Isso explica muita coisa. — William se manifestou por fim, ganhando a atenção do outro.

— Ah, não, você não — respondeu Henry, caminhando até a porta.

— Para onde ela foi?

— Para o inferno, talvez.

O detetive o encarou com desprezo antes de se precipitar em direção às escadas, andando a passos rápidos para tentar alcançar Elena.

— Vá em frente! Vá atrás dela, seu idiota! — gritou Henry, fechando a porta com força.

Do lado de dentro restavam apenas os estilhaços do que fora uma mesa de centro e uma angústia gritante. Em toda a sua vida, jamais se sentira tão sozinho.

Elena Wood deixou o prédio com pressa, esquivando-se dos curiosos enquanto continha a ânsia que lhe tomava desde o início da conversa com Henry. Ao se ver livre dos ambientes pomposos, respirou fundo diversas vezes, permitindo à dor esvair-se através de lágrimas. Era difícil acreditar quão longe Henry poderia ir para tentar uma redenção consigo mesmo. Durante os anos em que passou exilada, Henry esteve com Catherine, conhecendo-a como ela nunca pôde, por mera necessidade de atenuar a culpa pelos erros do passado. A jornalista se recostou no pilar de mármore em frente à entrada do escritório, vasculhando a bolsa em busca de um cigarro ou de qualquer coisa que pudesse afastá-la daquele momento.

— Wood?

Elena levantou os olhos e encontrou William a poucos metros, parado na entrada do prédio com a respiração ofegante e as bochechas ligeiramente vermelhas. Ela desviou os olhos inchados e úmidos, tentando omitir o pranto descontrolado.

— Como você?... — Tentou questionar.

— Eu estava na sala ao lado. Com Natan.

Ela aquiesceu e se permitiu sorrir

— Você ouviu tudo? — questionou limpando as lágrimas.

— Sim, ouvi.

Ela permaneceu em silêncio, ao passo que William se aproximou, pousando a mão abaixo de seu queixo com delicadeza, acariciando as bochechas úmidas.

— Por que nunca me contou?

— Não parecia importante.

Ao redor deles, a cidade começava a se tornar uma complexidade de ruas e centros congestionados e as primeiras luzes se acendiam, iluminando as vias para os que ainda fossem atravessá-las.

— Se isso não for importante, não imagino o que possa ser. — debochou William.

— Você não entende — balbuciou Elena com a voz rouca. — Eu não podia correr o risco de te perder.

Ele se aproximou um pouco mais e a envolveu em um abraço apertado, sentindo o coração disparado dela contra o seu peito. Desde o início, quando a viu pela primeira vez no convés, sabia que, apesar da força, Lianna Stone era apenas uma armadura que continha sentimentos intensos e profundos.

— Você jamais me perderia por isso. — Ele pressionou seu toque. — Na verdade, você não me perderia por nada, Elena Wood.

Ainda nos braços do amigo, Elena se afastou para observá-lo através das lágrimas. Aos poucos, sentia a raiva se dissipar e a calma invadir seu corpo, afastando todo o peso das mentiras de Henry. Mais do que em qualquer outro momento de sua vida, sentiu-se grata por ter conhecido William Stevenson.

— Fica comigo hoje? — questionou ele. — Eu quero ouvir sua história.

— É longa. — Ela fez uma careta, esperando a resposta dele.

William ponderou alguns instantes, correndo os olhos pelas ruas apáticas, e então deu de ombros.

— Acho que tenho esse tempo.

Thomas Wood encarava os papéis em silêncio, girando a caneta entre os dedos, quando Lilian desceu as escadas e se juntou a ele, acomodando-se na cadeira diante da mesa extremamente organizada. Seus olhos fundos encontraram os dele em meio à penumbra.

— Então é isso — disse suavemente, com um sorriso triste.

O homem concordou, sendo interrompido pela tosse forte. Não demorou até que outro lenço branco ficasse inteiramente pintado de vermelho. O rosto era tomado pelo suor da febre que sequer o permitia sair da cama sem sentir o corpo fraquejar, incapaz de sustenta-lo sobre as pernas. Ela se inclinou sobre a mesa e pousou a mão sobre a dele.

— Você vai ficar bem.

— Se elas ficarem, então descansarei em paz.

— Não vai ao menos tentar?

— Lily, eu fiz tudo o que podia ter feito aqui. Não há mais nada para mim. — Thomas sorriu, tomando a mão gélida da esposa nas suas. — Você precisa me prometer que ficará bem.

— Me perdoe por todos esses anos — disse Lilian chorosa. — Por ter me tornado tão cruel desde a partida de Elena.

— Você fez o que tinha de fazer. Você a trouxe de volta.

— Você podia ter sido sincero desde o início, Thommy. Ela iria entender.

Ele sorriu, sem conter o choro. Trinta anos de união e amor resumiam-se agora a manchas espessas de sangue e silêncios, o fim trágico de um casamento muito bem-sucedido. Thomas arqueou o corpo e tornou a tossir. O lenço já não era capaz de conter os avanços de uma doença que já o havia consumido.

— Venha, você precisa se deitar. — A mulher sorriu, levantando-se para ir até o marido para ajudá-lo a se levantar.

As luzes ficaram acesas e os papéis do testamento deixados cuidadosamente sobre a pilha de livros para que fossem levados até o escritório do advogado da família pela manhã. Thomas nunca mais viria a arrumar aquela mesa novamente.

Henry chegou em casa pouco depois das nove horas da noite, encontrando-a silenciosa até demais. Tirou os sapatos, o casaco e o chapéu, encolhendo-se sob a corrente fria de ar que entrava pelos vãos das janelas. Na ponta dos pés, aproximou-se das escadas e começou a subir, repassando as palavras odiosas de Elena na mente. Com cuidado, girou a maçaneta do quarto e entrou, deparando-se uma escuridão incomum. Em meio às luzes apagadas, ouviu um soluço e acendeu-as de imediato, encontrando Elizabeth recolhida em um canto, abraçada às almofadas.

— Estava com ela? — perguntou a mulher entre soluços, sem se mover.

— Estive trabalhando, como sempre.

— Mentiroso! — Ela se levantou bruscamente, caminhando até ele. — Pare de mentir para mim!

— Elizabeth, eu acabei de ter um dia horrível, será que você pode só me deixar em paz?

— Você sempre joga tudo fora por ela.

— Se te interessa, ela foi me questionar sobre Catherine.

— Resolveram retomar o noivado também? — ironizou a mulher, respirando fundo.

Ele a observou, concordando em silêncio com o que havia ouvido horas antes. Talvez sua vida estivesse *mesmo* uma merda.

— Eu não consigo mais viver assim, Henry. — Elizabeth baixou o tom de voz, cruzando os braços. — Insegura, com medo. Você não me dá garantias e eu não aguento ficar cobrando isso de você.

— Quais garantias você ainda pode querer, Beth? — Ele abriu os braços, falando com um cansaço visível. — Eu me casei com você, nós vamos ter um filho agora...

— Você sempre está com outras pessoas, Henry. E eu sei disso.

Ele ficou em silêncio.

— Não vai sequer negar? — perguntou Elizabeth em meio ao pranto. Pela primeira vez conversava sem perder-se em si mesma.

— Eu não tenho o que negar. Você sabe o que é ou não é verdade.

Ela concordou, esfregando as mãos nos braços para afastar o frio.

— A sombra dela, dessas mulheres com as quais você se deitou... tudo isso sempre fica entre nós.

— Você também me traiu, Beth.

— E qual é o ponto de um relacionamento assim?

— Nos amamos do nosso jeito.

Elizabeth riu amargamente, enxugando as lágrimas enquanto acomodava-se na cama mais uma vez.

— Eu sempre fui ciumenta, admito — disse com a voz tranquila, firme. — Mas seria tão mais simples se você não me desse tantos motivos. Eu te amo, Henry, mas não aguento mais tudo isso.

Ele nada disse, analisando o quarto vazio. Estava cansado demais para levar a discussão adiante.

— Não consigo confiar em você. — Ela concluiu.

— Beth...

— Podemos conversar sobre isso amanhã?

Henry aquiesceu, mesmo sabendo que ela não o veria na penumbra.

— Claro. Boa noite, meu amor — falou, dando as costas e fechando a porta atrás de si.

◆──◇◆◇──◆

O relógio marcava meia-noite em ponto quando Elena finalmente se deu conta das horas. Estava falando havia tempo demais, sendo acompanhada somente pelo silêncio acalentador de William, que se restringia a movimentos discretos e observações pontuais. Sentados à mesa de madeira de uma suíte do Halloway ambos dividiam uma garrafa de vinho e as inúmeras histórias do passado que jamais se permitiram compartilhar.

— Então, esse tempo todo, você tinha uma filha — disse ele, recostando-se na cadeira.

— Sim.

— Com Henry Evans.

— Isso — respondeu Elena bebendo um longo gole do seu vinho. — Mas este é um mero detalhe.

— E você descobriu que durante esse tempo em que você se mudou para os Estados Unidos e recomeçou sua vida do zero, ele cuidou dela?

— Basicamente.

— Meu Deus. — William levou as mãos ao rosto e depois à cabeça.

Do outro lado, Elena limitava-se a responder as principais questões do detetive após relatar os acontecimentos infelizes. Embora o reencontro com a filha ainda a abalasse, contar pela primeira vez aquela história a fazia se sentir muito mais tranquila.

— A esposa dele sabe?

— Sem dúvidas. — Ela tragou o cigarro já quase no final. — Ela, inclusive, foi a responsável por espalhar os rumores a meu respeito. Elizabeth é uma mulher extremamente difícil.

— Lauren e Jeremy sabiam?

— Só Lauren.

Ele aquiesceu, finalizando a taça de vinho. Seu semblante era acolhedor, os olhos atentavam-se a qualquer gesto e os ouvidos captavam todas as palavras com extrema atenção. William deixou a taça vazia de lado e se inclinou, apoiando os cotovelos na mesa. Seus olhos, mais puxados para o castanho naquele momento, encontraram rapidamente os dela.

— Eu matei pessoas. Isso te perturba? — questionou incisivamente.

— Deveria.

— Eram vidas, Elena. Ao contrário de mim, você não tirou, mas salvou uma vida. — Seus olhos ardiam sob a luz baixa.

Ela mordeu o lábio, cruzando as pernas. Estava habituada a jogar com William em alguns momentos, entretanto, não sabia ao certo como agir quando não havia nenhuma mentira sustentando-os, criando situações de fuga. Ambos estavam completamente nus aos olhos do outro, revelando inseguranças e temores que, até então, jamais tinham existido.

— Um breve período de trevas não apaga todas as luzes, Will — disse, observando-o estremecer. — Você *me* salvou.

— Salvou a si mesma, Wood. — Ele sorriu, dando de ombros. — Eu apenas te mostrei o caminho.

— Não, Lauren fez isso — rebateu ela. — Você me permitiu ser quem eu quisesse ser.

— Eu só não te perguntei nada. O resto veio de você, da sua vontade de deixar essa história para trás.

Ela o encarou novamente, tentando ler as entrelinhas de seu semblante caloroso. Por um momento, vislumbrou-o no navio para a América, sentado no convés observando as estrelas. Um menino repleto de sonhos, esperanças e dúvidas que somente o tempo responderia. Ou apagaria para sempre.

— Eu acreditava que realmente poderia ser Lianna — balbuciou, embaraçada com a observação minuciosa dele.

— Você é ela.

— Ela é forte, Will. — Elena suspirou. — Eu nunca fui. E desde que cheguei tudo o que tem acontecido... — Ela hesitou, servindo-se de mais vinho. — É como se Lianna tivesse se perdido.

Ele concordou, recostando-se na cadeira mais uma vez. Seus olhos correram para a janela, além de Elena e do momento que dividiam.

— Durante o tempo em que estive em Chicago a serviço da polícia, eu não fui William Stevenson. Não conseguia imaginar um Stevenson matando pessoas com toda a frieza que eu esboçava. Então eu troquei de nome para esse ofício, mas esse eu nunca vou te dizer — disse sorrindo, perdendo os olhos em um ponto qualquer. — Quando voltei para Nova Orleans, quis recomeçar. Ser eu mesmo mais uma vez, por mais que nunca tenha sido realmente. — Ele voltou a encará-la. — O que eu quero te dizer é que você é Lianna Stone e Elena Wood. As duas são parte de você, assim como o mercenário de Chicago também é uma parte de mim.

O cigarro acabou e ela se conteve para não acender outro. Ao invés disso, limitou-se a devolver o olhar de William, sentindo pela primeira vez conhecê-lo a fundo.

— E se eu não conseguir? Digo, nós vamos ter que voltar. E se eu não conseguir ser Lianna mais uma vez? E se essa mentira não for o suficiente para mim?

— Você muda. É a sua história. Querendo ou não, Lianna Stone sempre foi só um nome. Você nunca deixou de ser Elena, apenas criou outro conceito sobre si mesma.

— Faz sentido.

— Você é mais forte do que pensa ser. — William deslizou as mãos pela mesa gélida, tomando as dela nas suas. — Olhe tudo o que acabou de me contar! Você abriu mão de cuidar da sua filha porque não conseguiria lidar com a rejeição que ela viria a sofrer.

— E porque meu pai não iria permitir.

— Acreditou mesmo nisso?

Ela sorriu, levantando-se para observar a fria noite londrina. Do lado de fora da suíte, o mundo inteiro parecia em seu devido lugar, sem as reviravoltas que perseguiram a jornalista desde sua chegada.

— Obrigada — agradeceu, sem se voltar para o amigo.

— Por te ouvir?

— Por estar ao meu lado quando ninguém mais esteve. — Ela girou nos calcanhares, voltando-se para ele. — E por ter vindo até aqui.

— Só vim porque teria enlouquecido se continuasse em Nova Orleans.

— Poderia ter tirado férias em outro lugar.

— Você me inspirou. — William se levantou, aproximando-se dela. — Quem sabe, depois de tudo isso, eu te deixe entrar de novo na delegacia.

Elena deu-lhe um leve empurrão, divertindo-se com a situação. Pela primeira vez em sete anos sentia-se apta para seguir em frente sem o peso invisível do impasse criado no celeiro da casa de verão dos Wood.

— E agora? — questionou o detetive, escondendo as mãos nos bolsos. — O que você vai fazer?

— Voltar para casa. Está na hora dessa viagem terminar.

Ele concordou e a puxou para si, envolvendo-a em um abraço protetor. Em silêncio, ambos permitiram ao tempo passar, envoltos em seus próprios pensamentos e conclusões. Era o fim de um capítulo e o início de outro, eles podiam sentir. Quando a brisa se tornou bastante gélida e a monotonia da paisagem os atingiu, os amigos resolveram fechar o vidro, puxar as cortinas e encher outra taça, acomodando-se sob as cobertas da cama espaçosa.

— Sabe o que isso me lembrou? — perguntou William de repente, tirando Elena de seu devaneio. Ela levantou os olhos castanhos brilhantes para ele. — Nunca nos apresentamos devidamente. Não depois de nos conhecermos de verdade.

— Por Deus, onde estão nossos modos?!

Ele estendeu sua taça para ela, fitando-a com uma seriedade leve.

— William Stevenson, senhorita.

— Lianna Stone. — Ela sorriu, fazendo uma breve reverência com a cabeça.

William hesitou, admirado com os desenrolares da viagem mal planejada e com a própria Elena. Os dois beberam em silêncio e tornaram a trocar olhares cúmplices.

— Neste caso, é um prazer conhecê-la, Stone — disse o detetive por fim.

31.

Nova Orleans, 1920

— Preciso que vá até a delegacia. — Sam Burgess, o editor do jornal, deixou sua sala bufando para jogar um dos exemplares do dia na mesa de Lianna.

— O que precisamos saber? — questionou a jovem levantando-o para ler as notícias.

— Mauriette Salvignón, a francesa que matou o marido. Estão dizendo que ela foi levada a um manicômio ontem. — O homem continuou. Conforme falava, mais vermelhas suas bochechas ficavam. Ao perceber que não conseguiria nada, retomou: — E isso não está na notícia, Srta. Stone!

— Nós não tínhamos nada sobre...

— É *seu trabalho* conseguir essas informações, Lianna!

Ela bufou, relaxando os ombros.

— Quer que eu confira a informação? — indagou, mesmo já sabendo a resposta.

— Exatamente.

— Mas só conseguiremos colocar no jornal de amanhã.

— Já é alguma coisa. Agora vá antes que eu a demita.

Lianna Stone assentiu e arrancou a folha com o texto incompleto, guardando-o dentro da bolsa. Em seguida, levantou-se e saiu a passos rápidos do prédio antigo sem ousar discutir com o chefe. No meio do caminho, parou em uma cafeteria simpática para beber uma xícara de café e esboçar as perguntas que a levariam até o que ela precisava saber. Sam sabia ser extremamente exigente quando queria. Estava no meio da formulação de uma questão quando hesitou, sentindo o nervosismo se alastrar pelo corpo. Na pressa de chegar à delegacia, esqueceu-se de uma informação valiosa: Terrence Summers, seu amigo e detetive, não estava mais em Nova Orleans. Ela bufou, praguejando enquanto tentava achar uma solução plausível para conseguir as informações o mais rápido possível. Furiosa, finalizou a bebida e deixou o estabelecimento correndo.

— A senhorita de novo — disse o atendente mal-humorado, retomando seus afazeres. — O que você quer agora?

— Bom dia para você também Laurence! — Lianna cumprimentou ironicamente, sem se deixar desencorajar pela ausência de receptividade. — Preciso falar com o detetive.

— Terrence não está mais aqui.

— Eu sei. Posso falar com o substituto, sem problemas.

— E por que ele iria gostar da sua presença?

Ela suspirou e abriu a bolsa, tirando o pedaço de jornal para mostrá-lo ao nada amigável Laurence, um homem na faixa dos trinta anos cujos cabelos já pareciam ter desistido de crescer. O homem se inclinou, espremendo os olhos para tentar ler a notícia.

— Existe uma informação que não está aqui. — A jornalista acrescentou, movendo o papel antes que ele pudesse ler alguma coisa. — E se eu não conseguir colocar a tempo, posso perder meu emprego.

— E isso seria problema nosso?

— Bem, todas as informações vêm diretamente da polícia. Se acontecer alguma coisa...

— Já entendi. — Ele a interrompeu, bufando.

A contragosto, o homem se levantou e lançou um olhar frio para a jovem, que sorria amigavelmente, antes de pedir para que ela o acompanhasse até a sala do novo responsável. Sem cerimônias, bateu na porta e anunciou a presença da jornalista, fazendo um sinal brusco para ela adentrar.

Tamborilando os dedos na mesa, o detetive parecia concentrado em ler alguma coisa quando Lianna parou diante dele apreensiva.

— Pois não? — perguntou ele sem se dar ao trabalho de levantar os olhos.

O som firme e familiar da voz a fez gelar no mesmo instante. Em silêncio, ela vislumbrou os cachos castanhos curtos sem conseguir dizer uma única palavra. Notando a ausência de uma apresentação, o homem levantou o rosto, mostrando-se surpreso em vê-la.

— O que você?... — balbuciou Lianna, assistindo-o se levantar com uma agilidade desesperada. — Desde quando?!

— Há uma semana — respondeu ele rapidamente, sentindo a garganta secar. — Por favor, se sente.

Ela se acomodou sem desviar a atenção. Do outro lado, o detetive tentava se recompor para não aparentar o nervosismo intenso que o acometera.

— Onde esteve todo esse tempo? — questionou Lianna em uma tentativa de driblar o silêncio. Sua voz semelhava-se a um sussurro, embora estivessem sozinhos na sala.

— Chicago.

Lianna assentiu, tirando a bolsa dos ombros e a jogando em cima da cadeira ao lado. William Stevenson estava de volta à sua vida. O olhar já não era mais tão afetuoso, tampouco provido da doçura desafiadora que costumava ter; era agora mais sombrio e reservado, no entanto, ainda era ele.

— E retornou assim? Sem nenhuma explicação? — perguntou tentando não soar agressiva, mas, diante do sorriso contido no semblante dele, percebeu que não conseguira.

"Vim procurar você", William pensou. Uma onda de calmaria se instaurou em seu peito no momento em que ela cruzou os braços, visivelmente irritada.

— Eu sei que devo algumas explicações — admitiu cautelosamente.

— William, você não respondeu a *nenhuma* das minhas cartas — rebateu Lianna, inclinando-se sobre a mesa.

— Você poderia ficar feliz que eu esteja aqui agora.

— Desculpe, me esqueci de trazer flores. — Ela debochou, fitando-o com raiva. — O que você esperava?

— Se eu te pedir desculpas, ainda posso ter as flores?

Irritada, a jornalista se levantou e ameaçou ir embora, sem saber ao certo a melhor decisão a tomar. Em todo o tempo que haviam passado longe um do outro, William tinha mudado consideravelmente, assim como ela. A aura inocente havia desaparecido completamente, cedendo espaço para uma confiança que ele até então desconhecia.

— Eu passei todo esse tempo imaginando que o pior poderia ter acontecido com você, William — sussurrou, fuzilando-o com o olhar.

— E o que garante que não aconteceu?

— Você está vivo.

— Isso não quer dizer nada.

Lianna assentiu e virou as costas para ele. Por mais feliz que estivesse com sua presença, ainda o odiava por ter permanecido distante tanto tempo sem lhe dar uma única notícia sequer. Seu coração batia forte no peito, mas ela não conseguia dizer se de nervosismo ou irritação.

— Qual era a sua dúvida?

— Eu posso descobrir sozinha.

Sem dizer mais nada, a moça disparou porta afora, batendo-a ao sair. Sozinho, William respirou fundo e reuniu coragem para ir atrás dela. Na delegacia, os olhares o acompanharam quando saiu apressado de sua sala, seguindo o mesmo caminho feito pela jornalista.

— Lianna! — chamou-a ao atingir a via movimentada.

— Eu não quero te ouvir — gritou a jovem em resposta, sem diminuir o ritmo dos passos. — Você passou *anos* sumido, William.

— Eu senti sua falta.

No meio da correria do dia a dia, ele a observou hesitar finalmente. Notando a brecha, se aproximou devagar, diminuindo a distância entre eles.

— Mas não podia te manter por perto. Era arriscado.

Ela bufou, olhando a multidão de pessoas que iam e vinham sem se voltar ao detetive. William não se deu por vencido.

— Você disse que eu estava me matando. — Ele tentou mais uma vez, fazendo-a se voltar para ele. — Você tinha razão, eu estava.

A jornalista cruzou os braços, permitindo-o continuar. A tensão em sua expressão começava a se atenuar. — Podemos esquecer que tudo isso aconteceu? Eu sei que você também sentiu a minha falta.

Lianna inspirou profundamente e se aproximou dele, encarando-o desafiadoramente.

— Você nunca vai me ouvir admitir.

Em seguida, deixou-o sozinho em meio ao movimento que tomava Nova Orleans, imaginando como poderia confirmar a notícia de Mauriette enquanto reprimia o sorriso satisfeito.

Inglaterra, 1922

A manhã estava bastante agradável quando as passagens foram entregues ao jovem espirituoso. Seria uma viagem interessante de volta. William as guardou no bolso e seguiu seu caminho, fazendo planos para quando estivesse novamente na delegacia. Apesar de todas as vírgulas que Londres o havia imposto, sentia-se muito mais forte e apto para retomar o trabalho, sem risco de perder as estribeiras como acontecera antes de embarcar para seu país de origem.

Durante a caminhada, encontrou uma figura conhecida sentada no banco da praça em frente ao escritório onde Natan trabalhava. Aparentemente, não era um bom dia para todo mundo. Em silêncio, se aproximou do sujeito e sentou ao seu lado, fitando o movimento diante deles sem dizer uma palavra sequer.

— Espero que tenha algo interessante a me dizer — balbuciou Henry. As grandes olheiras e a camisa abarrotada sugeriam que devia ter passado a noite em claro.

— Não preciso falar nada.

Henry Evans riu ironicamente, ajeitando-se no desconfortável banco.

— Elena me contou sobre vocês — disse William, analisando a vendedora de castanhas do outro lado da rua. As simplicidades sempre o atraíam.

— Pensei que já soubesse. Por que ela não te contou antes? Não confia em você?

— Ela tinha seus motivos. — O detetive deu de ombros, ainda observando a moça.

O arquiteto aquiesceu, encarando o escritório com desgosto. Queria não precisar voltar para a sala desarrumada. Estava exausto física e mentalmente para lidar com os diversos contratos que surgiam aos poucos. Além do mais, encarar Natan após toda aquela confusão deixava-o apenas mais constrangido.

— Nós éramos extremamente jovens. — Henry voltou-se para ele pela primeira vez. — No meu lugar, o que você faria?

— Não mentiria. Já imaginou como ela se sentiu na época?

— E quanto a mim? Eu estava com medo, sem saber como agir. — O tom de voz dele se acentuou, chamando a atenção das pessoas ao redor.

— Eu não vim te julgar.

— E quem seria você para julgar alguém? O assassino dos Dechor. — Henry riu, balançando a cabeça negativamente. — Parece piada.

— A vida é uma piada, Sr. Evans. E de muito mau gosto.

— Quem bom que reconhece.

William se levantou, fechando o botão do paletó antes de estender a mão para o arquiteto.

— Espero que tenha sorte nas próximas escolhas — disse, divertindo-se com o repúdio do outro. — Todos nós podemos errar.

— Não preciso que justo *você* me ensine alguma coisa.

O detetive o observou mais alguns instantes e atendeu ao pedido silencioso, adentrando a cafeteria singela a poucos metros onde Charlotte Simonsen já o esperava.

❖◆❖

Os papéis estavam diante das irmãs havia alguns minutos quando Anneline finalmente tomou coragem de assiná-los. Se não o fizesse, alguém o faria. Mergulhou a caneta no tinteiro e assinou seu nome com a mão trêmula, sentindo-se terrível por dentro. Ao seu lado, Elena e Edwin permaneciam em silêncio, enquanto Lilian os observava de longe, sentada na poltrona espaçosa que seu marido tanto gostava. Era um momento definitivo para a família. Assim que terminou, a caçula estendeu a caneta para a primogênita, que assinou seu nome contrariada.

— Está feito — disse o homem de bigode espesso, guardando a folha dentro de uma pasta surrada. — Fizeram uma escolha sábia, senhoras.

— Prudente, eu diria. — Edwin se manifestou. — É a vontade de Thomas.

O banqueiro concordou, despedindo-se de todos com a promessa de que em breve faria outro contato. Naquele momento, Anneline passava a ser dona de todas as propriedades dos Wood, enquanto Elena dispunha do dinheiro da família. "Uma herança sem morte", ambas pensavam sem orgulho ou animação. No andar de cima o pai ainda agonizava, lutando por algo que sabia que não conseguiria ter. Assinados os documentos, Lilian se retirou para ficar junto do marido, deixando os mais jovens lidarem com suas dores.

— É como se estivéssemos enterrando o papai. — Anneline se manifestou, sentando-se no sofá. — Quão cruel pode ser enterrar alguém que sequer está morto?

Elena deu de ombros, acendendo um cigarro.

— Isso ia acontecer em um momento ou outro. Você precisa me prometer que será forte quando ele se for.

O silêncio recaiu sobre os três e Edwin notou que era o momento de deixar as irmãs a sós. Assim que ele saiu, a caçula se voltou para a outra, cruzando os braços.

— O que quer dizer com isso?

— Estou voltando para Nova Orleans — disse Elena, reunindo toda a coragem dentro de si. — Consegui uma passagem de última hora. Meu navio parte hoje à tarde.

Anneline aquiesceu, inclinando-se para servir-se de água. Embora compreendesse a irmã, aquele era um momento em que não contava ficar sozinha. Precisava tomar inúmeras decisões quanto ao patrimônio dos Wood assim que a tuberculose levasse Thomas. E, de acordo com o médico responsável, não levaria pouco mais de algumas semanas.

— Ellie, isso não pode esperar?

— Eu não consigo ficar aqui, Annie. Não depois de ontem. — Elena caminhou até ela, se acomodando ao seu lado.

— Então está fugindo.

— Estou encarando os fatos, Anneline. — Ela firmou a voz, calando a irmã. — Não me resta mais nada em Londres.

— E irá continuar a sua mentira?

— Não é uma mentira. É tudo que eu sou agora.

A jovem Sra. Loriell aquiesceu, finalizando o copo de água. Elena sempre tivera propensões a seguir seus próprios caminhos e ela sabia que, por mais que tentasse, não conseguiria segurá-la por tempo suficiente. A saudade era o que lhe restaria, como havia sido por muito tempo.

— Me promete que continuará respondendo minhas cartas? — questionou com os olhos marejados. — Ou que virá mais vezes?

Elena sorriu aliviada, dando um abraço forte na irmã.

— Nunca duvide disso. E você também sempre pode ir a Nova Orleans.

Charlotte encarava William com lágrimas nos olhos, sem saber ao certo como reagir ao que acabara de ouvir. Jamais, em todos os anos que passara fantasiando um reencontro entre ambos, imaginara uma afirmação tão precisa e decidida.

— Então você nunca me quis de volta — disse por fim, relaxando os ombros.

— Só você acreditou nisso, Charlotte.

Diante da senhora que por muito tempo acreditou ser o amor de sua vida, William estava inacreditavelmente calmo, confiante do que fazer após anos de uma dúvida cruel. Uma das inúmeras luzes que a viagem o havia dado era justamente a resposta quanto à Charlotte, ao amor que ele tanto almejou e nunca viveu realmente.

— Pensei que eu fosse especial para você — balbuciou, correndo os olhos por todo o lugar.

— E foi, há muitos anos. — Ele sorriu, estendendo a braço por cima da mesa para tocar as mãos dela. — E é isso que eu gostaria que entendesse hoje.

— Porque você está indo embora, não é?

Ele arqueou a sobrancelha, pressionando os delicados dedos dela sob as luvas de seda.

— Sim, eu estou indo embora — afirmou, assistindo-a conter as emoções.

— E por isso me trouxe para um lugar público. — Charlotte encarava-o com descrença, odiando a si mesma pela situação vexatória. — Porque sabe que eu começaria a tentar te fazer ficar.

— Ambos sabemos que isso não teria futuro, Charlie. Eu e você.

— Se você me amasse como dizia amar, saberia que podíamos fazer dar certo.

— É diferente.

— Por quê? — A voz dela estava mais agressiva, irritada.

— Não somos mais crianças — respondeu William mantendo a calma. Se preparara para vencer os bloqueios da obstinada Charlotte. — E você é casada, tem filhos e uma vida muito diferente da minha.

— Eu poderia me separar.

— Você sabe que não é tão simples.

— Will, o problema nunca foi esse. — Ela se inclinou em direção a ele, olhando-o através das lágrimas. — É tão difícil dizer que não manteve as mesmas expectativas que eu?

— A cada nova visita, eu deixava isso bem claro. Pensei que fosse óbvio para você também.

Sem conseguir conter o pranto, ela assentiu e se inclinou, tirando a bolsa de trás da mesa.

— Seja sincero consigo mesmo uma vez na vida — disse hesitante, sem levantar os olhos para ele. — Até que ponto o noivado com Elena Wood era apenas boato?

— Charlie...

— Era tão óbvio o tempo todo, mas eu insisti em te ver, em tentar — rebateu ela chorosa. — Não existe mais nada que você possa me dizer. Eu estava disposta a largar meu marido e minha vida aqui por você.

— Charlie, quando você soube dos Dechor, você me expulsou. — Ele continuou antes que ela deixasse a mesa. — Elena soube da história e não me julgou por nenhum segundo.

Charlotte engoliu em seco e se levantou.

— Talvez vocês realmente se mereçam então.

Sem sequer olhar para trás, ela deixou o restaurante rapidamente, escondendo o pranto sob o chapéu vistoso que usava naquele dia. Poucos minutos depois, William pagou a conta e saiu, sentindo que outro capítulo havia finalmente acabado em sua vida.

◆ ◇ ◆

— Meu endereço. — William estendeu um pequeno pedaço de papel para o irmão, que o assistia arrumar as roupas em silêncio.

Já passava das duas horas quando ele finalmente resolvera que era o momento de partir definitivamente. Em breve o navio sairia e ele não podia se atrasar. Relutante com a atitude do outro, Natan tentava em vão protestar.

— Você tem uma família aqui, Will.

— E pessoas que querem me matar.

— Não deboche da situação. — Ele se aproximou, forçando o irmão a encará-lo. — Você tem a mim e à Julianne se precisar de qualquer coisa.

— Elena estará comigo — respondeu o detetive. — E eu posso me cuidar sozinho. Fiz isso por muitos anos.

— Will, nós podemos dar um jeito nos Dechor.

— Nate, não é sobre eles ou Charlotte. É sobre finalizar essa parte da minha vida. — William sorriu, pousando as mãos nos ombros do irmão. — E eu preciso sair de Londres para que isso aconteça.

Natan aquiesceu, caminhando até a penteadeira já vazia. Sem dizer mais nada, saiu do quarto, retornando minutos depois com uma pequena pasta de couro marrom, que colocou ao lado da mala de William.

— O que é isso? — O detetive interrompeu as arrumações.

— Sua parte — respondeu Natan, afundando as mãos nos bolsos. — Fiz questão de buscar assim que Julianne me contou sobre a partida de Elena.

— E como sabia que eu também iria?

O primogênito riu, encarando o irmão com diversão nos olhos.

— Will, você pode não saber ainda, mas nós já sabemos o final dessa história.

— Se você diz quem eu sou eu para discordar? — William deu de ombros, conferindo as notas dentro da pasta. — Eu não preciso de tudo isso.

— Eu sei, mas aceite. Foi um pedido de papai antes de morrer.

— Que eu recebesse uma parte da herança?

— Que eu cuidasse de você se ainda estivesse vivo.

William sorriu e fez um breve aceno de cabeça.

— Obrigado, Nate.

Após finalizar a arrumação, o detetive se permitiu sentir a nostalgia dos bons tempos que ali vivera com os irmãos, ignorando por alguns segundos todas as desgraças que caíram sobre a família nos últimos anos. Uma parte de si insistia em ficar, em criar raízes e tentar recomeçar sem precisar ir tão longe, porém, ele sabia mais do que qualquer um que não poderia mais ser quem as pessoas ali esperavam que ele fosse. Sua vida era novamente um livro em branco.

— Se você desaparecer de novo, eu quebro a sua cara quando nos encontrarmos — disse Natan repentinamente. — E você sabe que vamos nos ver de novo. Nem que eu precise ir para Nova Orleans.

— Pode apostar — rebateu William antes de trocar um último abraço com o irmão.

O navio partiu exatamente com o pôr do Sol, carregando pessoas, sonhos e ideologias dentro de si. No convés, familiares acenavam a quem ficaria, amigos se separavam e amantes trocavam um olhar apaixonado antes de desaparecerem um do outro. Apoiados no batente do convés superior, de costas para o porto, William e Elena assistiam ao movimento do mar em silêncio, deleitando-se com a beleza do cenário diante de si. Talvez aquele tenha sido o ponto alto de uma visita repleta de emoções e lembranças. Pela segunda vez partiam, mas já não nutriam medos e sim seguranças sobre quem eram e o que esperar quando estivessem de volta.

Conforme o navio avançava para o mar, afastando-se da costa, o Sol cedia espaço à Lua, que iluminava pouco a pouco as águas escuras e inebriantes. De repente, as luzes se acenderam, concedendo aos viajantes outra perspectiva.

— E então? — perguntou William, sem desviar os olhos das ondas que se formavam em volta do casco.

— Eu não sei. — Ela riu, levando as mãos aos cabelos. — Você se lembra da primeira vez que esteve no mar?

— Foi uma viagem e tanto.

Elena se encolheu, abraçando a si mesma.

— Fico feliz de estar indo embora — exclamou, despertando a atenção dele. — De novo.

— Londres nunca foi para nós. — Ele deu de ombros, sentindo o vento fresco beijar seu rosto.

— Exatamente.

A jornalista então foi despertada por um diálogo entusiasmado no convés abaixo deles. Os dois jovens, espremidos nas escadas que davam acesso ao andar superior, sequer desviavam o olhar um do outro, envolvidos pelos rumos que as palavras desenhavam. Ela os apontou com a cabeça.

— É quase como eu e você na primeira vez — disse. William os encarou e sorriu. — Lembra?

—Você não queria conversar comigo.

— Quem disse?

— Eu sei. — Ele riu com a careta que ela lhe fez. — E cá estamos nós, sabendo os piores segredos um do outro.

Mentalmente, ela concordou, recordando os últimos dias e a intensidade com a qual diversos acontecimentos a atingiram. O que a esperava era uma grande interrogação, mas dentro de si, as inquietações haviam finalmente silenciado, encerrando um ciclo doloroso até demais. Elena Wood, ou Lianna Stone, como atenderia dali em diante, aprendeu o significado de recomeçar. Já não era mais sobre si mesma ou sobre um estimado final feliz, mas sobre encarar seus demônios e aprender a conviver com eles. Não havia como mudar o que ficou para trás. Henry, seus pais, Anneline, Julianne; cada um aprendera a escrever novos capítulos e estava na hora de ela fazer o mesmo.

— O mundo dá voltas — disse, por fim.

William sorriu, olhando para ela finalmente. Era engraçado como as coisas mudavam em tão pouco tempo. Naquele mesmo trajeto, ele conhecera uma mulher repleta de inseguranças e temores, cujo coração havia permanecido em terra, junto daqueles que a haviam destruído. E essa mesma mulher se tornara sua âncora, alguém capaz de trazê-lo ao chão quando seus pés já quase tocavam as estrelas. Se não fosse por ela, ele jamais teria tomado a iniciativa de seguir em frente, como fazia naquele exato momento. Antes de desembarcar em Londres, William não pensava em reencontrar a si mesmo, porém, retornava a Nova Orleans com um novo fôlego, apto a desenhar os caminhos que bloqueara tanto tempo antes. Era um reinício para ambos. — Sabe, Stone, acho que você devia se casar comigo. — Arriscou.

Surpresa, ela se voltou para ele, arqueando a sobrancelha maliciosamente.

— Você está me pedindo em casamento? — perguntou Elena, inclinando-se para encarar os olhos castanho-esverdeados.

— Só se você quiser.

Nota da Autora

❖

Dizem que se dissermos algo em voz alta
três vezes, isso se torna realidade.

A frase veio a mim como um sopro enquanto compunha a história de Elena e William. De início não sabia o que ela significava até me arriscar a aceitar que essa pudesse, talvez, ser uma história a ser contada. Fora de gavetas, distante de arquivos de computador. Edições físicas, virtuais, que pudessem chegar às pessoas e fazê-las mergulhar nessa narrativa que tampouco eu sei o que significa.

Um romance? Uma história de superação? Uma epopeia? Definitivamente, não uma poesia. Mas seus enlaces sim são poéticos.

Não existe arte sem realidade e vice-versa. A arte de contar histórias surgiu da capacidade de se reinventar, guardar fatos, narrar feitos e ultrapassar os limites impostos pela vida. Todos os traços de invenção ao longo dos anos foram inspirados em uma necessidade real, seja ela qual for, e neste livro não poderia ser diferente. Não digo que existam aqui rostos conhecidos. Mas existem pessoas, tantas quanto é possível imaginar.

Pessoas como Elena, que precisam reencontrar seu passado para conseguir respostas a fim de seguir em frente; pessoas como William, que precisam resgatar seu eu mais profundo; pessoas como Jeremy e Lauren, que arriscaram tudo e perderam-se durante a tentativa de acertar; pessoas como Henry, que cometeram erros e jamais conseguiram entendê-los; pessoas como Anneline e Julianne, que são capazes de mover o mundo por quem amam. Pessoas como Natan, Lilian, Thomas, Alice, John, eu, você.

Vivemos buscando acertar, ponderando sobre nossas escolhas, mesmo que mínimas, diante das mais diversas situações. E todas elas, do cereal que comemos aos números jogados na megasena, possuem consequências. E foi isso que a história buscou explicar. Não existem vilões ou mocinhos, mas humanos, gente como a gente que precisa tentar de novo outras e outras vezes. E não há nada de errado nisso.

O passado é imutável, mas não inacessível, o que não nos impede de regredir um pouco para aprendermos a ser melhores no presente. E qual o problema de convivermos com ele também? É parte de nós assim como o futuro também será. Espero que essa história o tenha ajudado a sentir isso como me ajudou enquanto eu a escrevia porque eu sou Elena, William, Henry, Elizabeth, você. E nós somos erros e acertos, uma mistura de todos e nenhum deles.

E está tudo bem.

Giulia Vasovino

INFORMAÇÕES SOBRE NOSSAS PUBLICAÇÕES
E ÚLTIMOS LANÇAMENTOS

editorapandorga.com.br
/editorapandorga
pandorgaeditora
editorapandorga